Peter de Mendelssohns Roman aus dem Jahr 1930 schildert auf mitreißende Weise die Erlebnisse eines jungen Mannes, der Ende der 20er Jahre in eine Berliner Zeitungsredaktion eintritt – und ins Erwachsenenalter. Bald spürt er den Sog der großen Stadt und verstrickt sich in den Intrigen und komplizierten Liebesbeziehungen der Boheme.
Peter de Mendelssohn schrieb diesen Roman, sein erstes Buch, im Alter von zwanzig Jahren; es ging schnell in die dritte Auflage und wurde von bedeutenden Kritikern und Autoren besprochen, darunter Siegfried Krakauer und Klaus Mann. Letzterer schrieb Mendelssohn einen Brief, »weil ich so viel von dem Leben wiedererkannt habe, das doch schließlich, bis zu einem gewissen Grade, auch meines in Berlin gewesen ist«. Wiedererkennen können auch heutige Leser das Berlin dieses Romans, sind doch die Parallelen zur Kulturszene der wiedervereinigten Stadt unverkennbar.

»Peter de Mendelssohn hat, man muß es noch einmal betonen, als junger Mensch das Kunststück fertiggebracht, einen Roman zu schreiben über das Leben und das Zeitungmachen in Berlin um 1930, den man bis heute mit Vergnügen und Gewinn lesen kann.« ›Frankfurter Rundschau‹
»Mendelssohns Buch hat in der Tat etwas Frisches, noch heute Bezwingendes. Das liegt an der geschliffenen Schärfe mancher Formulierungen, aber auch am Humor. Man liest das Buch in seiner eigenen Mischung aus intellektuellen Verstiegenheiten, genauen Gedanken und neugieriger Realitätsbesichtigung gern.« ›Süddeutsche Zeitung‹
»Das Buch ist auf eine Weise sympathisch, ja geradezu rührend, wie es heute Debüts nur noch selten sind. Es herrscht ein Ton ungemischter Freude und ungemischten Kummers, etwas Schwärmerisches, das längst verloren gegangen ist ...« ›Die Welt‹

Peter de Mendelssohn (1908–1982) wuchs als Sohn eines Goldschmieds in der Künstlersiedlung Dresden-Hellerau auf. Bereits während seiner Redakteurstätigkeit beim ›Berliner Tageblatt‹ veröffentlichte er erste Texte. 1933 emigriert, baute sich Mendelssohn eine neue Existenz in Großbritannien auf. Nach dem Zweiten Weltkrieg berichtete er von den Nürnberger Prozessen und war am Aufbau des ›Berliner Tagesspiegel‹ und der ›Welt‹ beteiligt. Bekannt wurde er als Thomas-Mann-Biograph und Herausgeber von dessen Tagebüchern.

Unsere Adresse im Internet: www.fischer-tb.de

Peter de Mendelssohn

Fertig mit Berlin?

Roman

Mit einem Nachwort von
Katharina Rutschky

Fischer Taschenbuch Verlag

Veröffentlicht im Fischer Taschenbuch Verlag,
einem Unternehmen der S. Fischer Verlag GmbH,
Frankfurt am Main, Februar 2004

Lizenzausgabe mit freundlicher Genehmigung
des Elfenbein Verlags, Berlin

Druck und Bindung: Clausen & Bosse, Leck
Printed in Germany
ISBN 3-596-15966-9

Für Anita Gonzala

Erster Abschnitt

Es wird versucht, zu schildern die Überwindung einer Jugend. Sie war indessen keine Jugend. Mit siebzehn Jahren entdeckte ich das erste graue Haar, und es bedeutete mehr als eine bloße Laune der Natur. Seither habe ich ihrer ohne Unterlaß viele bekommen und das Auszupfen längst seingelassen.
Ich schreibe als ein Zweiundzwanzigjähriger.
Aber darin liegt wenig Bedeutung. Ich rechne längst nicht mehr mit den Jahren. Daß ich einmal fünfundzwanzig sein werde, ist mir ebenso gleichgültig und fast unwahrscheinlich wie die Möglichkeit, einmal etwas zu schaffen, das man in der Welt brauchbar und verdienstvoll nennen wird.
Nicht einmal Kindheit ist meine Jugend gewesen. Eher ein Wirrwarr von zu früh und zu spät, aber warum daraus etwas Besonderes machen wollen? Nicht nur ich bin im Jahre neunzehnhundertundsieben geboren, nicht nur ich war elf Jahre alt, als die Revolution ausbrach, fünfzehn und sechzehn im fiebrigen Gewirr der Inflation. Nicht nur meine Eltern waren es, denen der Krieg die Ehe zerriß nach fast zwanzigjähriger Dauer. Tausend Eltern hatten solche Kinder, tausend Kinder solche Eltern.
Es genügt, festzustellen, daß ich einer war und bin unter Tausenden.

*

Einem Obersten Laengfeldt hingegen begegnet nicht jeder junge Mensch in seinen schwierigsten Jahren. Mit diesem Mann, dem zweiten Gatten meiner Mutter, habe ich, wenn auch nichts Eigenartiges, so doch Wichtiges erlebt. Ich konnte ihn nicht leiden, ich lachte über ihn, als wir aus meines Vaters Haus auszogen, ohne Tränen übrigens. Daran hat sich bis heute nicht viel geändert. Aber immerhin war er es, der mich aus einer Schule in die andere zerrte, aus einer Pension in die nächste, dessen eindrucksvolle mächtige Stimme mich dauernd begleitete: er

vermittelte mir Verständnis für eine liberale Politik und Begreifen des Zusammenbruchs der deutschen Revolution.
Denn der große Oberst Laengfeldt, später Pariser Berichterstatter einer bedeutenden Berliner Zeitung von republikanischer Haltung, hatte seine Hände mitten drin im Gewirr und eilte in den verworrenen Zeiten von einem Ort zum anderen, aufgeklärt, liberal und den Revolver in der Satteltasche, wie ich es mir ausmalte und wie es viel anders auch nicht gewesen sein wird.
Nach jahrelangem Hin und Her brachte dieser Mann mich schließlich in das ländliche Erziehungsinstitut Schloß Heiligenstadt im Oberbayrischen, in der Meinung, nun sei des Elends und der Ungewißheit ein Ende. Hier aber wuchs es und wurde eigentlich erst es selbst: Sicherheit und Schwanken von gleicher Größe und Gewalt.
Hier waren meine Kameraden die Söhne von Münchener Revolutionären, die in Gefängnissen saßen, von arrivierten Schwabinger Kabarettisten, von Bolschewisten, reichen Amerikanern, neuzeitlichen Malern und Dichtern, die ihren Kindern von Zeit zu Zeit Bücher und Zeitschriften in roten Einbänden schickten und Mappen mit Zeichnungen, die das Gesicht einer neuen Zeit darstellen sollten.
Hier war es, daß ich, seit einiger Zeit in eigene schriftstellerische Bemühungen verstrickt, einem Sechzehnjährigen begegnete, der eine erste Erzählung soeben in einer literarischen Zeitschrift veröffentlicht sah.
Mit ihm, Manfred Vellin, begann meine späte Jugend, welche diese Geschichte ist.

Zweiter Abschnitt

In diesem Frühling, der mein achtzehntes Jahr beschloß und damit das letzte auf dem bayrischen Schulgut, sangen die Jazzkapellen der ganzen Welt das Lied von dem Blumenmädchen Valencia.
Wir pfiffen es in den Pausen zwischen unseren Schulstunden; wir sangen es auf unseren nachmittäglichen Spaziergängen entlang den Ufern des Sees; selbst am Abend vor dem Zubettgehen lehnten wir noch einmal aus den Fenstern und lauschten den Klängen, die von der anderen Seite des Sees, aus dem kleinen Waldrestaurant herüberdrangen über das Wasser. Und gar in der Nacht ertönte das unvergeßliche Lied zuweilen unversehens über die schweigenden Gänge des Schulhauses, denn Lothar, der im Zimmer neben mir wohnte, besaß ein Grammophon.
Valencia, je t'aime – –

*

Es sank der Nachmittag des letzten Tages auf Schloß Heiligenstadt. Die Fenster des Schulhauses waren weithin in langer Reihe geöffnet, Lachen und Rufen ertönte allenthalben, Koffer wurden gepackt und Verabredungen getroffen und Grüße bestellt. Morgen war der Tag des Aufbruchs.
Ich saß in Manfreds Zimmer und wartete. Hier war von Auszug noch nichts zu merken. Wohlgeordnet standen die Bücher noch in ihren Regalen, es war noch kein Koffer zu sehen, der Schreibtisch war noch mit Papieren beladen. Manfred hatte keine Eile. Bis zum letzten Abend vor seinem Abiturium hatte er noch seinen Tertianern englische Nachhilfestunden gegeben, bis zu diesem letzten Abend hatte er noch zwischen seinen Papieren gesessen und unzählige Zettel mit Notizen bedeckt. Ich weiß das genau, denn während er arbeitete, lag ich viele Stunden in seinem Zimmer auf der Chaiselongue, ohne ein Wort zu spre-

chen, ermüdet von den wochenlangen Vorbereitungen auf die Prüfung, erschöpft und ausgeleert.

Ich trat vor seinen Schreibtisch. Als sei er eben von der Arbeit aufgestanden, so lag noch alles umher. Für mich hatte die Atmosphäre seines Zimmers etwas Heimatliches und zugleich sehr Niederdrückendes. Es ging ein Strom von Intensität von ihr aus, von nicht nachlassender Energie, den ich schwer ertragen konnte. Ich dachte an meine eigenen Arbeiten, wie sie langsam vonstatten gingen, wie jede Zeile Stunden brauchte, wie ich mich tagelang um die Formung eines einzigen Gedankens bemühte – und wie Manfred darüber oft rasend wurde. Bei ihm ging alles im Sturmwind, Erleben und Schreiben und Gesprächeführen. In der Hälfte der Zeit hatte er das Doppelte geleistet, und es war besser als das meine.

Aber da droben auf der niedrigen Kommode, da sah der andere Manfred herunter, jener, der mich nicht bedrückte, den ich haßte, von ganzem Herzen, so inbrünstig, wie man nur einen hassen kann, der einem alles andere als gleichgültig ist. Oh, ich konnte die Photographie Franziskas im schmalen schwarzen Rahmen nicht anschauen, dieses schöne, ebenmäßige Gesicht im hellen Haar, das so reich und verschwenderisch aus dem weiten Pelzkragen hervorquellen wollte. Wie haßte ich das leise Beben ihrer Nasenflügel, wie unerträglich war mir der schöne, fröhliche Zug um den Mund. Was hätte ich darum gegeben, wenn mir einer gesagt hätte, wie ich das Antlitz dieses Mädchens aus Manfreds Gedanken tilgen konnte.

Aber die feinen Fäden zu zerreißen, die sich dennoch spannen über die leichten Sommerwochen, über die Monate des Winters hinweg, hinein in diesen Frühling – das gelang meiner brennenden Eifersucht nicht. Waren sie nicht also doch fester als jene, die ihn an die zahllosen, ungenannten Erlebnisse feiner reifen, abenteuerreichen Jugend banden? Das Bildnis Franziskas stand auf seinem Schreibtisch; es wich nicht.

Ich wandte mich ab.

Das Summen des Wassers im elektrischen Teekessel ist zu einem

starken Brodeln angewachsen; die zwei kleinen chinesischen Tassen, kostbarster Schatz, von München hierher transportiert und gemeinsames Eigentum, sind auf dem runden Tisch unter der Lampe versammelt.
Kommt er noch nicht? Er ist hinuntergegangen, um im Büro des Direktors ein Ferngespräch anzumelden, seinen Eltern den glücklichen Ausgang der Prüfung mitzuteilen. Ich wußte nichts von seinen Eltern. Sein Vater war in Paris, glaube ich, seine Mutter bewohnte ein Haus irgendwo in der Nähe Wiens oder Dresdens, die Verhältnisse seiner Familie waren verwickelt, vermutlich nicht weniger als die meinen.
Von Papa aus Stuttgart war schon gegen drei Uhr am Nachmittag ein Glückwunschtelegramm gekommen, und vor einer halben Stunde hatte ich auch herzliche Worte und besondere Anweisungen vom Obersten und Mama aus Paris erhalten. Beide Telegramme trug ich in der Tasche mit der Absicht, sie bei der ersten passenden Gelegenheit wegzuwerfen, möglichst aus einem fahrenden Schnellzug.
Manfred kam. Gleichmäßig und ruhig war sein Gesicht, als er ins Zimmer trat.
»Diese Überlandtelephone blamieren die ganze westeuropäische Zivilisation«, sagte er gleichmütig. »Übrigens, ich habe mit dem Alten geredet: Lothar ist nun doch endgültig durchgefallen. Es war nichts zu machen.«
»Das arme Luder, sagte ich; damit war der Fall erledigt. Manfred streckte sich auf seinem Sofa aus, griff ohne hinzusehen nach der Zigarettenbüchse und begann zu rauchen.
»Ist der Tee im Anmarsch, liebster Korporal?« fragte er.
»Er ist zur Stelle, General«, antwortete ich und füllte die Tassen.
»Wenn du eine Pappschachtel finden könnest, liebster Korporal«, fuhr er fort, ohne sich vom Sofa zu rühren, »die sich irgendwo unter dem Bett befinden muß, und wenn in dieser Pappschachtel eine Blechbüchse ist, dann gäbe es auch einiges Gebäck.«
»Auf deinem Sterbebett, General, wirst du noch eine Blechbüchse

mit kleinen Kuchen haben«, sagte ich und förderte die Pappschachtel zutage, die in der Tat das Gewünschte enthielt.
»Lästere meine Patisserien nicht«, antwortete der General. »Sie sind alt und ehrwürdig.«
»Alt wie Methusalem, General«, bestätigte ich.
Wir aßen und tranken.
»Ich nehme an«, sagte Manfred schließlich nach einer Pause, »daß du gleich mir lediglich belanglose Nachrichten aus dem elterlichen Hauptquartier erhieltest.«
»Nicht eben, General«, antwortete ich, ein wenig errötend.
»Ich erhielt Anweisung, mich ab übermorgen im Hotel Bristol in Berlin zur Verfügung zu halten. Der Oberst ist anscheinend bereits auf dem Marsch.«
»Was regt dich daran so auf, Korporal?«
»Die Ungewißheit meines Schicksals. Wird es mich abermals zu der leidigen Studierbank verdammen?«
»Der Himmel verhüte es, werter Korporal«, erwiderte Manfred merkwürdig düster. »Studieren wäre ein Fehltritt. Ist doch die Universität eine durchaus veraltete Einrichtung aus der Zeit, in der es noch keine Bücher gab. Aber Berlin ist groß, es bestehen andere Möglichkeiten innerhalb des Revirements, es sollte mich nicht wundern, wenn du eine Chance über mich gewönnest.«
»Du überschätzt den Einfluß des Obersten«, sagte ich. »Doch man wird sehen.«
Draußen ertönten Schritte; jemand kam eilig über den Gang gelaufen.
»Manfred – ans Telephon.«
Er erhob sich langsam.
»Aux armes, citoyens!« sagte er und reckte sich. »Jetzt werden wir sehen.« Und er verschwand auf dem Gang, langsam, wie einer, der sehr erregt ist und sich deshalb besonders viel Zeit läßt. Die Tür blieb halb offen.
Ich ging, sie zu schließen. Jetzt ging es um Manfreds Schicksal. Studium oder freies Leben – diese beiden Pole denen unsere Hoffnungen seit Jahren hin und her gerissen wurden. Ich bang-

te für ihn; aber ich gestehe, daß es nicht die tiefste Tiefe meines Herzens war, die ihm ein freies Leben wünschte. Schickte seine Mutter ihn auf die Universität, dann – ja dann hatte ich ihn zum erstenmal besiegt. Denn zum Spaß war der Oberst nicht bei der Zeitung, zum Spaß ließ er mich nicht die lange Reise nach Berlin antreten. Dessen war ich sicher.
Er kam zurück. Ohne ein Wort zu sprechen, die Hände in den Taschen, ließ er sich wieder auf das Sofa fallen, nahm eine Zigarette auf und starrte gegen die Decke.
»Bon!« sagte er schließlich. »Meine Mama bestimmt, ich soll nach Wien kommen.«
»Deine Mutter ist in Wien?«
Er hörte meine Frage nicht. »Und was hat das zu bedeuten?« fuhr er fort. »Das bedeutet: auf die Universität, auf die Holzbank von neuem, vertrottelten Greisen ihre Elaborate nachschreiben.«
Ich zitterte ein wenig.
»Und du?« rief er aufspringend, die Hände auf das wacklige Tischchen gestutzt. »Die Beziehungen des Obersten – eine Stellung, wie?«
Als habe er einen Verdacht von unergründlicher Schwere gegen mich, so wurden diese Worte gesprochen.
»Ich hoffe es«, sagte ich eingeschüchtert.
Wieder klopfte es an der Tür. Sofort veränderte sich Manfreds erregtes Antlitz zurück zu der gnädigen, weltmännischen Miene, die er stets aufzusetzen pflegte, wenn wir untereinander waren und das Spiel vom Korporal und General betrieben.
»Entrez!« rief er. Aber es trat niemand ein.
»Entrez!« rief er noch einmal, sichtbar erregt, und riß dann selbst die Tür auf. Schüchtern und verstört stand ein kleiner Quartaner in der Tür, der einen Brief in der Hand hielt und entgeistert zu Manfred emporschaute.
»Kannst du nicht einmal auf französisch die Tür aufmachen? Wozu bist du auf einer Schule?« herrschte ihn Manfred an. Ich brach in ein brüllendes Gelächter aus.

»Ich soll nur den Brief abgeben«, sagte der Kleine. »Und dann wollte ich gern gratulieren!«
»Deine Sünden sind dir vergeben, mein Sohn«, fuhr der General majestätisch fort. »Fülle deine Taschen mit den Kostbarkeiten, die du in dieser Blechbüchse siehst, und sei bedankt und entlassen.«
Manfred trat zum Fenster, riß den Brief auf und las. Dann wandte er sich zu mir. Sein Antlitz strahlte.
»Hier«, sagte er. »Von gnädigster Seite beehrt man uns mit diesem Billett. Lies vor.«
»Lieber Manfred Vellin, da uns der Zufall über Nacht das Haus mit Gästen vollgeschüttet hat, haben wir beschlossen, morgen, Sonntag, ein kleines Fest bei uns zu geben. Wir nehmen an, daß Sie und Ihr Freund den heutigen wichtigen Tag gut überstanden haben, und würden uns freuen, wenn Sie beide den Schritt ins ›Leben‹ zwei Tage aufschieben wollten und zu uns kämen. Die Fremdenzimmer stehen bereit, und das Auto wird Sie morgen Punkt vier Uhr abholen. Ihre Friedlands.«
»Das literarische Wochenende also, General«, sagte ich. »Sie können sich ihre alberne Diktion nicht abgewöhnen.«
»Wichtigkeit«, antwortete Manfred. »Du kommst doch mit? Es ist ein prächtiger Einfall von diesen Leuten.«
Ich zuckte die Achseln. »Weibergeschichten, General. Du weißt, daß ich zu ihnen nicht tauge.«
»Wann wirst du diese Skrupel endlich überwinden, Korporal? Ist man auf der Welt, nur um immer seriös zu quatschen? Dieser Kasinoball wird dir ganz gut tun.«
»Ich kann mit Mädchen nichts anfangen.«
»Dann lernst du es«, brauste der General auf. »Du kommst, es ist abgemacht. Ich werde telephonisch zusagen.«
»Ich besitze keinerlei passende Montur, General«, wandte ich kleinlaut ein.
»Wird beschafft. Über solche Bagatellen stolpert ein großer Geist nicht. Gib telegraphische Nachricht nach Berlin. Zwei Tage Verzögerung, Dienstes halber.«

Er war hinaus, stürmte die Treppe hinunter zum Telephon.
»Ewig diese Vergewaltigungen!« schimpfte ich vor mich hin.
Und dann trat ich vor den Spiegel und musterte mich. Es war nicht so schlimm. Der schwarze Anzug, den ich bei der Prüfung getragen hatte, war noch einigermaßen instand, das hatte sich heute vormittag erwiesen. Schließlich konnte ich auch einen von Manfred anziehen, wie ich es öfters zu tun gezwungen war, wenn wir in die literarische Villa Friedland eingeladen wurden. Am Ende war ich recht glücklich, daß Manfred über mich triumphiert hatte, der Oberst schließlich würde ein paar Tage Zeit haben.
Und ich ging nach unten, borgte mir von einem Kameraden ein Rad und fuhr hinunter ins Dorf, um ein Telegramm nach Berlin aufzugeben. Manfred pflegte auch diese Dinge telephonisch zu erledigen, aber das tat ich denn doch nicht.

*

So war es denn beschlossen, daß wir zu Friedlands fuhren.
Wir verabredeten, unseren Auszug aus dem Schulgut mit dieser Einladung zu vereinigen und gar nicht erst nach Schloß Heiligenstadt zurückzukehren. Sicher würde sich eine Gelegenheit finden, uns samt Gepäck auch mit dem Auto nach München und zur Bahn zu bringen. Eine Erklärung für den Direktor zu finden, schien uns unwichtig. Das war ja alles vorbei, wir fuhren ja zu einem Fest und nicht auf eine Wanderung mit Lagerfeuern und Strohsäcken. Da hatte kein Schillerkragen mehr hineinzureden.
Immerhin gab es am Abend, verbunden mit dem Nachtmahl, im großen Speisesaal noch eine Feierlichkeit, bei der der Direktor sehr ernsthafte Worte an uns richtete, von Studium und neuen Examina, die zu bestehen seien, damit wir zu wertvollen Mitgliedern der menschlichen Gesellschaft würden. Auch Lothar, der Arme, befand sich unter uns und sah mit verglastem Blick über die Versammlung hinweg. Ich schaute die Tafel hinauf, all die ernsthaften und ergebenen Gesichter meiner alten

Kameraden entlang, und fand dann Manfreds Antlitz, das irgendwo in eine weite Ferne blickte. Er sah mich, lächelte mir zu auf die verzwickte Weise, die das Generalsspiel gebot, und ich gab das Zeichen des Einverständnisses zurück. Jetzt hatte es kaum mehr etwas Sonderbares, mit Manfred auf diese Weise verbündet zu sein.

»Gehen wir noch ein paar Schritte?« fragte er, als die Feier vorüber war.

»Und das Packen?« fragte ich. Aber er versprach, mir zu helfen, wenn wir zurückkämen. Morgen war der erste Tag ohne Schule, es war gleichgültig, wie lange die Nacht dauerte.

Nachdem wir eine gute Viertelstunde gegangen waren, hielt er plötzlich an, streckte die Hand aus und sagte mit einer wegwischenden Bewegung: »Vorbei, vollkommen vorbei.«

Ich nickte. Er besann sich einen Augenblick, dann wandten wir uns um und gingen den Weg zum Schulhaus zurück. Es war kühl, der blasse Frühlingsmond stand schon über den Tannen, über den See trieb ein stetiger Wind.

»Wenn mir alles so wenig schwerfallen wird wie dieses Examen«, fuhr Manfred fort, »dann kann das Leben nicht sehr mühselig sein.«

Wir hielten vor dem hohen schmiedeisernen Gittertor an, das die Besitzung des Schulgutes abgrenzte. Abermals zögerte Manfred, kramte dann Zigaretten aus seinen weiten Taschen und reichte sie mir.

»Hier«, sagte er nur.

»Die letzte Generalszigarette«, antwortete ich, ohne es zu wollen, in bedrücktem Ton.

»Hoffst du noch immer, mich nie wieder zu sehen, Korporal?« fragte er, und auch in seiner Stimme war etwas Gepreßtes.

»Ich weiß es nicht, General«, sagte ich. »Es wird noch lange dauern, ehe ich wissen werde, ob ich dich eigentlich mag oder nicht – – «

Ich mußte meinen Arm um seine Schultern legen, ich konnte nicht anders.

»Denk an mich, Korporal«, sagte Manfred kaum hörbar. »Denk an mich, versuch es, wenn ich auf der Studierbank werde sitzen müssen und du zwischen Telephon und Telegraph den Atem der großen Städte hörst.«
»Lang lebe der General«, sagte ich dumpf.
Und als könne es nicht anders sein, erklang jetzt aus dem Schulhaus wieder Musik, des armen Lothar Grammophon, wieder die Weise vom Mädchen Valencia. Aber diesmal war sie verschwimmend und klagend, ein wehmütiges Lied, diese unvergleichliche Melodie von ehedem, die einen Sommer und einen Winter lang uns begleitet, durch unsere Schulstunden gesummt, uns in den Schlaf gesungen hatte.
»Valencia, je t'aime – – «

*

Anderntags, pünktlich um vier Uhr, stand der Friedlandsche Wagen vor der Tür des Schulhauses. Ein livrierter Chauffeur sprang heraus, von seiten des Direktors mit zweifelnden Blikken empfangen. Manfred war zur Stelle, klärte mit einer lässigen Geste den Sachverhalt auf, und achselzuckend entschwand das Haupt des Erziehungsinstitutes ins Haus. Wir holten unsere Sachen von den Zimmern, und der Chauffeur war uns beim Tragen der schweren Koffer behilflich.
Ich sah mich noch einmal um in dem Raum, den ich drei Jahre lang bewohnt hatte. Die Vorhänge waren zurückgezogen, die Sonne stand gelb über dem Wald, und vom Wasser kam ein leichter Wind. Das Bett war abgezogen, frisches, weißes Leinenzeug lag auf den roten Kissen. Die grüne Decke, die auf meinem Arbeitstisch gelegen hatte, war zum Waschen weggenommen. Es war Zeit, zu gehen.
Der Abschied vom Direktor und seiner Familie war kühl und enthielt nichts als formelle Wünsche und Gruße. Die Jungens aus den unteren Klassen umstanden mich und besahen meine Koffer. Dann kam auch Manfred herunter, in einem hellgrauen Sommeranzug und mit braunen Schuhen.

»Schon so sommerlich, Vellin?« erkundigte sich der Direktor.
»Sie werden sich erkälten, Manfred«, sagte die Direktorin.
Endlich drückte man sich zum letztenmal die Hand, wiederholte noch einmal Grüße an das Elternhaus und Wünsche für ein gedeihliches Fortbestehen der Anstalt; dann war auch das überwunden. Der Wagen glitt die abfallende Straße hinab, erreichte die Talsohle und damit die große Autostraße, die weiter hinein ins Gebirge führte.
Schon nach der zweiten oder dritten Kurve war das ländliche Erziehungsinstitut Schloß Heiligenstadt unseren Blicken entschwunden.
Die Villa Friedland, eine halbe Autostunde entfernt und, gleich dem Schulschloß, an einem kleinen Bergsee gelegen, war von Manfred entdeckt worden, als er eines Sonntags auf einer seiner Radtouren in dieses Gebiet vorgedrungen und, so erzählte er damals, vor der Auffahrt zu einer herrschaftlichen Villa in einige Glassplitter gefahren war, die ihm den Reifen des Vorderrades beschädigten. Er hatte mutig am Portal geklingelt und um Gummilösung und Luftpumpe gebeten. Die Herrin des Hauses, jene Dame mit dem »leidvollen Blick«, die in den Gesprächen zwischen General und Korporal inzwischen sprichwörtlich geworden war, hatte ihn ohne Umschweife zum Tee behalten, wohl, weil ein broschierter Flaubert aus seiner Rocktasche hervorgesehen hatte. So war das »literarische Wochenende« entdeckt worden, in das Manfred auch mich bald eingeführt hatte. Ich liebte das Haus Friedland nicht; und seit ich seine wechselvollen Geschicke kannte, war mir der Aufenthalt unter diesen Menschen geradezu unangenehm. Da ich wußte, daß man hier in recht schwankenden Vermögensverhältnissen lebte, heute Überfluß hatte, morgen nicht die Butter aufs Brot, wurde es mir schwer, auch nur eine Tasse Tee mit ruhigem Gewissen zu trinken. Die Zeichen eines in diesen Räumen wohl vertrauten und emsig amtierenden Gerichtsvollziehers an Möbeln und Gemälden, auf die bisweilen mein ahnungsloses Auge fiel, bedrückten mich und ließen mir auch die geistige Atmosphäre, auf die

in der Villa so großer Wert gelegt wurde, als etwas zweifelhaft erscheinen.
Indessen schien man gegenwärtig wieder einmal obenauf zu sein und nichts zu klagen zu haben. Das Haus war in der Tat mit Menschen vollgeschüttet, die sich untereinander kaum kannten und entsprechend hilflos betrugen; doch das war durchaus die Art, in der hier Gesellschaften gegeben wurden. Der Hausherr, ein helläugiger, kahlköpfiger Fünfziger und schwer lungenleidend, saß in einem Liegestuhl neben dem Kamin, in dem ein Holzfeuer brannte, und hatte sich mit einem halben Dutzend Menschen umgeben, die sämtlich eifrig auf ihn einsprachen. Ruth, das einzige Kind des Hauses, trotz der zweifelhaften Verhältnisse, die sie umgaben, zu Bescheidenheit, Stille und einiger Bildung herangewachsen, führte uns an den Teetisch.
»Sie haben sich einen neuen Anzug machen lassen, Oswald«, sagte sie fröhlich und zupfte an dem Stoff.
»Ja«, sagte ich. »Zur Feier des Tages, man muß doch – «
Manfred brach in ein brüllendes Gelächter aus, das mich schamrot werden ließ.
»Sie haben recht, Oswald«, sagte Ruth. »Man muß etwas auf sich halten.«
»Wer sind eigentlich alle diese Leute, die ihr eingeladen habt?« erkundigte sich Manfred auf seine etwas dreiste Weise, die stets mißfiel.
»Ich weiß es nicht«, antwortete sie. »Da müssen Sie schon Mama oder Papa fragen.« Und dann nach einer Pause, in der sie Manfred leicht verlegen betrachtete: »Aber ich kann Ihnen sagen, wer kommt, wer jeden Augenblick hier sein muß – «
Manfred tat, als ginge ihn das alles gar nichts an. Er sah lässig auf, legte seine Serviette zusammen und sagte: »Oh, wirklich.« Aber das feine Schwingen der Erregung in seiner Stimme hatte er doch nicht ganz verbergen können.
»Sie hat uns geschrieben«, fuhr Ruth eifrig fort. »Sie ist in München, auf der Rückreise von Rom nach Berlin. Sie hat ihren Vater begleitet.«

Manfred schwieg noch immer und sah vor sich hin in seine Teetasse.
»Ihr Vater ist Gesandter geworden, wissen Sie das nicht?«
»Ja, doch, ich weiß«, sagte er langsam. »Ich las es in der Zeitung.«
Ruth war verstimmt. Sie sah sich unruhig um und erhob sich dann unter irgendeinem Vorwand. Leicht hinkend verschwand sie in der gedeckten Glasveranda; sie hatte ein störendes Fußleiden, das mich jedesmal von neuem erschreckte und seltsamerweise meine Abneigung gegen dieses Haus sehr verstärkte.
»Als ob ich nicht wüßte, daß sie in München ist«, brummte Manfred. »Als ob ich keine Ahnung hätte, daß ihr Vater Gesandter – nichts als Kuppelei – «
Ich stand auf, nahm in der Zerstreutheit ein Messer in die Hand und klopfte damit auf den Tisch.
»Weibergeschichten, General«, sagte ich. »Immer – «
»Ach, Albernheit«, brummte er und stand auf.
In diesem Augenblick ging die Tür auf, und Franziska stand in der Öffnung, noch im Pelz und Hut, den Handschuh der Rechten hatte sie abgestreift.
»Hallo, Manfred! – H–a–l–l–o!«
»Franziska«, sagte Manfred dunkel, und dann kam etwas, was ich in meiner Sofaecke nicht verstand.
Jetzt wußte ich, daß alles verabredet war, das Billett nur eine Förmlichkeit, Manfreds Unmut nichts als Arger über Ruths gespielte Ahnungslosigkeit. Aber wieviel mehr liebte ich den brummenden, knurrenden Manfred als den, der jetzt Franziska aus dem Pelz half, ihren Hut, eine kleine Kappe aus hellgrauem Filz, ganz zart ergriff, als sei sie eine unersetzliche Kostbarkeit, diesen Manfred, der plötzlich wieder Gentleman, Elegant, Kinostar geworden war.
Ich erhob mich aus meiner Ecke und trat auf sie zu.
»Ah, Oswald ist auch da«, rief Franziska fröhlich. »Das ist ja ausgezeichnet. Dann werden wir uns nicht langweilen – nicht wahr?«

Ich dachte nach, was mir an Franziska eigentlich mißfiel. Vielleicht war es dasselbe, was mich auch beim Anblick Manfreds stets in leichte Unruhe versetzte, und zwar nicht nur in unseren unverträglichsten Zeiten: daß sie wirklich schön war.
Manfreds Unmut war ganz und gar verflogen von dem Augenblick an, da Franziska an seiner Seite sich in die Veranda begab, um die Gesellschaft zu begrüßen, und mit ihm war auch seine letzte Verstimmung über mich geschwunden. Aber ich hatte einen schlechten Geschmack auf der Zunge und entfernte mich bald aus ihrer Gesellschaft. Diese sieghafte Art, mit Menschen umzugehen, flößte mir immer wieder unüberwindlichen Abscheu ein. Wie erst mußte sie ihm von Erfolg zu Erfolg verhelfen, wenn es in der Welt, in Berlin und Paris zu siegen galt. Aber vielleicht war sie mir gerade deshalb so entgegengesetzt, weil ich selbst ihr nicht einmal, nein, viele hundertmal in drei Jahren unterlegen war.
In der Generalssprache hießen diese Dinge »Aventuren« und hatten einen Hauch von nicht restloser Vornehmheit an sich, und das wußte Manfred. Das Bild, wie er und Franziska durch das Teezimmer kamen, erschien mir viel zu elegant, um nicht leer zu sein; es hatte genügt, um für einige Stunden den alten, wortlosen unüberwindlichen Haß von neuem gegen ihn aufflammen zu lassen. Ich mischte mich in irgendeinen Kreis von Leuten, der gerade in meiner Nähe war, vertiefte mich angstvoll in ein ganz belangloses Gespräch über den Vorteil der amerikanischen Automobile gegenüber den deutschen, tauchte so gut unter, als ich konnte, nur um Manfred nicht sehen zu müssen. Zum Überfluß kam die Dame des Hauses während des anschließenden großen und luxuriösen Diners auf die unglückliche Idee, in einer vom leidvollen Blick getragenen kurzen Ansprache darauf hinzuweisen, daß zwei hoffnungsvolle junge Schriftsteller sich unter der Gesellschaft befänden, die am gestrigen Tag erfolgreich ihre Reifeprüfung abgelegt hätten und nunmehr am Vorabend einer großen Laufbahn stünden. So wurde das allgemeine Interesse, da Manfred bereits kurz nach dem Diner wie-

der unsichtbar wurde, für den Rest des Abends auf einen unglücklichen jungen Menschen gelenkt, der versucht hatte, sich mit seines Freundes Anzug so gut als möglich gesellschaftsfähig zu machen und in der heftig einsetzenden Diskussion über Berlin als geistiges Zentrum des neuen Deutschland und seine Vorteile und Nachteile für die Entwicklung eines noch beeinflußbaren jungen Geistes wenig Vernünftiges vorzubringen wußte. Schließlich bemerkte ein ansprechend aussehender älterer Herr, man müsse über das Folgende klar sein: Berlin sei ein Wasserkopf, ein beängstigend schnell anwachsendes, höchst unnatürliches Gebilde, das zum Zentrum eines an sich schon völlig widersinnigen, aus lauter heterogenen Teilen bestehenden Staatenbundes alles andere als geeignet sei; für die Aus- und Heranbildung eines jungen Schriftstellers oder Journalisten, der wissentlich auf eine Universitätslaufbahn verzichte, trage es die größten Gefahren in sich, wenn auch nicht zu verkennen sei, daß die Reize und Anziehungskräfte einer großen aufstrebenden Stadt wie Berlin gerade für junge Menschen außerordentlich stark, ja so stark seien, daß die Gefahren durch sie mehr als verdunkelt würden.
»Ich würde meinen Sohn nie nach Berlin schicken«, sagte dieser vernünftig sprechende Mann im weißen Haar. »Vor allem nicht, wenn es ihm um geistige Entwicklung und geistiges Schaffen zu tun ist. In Berlin findet er alles und nichts. Eine unübersehbare Menge von guten, wichtigen und bedeutenden Menschen, aber keinen einzelnen, von dem er etwas haben könnte. In Berlin muß man bereits etwas *sein,* um in den Cliquen leben, mit der geistigen Korruption schwimmen zu können. In Berlin kann man nichts *werden.* Die Menschen in Berlin wollen einen alle über den Sinn des Lebens belehren, keiner jedoch gibt sich die Mühe, in dieser Hinsicht vorerst einmal etwas zu lernen.«
Mit diesen und ähnlichen Paradoxen erschreckte der weißhaarige Herr die ihn umstehende Gesellschaft und schüchterte sie zuletzt ein. Glücklicherweise begann ein Grammophon zu spielen, das die Eingeschüchterten in alle Winde zerstreute. Und

über später gereichter Zitronencreme und gutem Kaffee wurde auch dieses wichtige Problem gemäß der Tradition des Hauses des weiteren unerörtert gelassen.
Auf mich jedoch hatten die Worte des weißhaarigen Herrn, trotz der leichtfertigen und oberflächlich-schwadronierenden Unterhaltung, in die sie hineingeworfen worden waren, einen gewissen Eindruck gemacht. Und ich mußte während der folgenden Stunden, während deren getanzt und getrunken wurde, mehrmals darüber nachdenken, ob der Oberst wohl recht an mir tat, wenn er das ausführte, was er meiner Meinung nach beabsichtigte. Ich hatte in diesen Stunden, die mich ziemlich mir selbst überließen, eine ganz gute Fähigkeit, von meinen persönlichen Wünschen abzusehen und meine künftige Entwicklung einigermaßen unvoreingenommen zu betrachten. Aber zum Schluß wurden doch alle meine fachlichen Erwägungen durch das dringende Gefühl hintangesetzt, um keinen Preis vor Manfred und der Welt zu kapitulieren, und ich schwor mir, selbst gegen den Willen des Obersten, nach Berlin und an die Zeitung zu gehen, die das Endziel aller meiner großen Wünsche war.
Ich erwachte in meinem Zimmer durch lautes Lachen und Rufen, das von unten aus dem Garten zu mir herauf drang. Gleichzeitig verspürte ich ein heftiges Hungergefühl, sprang aus dem Bett und sah aus dem Fenster. Unten vor der Auffahrt war alles bereits auf den Beinen. Bereits? Voller Schrecken bemerkte ich an meiner Armbanduhr, die ich vergessen hatte abzunehmen, daß es drei Uhr nachmittags war. Ich überlegte, ob es angebracht sei, um ein Frühstück zu bitten, mir das sicher längst beendete Mittagessen nachservieren zu lassen, oder was sonst zu tun sei, als die Tür aufgerissen wurde und Manfred, erhitzt und in fröhlichem Übermut, im hellen Sommeranzug, einen Zweig mit weißen Blüten in der Hand schwingend, hereintrat.
»Sakrament, Korporal, bist du endlich auf?«
Meine schlechte Laune vom Abend vorher kam wieder herauf, ich ärgerte mich über seine frische Sportlichkeit.

»Um sechs Uhr morgens ins Bett, bester General«, sagte ich. »Neun Stunden muß ein richtiger Korporal nach so anstrengendem Manöver doch schlafen.«

Gott sei Dank – Manfred bemerkte, daß ich versuchte, mit Hilfe der Generalssprache ihn und mich selbst über die unangenehme Situation hinwegzutäuschen, und setzte das Spiel fort.

»Du hast den herrlichsten Morgen deines Lebens verschlafen, Korporal«, rief er und drehte die Wasserhähne an meinem Waschtisch auf. »Wie willst du das gutmachen?«

Er pflanzte sich gerade vor mir auf, seine weißen Blütenzweige wie eine Reitgerte in der Hand, und kommandierte.

»Avanti! Pyjama aus! Waschen – steck den Kopf ruhig ganz ins Wasser! Los, hier abtrocknen – – !«

Und dann: »Einen solchen Tag, ein solches Paradies in einem Bett zu verschlafen, dazu gehört schon ein Schneckentemperament wie das deine.«

»General!« rief ich jetzt, ohne sein Gesicht zu sehen, denn ich stülpte mir in diesem wichtigen Augenblick gerade das Hemd über. »General – ich erlaube mir darauf hinzuweisen, daß du anscheinend verliebt bist.«

Da fiel mir Manfred um den Hals und rief: »Hast du es endlich gemerkt, ich bin hin, ich bin ganz hin!«

»Gottverdammich, General«, sagte ich, in mein Hemd verstrickt. »Nicht mehr und nicht weniger hin, als du es schon hundertmal warst.«

Manfred antwortete nicht gleich. Seinen wilden Überschwang hatten meine Worte gedämpft. Ich selbst hatte mir diese Wirkung von ihnen nicht erwartet. Er warf den Blütenzweig über das Bett und setzte sich langsam und schwer entschlossen auf den Rand. Dann schließlich kam es langsam: »Korporal, ich glaube, du hast diesmal nicht recht. Diesmal nicht.«

Ein grundehrlicher Ton war in seiner Stimme. Er ließ mich etwas erschauern. Scherze waren jetzt nicht am Platz, das fühlte ich genau, wenn ich auch nicht viel mehr begriff. Wie fern waren mir doch damals alle diese Dinge, wie fern sind sie mir im

Grunde noch heute! Und ich wußte in jenem Augenblick nichts anderes zu sagen als: »Gut, General – gut, gut.«
Der Nachmittag sank über der Terrasse und dem stillen Wasser, wir waren nur noch wenige Menschen in der Villa, die meisten Gäste waren abgereist, die Autos, die im Hofe gestern gehalten hatten, waren auf eines oder zwei zusammengeschmolzen. Es gab Tee und frische kleine Kuchen, Erwin Friedland saß in seinem Liegestuhl, in eine Kamelhaardecke gehüllt, und der weißhaarige Herr sprach in gedämpftem Ton mit ihm. Die Herrin mit dem leidvollen Blick kam mit zwei fremden Damen durch den Garten nach der Terrasse gegangen; ich saß dem Mädchen Ruth gegenüber an einer Art Spieltisch, wir legten Patiencen und sprachen nicht viel miteinander. Und drunten am Seeufer, unter einem großen blühenden Baum standen Manfred und Franziska, aneinander gelehnt. Von der Abreise wurde nicht gesprochen.
Gegen Abend verschwand das letzte der fremden Automobile im Dunkel der Gebirgsstraße, und nun waren wir nur noch sechs, die Familie der Friedlands, die sich wortlos und ergeben dem Wohlergehen ihrer letzten Gäste widmete, Franziska, Manfred und ich. Je weiter der Abend vorrückte, desto stärker wurde meine Unruhe. Hatten wir nicht auch abzureisen? Waren wir gebeten worden, zu bleiben? Ich mochte nicht fragen, aber ich konnte auch nicht daran mahnen, daß meine Zeit gekommen sei.
So brach der dritte Tag in der Villa Friedland an. Mit Ruth an meiner Seite ging ich durch den blühenden Garten, aber ich wußte nicht viel mit ihr zu sprechen, ich konnte an nichts denken, nur an Manfred.
Er lebte von morgens bis abends, um die Blumen und die Luft zu genießen und um Franziska anzuschauen. Er stand in der Diele, und sie kam die breite Treppe vom oberen Stockwerk herab. Dunkelblau war ihr Kimono, mit gelben Sternenblumen übersät. Er saß im Garten an meiner Seite, wir lasen und rauchten, da trat sie auf den kühlen Rasen heraus, und der Tau von

den Sträuchern fiel auf ihre weißen Segelschuhe. Wir saßen auf der breiten Terrasse am niedrigen Teetisch, und sie beugte sich, das Grammophon aufzuziehen. Sein Blick folgte jeder ihrer Bewegungen. Ohne zu wählen, griff sie in die Mappe der Platten und legte eine auf die Scheibe. Auch für mich hatte sie freundliche Augenblicke, in denen sie mich anschaute, ein fröhliches Wort für mich hatte, aber ich fühlte doch nicht sehr viel mehr dabei als: ein ganz nettes Mädchen.

Und dann sah ich wieder zu Manfred hinüber, dessen Verzauberung weiter ihren Weg ging. Sie goß ihm Tee ein, und ihre schmale weiße Hand lag einen Augenblick über seinem Teller. Sie lehnte sich zurück, blies den Rauch der Zigarette in die blaue Luft, und er sah, wie die dunklen Schwünge ihrer Brauen vollkommen schön waren. Dann setzten wir uns zu Tisch in dem kleinen Verandenzimmer mit dem Blick in den dunklen Garten. Wir sprachen kaum. Ruth und ihre Eltern blieben an diesem Abend unsichtbar, sie ließen uns ganz allein. Schüsseln und Teller glitten fast lautlos über die weiße Decke, zwischenhin war das schwache Klappern des Silbers und das Klingen der Gläser zu hören. Manfreds und meine Blicke begegneten sich in Franziskas Antlitz. Er nannte sie du und Franziska.

Wir saßen um den Kamin. Das Holzfeuer brannte tief und gab einen düsteren Schein. Mit dem Gesicht nach dem Feuer lag Franziska hingestreckt auf der breiten Couch; zuweilen erhellte die aufspringende Flamme die goldenen Blumen ihres Gewandes. Und ich überlegte auf meine kühle Art, was ich wohl, wenn Franziska so zu mir wäre, wie sie zu Manfred war, mit ihr anfangen sollte. Dann bewunderte ich meinen Freund. Er saß auf dem Boden, an den Diwan gelehnt, die rückwärts gewandten Augen in ihren Blicken. Aus meinem tiefen Sessel ihnen gegenüber betrachtete ich sie. Es schien mir nicht erstrebenswert zu sein, zu leben wie Manfred. Das Mädchen brachte auf einem Tablett Kaffee, den wir zwischen uns auf den Teppich stellten. Wir tranken und reichten einander Zigaretten. Franziska beugte sich zu Manfred herab, meiner nicht achtend, und sie küßten sich.

Ich möchte nie auf diese schreckliche Art verliebt sein wie Manfred, dachte ich. Nie, nie – –
Aber plötzlich spürte ich, wie ein Gefühl in mir heraufstieg, ein bitterer Geschmack, der mir die Kehle austrocknete. Ich trank einen Schluck Kaffee, doch dabei bemerkte ich, daß in den Winkeln meiner Augen etwas Feuchtes saß. Ich wußte mir gar nicht zu helfen. Ich spürte, daß ich im nächsten Augenblick etwas Unsinniges tun würde. Ich wollte mit Franziska nichts zu tun haben, bei allen guten Geistern nicht, absolut nichts. Sie sollte niemals in meinen Augen mehr sein als ein ganz nettes Mädchen, aber was konnte ich schon tun mit meinem Willen. Sie küßten sich. Diese kleinen verschwiegenen Laute trugen den Aufruhr in mein Herz. Wie unter einem Zwang erhob ich mich und brachte das Grammophon in Gang. Ich wollte diese entsetzliche Stille besiegen, das Dröhnen in meinem Kopf zum Schweigen bringen. Aber die Nadel setzte nicht richtig auf, und es gab einen hellen Aufschrei.
»Nicht doch«, hörte ich Manfred sagen.
Das war das Ende. Ich wußte mir nicht mehr zu helfen. Niemand konnte Manfred jetzt mehr besiegen. Diesmal nicht – nein, diesmal nicht. Von einem tiefen Unglücksgefühl überwältigt, sagte ich leise in die Dunkelheit gute Nacht und ging hinauf. Das Kaffeegeschirr auf dem Fußboden klirrte.
Ich riß meine Koffer unter dem Bett hervor und begann alle meine Sachen aus Schrank, Kommode und Waschtisch hineinzuwerfen. Abreisen, sagte ich vor mich hin, hinweg aus dieser qualvollen Welt. Als ich die Schlösser zudrücken wollte, hörte ich Schritte auf der Treppe. Es klopfte. Ich antwortete nicht.
»Oswald!«
Ich gab keine Antwort.
»Oswald, ist etwas passiert?«
Der Griff wurde herabgedrückt.
»Warum riegelst du dich ein? Eine Szene in einem fremden Haus! Was für ein Unfug!«
Noch einen Augenblick wartete Manfred an der Tür, dann wurde

der Türgriff losgelassen und schnellte wieder hoch. Schweren Schrittes ging er wieder die Treppe hinab.
Ich sah in den Spiegel. Es war das Bild eines Wilden, das mir entgegensah. Noch nie war ich mir so entsetzlich häßlich vorgekommen. Aber ich betrachtete mich fast mit Freude, sah die Schweißperlen von der Stirn herabrinnen, bemerkte die Feuchtigkeit auf meinen Augengläsern. Ich öffnete den Mund, um zu lachen. Meine schlechten Zähne sahen mir entgegen und erschreckten mich nicht. Es ist keine Gefahr um mich, sagte ich mir. Es ist keine Gefahr, und mit fast ruhiger Hand trocknete ich den Schweiß auf meiner Stirn.
Es war Ruhe im Haus. Ich öffnete meine Koffer wieder und packte sie aus. Dann richtete ich meinen Anzug und begab mich ruhigen Schrittes nach unten. Ungestört gelangte ich durch das Haustor in den Garten. Ein schmaler Lichtstreif ergoß sich über den Rasen. Ein Fenster wurde geöffnet, Grammophonmusik drang in die Nacht hinaus.
»Valencia, je t'aime – – «
Das Grammophon schwieg plötzlich, und auch das Licht verlosch kurz darauf. Ich fürchtete schon etwas Unangenehmes, ging um das Haus herum und entdeckte sie alle in der Veranda sitzend. Er, Friedland, wie stets im Liegestuhl, die Kamelhaardecke umgeschlagen, sie mit dem leidvollen Blick, Manfred, Franziska, die ein helles Tuch umgeschlagen hatte. Ruth erblickte mich im dunklen Garten und winkte mir heraufzukommen. Ich trat durch die Glastür ein und wurde empfangen, als sei nichts geschehen.
»Spielen Sie mit uns Rommey?« fragte Ruth.
»Ich weiß nicht, was das ist«, sagte ich.
»Ganz einfach, passen Sie auf«, mischte sich Franziska ein und erklärte mir das Spiel. Ich hatte es bald begriffen, und wir konnten beginnen. Im Anfang verlor ich regelmäßig. Auch Manfred und die Frauen hatten selten Glück. Friedland häufte bald eine Menge bunter Chips auf seiner Kamelhaardecke. Es wurde etwas Kognak gereicht, und als ich zwei Glas getrunken hatte,

fühlte ich mich mit einem Male ganz klar, hatte alles Geschehene vergessen und vertiefte mich mit wildem Eifer in das Spiel.
»Aber du gewinnst ja, Korporal«, sagte Manfred.
Und Franziska stimmte zu: »Das geht nicht.«
Aber die Herrin mit dem leidvollen Blick machte ein etwas süßliches Gesicht und sagte: »Glück im Spiel oder in der – – beides zugleich kann man nicht haben.«
Franziska brach in ein klirrendes Lachen aus: »Was glauben Sie! Wir sind doch nicht verliebt!«
Und Manfred fügte hinzu: »Also los, Korporal, wir werden ja sehen, wer von uns beiden die Oberhand behält.«
»Was heißt das eigentlich: ›Korporal‹?« fragte Ruth naiv.
»Das ist die Art, in der sie sich freundschaftlichst Grobheiten sagen«, erklärte Franziska, ohne auf das Spiel zu achten. Ich war böse auf Franziska. Das hatte gerade noch gefehlt, daß *sie* den Sinn des Generalsspiels erklärte!
»Verzeihen Sie, das ist unrichtig. Das Gegenteil ist eher zutreffend!« sagte ich. »Mit Grobheiten hat es nichts – «
»Keine Philosophie, Korporal!« rief Manfred gereift. »Hier wird gespielt, um Leben und Tod.«
»Mein Gott, so ernst ist es euch«, brummte Friedland amüsiert.
»Zu Befehl, General«, sagte ich und verteilte von neuem die Karten.
Bald nach ein Uhr nachts hatte ich tatsächlich fast alle in Umlauf befindlichen Chips gewonnen.
»Immer die Anfänger«, sagte Manfred, und es war nicht ganz klar, ob er böse war oder belustigt.
Wir sagten uns gute Nacht und gingen in unsere Zimmer. Auf der Treppe sagte Franziska: »Gute Nacht, Oswald – ich darf Sie doch so nennen?«
»Sie dürfen«, sagte ich, nicht ganz entschieden.
»Ich höre, Sie gehen nach Berlin an eine Zeitung.«
»Vermutlich, es ist noch nicht gewiß.«
»Rufen Sie mich doch einmal an, im Deutschen Theater, wir sehen uns dann mal, ja?«

»Gewiß, Franziska.«
»Gute Nacht, Oswald.«
»Gute Nacht.«
Das klang wie ein Abschied. Mir war es recht. Allzuviel Unruhe hatte ich über mich ergehen lassen. Wenn ich nach Berlin kam, dessen war ich mir sicher, dann würde ich Franziska auf keinen Fall anrufen. Nur arbeiten. Nur, nur arbeiten – –
Halb entkleidet saß ich auf meinem Bett, da trat Manfred ein.
»Schwein, so zu gewinnen«, sagte er lachend.
»Morgen muß ich aber reisen«, sagte ich.
Er lehnte sich an das offene Fenster und sagte, wie mir schien, in gespielter Gedankenlosigkeit: »Ja – wir reisen auch!«
»Ihr?« fragte ich mit Mühe gleichgültig.
»In den Süden – wir werden sehen – «, antwortete er nachlässig. Er war ruhig und unbewegt, als habe er die natürlichste Sache der Welt ausgesprochen.
»Deine Flirterei ist zum Kotzen, General!«
»Reg dich nicht künstlich auf.«
»Es muß einmal aufhören mit dem Unernst, mit der Flaniererei durch das Leben!« rief ich laut und erregt.
»Quatschkopf.«
»Du behauptest doch nicht im Ernst, daß das deine große Liebe ist, wie?«
»Ich kann mit dir nicht reden«, sagte er und ging zur Tür.
»General!« rief ich, »hast du keinen Vater, keine Mutter? Bist du blödsinnig geworden?«
»Ich werde es über deinem Geschwätz vermutlich noch werden, du Kindskopf!«
»Hinaus!« – – schrie ich. Er ging. Heftig schlug die Tür.
Die Türen! Waren es Angst und Eifersucht, die ich in dieser Nacht zum erstenmal leibhaftig erfuhr? Als niemand mit mir sprach, und nur die Türen im Haus ihr undeutbares Wesen trieben. Gespenster! Kommt ihr nicht zur Ruhe! Ich habe ein Leben vor mir, ich muß endlich mein Herz zur Ruhe bringen! Ah – ein jedes leise Knacken der Schlösser, jedes Öffnen und

Schließen klingt wie ein Verrat. Unzählig oft dringt der verhaßte Lichtschein durch mein Schlüsselloch. Endlich – die Stille. Das ist schlimmer als alles andere. Sie hüllt alles ein, wovor ich zittere. Mein Ohr liegt dicht an der Wand zu Manfreds Zimmer. In der vergangenen Nacht war sein regelmäßiger Atem durch die Wand genau zu vernehmen gewesen. Heute – nichts. Totenstille, Manfred ist nicht in seinem Zimmer.
Das ganze Haus ist ruhig. Das ganze Haus schläft.
Hörte ich nicht wieder die Tür gehen, mir gegenüber?
Wer ruft? Eine klirrende, verzweifelte Stimme.
»N–e–i–n – – !«
»Herrgott, du kannst es einem schwer machen!«
Das ist Manfred. Jetzt klappt die Tür, kein Wort mehr gesprochen, höre ich weinen? Seine nackten Füße kommen über den Gang. Die Tür zu seinem Zimmer geht. Der Lichtschein in meinem Schlüsselloch erlischt. Sein Atem ist wieder neben mir, der Atem eines Verbrechers, eines Mörders.
Manfred – das also hast du tun wollen?

*

Ach – auch dieser Morgen ist in Sonne und viele Farben getaucht. Morgen voller zweifelhafter, zwiespältiger Gefühle. Manfred geht durch den taufrischen Garten, blaß, verstörten Angesichts. Franziska geht durch den Garten, ruhelosen Schrittes, die Stengel der Blumen gleiten durch ihre Finger, von den Büschen rinnt die Feuchtigkeit in glitzernden Perlen.
Wir sitzen am Frühstückstisch. Wir alle, Friedland und die Herrin und Ruth, Manfred, ich und Franziska. Manfred spricht mit mir, es ist kein Zorn in seiner Stimme, eher Trauer, aber er läßt mich fühlen, daß ich nicht an ihr Schuld bin. Franziska sieht mich oft an, ich tue, als bemerke ich es nicht, es zwängt mich etwas ein, in der Herzgegend.
»Nun wollen Sie also doch heute schon weg?« fragt die Herrin. »Es war so nett, Sie hier zu haben.«
Manfred hat einen scharfen, leidvollen Zug um den Mund. Wie

ich Franziska hasse in diesem Augenblick wegen dieser häßlichen Linie.
»Ja, wir müssen reisen«, sagt Franziska. »Ich wenigstens, und ich glaube, Oswald muß auch nach Berlin.«
»Dann nehmen Sie doch sicher den gleichen Zug?« fragt Ruth eifrig.
»Wir haben darüber noch nicht gesprochen, aber – – «, sage ich.
»Und Sie, Manfred?«
»Ich weiß noch nicht. Jedenfalls nach Wien vorerst.«
Gut. Damit ist die Sache geregelt. Um drei Uhr nachmittags sollen wir das Auto nach München bekommen. Der Zug fährt gegen neun Uhr. Das ist genügend Zeit.
Die Spannung läßt nicht nach. Immerhin bemerken Friedlands nichts. Das ist gut. Die Fenster sind zum Garten geöffnet, und strahlend liegt die Sonne auf dem Rasen.
»Wie schön«, sagt Franziska.
Manfred erhebt sich und stellt das Grammophon an. Wir treten ans Fenster, stehen nebeneinander, Manfred, Franziska, Oswald. Die Sonne leuchtet auf unseren hellen Anzügen, auf Franziskas seidengrauem Kostüm. Und das Lied Valencias dringt in den hellen Morgen hinaus.
»Laßt uns nicht trauern, o Freunde, ob des vorzeitigen Abschieds«, verkündet Franziska.
»Nein, wahrhaftig nicht«, sagt Manfred. Er lacht fast. »Du wirst eine große Schauspielerin werden – «
»Wie schrecklich.«
Dieses Gespräch, fühle ich, bekommt ein unangenehmes Ende. Ich gehe hinunter in den Garten, ziehe Manfred mit mir. Jetzt sind wir allein.
»Was ist?« frage ich. Manfred stochert mit seinem Schuhabsatz im Kies herum, antwortet nicht.
»Zum erstenmal in meinem Leben sehe ich Euch traurig, General.«
»Ich bin es.«

»Kannst du die ganze Sache nicht einfach vergessen?«
Er schüttelt den Kopf.
»Schau – «, sage ich. »Jetzt will ich mal gut korporalmäßig zu dir reden: wo ist dein Vater? In Paris – gut. Und deine Mutter? In Wien? Wer hat über dich zu bestimmen? Deine Mutter – also, fahr hin, heute nacht, sprich mit ihr, wer sagt, daß du auf die Studierbank sollst? Sprich mit ihr – sie wird dir Geld geben für eine Reise, du hast sie verdient – schau, du fährst – und dann in Italien oder irgendwo wird es schon von selbst gehen. Dann geht es bestimmt von selbst. Du wolltest immer nach England – du hast Freunde dort. Fahr hinüber. Dort kannst du auch studieren, wenn es schon sein muß. Deine Mutter wird sich dieses Kompromiß gefallen lassen – wie?«
»Du kennst meine Mutter nicht – und außerdem – «
»Sie wird nicht viel anders sein als alle Mütter.«
Aber er schüttelt wieder den Kopf.
»Ich kann das nicht vergessen. Zum erstenmal in meinem Leben war ich ein Rindvieh, Korporal, ein Hornochse ohne Gefühl, ohne Takt, ohne – ach, Korporal, es ist eine Sauerei!«
»Wir hören voneinander, General! Ja?«
Er reißt sich hoch, bringt ein Lächeln zuwege, gibt mir die Hand, eine starke Hand, Manfreds Hand.
»Zu Befehl, Korporal!«
Das Mittagessen ist vorbei, das silberne Tablett mit dem Kaffee ist reihum gegangen, es ist halb drei Uhr, wir warten, dann schließlich ist es drei. Wir holen die Koffer von oben, der Wagen steht vor der Tür, der Chauffeur bringt das Gepäck herunter, Manfreds Gepäck, mein Gepäck, Franziskas Gepäck. Wir verabschieden uns von Friedlands, bedanken uns für die schöne Zeit, sprechen Wünsche aus auf baldiges Wiedersehen. Sie sind fröhlich, gut gelaunt, wünschen glückliche Reise. Manfred sitzt vorn beim Chauffeur, Franziska und ich im Wagen, ein großer Zweig mit weißen Blüten fliegt noch hinein, zwischen unsere Füße, das ist Ruth gewesen.
»Adieu, Ruth!«

»Adieu!«
So, nun fahren wir. Ich sehe Manfreds Rücken vor mir durch die Glasscheibe, die uns vom Führersitz trennt. Er hat den Mantelkragen hochgeschlagen gegen den heftigen Wind. Treuloser, Leichtfertiger – während drei Stunden Fahrt durch bergiges Land sieht er sich nicht ein einziges Mal nach uns um. Doch, einmal, aber es war nur, mich um Streichhölzer zu bitten.
Ich habe recht behalten, brummt irgend etwas in mir. Dein Herz ist nichts wert, Manfred. Wenn nicht gleich alles funktioniert, dann schmeißt du es hin, spielst den Gebrochenen, den Erschütterten, der das nie wird vergessen können.
Natürlich, ich bin auf Franziska nicht mehr böse. Franziska tut mir sogar ein wenig leid. Jetzt bin ich zum erstenmal allein mit ihr. Der Blütenzweig liegt neben uns auf dem Polster. Der Wagen hat eine tolle Geschwindigkeit. In den Kurven sinken wir gegeneinander. Das geschieht einmal, zweimal. Beim dritten Mal ist kein unangenehmes Gefühl mehr dabei. Zum Beispiel fühle ich zuweilen Franziskas Haar an meiner Wange, ein leiser Duft entströmt ihr in diesen Augenblicken, den ich noch gar nicht kenne, das sind die Momente, in denen ich Manfred verstehen könnte.
Aber schließlich, ich? Sie sieht doch, wen sie vor sich hat, sie ist doch nicht blind. Ein Mensch mit einer Brille. Ein Mensch, der kein Wort mit ihr zu reden versteht, sich sogar etwas darauf zugute hält.
Sie tut ja, als ob gar nichts gewesen sei, als ob sie diesen Manfred nie gesehen hätte. Wie zufällig hat ihre Hand jetzt nach der meinen gegriffen. Ich habe auch Handschuhe an, waschlederne, das macht die Berührung nicht so arg. Aber es ist keine Täuschung, sie hält sie fest, sie läßt sie nicht los.
»Franziska – «, sage ich da, ohne zu überlegen.
»Was denn?«
»Nichts.«
München-Hauptbahnhof ist gegen sieben Uhr erreicht. Das Gepäck wird zur Aufbewahrung gegeben. Manfred gibt dem Chauf-

feur ein Trinkgeld und trägt nochmals Grüße an die Herrschaften auf. Wir gehen über den weiten Bahnhofsplatz, drüben bei Schottenhaml soll zur Nacht gegessen werden, Manfred kommt auch gleich, er besorgt die Billette für uns alle. Franziska hat meinen Arm genommen.

Manfred kommt, setzt sich an den Tisch. Es wird irgend etwas bestellt, gegessen, getrunken; gesprochen wird nichts. Eine Stunde vergeht, anderthalb Stunden, Manfred sitzt stumm da, redet kein Wort, natürlich kann ich nicht mit Franziska irgendeine Unterhaltung anfangen. Schließlich bittet er um die Rechnung, bezahlt sie; Gott sei Dank, es war höchste Zeit, daß wir wieder an die Luft kommen.

Brummend schlägt er eine Tasse Kaffee vor. Wie zwei unartige Kinder wagen wir nicht zu widersprechen, gehen mit. Im Café spielt eine Kapelle, da braucht man sich nicht zu unterhalten. Aber so etwas von Unhöflichkeit, von Brummigkeit und Knurrerei wie bei Manfred heute, habe ich überhaupt noch nicht erlebt. Eine Ohrfeige möchte ich ihm geben. Schließlich brechen wir auf, er hat wieder alles bezahlt, gehen zum Bahnhof zurück, zehn Uhr ist es, die Stadt schon ziemlich tot, die Straßen verlassen. Am Bahnhof angelangt, verläßt er uns noch nicht, läßt das Gepäck kommen, nimmt eine Bahnsteigkarte, drückt uns die Billetts in die Hand. Herrgott, bin ich erschrocken, wie ich sie da so zusammen in der Hand halte. Schlafwagen – Manfred, das ist eine ganz große Unverschämtheit. Franziska hat es bemerkt, aber sie sagt nichts. Jetzt wird mir heiß und ungemütlich zumute. Ich hätte etwas darum gegeben, nicht Schlafwagen fahren zu müssen. Aber ich möchte ihm doch noch sagen, wie ich das finde, diese Rache: ganz kindisch finde ich sie, gar nicht so überlegen und messerscharf, wie er sich das einbildet.

Aber natürlich sage ich kein Wort. Das ist ja immer so.

»Adieu, meine Kinder!« sagt er jetzt, und grüßt mit erhobener Hand noch einmal. »Oswald, wir hören voneinander?«

»Bald, Manfred!« rufe ich, so fröhlich es geht. Aber er trödelt so lange herum, so lange, bis der Zug fährt und er Franziska nicht

mehr die Hand geben kann. Mir ist elend zumute. Franziskas Arm liegt in dem meinen, sie sieht hinein in die dunkle Halle, da steht Manfred auf dem Perron, den Hut in der Hand, winkt nicht, starrt nur. Franziska sieht noch einen Augenblick ganz fest hin, dann wendet sie sich ab.
Wir sehen uns an, wir beide, Franziska und ich. Da macht sie mit der Hand eine wegwischende Bewegung, ganz läppische Bewegung, darüber ärgere ich mich.
»Adieu, General – «, sage ich vor mich hin.
Das freilich hört sie nicht.

*

Franziska van Burkom.
Eine fremde vornehme Dame, Schauspielerin am Deutschen Theater in Berlin, Tochter des holländischen Gesandten in Rom, hochgewachsen, schön und sehr jung, sitzt mir gegenüber, »Berliner Illustrirte«, einige Magazine, Zeitungen, eine Schachtel Bahlsen-Keks neben sich. Auch ein großer Frühlingstag mit weißen Blüten ist dabei, auch eine kleine weiße Schachtel, Chesterfield-Zigaretten, und Streichhölzer.
Das ganze ist ein Wunder. Glattweg ein Wunder.
Denn man muß sich das alles richtig vor Augen halten, wenn man eben sein Abiturium gemacht hat, ungewissem Schicksal entgegenfährt, nichts hat als Hoffnungen mit neunzehn Jahren, ein Herz, das nicht ganz im Takt marschieren will, und eine Sauwut auf den, welchen man seinen besten, allerbesten Freund, den einzigen nannte während dreier Jahre. Eine grimmige Wut. Aber vorwärts! Es geht ja endlich auf die lang erwartete Reise. Nicht allein allerdings und klopfenden, stürmenden Herzens, sondern zu zweit, ein wenig beladen, ein wenig belastet mit bangen Gefühlen. Der fremdeste Mensch, dem du zwölf Stunden in einem Coupé gegenüber gesessen hast, ist zu einem Teil von dir geworden, zu einem Stück deines leiblichen Gepäcks, das du mitbringst zu der Ankunft.
»Rauchen Sie nicht? Und warum schweigen Sie immer?«

Ich nehme eine von ihren Zigaretten und zünde sie an. Jetzt legt sie die Zeitung weg.
»Er ist Ihnen ein sehr lieber Freund, der General?« fragt sie, ohne mich anzusehen.
Alles Böse hätte ich Manfred in diesen Stunden antun können, aber in diesem Punkt versage ich doch. Die alte, die vergangene Zeit gilt es schließlich zu retten.
»Ja«, antworte ich. »Aber Sie dürfen nicht General sagen, Franziska, niemand darf das außer uns.«
»Ich verstehe Sie«, sagt sie in einem Ton, der es mich glauben läßt.
Und dann nach einer Pause des Besinnens: »Sie sind mir aber nun deswegen nicht böse, Oswald, – nein – ?«
Ich erhebe mich von meinem Sitz und schaue sie an.
»Nein, Franziska. Ich mag Sie sehr gern – – «
Und im Augenblick, da ich diese Worte gesprochen habe, fällt mir ein: das wäre aber plump und albern, wenn jetzt etwas geschähe zwischen uns. Kaum hat man die Kinder sich selbst überlassen, tun sie schon lauter unsinniges Zeug.
Sie taten es. Ich weiß nicht, wie es kam. Es war da, einfach da, meine Hände waren da, ihre leuchtenden Augen waren da, aller Unsinn und alle Bedenkenlosigkeit waren da, ihre Lippen waren da – und als ich zum zweitenmal meinen Arm um sie legte, war alles schon selbstverständlich.
Der Schaffner trat ein, um die Betten zu richten. Wir traten auf den Gang hinaus, ließen die Fenster herunter und hielten die Köpfe in den Wind.
»Du – – – versprich mir, du wirst nicht so sein – nein?«
»Nein.«
»Viel Geduld haben, ja? Viel, viel Geduld – «
»Ja.«
»Ich bin böse, tue viel Unrechtes, wie eine Krankheit, das tut mir so weh, alles verliere ich dadurch.«
»Ja.«
»Willst mir helfen?«

»Ja.«
»Küß mich – – «
Schweigen.
»Und jetzt?« sage ich, ein wenig angstvoll zur wiedergeöffneten Coupétür gewendet, aus der der Schaffner eben heraustritt.
»Und jetzt, verstehst du, kommt die eiserne Konsequenz.«
»Unausweichlich?«
»Absolut.«
Ich antworte nicht.
»Hast du Angst?«
Mein Gott, wie man die Dinge so hart anfassen und so hart sagen kann! Und schließlich, es ist doch ein ungleicher Tausch! Ist sie so toll? Nimmt diesen hier und jenen da, und hält ihn in den Armen und wirft ihn wieder weg? Und ich bin auch einer von denen?
Ich sehe in die dunkle Scheibe, hinter der das flache Land finster und drohend vorbeigleitet. Nicht ein einziges Licht. Aber es ist nicht mein Gesicht, das sich widerspiegelt. Es ist Manfreds Antlitz, das aus der Tiefe kommt. Sein schweres, dunkles Angesicht mit dem scharfen Zug um den Mund. Lächelt es nicht? Nein, es lächelt nicht. Es ist traurig, finster, verbockt und verstört, wie es noch nie gewesen. Hat Manfred, nach drei Jahren, sich in einer Nacht so verwandelt? Woher kommt ihm der Ernst und die Melancholie der Augen, ihm, der sein Herz doch stets in alle Winde verschenkte?
»Woran denkst du bloß die ganze Zeit?«
»Das will ich dir sagen: an Manfred.«
»Nein – sprich nicht von ihm, bitte nicht.«
Ich ziehe die Vorhänge dicht zu. Dann nehme ich die kleinen Koffer aus dem Netz und beginne, meinen auszupacken.
»Schönen Pyjama hast du«, sagt Franziska.
»Versteht sich.«
Meine Wangen fangen plötzlich an zu glühen. Vor meinen Augen flimmert es. Ich weiß nicht, wohin ich blicken soll. Tief stecke ich mein Gesicht in den Koffer, ich muß irgend etwas da

herausholen, irgend etwas, ich krame lange, bloß nicht aufsehen müssen, das Blut schießt mir in die Stirn, es dauert eine Ewigkeit.
»Was trödelst du denn?«
Wie herrschend ihre Stimme jetzt ist!
Sie sitzt auf dem Bett und kämmt sich das Haar. Dieser Anblick dämpft meine Aufregung. Um ihrem Mund spielt wieder das glückliche Lächeln. Mit einer raschen Bewegung gleitet das graue Kostüm herab. Sie beugt sich und löst die Spangen ihrer Schuhe. Die grauen Seidenstrümpfe sinken in sich zusammen, ein kleines, unscheinbares Knäuel. Unwägbarer seidener Kram fliegt in die Ecke.
»Ich flehe dich an – starr nicht so«, sagt sie.
»Ich starre gar nicht.«
Wie eine Schwimmerin – die weite seidene Hose sinkt ihr bis über die Knöchel. Und auf den schmalen Hüften erhebt sich ein Leib in hellem, schimmerndem Braun –
»Küsse mich – – «
Ah, ich kann nicht mehr. Mit meiner letzten Kraft wende ich mich ab, falle in das Bett, bedecke mein brennendes Gesicht mit den Händen, drücke es tief hinein. Sie tritt heran, hält an, jetzt ist ihre Hand an meinem Haar, sie streicht darüber hin, langsam, sehr behutsam.
»Was ist denn das – – ?« höre ich sie fragen.
»Angst«, sage ich.
Im gleichen Augenblick aber packt es mich, ich reiße mich hoch, einen Schritt weicht sie zurück gegen das Bett, dann werfe ich meine Schuhe in die Ecken, da fliegt das Jackett, und der Kragen, und die Strümpfe, alles, alles – –
»Franziska!« höre ich mich ganz laut in das Donnern des Zuges rufen.
»Franziska – ich – habe – keine – Angst – nein!«
Ach, es sind nur meine Lippen und ihre Lippen, weiter nichts. Nun liegt sie ganz hingestreckt vor mir, ihre Hände sind um meinen Hals gelegt und ziehen mich zu ihr hinab. Es sind nur

ihre schweren warmen Küsse, es sind nur meine Lippen in der sanften Furche zwischen ihren Brüsten, es sind nur meine zitternden Hände, die sich nicht zu helfen wissen, ihr Haar ist es nur, das über meine Wangen fällt.
Denn plötzlich, da mein kühler Körper endlich das Feuer spürte, haben ihre Augen einen Glanz bekommen, der alles, alles verbietet, was du hast tun wollen. Ein lächelnder Glanz des Versagens kommt herüber zu mir, der allen Mut zuschanden macht. »N–e–i–n!« sagt sie ganz langsam und dunkel. »Nicht, Oswald – «
Na schön –
Ich lege die Decke um ihre Schultern, ich lösche das obere Licht und sitze an ihrer Seite. Ihre Hände liegen um meinen Hals, streichen ab und zu über die Wangen, kehren wieder zurück. »Einmal – «, sagt sie noch, halb schon schlafend. »Es ist immer so. Aber einmal wirst du mir helfen, wenn – – «
Sie spricht es nicht aus. Ich spüre das Rollen des Zuges wieder. Gleichmäßiger Takt trägt uns durch das nächtliche Land. Lichter gleiten draußen vorbei und erhellen das Abteil für Augenblicke. Alle Zeit vergeht so im Fahren. Behutsam löse ich ihre Arme. Ein leises Frösteln überkommt mich. Ich stehe auf.
Halb zwei Uhr nachts ist es. Ich nehme eine Zigarette.

*

Berlin.
Ich spreche es noch einmal deutlich vor mich hin, derweil Franziska mich fragend anschaut. Berlin. Anhalter Bahnhof. Neun Uhr fünfundzwanzig Minuten.
Beginnt das andere Leben.
Es ist kalt. Hier stehen die Bäume noch ohne Blätter. Wie schrecklich sieht diese Stadt aus. Eine Reihe von Schuhputzern sehe ich auf ihren Bänkchen hocken. Schuhputzer, nichts als frierende Schuhputzer.
O Gott, ich friere auch. In dieser Stadt wird mir nie warm sein. Ein Taxameter, zwei Taxameter. Gepäck getrennt. Nein, der

Schrankkoffer gehört der Dame. Kamen wir eigentlich allein oder zu zweien?
Hast du mich lieb, hab' ich dich lieb, haben wir uns gegenseitig lieb?
Berlin ist eine ekelhafte Stadt.
»Addio – ruf mich an, sobald du sicher bist!«
»Adieu!«
»Cicerostraße Ecke – – «
»Hotel Bristol – – «
Es muß ein Irrtum sein. Ich bin doch allein angekommen.
Ganz, ganz schrecklich allein.

*

Königgrätzer Straße, Potsdamer Bahnhof, Wilhelmstraße, Unter den Linden.
Das waren alles nur Namen für mich. Straßenzüge, einer wie der andere. Ich hätte den kurzen Weg nicht zurückgefunden zum Bahnhof. Diese Stadt war kalt und leblos. Immer wieder mußte ich an die Schuhputzer denken. Das ist Berlin? Ich hatte mir eine Weltstadt anders vorgestellt.
Wie liebte ich dagegen Paris auf den ersten Blick, damals, als ich für zehn Tage dort weilte, zum Besuch beim Obersten und Mama!
Der Oberst – wahrhaftig, er stand in der Halle des Hotels, als mein Taxi vorfuhr. Er eilte herbei. Kein Zorn, nicht die geringste Verstimmung war auf seinem Gesicht zu bemerken über meine Verspätung, die ihm sicher Ärger bereitet hatte.
»Tag, Papa!« sagte ich zu ihm, und er gab mir die Hand.
»Na, da bist du ja endlich«, sagte er. »Es ist auch höchste Zeit.«
Er bezahlte den Wagen, ein Boy brachte meine Koffer ins Hotel, in der Halle traf ich Mama, fertig zum Ausgehen.
»Oswald«, sagte sie. »Alles gut überstanden?«
»Ach, das Examen, das lausige«, sagte ich mit einer wegwerfenden Bewegung.
Meine kleine Mama – sie saß mir gegenüber in dem Frühstücks-

raum, goß mir Tee ein und bereitete kleine Geleebrötchen für mich, von denen ich eine Unmenge verzehrte. Und auch der Oberst war da, Herrgott, war er grau geworden seit dem letztenmal, da ich ihn gesehen hatte. Sein großes, schweres Gesicht hatte einen fahlen, graubraunen Ton bekommen und viele Falten, die wie Risse um seinen Mund und seine Augen lagen. Aber großartig sah er doch aus, der Oberst. So gut sah er aus, rein äußerlich, daß man ganz vergessen konnte, wie wenig man ihn einmal leiden konnte.
»Und wo warst du eigentlich die ganze Zeit?« fragte er freundlich. »Mama hast du einen gehörigen Schreck eingejagt mit deinem Telegramm.«
»Ach«, sagte ich kauend. »Bei ziemlich blödsinnigen Leuten in Bayern eingeladen. Haben da eine Villa – – «
»War es schön in Bayern?« fragte Mama.
»Weiß Gott, schöner als in diesem Steinhaufen jedenfalls.«
Der Oberst zuckte ein wenig verdächtig mit der Oberlippe, rückte auf seinem Stuhl hin und her und sagte schließlich: »Es tut mir leid, aber du wirst in diesem Steinhaufen einstweilen bleiben müssen.«
Ich wußte es ja. »Eine Stellung bei der Zeitung, Papa?« fragte ich dennoch.
»So ist es«, antwortete der Oberst in seiner bisweilen komischen Ausdrucksweise. »Du wirst in der Feuilletonredaktion arbeiten, lernen vor allem, dich eingewöhnen, alles andere kommt dann von selbst. Ich hoffe, du täuschst die Erwartungen nicht, die man in dich setzt.«
Auf einen solchen Schlußsatz mußte man doch bei Leuten wie dem Obersten immer gefaßt sein – dachte ich. Aber schließlich ist alles gut und in Ordnung. Es hätte nicht besser ausgehen können.
»Und ihr?« fragte ich. »Wieso seid ihr eigentlich hier?«
Da veränderte sich die joviale Miene des Obersten ein wenig, er räusperte sich und wollte nicht recht mit der Sprache heraus.
»Wir sind – sozusagen – auf der Durchreise«, antwortete er.

»Was?«
»Wir gehen nach Konstantinopel – Versetzung in den Orient.« Er seufzte und rückte ein wenig mit dem Stuhl. Ich schwieg. Ich wußte nur zu gut, daß diese Versetzung keinen Aufstieg, sondern eine Verschlechterung seiner Verhältnisse bedeutete. Er tat mir leid, der Oberst. Diesen Schlag mußte er heftig empfunden haben. Seinen Pariser Posten habe er einem ausgemachten Trottel und Nichtskönner, einem gewissen Hellmers, ehemaligen Sportredakteur überlassen müssen, erzählte er. Könne weder Französisch, noch habe er von Politik eine Ahnung. Und er, der Oberst, beherrschte beides mit wirklicher Überlegenheit!
»Papa hat mir übrigens auch zum Examen telegraphiert«, sagte ich, zu meiner Mutter gewendet, um die Spannung zu überbrücken.
»Du mußt deinen Vater gelegentlich einmal besuchen«, antwortete sie in ihrer stillen Art. »Er hat dich sehr gern.«
»Ja«, sagte ich.
Dann erhoben wir uns. Der Oberst half Mama in den Mantel und drückte seine Zigarre in der Aschenschale aus. Wir traten auf die Straße.
»Ich werde mit Oswald gleich auf die Redaktion fahren«, entschied er. »Wir sehen uns dann um ein Uhr beim Essen.«
Mama nahm ein Taxi, um einige notwendige Besorgungen für die bevorstehende Reise zu machen. Auch der Oberst winkte einem Auto und ließ mich zuerst einsteigen. Als wir fuhren, gab er mir eine Zigarette aus seinem silbernen Etui, reichte mir ein Streichholz und sagte: »Hier, Oswald – das schenke ich dir. Bewahr es gut.«
Und schob mir das Etui in die Hand.
»Dank dir, Papa«, sagte ich.
»Du mußt entschuldigen, daß alles so Hals über Kopf ging«, fuhr er fort. »Aber du bist ja ein erwachsener Mensch, mein Kollege sozusagen. Ich mußte das alles schnell einrichten. Ich konnte nichts anderes tun für dich. Ein Studium zu bezahlen, ist mir gegenwärtig nicht möglich, nach dieser Geschichte. Un-

sere Mittel sind beschränkt. Aber vielleicht wolltest du es gar nicht, wie?«
»Ich bin sehr zufrieden, daß alles so ist. Ich hasse die Schule«, antwortete ich.
»Du mußt dich nun selbst erhalten. Ich habe dafür gesorgt, daß du es kannst. Wenn du fleißig bist und keine Fehler machst, kann es dir bald recht gut gehen.«
»Ja, Papa«, antwortete ich und fühlte das silberne Etui in der Manteltasche.
»Hier sind wir«, sagte der Oberst. Der Wagen hielt.

*

Ein baumlanger Portier im weißen Spitzbart legt die Hand an die blausilberne Mütze. Ein Liftboy reißt die Tür zum Fahrstuhl auf. Der Oberst winkt ab. Wir gehen zu Fuß, die Treppen hinauf.
An dem Oberst ist trotz aller Betrübnisse und Mißlichkeiten noch immer Ehrfurcht vor dem riesigen Betrieb zu bemerken. Mit dem Augenblick, da wir das Gebäude betreten haben, ist alles Väterliche an ihm verschwunden. Er ist jetzt nur noch Dr. Laengfeldt, Orientkorrespondent der großen Berliner Zeitung. Ein stolzer Mann.
An großen, in den Fluren aufgehängten Tafeln lese ich:

Redaktion im zweiten und dritten Stock.
Inseratenabteilung und Kasse im ersten Stock.
Expedition im Souterrain.
Redaktion der illustrierten Beiblätter und
Honorarabteilung im ersten Stock.
Adreßbuchverlag, Archiv, Bibliothek im fünften Stock.
Konferenzzimmer und Verlagsleitung im vierten Stock.

Der Oberst spricht kein Wort. Zweiter Stock. Ein langer, elektrisch beleuchteter Gang, auf dem Menschen hin und her eilen. Ganz hinten leuchtet ein Schild auf. »Redaktion – Anmeldung«. Ein großer Warteraum, an der einen Längswand mit Stühlen

vollgestellt, zu dieser Tageszeit, es ist elf Uhr zwanzig, das weiß ich noch ganz genau, mit einer Unzahl von Leuten und ebenso vielen Anliegen besetzt. Hinter einer Glasscheibe ein freundlicher Mann.
Herr Möller, Herr des Antichambres. Er empfängt den Obersten mit größter Herzlichkeit, erhält als Entgelt eine Zigarre.
»Herr Möller, mein Sohn, von heute ab Mitglied der Redaktion.«
»Sehr erfreut, Herr Laengfeldt«, sagt Möller.
Das sitzt, das bleibt haften. Ein kleiner Irrtum nur, aber ich bin jetzt nicht mehr Oswald Jahn, der Sohn meines Vaters, ich bin Oswald Laengfeldt geworden. Solche Irrtümer lassen sich nie korrigieren. Die Augen der Wartenden folgen mir mit einigem Ingrimm, bilde ich mir ein, als Möller auf einen elektrischen Knopf drückt und die Tür zu der Redaktion aufspringt. Diese Tür hat keinen Griff von außen. Ein junger Mensch geht einfach hinein, ins Allerheiligste.
Wieder ein langer Gang, aber heller als der andere. Betrieb, Leben herrscht hier. Aufregung, Nervosität, ziemlich viel Lärm. Ein Zimmer neben dem anderen. Alle Türen scheinen gleichzeitig auf- und zugerissen zu werden. Schreibmaschinen klappern, Klingeln rasen, Botenjungens in Radfahrerkleidung springen auf, laufen hin und her, setzen sich wieder in ihre Ecke.
Und hier können Menschen arbeiten? Das war mein einziger Gedanke.
Zimmer Nr. 34.
Diesen Raum werde ich nie vergessen. Auch den Augenblick nicht, da ich ihn zum erstenmal betrat. Eine dicke blaue Rauchwolke liegt über einem Schreibtisch von riesigen Ausmaßen. Alle Fenster sind geschlossen. Zu einem Nebenraum steht die Tür offen. Eine Schreibmaschine klappert. Unaufhörlich schlägt die Tür, Menschen gehen aus und ein.
»Ruhe!« ruft jemand.
Sieben oder acht Menschen reden aufeinander ein. Keiner hört auf den anderen, keiner mäßigt seine Stimme.

»Türe zu, verdammt nochmal!« ruft jemand.
Ich sehe ein großes Plakat an der Wand hängen, anscheinend aus verschiedenen Zeitungsausschnitten zusammengeklebt:

> » – merken Sie denn nicht, daß Sie stören? – Wir können ja gelegentlich im Café darüber sprechen – so wichtig ist das alles gar nicht – «

Kein Mensch beachtete uns.
»Ich dulde nicht, daß so viel Übersatz weggeschmissen wird!« rief ein großer blonder Mann mit Hornbrille, der rittlings auf dem riesigen Schreibtisch saß. »Ich habe dann immer die Geschichten mit dem Verlag. Zuviel Geld ausgeben für unnützes Zeug. Hier wird jetzt einmal eingeschränkt. Ein Zehntel von den Referaten, die hier gemacht werden, genügt. Aber jede Zeile wird mir gebracht, verstanden, Frisch? Ich denke nicht daran, das ganze stellungslose Romanische Café zu ernähren!«
»Ja, aber«, sagte ein kleiner dunkler Mensch, ebenfalls mit einer Brille, der in einem großen Haufen von Bogen herumkramte, auf denen Vermerke mit Rotstift angebracht waren.
»Kein Ja, aber – Schluß, Punkt!«
Der große Herr sprang von seinem Schreibtisch herunter, anscheinend war die improvisierte Konferenz beendet.
»Doktor Laengfeldt!« rief er, als er den Obersten vor sich stehen sah. »Ja, ich habe Sie ja gar nicht hereinkommen sehen. Aber setzen Sie sich doch!«
Er schob dem Obersten einen wackligen Korbsessel hin.
»So ein Qualm! Fenster auf!« Und dann zu mir: »Also Sie sind der verheißungsvolle Sprößling unseres vielverdienten Doktors. Herzlich willkommen, Herr Laengfeldt. Ein Haufen Arbeit wartet auf Sie!«
Es blieb also dabei. Ich war jetzt Oswald Laengfeldt, der Sohn des Obersten.
»Na, Sie sind wohl froh, daß Sie Paris los sind, was?« sagte der große Mann zu dem Obersten und bot Zigaretten an. »Mein Gott, ein schwieriger Posten! Ich möchte ihn nicht haben.«

»Es geht«, sagte der Oberst und verzog keine Miene seines steinharten Gesichtes.
»Konstantinopel ist eine Pension, da können Sie sich ausruhen.«
»Gewiß, gewiß, mal etwas anderes.«
Schließlich erhob sich der Oberst und sagte: »Also Flachslander, wir müssen noch zu Holten. Wollen Sie mit uns essen?«
»Gerne. Mein Wagen steht unten.«
»Also bis nachher.«
Wir waren wieder auf dem Gang.
»Dieser Mann heißt Flachslander und ist dein Chef. Er hat etwas komische Manieren, aber er ist sehr talentiert, wie du sehen wirst. Laß dich durch seine Allüren nicht aus der Fassung bringen.«
Wir gingen den Gang hinunter und machten vor einer Türe halt, deren Fenster mit einer grünen Gardine verkleidet war, vermutlich, damit man nicht hineinschauen konnte. Der Oberst klopfte. Es wurde Herein gerufen.
Ein weißhaariger Herr saß an einem Schreibtisch, auf dem eine ganze Batterie von Telephonen aufgepflanzt war. Das Zimmer hatte einen Teppich, zwei echte Bilder hingen an der Wand, ein Klubsessel war da, ein marmorner Waschtisch in der einen Ecke, ein Kleiderständer in der anderen. Hier war Ruhe und Ordnung, nicht das unsinnige Getöse der anderen Zimmer.
»Herr Chefredakteur Holten – mein Sohn – «, sagte der Oberst.
Warum gibt er mich überall als seinen Sohn aus? – dachte ich.
Der Chefredakteur gab mir die Hand, eine gepflegte, schöne Männerhand, an der keine Spur von Nikotin zu bemerken war, obwohl der Chefredakteur ein starker Raucher war, wie ich an der Aschenschale sah.
»Ich freue mich, Sie kennenzulernen«, sagte er. »Hoffentlich arbeiten Sie sich schnell ein. Die Formalitäten sind wohl alle erledigt, lieber Doktor, wie?«
»Ich denke ja«, antwortete der Oberst.
»Dann also viel Glück. Und wenn etwas nicht klappt oder Sie irgendwelche Schwierigkeiten haben, dann wissen Sie, wo Sie mich finden.«

»Ich danke Ihnen.«
»Und auf Wiedersehen, Doktor! Wir hören nun bald von Ihnen aus der Türkei!«
»Auf Wiedersehen!«
Wir trafen Flachslander vor dem Portal. Er war mit seinem Auto beschäftigt.
»Holten wird dir immer helfen«, sagte der Oberst noch leise. »Ich habe dich ihm besonders ans Herz gelegt.«
»Na, haben Sie einen guten Eindruck von uns bekommen, junger Mann?« rief der Chef. Ich lachte gezwungen. Dieser Chef war mir grenzenlos unsympathisch. Aber um den Obersten nicht zu kränken, sagte ich kein Wort. Das Auto war endlich instand gebracht, und wir fuhren nach dem Westen, wie mir der Oberst erklärte. Im Restaurant Schweimler am Kurfürstendamm erwartete Mama uns bereits, einen Haufen Packen und Päckchen neben sich. Es wurde viel gesprochen beim Essen, der Oberst lachte auf seine laute und joviale Art, und auch Mama lächelte bisweilen. Dann verabschiedete sich der Chef vom Obersten und Mama, bestieg seinen Wagen und brauste wieder davon.
»Diesen Wagen hat der Mensch sich in vier Jahren zusammengeschrieben«, sagte der Oberst. »So etwas von Ellenbogen, wie der hat.«
Beim Tee in der Hotelhalle, zu dem eine ungarische Kapelle spielte, erzählte der Oberst von dem, was nun mein Leben sein werde. Meine Augen glühten, ich war übermüdet von der Nachtreise und den Aufregungen des Tages, aber vielleicht gerade darum voll wacher Spannung. Ich sah Arbeit vor mir, Arbeit und nochmal Arbeit. Ich sah Zeitungen, Schreibmaschinen, Setzereisaal, Telephone und Telegraphen unfaßlich greifbar vor mir. Und dann sah ich Manfreds Antlitz plötzlich dazwischen, des unglücklichen Manfred Gesicht, es lächelte nicht wie sonst, es war eine stumme, traurige Zufriedenheit in seinen Zügen. Oh, wie dachte ich an ihn und an unseren Abschied.
– Denk an mich, wenn du zwischen Telephon und Telegraph den Atem der großen Städte hörst –

Seine Worte waren wieder in meinem Ohr.
Dreihundert Mark hinterließ mir der Oberst, für die erste Zeit in Berlin, damit ich mir ein Zimmer suchen konnte und zu leben hatte. Auch bezahlte er meine Hotelrechnung noch für zwei Tage im voraus. Dann reisten die Eltern ab, acht Uhr zweiunddreißig am Abend. Es war etwas furchtbar Beklemmendes in dieser Abreise. Ich kann nun einmal Leute nicht abreisen sehen. Jedesmal würgt es mich in der Kehle, und ich habe Mühe und Not, die Tränen zurückzuhalten, um nicht weinend wie ein kleines Kind auf dem Bahnsteig zurückzubleiben.
Der Zug fuhr aus der Halle, und Mama winkte mir mit einem kleinen, weißen Taschentuch. Ich konnte nicht hinsehen, ich mußte mich abwenden und ging langsam der Sperre entgegen. Als ich mich am Ausgang noch einmal umwandte, war der Zug bereits verschwunden. Langsam ging ich die breite Treppe hinunter.
Ein bunter Abend in tausend Lichtern lag über der Stadt. Und ein Ruf aus vielen Kehlen tönte mir entgegen, als ich aus die Straße trat:
»Vossische Zeitung! Berliner Nachtausgabe! Berliner Tageblatt! Die erste Morgenausgabe!«

Dritter Abschnitt

Wenn du zwischen Telephon und Telegraph den Atem der großen Städte hörst – –
Ich höre ihn; aber ich kann an niemand denken dabei.
Ich habe Manfred vollkommen vergessen. Sein Schicksal ist mir recht gleichgültig inmitten des Betriebes. Überdies habe ich seine Adresse gar nicht. Und dann, dieses Ende mit Franziska, das hat einen bösen Nachgeschmack in mir hinterlassen. Jetzt sind zwei Tage vergangen, und ich habe noch nicht die geringste Lust verspürt, mich um Franziska zu kümmern.
Es ist viel zu tun. Wir müssen nie vergessen, daß der Tag nur vierundzwanzig Stunden hat, vierundzwanzig Stunden, in denen wir die ganze Welt auf ein paar Seiten Papiers zu sammeln haben. Was man selbst eigentlich tut, weiß man gar nicht. Man sieht ein paar Zeilen dastehen zwischen hunderttausend anderen und sagt sich: das bin ich, das ist das Ergebnis einiger Stunden Mühe, und dann vergeht ein kurzer Tag, und alles ist dahin. Und es ist, als sei nichts gewesen.
Daran ist etwas Niederdrückendes für einen, der gewohnt war, seine Gedanken und seine Worte liebzuhaben wie ich.
Ich denke mir, Franziska könnte mir aus diesen Sorgen leicht heraushelfen. Aber ich mag ihr nicht telephonieren. Ich will keine Briefe schreiben. Kein Mensch braucht überhaupt etwas von mir zu wissen.
Meine Manie für alles Geographische veranlaßt mich indessen, auch in Berlin systematisch vorzugehen. Ich besorge mir einen Stadtplan. Ich muß vor allem einmal sehen, wie alles zusammenhängt. Ich denke, innen in der Stadt kann man nicht wohnen, obwohl Kluge, mein Kollege aus der Lokalredaktion, behauptet, es sei viel angenehmer als im snobistischen Westen. Ich fahre hinaus und finde auch in der Lutherstraße ein Haus, in dem ein Zimmer abzugeben ist. Ich sehe mir das mal an. Ein junger Mann mit dicken Brillengläsern öffnet mir, freundlich

und gewinnend, ja, das Zimmer ist noch frei, ob ich es anschauen darf.
Mein Gott, ein bißchen sehr dunkel. Aber schließlich gibt es elektrisches Licht. Zentralheizung gibt es nicht, nur einen dikken Kachelofen, außerdem wird es jetzt Sommer, und wer weiß, wie lange ich in dieser Stadt bleibe. Kostet? Sechzig Mark im Monat.
In dieses Zimmer in der Wohnung des Privatdozenten Dr. Führing ziehe ich ein, schon am Nachmittag. Ich habe auch seine Frau zu sehen bekommen, eine junge Dänin, die ein leicht fehlerhaftes Deutsch spricht. Das gefällt mir, Kinder haben sie nicht, einen Blumenstrauß haben sie mir zum Empfang auf den Tisch gestellt, eine Kanne Tee und etwas Gebäck, das mich ganz fern an die Blechbüchse des Generals erinnert. Über meinem Schreibtisch hängt eine große Gravüre von Abraham Lincoln, über dem Bett ist George Washington zu sehen in einem zeitgenössischen Stich, und der seltsame Schlaf Rip van Winkles ist über der Nußbaumkommode abgebildet. Dr. Führing ist Spezialist für die Geschichte der Vereinigten Staaten an der Universität, sein Vater war Konsul in Philadelphia. Zum Überfluß kennt er auch den Obersten, spricht von ihm mit großer Ehrfurcht als einem bedeutenden Mann. Soweit ist alles in bester Ordnung.
Gott sei Dank, ich wohne. Ich habe ein Zimmer mit einem Schreibtisch und einer Lampe, ich habe ein Bett, ein Sofa, Teetisch und einige Stühle. Ich packe meine Koffer aus, wenn erst einmal all das Zeug herumliegt, meine Bücher und Manuskripte, an denen ich in Gedanken immer noch hänge, trotz der veränderten Atmosphäre, dann wird es schon gehen.
Franziska.
Das ist es ja gerade. Ich hätte es nicht so weit kommen lassen dürfen, daß wir uns du sagten. Dieses Du, das bindet mich an ihre Schwierigkeiten, an ihre Versessenheit, an ihre Treulosigkeit, an ihr seltsames Geheimnis, dem ich immer noch nicht auf die Spur gekommen bin.
Übrigens, um es ganz offen zu sagen, an der Erforschung dieses

Geheimnisses habe ich nicht das geringste Interesse. Was gehen mich ihre blödsinnigen Abenteuer an? Mit einem Menschen wie mir anzubinden, ist schon wirklich grotesk für ein Mädchen von so auffallender Schönheit. Was soll denn das zu guter Letzt? Ich bin überzeugt, daß etwas ganz düster Unanständiges dabei herauskommen würde, wenn ich mich entschlösse, sie aufzusuchen.

Nein, Franziska kommt nicht in Frage. Als ob nichts gewesen wäre, dabei bleibt es. Was war denn schließlich? Gar nichts. Blöde Reden haben wir geführt, und zum Schluß, als es soweit war, hatte ich Angst, und sie wollte nicht. Ihre zweifelhafte Patheterei steckt nämlich an, sonst hätte ich mich in dieser Wagennacht bestimmt vernünftiger benommen. Wer weiß außerdem, wer dieses Mädchen eigentlich ist? Ob ihr Vater wirklich Gesandter in Rom, ob sie tatsächlich Schauspielerin am Deutschen Theater, ob nicht alles Schwindel ist?

Nein, nicht auf Experimente einlassen. Bleiben wir, wie wir sind.

*

Zehn Uhr. Der Warteraum der Redaktion war schon zu dieser frühen Stunde dicht gedrängt voll Menschen.

»Guten Morgen, Herr Möller.«

»Morgen, Herr Laengfeldt.«

Die Tür springt auf. Der lange Gang liegt verödet. In Nr. 34 sitzt Frisch, Heinz Frisch, ein junger Mensch mit schwarzer Hornbrille, und liest die Zeitung.

»Morgen!«

Diese schwarze Brille verdeckt fast völlig das Gesicht des jungen Schriftstellers, der seit Jahr und Tag bereits in dieser Redaktion arbeitet. Sein Antlitz hat etwas Müdes und Trauriges, er selbst aber ist lebendig und voller Witz.

»Übersatz ausmisten!« sagt er und schiebt mir einen Packen Abzüge zu, die eben feucht aus der Setzerei gekommen sind. Das ist meine morgendliche Beschäftigung. Übersatz, das habe ich inzwischen gelernt, ist die Unmenge von Zeug, Notizen, Besprechungen, kleinen Kritiken, Theaterankündigungen, Bemerkungen und dergleichen, die außer den großen Leitaufsätzen die fünf bis sechs Spalten des Feuilletons zu füllen haben. Es ist eine Unmenge, viel mehr als gebraucht wird, es herrscht immer Platzmangel, da müssen mehr als drei Viertel weggeworfen werden. Das bleibende Viertel gilt es auszuwählen.

Es macht einen fast kindlichen Spaß, so mit dem Rotstift auf den Abzügen herumzuwirtschaften. Das meiste ist veraltet, muß ohnedies fallen gelassen werden. Das gerade Aktuelle, und auch davon nur das Wichtigste, wird angekreuzt und verwendet. Täglich kommen vier neue Bogen von solchem Mist, manchmal weniger, manchmal mehr.

Frisch hilft immer noch ein bißchen dabei. Wie soll ich das auch alles auf den ersten Anhieb wissen? Und der Chef denkt gar nicht daran, mir irgend etwas zu erklären. Er meint, ich kann mir das aus der Luft saugen.

»Gut«, sagt Frisch. »Wird der Chef froh sein, daß er das alles nicht zu bringen braucht. Sie haben ja neulich gehört, wie er getobt hat. Am liebsten möchte er immer alle sechs Strich allein vollschreiben.«

Ein »Strich«, muß man wissen, ist eine Feuilletonspalte.

»Schreibt er denn nicht gut?« frage ich.

»Manchmal, wenn er will. Er kann schon; aber eigentlich ist er ein entsetzlicher Schleimer und Langzieher.«

In diesem Augenblick geht die Tür auf, der Chef erscheint, in Begleitung eines jungen Menschen.

»Morgen!« Er hängt seinen Hut an den Haken, fängt noch im Mantel an, in den Papieren herumzustöbern, die auf seinem Tisch aufgetürmt sind. Der junge Mensch verharrt in sichtbarer Demut in der Nähe der Tür. »Haben wir nicht irgend etwas für Herrn Heßling, Frisch? Nichts eingegangen?«

Frisch schiebt ihm ein Paket Papiere hin.

»Hier, Heßling«, sagt der Chef. »Schreib mir zehn bis fünfzehn Zeilen über diese Sache. Aber konzentriert, verstehst du, und laß dir an der Kasse das Honorar geben.«

Heßling nimmt die Karten für sein Vortragsreferat in Empfang und verschwindet mit einem kaum hörbaren »Guten Tag!«.
»Wenn Sie nicht gekommen wären, Laengfeldt«, sagt der Chef und zieht seinen Mantel aus, »ich hätte den Heßling genommen. Ein kluger Kerl und lebt so schlecht.«
»Von den zehn Mark für das Referat kann er gerade Beefsteaks essen«, sagt Frisch brummig. Das verstimmt den Chef.
»Warum sind die Manuskripte noch nicht durchgesehen, ich brauche unbedingt was fürs Abendblatt«, fährt er aufgeregt los.
»Die Post ist eben erst gekommen«, lügt Frisch, der die ganze Zeit über Zeitung gelesen hat und die Arbeit liegen läßt, wo sie liegt.
»Das ist eine Schweinerei!« knurrt der Chef. »Soll ich jedes Kuvert selbst aufreißen. Wofür habe ich euch Jungens denn?«
Wütend sieht er in die Ecke, wo wir sitzen. Mein Gott, ist das ein Betrieb, denke ich.
»Bitte, haltet mal Vorschau, ihr beide«, kommt es jetzt auf einmal ganz sanft. »Ich muß da gerade mal bei Goldschmidt mich erkundigen, was eigentlich der – – «
Schon ist er hinaus. Weiß Gott, denke ich, was das für ein komischer Mann ist. So etwas von Laune und Fahrigkeit. Wir sehen den Eingang durch, will sagen die tägliche Flut von Manuskripten, mit der man uns übergießt.
»Wie viel kommen da eigentlich so pro Tag?« frage ich.
»Zwischen fünfzig und siebzig«, antwortet Frisch.
Ein bitteres Gefühl. Siebzig Leute schicken jeden Tag eine Arbeit ein, Novellen, Skizzen, Aufsätze, Gedichte, eines bis zwei pro Tag wird allerhöchstes gebraucht. Viel bekannte Namen waren darunter, jedoch noch mehr Unbekannte. Aber der Chef, der sich etwas darauf zugute tat, die »Jungen und Unbekannten« zu fördern, drang darauf, daß alles bis auf die letzte Zeile geprüft werde.
Angst und bange kann einem werden. So schlecht, wie dieser Mann hier zum Beispiel schreibt, war nicht einmal mein erster Artikel, der im »Böblinger Anzeiger« erschienen war. Aber

schließlich – bezahlen wir das Rückporto? Ab, in den Korb, wo die Abgelehnten liegen.
»Wie finden Sie das?« Frisch reichte mir ein paar Bogen herüber. Das Zögern habe ich mir längst abgewöhnt. Schon nach den ersten drei Tagen habe ich gewußt, daß der Chef es lieber hört, wenn man »schlecht« sagt, als wenn man lobt. Das erscheint ihm dann als scharfe Kritik, als Urteilskraft. Die Notwendigkeit, von der Sache etwas zu verstehen, ist bald zu einem sehr Geringen zusammengeschrumpft.
»Mist«, sage ich. »Inhaltlos, schlechtes Deutsch außerdem.«
Da nickt der Chef und sendet einen wohlwollenden Blick herüber.
Gegen vier Uhr ist Schluß. Oft auch schon gegen drei.
Es ist, als ob man nichts geleistet hätte, gar nichts.
Nur in die Luft gearbeitet.

*

Nach vierzehn Tagen ist es dann soweit, daß das Geld, welches mir der Oberst zurückließ, zu Ende ist und ich von dem leben muß, was ich verdiene.
Dabei bemerke ich, daß es mir nicht gut geht.
Es ist eine Art körperlicher Unzufriedenheit, die mich quält. Ich schlafe schlecht. Ich habe allnächtlich schweren, bunten und hitzigen Träumen standzuhalten. Ich wache auf und denke: wenn mir doch einer helfen wollte! Ich stehe dann mitten in der Nacht auf und setze mich an den Schreibtisch, ein Glas Wasser und Zigaretten an der Seite und versuche etwas.
Was ich da eigentlich will, weiß ich nicht.
Vor einigen Jahren, in der körperlichen Krisenzeit, versuchten wir, uns durch hitzig-geschwollene Verse Luft zu machen. Ist es eine Nachwehe dieser Zeit, die ich jetzt durchlebe? Der Versuch, die innere Schwierigkeit auf das Papier zu bringen und loszuwerden, mißlingt. Ich komme mir nur albern vor, werfe alles hin und stehe stundenlang am offenen Fenster in der Nacht und schaue in die sommerliche Stadt hinunter.

Einmal kleidete ich mich auch an, nachts um ein Uhr, und ging auf die Straße. Die Stirn war mir heiß, ich hielt einen Augenblick in der Dunkelheit an und lehnte mich an eine Hausmauer. Da hörte ich neben mir sprechen.
»Du – da steht einer – «, sagte ein Mädchen
»Da steht keiner«, antwortete der Kerl.
Dann war es einen Augenblick still. Ich rührte mich nicht. Nein, still war es doch nicht. Kleine verschwiegene Laute drangen aus der Finsternis. Der Kerl knurrte, das Mädchen seufzte ein wenig – dann war es vorbei. Ich wollte aus der Dunkelheit heraustreten.
»Da steht doch einer!« rief jetzt das Mädchen angstvoller.
»Sei doch ruhig!« antwortete der Kerl grob.
Und dann begann es von neuem. Langsam drückte ich mich aus der Ecke heraus und ging auf den Zehenspitzen um die Straßenecke herum. Dann begann ich zu laufen, wie irrsinnig zu laufen. Ich kam an ein Café, auf der Terrasse draußen war noch eine beträchtliche Menschenmenge versammelt, ich sah mich verwirrt um und setzte mich dann hin und bestellte einen Kaffee. Wie in einer Ahnung griff ich nach der Tasche, in der ich mein Geld aufbewahrte. Das Portemonnaie war zu Hause geblieben.
»Nein – keinen Kaffee!« rief ich.
»Was denn?« wollte der Kellner wissen.
»Nichts – ich gehe schon.«
Ich ging. Meine Schritte waren schwer. Endlich erreichte ich das Haus. Langsam stieg ich die Treppe hinauf, öffnete die Wohnungstür, erreichte mein Zimmer und fiel ins Bett.
Meine Träume waren in dieser Nacht ein einziger Wirrwarr von Bildern.
Die zwei an der Hauswand kamen immer wieder, tauchten immer wieder auf, ich vernahm ihre kurzen, abgerissenen Reden und dann die tierischen Laute, das harte Knurren des Mannes und das leise Seufzen des Mädchens. Immer wieder. Und dann verwandelte sich der Schauplatz, und ich befand mich auf ein-

mal im Schlafwagen, und Franziska saß halb entkleidet mir gegenüber. Langsam begann sie, eine Hülle nach der anderen fallen zu lassen. Schließlich war sie ganz nackt und hatte nur die seidene Pyjamahose an. Sie stand hochgereckt vor mir und hob die Arme, so daß das gelbe Licht in den Höhlen ihrer Achseln spielte.

»Bin ich gut gebaut, findest du?« fragte sie.

»Das interessiert mich nicht!« hörte ich mich antworten mit merkwürdig sachlicher Stimme.

»Ich weiß, was du willst«, sagte sie und lächelte auf eine unerträglich süße Weise, die mir das Gesicht zusammenzog. »Du bist ein Schwein«, flötete sie.

»Warum machst du denn das?« fragte ich. »Zieh dich doch endlich aus!«

Da brach sie in ein klirrendes Lachen aus und verlangte, ich solle sie küssen.

Ich küßte sie, und während mein Mund über ihr Antlitz glitt, sank sie mir plötzlich aus den Armen. Ich suchte sie im ganzen Abteil und entdeckte sie plötzlich auf dem Bett liegend. Die seidene Hose hatte sie nicht mehr an.

Dann hörte ich wieder das leise Seufzen und das harte Knurren und wußte genau, daß wir beide es waren, die diese Laute hervorstießen.

Als ich aufwachte, fühlte ich mich besser. Ein merkwürdiger Druck war von mir gewichen. Ich hatte keine Kopfschmerzen mehr, stand auf und wusch mich, denn mein Schlafanzug war von Schweiß verklebt. Dabei sah ich in den Spiegel.

– als ob die schöne Franziska sich mit einem solchen Kerl ins Bett legen würde – dachte ich.

– ich sehe ja aus wie ein Mongole.

Und dann: – außerdem ist Franziska die Braut von Manfred.

Ich kleidete mich an, nahm den Hut und ging wieder auf die Straße. Es war gegen fünf Uhr morgens. Ich ging durch den ganzen Tiergarten, saß auf den Bänken herum, las eine liegengebliebene Zeitung, trank dann einen Kaffee und aß ein Brötchen dazu und fand mich schließlich um neun Uhr auf der Redaktion ein.

*

Die Abende waren jetzt nicht weniger einsam als vorher. Ich kannte noch immer, nach ganzen drei Wochen, kaum einen Menschen in dieser Stadt. Jedenfalls niemand, mit dem ich freiwillig länger als eine Viertelstunde zusammengeblieben wäre. Die nutzlosen Stunden am Schreibtisch in meinem Zimmer allerdings hörten auf. Es hatte gar keinen Zweck, an Dingen herumzuarbeiten, die ich während meiner Schulzeit begonnen hatte. Ich spürte die Kluft und wußte plötzlich ganz genau, daß ich, wenn ich überhaupt etwas aufs Papier bringen wollte, in Berlin von vorne anfangen mußte.

Natürlich fühlte ich mich leer an diesen Abenden. Ich kam auf die Idee, Frisch zu besuchen, der in der Redaktion Nachtdienst machte. Nachtdienst – das war für mich ein geheimnisvolles Wort. Ich wollte wissen, was da nachts in dem großen Zeitungsgebäude getan wurde. Daß meine Tätigkeit in Zimmer Nr. 34 nur eine unwichtige Kleinarbeit war, die mit der eigentlichen Arbeit nichts zu tun hatte, wußte ich. Aber zu diesem »Eigentlichen« ließ man mich ja nicht zu. Ich hatte immer nur Manuskripte zurückzusenden, aufzuräumen, mal ein Referat über einen Vortrag zu machen, das war alles. Die Setzerei hatte ich bis jetzt noch nicht betreten. Was Umbruch war, wußte ich; wie man es macht, nicht. Und Nachtdienst –

Ich verbrachte viele Abende mit Heinz Frisch in Nr. 34. Ich sah, was er tat. Er bekam Übersatz und redigierte ihn – das, was sonst der Chef tat. Er telephonierte, gab Auskünfte, erhielt Telegramme, gab sie in die Setzerei, im übrigen hatte er viel Zeit, bestellte für uns Bier und Würstchen, wenn ich hungrig war, und kleine dicke Zigarren, die Spezialität der Kantine.

Ich war nicht gekommen, um mich mit Frisch zu unterhalten. Ich wollte nur sehen, was vorging. Aber bald entstanden Gespräche. Frisch erkundigte sich nach meiner Kindheit, nach meinem »Werdegang«, wie er es scherzend nannte, und ich gab Auskunft. Wir sprachen auch vom Obersten und seiner politischen Tätigkeit, und ich begann auszupacken, was ich wußte. Frisch, der sich selbst einen eingefleischten Literaten nannte, erstaunte über meine Kenntnisse, so gering sie waren.

»Sie wissen in der Geographie gut Bescheid«, sagte er. »Sie haben von Politik eine Ahnung.«

»Es ist nicht viel«, sagte ich.

»Der Oberst hat Ihnen viel Anregung gegeben?«

Ich freute mich, daß Frisch meinen Papa auch den »Obersten« nannte, das verbündete uns auf eine scherzhafte Weise.

»Ja«, antwortete ich. »Aber er hielt nie viel von meinen politischen Fähigkeiten. Ich meine, von meiner Aufnahmefähigkeit für politische Dinge. Er sagte, ich sei ein geborener Feuilletonist.«

»Mit neunzehn Jahren ist man überhaupt noch nicht geboren.«

»Was heißt das?«

»Daß Sie Zeit haben, um abzuwarten, wozu Sie taugen.«

Am nächsten Abend spielten wir Schach und rauchten wieder Zigarren.

»Sie spielen gut Schach«, unterbrach Frisch das Spiel. »Sind Sie mathematisch begabt oder musikalisch?«

»Weder, noch.«

»Zwischen Schach und Musik besteht eine gewisse Relation, man hat das oft beobachtet – warum wurden Sie eigentlich Journalist?«

»Ich wollte schreiben.«

»Etwas Bestimmtes?«

»Nein – nur das Bedürfnis hatte ich – aber es ist merkwürdig, seit ich hier an der Zeitung bin, wo ich es doch können werde, ist es mir fast abhanden gekommen. Meine Arbeit – – «

»Seien Sie geduldig, wir werden es schon einrichten, daß Sie besser beschäftigt werden – gehen Sie manchmal ins Kino?«

»Nie.«

»Tun Sie es gelegentlich.«

Ich tat es, an einem freien Abend, es war ein Sonntag.
Der Film hieß »Totentanz der Liebe«, und es spielte eine Frau darin, deren Namen ich noch nie gehört hatte. Aber ich kannte mich ja unter den Stars nicht aus.
Sie hieß Greta Garbo und sah aus wie Franziska van Burkom. Obwohl sie stumm war, hörte ich sie dennoch sprechen. Ihre Stimme war die Franziskas, nur viel reiner, viel geläuterter, viel klarer. Manchmal war eine plötzlich aufglitzernde Fröhlichkeit darin, dann verstummte sie plötzlich, ihre Augen wurden groß und glänzend, ihr Gesicht kam ganz nahe heran zu den Schauenden, ihr goldenes Haar schwebte in einer leichten Wolke zurück, ihre schmalen Hände kamen langsam gegangen, ein wenig zitternd, immer weiter nach vorn, wie auf einer unsichtbaren Bahn, sie umschlossen mich, ihr Mund trat heran, die feinen Linien ihrer Lippen veränderten sich in jeder Sekunde, sie schwebten und schwangen und senkten sich herab. Das war wie ein Wunder.
Als ich auf dem Heimweg war, wußte ich, daß dies der erste wirkliche Eindruck war, den die große Stadt in mir hinterlassen hatte. Der war wirklich plötzlich in mir erstanden; um ihn festzuhalten, mußte ich keine Brücken in mein früheres Leben zurückschlagen, nicht an Vergangenem und Versuchtem und Halbgescheitertem anknüpfen. Ich ging nach Hause und schrieb, mit glühenden Wangen, zwei Manuskriptseiten voll, ich brauchte zwei Stunden dazu, aber sie vergingen wie im Flug.
Da war ich plötzlich sehr glücklich.
Am nächsten Morgen zog ich die zwei Bogen Papiers aus der Rocktasche und legte sie, die mit dem Titel »Porträt« überschrieben waren, vor den Chef auf seinen Tisch. Dann wartete ich ab und beobachtete gespannt und voller Aufregung die Veränderungen seines Mienenspiels.
Der Chef jedoch machte ein ärgerliches Gesicht und schob mir die Blätter mit einer Hand zurück, während er sich mit der anderen eine Zigarette anzündete.
»Ganz nett, Laengfeldt«, sagte er. »Aber Sie sind hier als Redakteur angestellt und nicht als Dichter.«

Frisch fuhr von seinem Sitz auf und wollte mich in Schutz nehmen. Aber ich winkte ab.
»Wie Sie denken«, sagte ich, riß die Blätter mitten durch und warf sie zu seinen Füßen in den Papierkorb.
Da sah der Chef mich erstaunten Blicks an.
»Sind Sie denn so empfindlich, Junge?« fragte er mit nicht ganz fester Stimme.
»Ja«, antwortete ich sicher und begab mich an meine Arbeit.

*

Zwei Tage darauf bekam ich mit der Post auf die Redaktion ein Kuvert geschickt, das nichts enthielt als eine einzige, kleine braune Theaterkarte, die einen roten Überdruck »Freikarte – Unübertragbar« trug. Ich zeigte sie Frisch und fragte ihn, was das bedeuten sollte, aber er wußte keine Erklärung.
»Für wann und welches Theater denn?« fragte er.
»Heute abend – Deutsches Theater.«
»Heute abend ist die Premiere von ›Schloß Wetterstein‹ von Wedekind«, antwortete er kurz. »Ich würde hingehen.«
Ich ging hin. Da der Platz auf die vierte Parkettreihe lautete, hielt ich es für klug, den Smoking anzuziehen. Als es Zeit war zu gehen, nahm ich ein Taxi und fuhr zum Theater.
Das Spiel auf der Bühne hatte kaum eine Viertelstunde gedauert, da wußte ich, von wem die Eintrittskarte stammte.
Franziskas Spiel war von großer Sicherheit, seine intellektuelle Exaktheit verblüffte mich. Ich wußte von Frauen nichts, das stand einmal fest. Man konnte mir leicht mit einer Kleinigkeit Eindruck machen. Aber ich hatte gewisse Vorstellungen von Frauen. Ich dachte mir die einen so, die anderen so und die dritten wieder anders. Franziska und das Mädchen, das sie darstellte, paßten in dieses lose System nicht hinein. Ich erstaunte, war aber immerhin doch nicht so unbeteiligt an der Person der Darstellerin, daß ich hätte auf den Grund meines Erstaunens kommen können.
Kaum hatte der erste Beifall nach dem Sinken des Vorhangs

eingesetzt, da verließ ich schon den Zuschauerraum und erfragte mir den Weg nach den Garderoben. Jetzt lande ich also doch bei Franziska – sagte ich mir. Warum habe ich es dann eigentlich so eilig?
Ich klopfte, die Tür wurde geöffnet, und sie stand vor mir, viel schöner, als meine Erinnerung an sie war.
»Du hast dich schlecht benommen, Oswald«, sagte sie, legte mir den Arm um die Schulter und sah mich an. »Erst aus der Zeitung habe ich ersehen müssen, wo du eigentlich bist, und was du tust – aber ich gratuliere dir, ich wünsche dir Glück.«
»Ich bitte um Verzeihung, Franziska – «
»Magst du Pralinen?«
Mit einer Hand griff sie nach der Schachtel, mit der anderen warf sie die Tür nach dem Gang zu.
Hinter ihr verrauscht ein unendliches Toben und Lärmen, der Schwall der Stimmen und das Klatschen der Hände ist mitten durchgeschnitten. Um sie aber ist ein Garten mit Blumen aufgebaut. Sie sieht sie, sie streichelt sie, pflückt die versteckten Visitenkarten wie kleine, schlecht schmeckende Beeren heraus, überfliegt sie und sammelt sie dann auf einem kleinen Haufen in der Ecke zwischen Schminke und Puder und Fettöpfchen.
»Ob Manfred in Paris ist? Ob das möglich ist?« fragt sie.
»Es ist denkbar«, antworte ich. »Sein Vater – – «
»Von Bourgoynes, Boulevard Montparnasse jedenfalls kam dieses Bukett Kamelien – «
Eben noch in heller Fröhlichkeit, verdunkelt sich jetzt ihr Antlitz. Noch einmal spielt »Schloß Wettersteins« Düsternis um ihre Lippen, ihre Augen, ihre Hände. Augenblicklich könnte sie noch einmal beginnen zu sprechen, was sie eben gesprochen hat.
»Du warst außerordentlich gut, Franziska«, sage ich.
Da verwandelt sich ihr Mund. Sie streicht das Haar zurück, sie lacht, sie ist ein kleines Mädchen inmitten eines großen bunten Zaubergartens; sie läuft hin und her, tippt hier an die Blüten und fühlt dort die Blätter und hat ein wirklich seliges Leuchten im Blick.

»Wirklich?« ruft sie. »Ist das nicht alles zu komisch – so nett!« Als ob ihr der große Erfolg ihre Sicherheit und die Bewußtheit ihrer Gebärden mit einem Male verblasen hätte, so verstört blickt sie jetzt drein, so erstaunt über sich selbst.
»Bin ich jetzt berühmt?« fragt sie.
Ich antworte nicht sogleich, sehe sie nur lächelnd an.
»Na gut«, sagt sie. Sie hat alles um sich abgetan und ist mit tiefstem Ernst beschäftigt, Rouge aufzulegen. Sie weht einen Hauch Puder über die Wangen, schiebt die graue Kappe über das Haar, dann geht sie hindurch durch die Menge der Wartenden, aufrecht, die Arme voller Blumen, die ihr das Gesicht fast verdekken. Viele Hände reichen in das offene Fenster des Taxi hinein, um gute Nacht und Lebewohl zu wünschen. Dann fahren wir. Und als der Wagen über der Spreebrücke liegt und steil und feurig die Friedrichstraße vor uns aufleuchtet, da beugt sie sich zu mir hinüber und küßt mich.
Mich – den Mongolen.

*

So lernte ich Schwanneke kennen, an diesem Abend.
Der Aufenthalt war nur kurz, eine Flasche Mercier, drei Zigaretten und zwei heimliche Küsse lang.
Schwanneke, Berlin W 50, Rankestraße, hat einen großen Vorderraum, salonähnlich eingerichtet, woran sich eine Art gangartigen Schlauches schließt, zu beiden Seiten mit kleinen Nischen bepflanzt, die ihrerseits voneinander durch halbhohe, bespannte Wände getrennt sind, und endlich ein Hinterzimmer, das sich durch unbequeme Stühle und auch sonst weniger einladende Einrichtung auszeichnet.
Franziska ist bei Schwanneke gewissermaßen zu Hause, denn Schwanneke ist zwar an sich nur ein Weinrestaurant, aber darüber hinaus das Versammlungslokal der Berliner Börse für Kunst, Theater, Literatur und verwandte Betriebe. Jedermann sitzt bei Schwanneke, von halb elf bis vier, eventuell länger.
Franziska hatte tausend Hände zu schütteln, die sich ihr glück-

wünschend entgegenstreckten, und ebenso oft Auskunft zu geben, wer der seltsame junge Mann sei an ihrer Seite, mit Hornbrille und abstehenden Ohren. Ob wohl die neueste Kaprice dieses kapriziösen Mädchens, oder eine Perversion? Dieses jedoch wurde leise und diskret verhandelt. Niemand wagte, über Franziska zu lachen.

»Und warum hast du mich eigentlich damals nicht angerufen?« fragte sie, als wir in der Nische Platz genommen hatten.

»Und warum hast du mich dann zu dir gerufen, als ich nicht von selbst kam?« gab ich zurück.

»Und warum bist du auf mein Rufen gekommen?«

»Und warum fragst du mich nun all das?«

Wir sahen uns an, erst erstaunt, dann lächelnd.

»Wohnst du nett?« fragte sie schließlich nach einer Pause.

»Nicht unangenehm«, antwortete ich.

»Du bist viel allein?«

»Ich habe genügend Bekannte.«

Sie schaute mich an, mit einem so großen und fragenden Blick, als hinge das Heil der ganzen Welt davon ab, daß ich jetzt die Wahrheit sagte oder nicht.

»Nein – ich kenne niemand«, antwortete ich verwirrt.

»Fühlst du dich einsam?«

»Ich gehe oft ins Kino.«

»Und dann?«

Ich schwieg, bedrückt und traurig.

»Ich möchte deine Wohnung einmal sehen. Darf ich zum Tee kommen, einmal?«

»Gewiß, Franziska – – «

»Und?«

»Ich – ich möchte dich – nach Hause begleiten.«

*

Am ersten Tag war ich glücklich. Am zweiten war ich bedrückt und glaubte, alles falsch gemacht zu haben. Und am dritten hatte ich das Gefühl, in eine Falle gegangen zu sein.

Am vierten Tag jedoch liebte ich sie wieder, liebte ich ihre Stimme, den leichten, glitzernden Ton ihrer Worte, in denen immer das nicht ganz enträtselte Geheimnis schwang, ihren aufrechten Gang, die rührende Sorgfalt in den kleinen Dingen des Lebens, den Mut, mit dem sie dieses neue fragwürdige Abenteuer unternahm.

Wir wohnten in der Cicerostraße in einer merkwürdigen Anordnung von Zimmern im vierten Stock eines Hauses mit Lift. Ich hatte ein böses, nagendes Gefühl gehabt, als ich dem guten Dr. Führing und seiner Frau das Zimmer in der Lutherstraße aufkündigen mußte. Es zwang mich ja eigentlich niemand dazu, und wer wußte, ob das neue Leben eine Verbesserung sein würde? Die liebenswürdigen Leute hatten mir nichts getan, sie waren indessen nicht gekränkt und wünschten mir Glück. Kaum vier Wochen hatte ich in diesem Zimmer gehaust, aber es barg schon unangenehme Erinnerungen. Das spürte ich, als ich es zum letztenmal betrat, um meine Sachen zu holen. Als ich das breite Bett sah, konnte ich mich des Gedankens nicht erwehren: hier hast du nächtelang allein geschlafen, geschlafen im Schweiße deines Angesichts. Schlecht ist es dir in diesem Bett ergangen. Es ist gut, fortzukommen. Und ähnlich ging es mit dem Schreibtisch, auf dem die Hoffnungen meiner Gymnasiastenseele zusammengebrochen waren. Das war kein zu hartes Wort für das, was mir widerfahren war. Flachslander hatte es mir deutlich genug gesagt.

Jetzt lebte ich in einem hellen Raum, seit zwei Tagen schon. Zwei große Fenster gingen bis zum Erdboden herab und ließen in einen großen Garten sehen, der tief unten lag. Jetzt, im aufbrechenden Frühling, waren sie den ganzen Tag über geöffnet. Es gab zwei Regale mit Büchern in diesem Zimmer, es gab einen Stutzflügel und einen großen flachen Schreibtisch, und schließlich noch eine breite Couch mit unzähligen bunten Kissen und einem kleinen Teetischchen davor und zwei tiefen Sesseln, in denen man ganz versinken konnte.

Die Anordnung der Zimmer war in der Tat merkwürdig. Denn

es war nicht eine Wohnung, sondern zwei. Von dem großen Wohnzimmer aus gelangte man in ein Schlafzimmer, in dem nichts stand als ein riesiges Bett, ein flacher, hoher Kleiderschrank und ein Spiegel von enormen Ausmaßen. Von diesem Schlafgemach aus gelangte man in ein Badezimmer und gleichzeitig in einen kleinen Raum, der notdürftig als Küche hergerichtet war. Es gab da ein paar Töpfe und Kannen und einen Gasherd, aber man merkte, daß hier nicht sehr viel mehr als Spiegeleier und Tee bereitet wurden. Und dahinter kam dann dasselbe noch einmal: ein zweites Schlafzimmer und ein zweites Wohnzimmer. Diese zweite Wohnung hatte ihren besonderen Eingang, war aber auch von Bad und Küche aus erreichbar.
Franziska führte mich hindurch, die Zimmer waren möbliert, das Wohnzimmer war sogar zu einer Art Büro umgewandelt, mit endlosen Bücherregalen, zwei Schreibtischen, einer Schreibmaschine, Telephon und tausend anderen Dingen mehr.
Diese zweite Wohnung gehörte Ellen Duvernon, deren Vater ein elsässischer Rechtsanwalt von Rang, deren Mutter hingegen die Tochter eines Juweliers aus Amsterdam war. Franziska und Ellen waren im Haag und später in Lausanne in der gleichen Pension gewesen, gemeinsames Interesse für Theater und Literatur hatte sie von jeher verbunden. Als Franziska nach Berlin ans Theater kam, siedelte Ellen, die sich auf die Übersetzung französischer Romane ins Deutsche geworfen hatte, auch nach der Hauptstadt über, und sie begründeten diesen gemeinsamen Haushalt.
Dies alles erklärte mir Franziska unter vielerlei Gesten und witzigen Randbemerkungen, während sie mich Ellens Räume sehen ließ. Ellen Duvernon war bereits seit zwei Monaten in Paris, ihre Rückkunft würde frühestens in einem Monat erfolgen.
Glücklicherweise nahm meine Arbeit um diese Zeit bedeutend zu. Jetzt waren fast alle meine Abende auch mit Zeitungspflichten ausgefüllt. Das ersehnte Reich – die Setzerei – hatte ich allerdings noch immer nicht zu sehen bekommen, aber ich suchte fast allabendlich einen Rezitator, einen Sänger zur Laute oder

ähnliche Leute auf, um über sie zehn Zeilen zu schreiben. Nach kurzer Zeit hatte ich bereits das Schema heraus, nach dem diese Rezensionen zu verfassen waren, ich machte mir nicht viel Mühe damit, wenn sie auch eine wie die andere aussahen. Aber zwischen den Lautensängern und den Rezitatoren bestand ja auch wirklich kein großer Unterschied. Ich war unglücklich über die Leichtfertigkeit, mit der diese Arbeit sich von selbst erledigte, ich hätte gern etwas Besseres daraus gemacht, als was es war. Aber jeden Zusatz strich mir der Chef unweigerlich weg.

Und dann kamen noch die Bücher. Das hatte ich Frisch zu verdanken. Er hatte mich Dr. Herzfeld empfohlen, der unser Theaterkritiker war und gleichzeitig die literarische Seite redigierte. So erhielt ich oft Bücher moderner Autoren zur Besprechung, die ich dann behalten durfte. Ich legte in diese Arbeit den ganzen Ernst und das ganze Verantwortungsgefühl, das ich innerhalb des Betriebes noch aufbringen konnte, und erhielt auch einiges Lob.

Glücklicherweise – sagte ich. Denn das Leben mit Franziska war ein zwiespältiges Glück. Ich empfand es als beruhigend, eine Frau in meiner Nähe zu wissen, hierin verstand ich Manfred jetzt ganz und gar. Aber das Gefühl, nicht zu wissen, warum ich eigentlich mit ihr lebte, verbitterte diese Freude wieder. Es war schwierig, zu erfahren, was sie gedrängt hatte, mich zu sich herüberzuziehen. Aus vielen kleinen Andeutungen, die ihr entschlüpften, hörte ich heraus, daß Manfred und die Erinnerung an ihn durchaus noch in ihr lebendig waren. Ja, es gab sogar eine Photographie von ihm, die in ihrer Handtasche aufbewahrt wurde und die einmal versehentlich ans Licht kam.

Sicher – sie liebte mich nicht. Sich vorzustellen, daß sie meine Photographie bei sich trüge, hatte etwas Lächerliches. Warum aber dann hatte sie mich verpflichtet, mit ihr zu leben? Wenn es nicht Liebe war, mußte es Zuneigung sein; und die allein genügte nicht, um mit einem Menschen wie mir das Zimmer zu teilen, und nicht nur das, sondern auch das Bett, dies freilich auf seine besondere Weise. Es mußte ein geheimer Zweck da-

hinter stecken – sie hatte mir eine geheimnisvolle Mission aufgetragen, die ich zu erfüllen hatte, aber konnte ich sie denn erfüllen, wenn ich sie gar nicht kannte?
Konnte ich sie denn erfüllen, wenn ich Franziska gar nicht liebte?
Denn – daß ich so oft und so lange darüber nachdachte, welchen Sinn dieses Leben zu zweien haben könne, welchen Sinn sie ihm gegeben habe – das beweist ja, daß ich nicht mit ganzem Herzen bei ihr war.
Denn man liebt entweder, oder man denkt.
Soviel war mir klar.
Sie indessen machte nicht viel Worte. Manchmal war sie betrübt und sagte mir bedeutungsvoll: »Du bist doch nicht so brauchbar, wie ich dachte.«
Das war dann scherzhaft gesagt, aber sicher ernst gemeint.
Sie kostete ihren großen Erfolg aus, das Theater beschäftigte sie ganz. Oft brachte sie spät in der Nacht von Schwanneke ganze Gesellschaften mit in die Wohnung, dann wurde das Grammophon aufgezogen, Cocktails wurden gemixt und Kaffee getrunken und getanzt bis in den Morgen. Mehr als einmal erschien ich in recht unklarem Zustand auf der Redaktion. Aber sie ließ mich bei allen diesen Gelegenheiten nie abseits stehen. Ich hatte immer dabei zu sein, man hatte auf mich zu hören, wenn ich sprach, sie bewies es vor ihren unzähligen Freunden oft genug, daß ich es sei, den sie sich ausgesucht hatte als Hausgenossen.
Und dabei war Manfreds kleine Photo doch immer in ihrem Täschchen.
Solange sie in der Nähe war, fiel es keinem der vielen gebügelten Jünglinge ein, ein Wort über mich fallen zu lassen.
Es war, als habe sie sich ein nicht sehr appetitliches Äffchen zugelegt, daß indessen bei Gott niemand scheußlich finden durfte.
Dabei schien es recht oft, als sei ihr lebhafter Anteil an meinem Leben und meiner Arbeit nicht gespielt, nicht Vorwand, um mich bei guter Laune zu halten. Oft glaubte ich an seine Echtheit und Wahrhaftigkeit. Oft allerdings zweifelte ich.

»Wie war es heute abend?« fragte ich sie, wenn sie aus dem Theater kam.
»Glänzend«, antwortete sie, sicher ohne zu übertreiben. Ihr Erfolg war groß und unbestritten. »Und bei dir?«
»Langweilig«, antwortete ich, und das war bestimmt nicht gelogen.
Doch sie tröstete mich so voller Verständnis, daß ich oft daran glauben mußte, diese Frau liebe mich wirklich. Ja, sie war eine Frau – bis zu dem Tage, da aus irgendeinem Grunde ihr Reisepaß auf dem Schreibtisch liegengeblieben war und ich ihr Geburtsjahr feststellte. Jetzt allerdings wußte ich, daß sie knapp die Neunzehn überschritten hatte, und das zwang mich, sie für ein übergeschnapptes junges Ding zu halten, für ein Girl mit seltsamen Perversionen, das minderte meine Achtung und das, was ich meine Liebe zu ihr nannte.
Warum, bei Gott, wohnte ich nur in dieser Wohnung?
Der Billigkeit halber? Ich hatte ihr ja angeboten, die Hälfte des Mietpreises zu zahlen, das war ja selbstverständlich und das mindeste, was ich zu tun hatte. Aber sie lehnte es lachend ab. Ihr Vater, der holländische Gesandte in Rom, erledige das. Ob ich einsähe, daß mein Angebot unangebracht sei?
Gewiß, antwortete ich, aber es sei ein unangenehmem Gefühl dabei.
Da zog sie mich auf die Couch, und das unbegreifliche Wunder vollzog sich zum hundertsten Male: sie küßte mich.
Dann war ich versöhnt; doch im gleichen Augenblick tauchte er wieder auf, der Gedanke an die kommende Nacht.
Denn dieses Leben quälte mich auch.
Ich war zwar in vielen Dingen und in dem einen entscheidenden Punkt noch ein Kind und recht ahnungslos, aber ich war doch auch nicht blind. Ich lebte schließlich den größten Teil des Tages unter einer Menge durchaus erwachsener Männer, die nicht selten einander ihre privaten und privatesten Erlebnisse mitteilten. Ich war schließlich in Berlin, ging durch seine nächtlichen Straßen, in denen sich viel Seltsames begab, vor

allem gegen die Stunden des Morgens, ich verbrachte Stunden in den Cafés und hörte, wie Männer und Frauen, Jungens und Mädchens miteinander sprachen und unzweideutig lachten, ich kannte auch einige durchaus nicht zweifelsfreie Lokale, deren Toilettenräume nicht ohne die Gefahr, allerlei Anträge, vorteilhafte und unergiebige, zu erhalten, betreten werden konnten. Mein wenig schönes Äußeres und die schwarze Hornbrille schützten mich ja nicht davor, eine Ahnung von der Welt zu erhalten.

Ja – ich schreibe das so, in etwas ironischem Ton, aber es war mir alles andere als ironisch zumute, Franziska, das kannst du mir glauben.

Die Nächte an ihrer Seite waren heiß und voller Bedrängnis. Zwanzig, dreißigmal erlebte ich die verrückte Nacht im Schlafwagen von München nach Berlin aufs neue. Immer wieder trieb sie dasselbe Spiel mit einer verzweifelten Entschlossenheit, mit einer Sucht, an das Ende zu gelangen, mit einem wilden, unbeugsamen Willen, die Erlösung zu erreichen, aber immer wieder, Nacht für Nacht, brach ihr Wille zusammen.

Dann kam dieses traurige »N–e–i–n« mir wieder aus den Kissen entgegen, dieser verzweifelte Seufzer, der mich und sie selbst zugleich anklagte.

Dann wandte sie sich leicht ab von mir und bedeckte das Gesicht mit den heißen Händen.

Was war das nur?

Ich hatte oft Mitleid mit ihr. Aber noch öfter geschah es, daß ich an Grausamkeit glaubte und an die Lust, mich mit ihrer Versagung zu quälen, und dann verbrachte ich recht trostlose Nächte, aus denen ich zerschlagen, erschöpft und mutlos erwachte. Mehr als einmal war ich in diesen Nächten entschlossen, auf und davon zu gehen.

Ich konnte diese brennenden Schmerzen meines Körpers nicht mehr ertragen.

Ich ging stumm in der Wohnung umher, rauchte und sann auf einen Ausweg.

Sie saß mir gegenüber in dem tiefen Sessel, einen dunkelblauen Schal um die Schultern gelegt, fast regungslos, nur die Schwünge ihrer Brauen weiteten sich zuweilen und senkten sich dann wieder gleichmäßig über den Lidern.
»Verzeihst du mir?« fragte sie so leise, daß ich sie kaum verstand.
Ich schwieg und nahm meine Wanderung durch das Zimmer wieder auf.
»Verzeihst du mir?« fragte sie noch einmal.
Jetzt blieb ich vor ihrem Sessel stehen und sah auf sie herab.
»So geht es nicht«, brachte ich schließlich böse hervor.
Da erhob sie sich und ging langsam zum Fenster, das in den Nachmittag weit geöffnet stand.
»Es ist meine Schuld – ich weiß es«, sagte sie.
Aber es klang so, als hätte sie gesagt: wenn du weniger feige wärst. – –
Sie sah auf, und ich schaute in ihre Augen, die vom stummen Weinen gerötet waren. Ohne Furcht und ohne Zorn konnte ich jetzt ihren stummen Blick ertragen. Wenn wir beide uns in solchen Augenblicken gegenüberstanden, dann war etwas zwischen uns, das uns mehr verband als alle Worte, die wir von unserer gegenseitigen Zuneigung machten.
Dann war ihr Lächeln plötzlich da, stumm tauchte es aus ihren dunklen glänzenden Augen auf, und mir war, als strecke sie die Hände nach mir aus.
Dann, aber nur in diesen traurigsten Minuten, liebte ich sie.

*

Es kam in der letzten Woche des Mai ein Tag, an dem die glühendste Sommerhitze über Berlin lag. Von einer Stunde auf die andere war der Frühling verschwunden und hatte einem Sommertag Platz gemacht, wie er brennender kaum zu denken war. Welch eine dicke Luft herrschte in dem großen Haus der Zeitung, welch undurchdringliches Massiv von schlechter Laune! Flachslander hatte einen grimmigen Tag. Er war schon auf der Redaktion, als ich eintraf, pünktlich, zur festgesetzten Stunde.

»Na, endlich«, sagte er. »Alles wartet schon auf Sie.«
Kein Mensch wartete auf mich. Frisch saß müde in seiner Ecke und blinzelte mir verschlafen und fast unfreundlich zu. Der Chef jedoch schob mit grollender Miene ein Paket Schreibmaschinenpapier unter den Arm und verschwand im Nebenzimmer.
»Ich bin nicht zu sprechen«, sagte er und war hinaus.
Frisch stöhnte und zündete sich eine Zigarette an.
»Er schreibt sich wieder was vom Herzen, da müssen wir das Abendblatt freihalten. Wer weiß, was das wieder gibt. Einen sentimentalen Traktat über unvermutet ausgebrochene tropische Witterung.«
Ich lachte und machte mich an die Arbeit.
»Bei der Temperatur schmeckt nicht einmal Gold Flake«, brummte er und warf die Zigarette aus dem weit geöffneten Fenster hinunter auf die Straße.
»Bestell Mineralwasser, Laengfeldt.«
Ich klingelte den Boten und bat um zwei Flaschen Mineralwasser. Dann versuchte ich, Frisch zum Arbeiten zu bringen.
»Wir müssen endlich anfangen, Frisch«, sagte ich. »Ewig können Sie auch nicht Mineralwasser trinken.«
»Jetzt mache nicht mehr mit«, verkündete der Kleine statt einer Antwort. »Ich nehme meinen Abschied. Ein Faltboot kaufe ich mir und gondle über den Bodensee. Oder ein Blockhaus irgendwo in Bayern, und dann schreibe ich einen Roman – «
»Einen Roman wollen Sie schreiben?« fragte ich.
Da rief es aus dem Nebenzimmer.
»Laengfeldt!«
Ich ging hinein. Flachslander saß am Schreibtisch, vor sich die Maschine, in Hemdsärmeln, unzählige halbgerauchte Zigaretten qualmend um sich her.
»Hier, wollen Sie mal so lieb sein und das in die Setzerei tragen. Es ist gerade kein Bote da. Es soll immer ausgesetzt werden.«
Ich nahm die Blätter.
»Soll ich Ihnen etwas zu trinken bringen, Herr Flachslander?«
Aber er hörte es gar nicht mehr. Bereits die fünfte Seite lief über

die Walze seiner Maschine. Ich trug die vier Blätter in die Setzerei. Ein wenig zitterte ich, als sich endlich die schwere Eisentür vor mir öffnete. Jetzt war ich einen Schritt weiter. Ich suchte den Obermetteur und übergab ihm Flachslanders Arbeit: vier Seiten eng beschrieben, einfachen Abstand nannten wir das. Der Titel fehlte noch. Ob das alles wäre? Ich wüßte es nicht, gab ich an und ging wieder. Als ich Nr. 34 wieder betrat, war Frisch anscheinend von seinem Schmerz wieder genesen. Er war bei der Durchsicht der Post.

»Frisch«, sagte ich, »ich war in der Setzerei. Der Chef hat mich hineingeschickt!«

»Na – da freust du dich wohl, was?« Ganz versöhnt war er noch nicht. »Wieviel hat er denn schon geschleimt?«

»Vier Seiten – nicht die geringste Korrektur!«

»Das macht er immer so – eine affenartige Geschwindigkeit.«

Möller erschien und meldete, Herr Heßling warte in der Anmeldung und möchte Herrn Flachslander sprechen.

Frisch deutete auf die verriegelte Tür des Nebenzimmers.

»Der hat keine Zeit heute«, sagte er. Möller verzog jedoch keine Miene.

»Soll ich Herrn Heßling sagen – «

»Laengfeldt – geh du mal heraus und sieh, was der Kerl will.«

Ich ging. Als ich die Tür nach dem Wartezimmer öffnete, kam es mir plötzlich vor, als schösse ich wie ein Gewaltiger auf alle die armen Wartenden los, um sie alle samt und sonders mit einem Streich zu erledigen. Heßling kam, bleich und schüchtern, dennoch, schien es mir, mit einer merkwürdig aufsässigen Frechheit in der Stimme. Ob etwas zu tun sei, ein Referat oder so. –

»Ich werde gleich nachsehen, Herr Heßling – einen Moment.«

»Will ein Referat. ›Seit zwei Tagen nichts mehr gegessen‹, sagt er. Was soll ich – «

»Ich zum Beispiel habe bei der Hitze überhaupt keinen Appetit«, antwortete Frisch. »Da ist etwas – Kantgesellschaft, heute abend – aber nicht zu wissenschaftlich, läßt Herr Flachslander

sagen – gemeinverständlich, zehn Zeilen, aber k–o–n–z–e–n–t–r–i–e–r–t – – !«
Wir mußten beide lachen, und ich ging hinaus und übergab Heßling die Karten. Mit einem Gruß von zweideutiger Höflichkeit entfernte sich der junge Mensch. Jetzt jedoch brach die große Katastrophe erst über mich herein. Es schien, als wollten alle Wartenden in vereintem Zorn über die Unzugänglichkeit der heiligen Redakteure auf mich stürzen, um mich ihre Wut entgelten zu lassen.
»Ach, Verzeihung, ist Herr Doktor Meyer nicht zu sprechen – ist Herr Feldmann immer noch nicht gekommen – ich habe nämlich eine ganz wichtige Sache – Herr Doktor Philipp kann doch nicht solange in der Sitzung – ich warte doch schon eine Stunde.«
Ich war erschlagen. In meiner Bedrängnis und unfähig, eine Antwort zu geben, zog ich aus der Westentasche einen Bleistift und drehte ihn zwischen den Fingern hin und her. Das schien mir ein noch gewaltigeres Aussehen gegeben zu haben. Ein neuer Ansturm erfolgte.
»Ich kann Ihnen da gar nichts sagen«, antwortete ich schließlich. »Wollen Sie sich bitte an die Anmeldung wenden.«
Das war das entscheidende Wort. Besiegt sanken die Wartenden wieder auf ihre Stühle und nahmen die Zeitungslektüre wieder auf. Ich entschwand durch die Tür, die von außen keinen Griff hatte.
Als ich am Telegraphenraum vorbeikam, steckte Förster, der Chef des Ferndruckerzimmers, den Kopf aus dem Fenster seines winzigen Kabinetts und reichte mir einen jener unzähligen gelben Zettel heraus, die mit Streifen bedruckten Papiers quer überklebt sind und Telegramme darstellen.
»Für das Feuilleton, Herr Laengfeldt, eben gekommen. Würden Sie so liebenswürdig sein und es gleich mitnehmen.«
»Danke, Herr Förster – funktioniert denn der Morse bei der Hitze?«
»Er muß!« sagte der Unermüdliche, der mit wenigen Stunden Ruhe Tag und Nacht Dienst machte.

Ich legte das Papier Frisch vor und beugte mich über feine Schulter, um es mitzulesen.
Meldung unseres New Yorker Korrespondenten:
»Diesjährige Verteilung Preis Carnegie-Stiftung internationale Kunst stattfand heute vormittag großer Saal Carnegie Foundation. Preisgekrönter bekannter deutsch-schweizer Maler Claude Vellin für gesamtes bisheriges Schaffen. Preis 10 000 Dollars.«
»Donnerwetter, Frisch!« sagte ich. »Das ist Manfreds Vater!«
»Manfred?« knurrte Frisch. »Wer ist denn Manfred?«
In diesem Augenblick wurde die Tür aufgerissen, und Flachslander erschien, den Rest seines Aufsatzes in der Hand.
»So – ich habe genug – ich gehe«, sagte er. »Das hier bitte noch in die Setzerei, Herr Laengfeldt – verbummelt den Umbruch nicht, Frisch, der Junge kann dir helfen, er muß das auch allmählich lernen – sonst noch was, Carnegie-Preis, wie heißt der – Claude Vellin – na schön, die ganze Sache ins Abendblatt – Mahlzeit!«
Hinaus war er. Unten auf der Straße hörten wir seinen Wagen schnurren, dann krachte und knatterte es, und er stob davon.
»So ein Hanswurst«, brummte Frisch, halb ärgerlich, halb vergnügt. Und dann auf einmal lachend: »Kommen Sie, Laengfeldt – jetzt werden Sie mal Umbruch lernen.«
Und wieder, zum zweitenmal am heutigen Tag, öffnete sich mir die verheißungsvolle Tür.
Da lag nun Flachslanders vierspaltiger Aufsatz schwarz und bleiern vor mir. Frisch ließ sich die Abzüge geben und redete mit dem Obermetteur. Der aber schien ein gewaltigerer Mann zu sein als selbst der Chef. Er hörte gar nicht auf Frischs Anordnungen, sondern machte alles allein und so, wie er es für richtig hielt. Er packte das Blei und setzte es an die Stelle, wo es hingehörte, und siehe da, es saß. Dem Obermetteur konnte keiner was hineinreden. Die ganze Sache ging mit einer solchen Fixigkeit und Sicherheit vonstatten, daß ich kaum Zeit hatte, den Sinn des Vorgangs zu begreifen.
»Metteurlinie, Regletten«, erläuterte Frisch sachlich, und dann,

mitten in seiner Rede: »Halt, hier, fünf Zeilen müssen noch unten hinein.«
Der Obermetteur fischte die fünf Zeilen aus dem Bleihaufen und paßte sie ein. So – das Feuilleton war komplett, ganze sechs Strich lang. Da kam plötzlich Doktor Philipp von der Außenpolitik zu uns herübergeschossen, eine einzige Aufregung, ein einziges Entsetzen, und fing ein heftig überstürztes Gespräch mit Frisch an: »Also unmöglich – ich muß mehr Platz haben! Mein Gott, die Abrüstungskonferenz ist doch wichtiger als euer Zeug – nein, ein Strich ist zu wenig – die Innenpolitik mit dem Etat hat mir schon die halbe dritte Seite weggenommen – Sie müssen sich schon mal einschränken – noch mehr zusammenstreichen kann ich nicht.«
Frisch zuckte die Achseln und sagte, es sei nichts zu machen. Flachslander habe angeordnet, er brauche sechs Strich, er könne nichts aufgeben.
»Dann bleibt euer Flachslander eben bis morgen, tut was Kürzeres hinein!«
»Machen Sie, was Sie wollen«, antwortete Frisch frech. »Ich bin es nicht gewesen.«
Eben war man daran, eine große und heftige Auseinandersetzung zu beginnen, da schob der Obermetteur die Herren Redakteure einfach beiseite, besah sich die Sache, riß den Rahmen auf, nahm etwas heraus, stopfte etwas anderes hinein, und plötzlich ging es.
»Na, meine Herrschaften?« sagte er breit lachend.
Zufrieden schlug der aufgeregte Philipp dem kleinen Frisch auf die Schulter. Dann verließen wir die Setzerei.
»Dieses Geschrei gibt es jeden Tag beim Umbruch. Einer kommt sich wichtiger vor als der andere. Dabei vergessen die Leute immer, daß das Abendblatt nur vier Seiten hat.«
Frisch gab mir eine Zigarette, und wir verabschiedeten uns.
Heute waren wir früher fertig geworden als sonst. Ich beschloß deshalb, den Weg nach der Cicerostraße zu Fuß zu machen.
Die Luft war nicht ganz so drückend mehr wie am Vormittag.

Die Hitze hielt nicht an, man spürte, daß es noch nicht rechter Sommer war. Ich saß eine Stunde oder gar länger auf einer Bank am Lützowufer, rauchte und las in einer Zeitung, die ich unterwegs gekauft hatte, ging schließlich weiter, den ganzen Kanal hinauf bis zur Corneliusbrücke und landete im Romanischen Café, dort entdeckte ich einige Bekannte, die mir heftig winkten und mich baten, mich zu ihnen zu setzen.
Ich bestellte einen Kaffee und beteiligte mich, so gut es ging, an einem Gespräch über den Konkurrenzkampf zwischen Kino und Theater. Aber ich dachte fast die ganze Zeit eigentlich nur an Manfred und an seinen Vater. Ich wußte ja nichts mehr von ihm. Seit mehr als zwei Monaten hatte ich nichts mehr von ihm gehört. Wo war er? Studierte er – war er in Deutschland oder in England, wohin es ihn immer gezogen hatte? War er mit »Pa« in Paris? Pa hatte ja jetzt einen Haufen Geld bekommen – ob er mit seinem großen Sohn eine Reise machte? Oder ob der große Sohn gefangen war, auf der Studierbank saß, an einen reichlichen Wechsel aus der mütterlichen Hand gefesselt, ohne Freiheit, ohne Mut?
Ich hätte es gerne gewußt.

*

In den ersten Junitagen ging »Schloß Wettersteins« große Serie zu Ende. Franziska erhielt einen Antrag, bei den Münchener Wedekind-Festspielen dieselbe Rolle nochmals zu spielen. Die Luft war heiß und drückend, es ließ sich schwer atmen in den niedrigen Zimmern im vierten Stock. Beide, glaube ich, dürsteten wir sehr nach Veränderung.
»Soll ich annehmen oder nicht?« fragte Franziska.
»Du mußt es wissen«, antwortete ich. »Wenn es günstig ist.«
Sie sah mich auf diese Worte hin lange und ohne zu sprechen an. Sie tat einen Schritt zurück und ließ sich in den tiefen Sessel sinken. Noch immer schaute sie auf mich, anhaltend und ohne Erklärung.
»Ich mache dir ja keinen Vorwurf«, sagte sie.

Ich dachte schon seit Tagen nicht mehr über die Bedeutung der Worte nach, die sie zu mir sprach. Sie waren nicht sinnlos, wenn sie auch so klangen. Aber ich wußte: ob sie nein sagt oder ja – es bedeutet immer nur »Verzeih mir« –. Das war schließlich, nach all der fruchtlosen Zeit, ärger als heftige Vorwürfe.
Am nächsten Tag erschien sie gegen Mittag auf der Redaktion, strahlend schön, in einem hellen Sportdreß, von ungetrübter Lebendigkeit, mit klingender und singender Stimme.
»Ich habe angenommen, Oswald!« rief sie und setzte sich in Flachslanders krachenden Korbsessel.
»Entschuldige«, sagte ich und schloß die Tür, die sie offengelassen hatte. »Meine Papiere fliegen sonst weg.«
»Ich werde morgen früh fahren. Du brauchst mich nicht zur Bahn zu bringen. Florimont nimmt mich mit dem Auto mit.«
»Wer ist das – Florimont – – ?«
Sie bemerkte die Lüge nicht. Es war leicht möglich, daß ich unter ihren zehntausend Verehrern diesen Florimont nicht kannte.
»Ach, du kennst ihn doch – na, und wenn nicht – – «
Sie sah auf die Armbanduhr und erhob sich schnell.
»Ich muß gehen«, sagte sie. »Ich sehe dich heute abend?«
»Gewiß«, antwortete ich, aber das war gar nicht so sicher.
An der Tür wandte sie sich noch einmal um.
»Es könnte sein, daß Ellen in der Zwischenzeit zurückkommt, sie wird sogar bestimmt kommen – na, ihr werdet euch schon einigen.«
Ich atmete auf. Ich war froh, daß Franziska jetzt wegfuhr. Vielleicht würde es mir jetzt möglich sein, einen Weg zur Flucht aus der Cicerostraße zu finden. Überhaupt, daß sie mit Florimont fuhr, das sagte ja viel.
Ich überlegte kurz, aber genau: Sie hat es aufgegeben, das Spiel mit mir. Von Liebe war keinen Augenblick die Rede. Sie fühlt, daß ich frei sein möchte. Audard Florimont kommt im rechten Augenblick. Er ist ja fabelhaft gewachsen, außerdem reich, und erotisch ein ausgiebigeres Abenteuer als ich. Jedenfalls sieht er

so aus – soll sie mit Florimont fahren – hoffentlich kommt sie mit ihm zurück. Dann ist es getan –

Ich vermied es, an diesem Abend zeitig nach Hause zu kommen. Jetzt, unter diesen Umständen noch einmal das qualvolle Abenteuer einer Nacht zu erleben, schien mir unerträglich. Ich blieb lange auf der Redaktion und ging auf einigen Umwegen schließlich zu Fuß nach Hause, es war vier Uhr morgens, als ich die Tür aufschloß.

Sie war zu Hause, schlief schon. Ich kleidete mich im Vorderzimmer aus und legte mich auf der Couch schlafen. Nach etwa drei Stunden wurde ich geweckt.

»Was ist denn das?« fragte sie.

»Ich kam spät und wollte dich nicht stören«, antwortete ich in gespielter Schlaftrunkenheit.

Florimont kam und begrüßte mich herablassend. Ich erhob mich indessen nicht von meinem Lager.

»Wir müssen gehen«, sagte Florimont. »Es ist Zeit.«

Ich sah, daß er einen himmelblauen Pullover trug, und fand, daß es lächerlich aussah. Dann stellte ich mich wieder schlafend.

»Adieu dann, Oswald«, sagte Franziska.

»Auf Wiedersehen, wie lange bleibst du?«

»Vierzehn Tage höchstens.«

Zeit genug, dachte ich. Das langt.

»Adieu dann.«

»Addio!«

Ich sah noch, daß Florimont sie vor sich aus der Türe treten ließ, und hörte sie draußen sprechen.

Der Sohn des Bankherrn Césare Florimont, Genf und Amsterdam, ist eine brauchbare Liaison für Franziska, dachte ich. Wenn er nur nicht die Geduld verliert. Aber er wird schon nicht.

Ich trat ans Fenster und sah auf die Straße. Da brauste der Cadillac des Genfers davon.

Ich legte mich schlafen.

*

Flachslander packte übrigens auch von heute auf morgen seine Koffer und stob auf und davon, in den Süden. Aus Juan-les-Pins langte nach einigen Tagen ein sonne- und südentriefender Aufsatz an, sonst nichts, kein Wort, kein Gruß an die Kollegen, die in der brüllenden Sommerhitze weiterschufteten, zwischen Telephonen, Blaustiften, Rotstiften, Fahnenabzügen von atembetäubendem Geruch und im Gedröhn der Rotationsmaschinen. Jetzt teilte ich mich mit Frisch in den Nachtdienst. Es gab hier für mich die Technik des Redigierens neu zu erlernen, aber ich begriff schnell, nachdem Frisch zwei Abende lang assistiert hatte. Ich hatte nicht viel zu tun, fühlte mich leicht und bei guter Stimmung und hatte Spaß an meiner nächtlichen Tätigkeit. Es gab das Telephon zu bewachen, unter Umständen eintreffende letzte Nachrichten noch einzuschieben, sonst nichts. Die Theater lagen still. Die nächtlichen Telephonanrufe Doktor Herzfelds, unseres Kritikers, fielen in der flauen Zeit gänzlich fort. Gegen halb zwei Uhr nachts wünschte ich Möller gute Nacht, der geduldig ausharrte, bis der letzte Mann das Riesenhaus verlassen hatte, nahm ein Taxi und fuhr zu Schwanneke, derweil drunten in der Stadt die Rotationsmaschinen an ihre sausende Arbeit gingen. Bei Schwanneke erwarteten mich Frisch, eine Menge Leute war zumeist um uns versammelt, wir rauchten und tranken und ergingen uns in endlosen Gesprächen. Da war Slohman, der Schauspieler, und seine Freundin Tilla, eine Porzellanmalerin, beide waren noch nicht lang in Berlin, da waren hundert und tausend Leute. Man hatte mit einem Lächeln von der Abreise Franziskas Kenntnis genommen. Florimont fehlte in dem Kreis seiner Freunde am Ecktisch seit dem Tag ihrer Abreise, man wußte, wo er sich befand.

So ging es einige Tage, ich atmete die gute Luft und genoß friedliche Nächte ohne Aufregung, in denen ich lange und tief schlief. In den ersten Nächten war eine gewisse Befremdnis zu spüren gewesen: es war auf einmal soviel Platz um mich her, die tiefe Ruhe, die kein klirrendes Lachen zerschnitt, das einsame Tikken der Nachttischuhr, das ich sonst nie vernommen hatte, waren seltsame Wahrnehmungen. Auch Franziskas Atem nicht neben mir zu spüren, war merkwürdig, aber eigentlich nicht beunruhigend. Nach dem vierten oder fünften Tag kam die Unruhe. Ich begann wieder schlecht zu schlafen, träumte schwer und in den alten hitzigen Bildern, ich erwachte spät im Vormittag und hatte Eile, auf die Zeitung zu kommen. Tagsüber fühlte ich mich dann recht zerschlagen und unbrauchbar und mochte nicht essen.

Es war eigentlich nur das leere Zimmer. Ich fühlte mich allein, aber ich konnte mir doch nicht vorstellen, daß die Einsamkeit geringer werden würde, wenn sie bei mir gewesen wäre. Über dem Schreibtisch hing ja ihre große Photographie. Und ich saß davor und führte lange Gespräche mit ihr. Ein wenig albern kam ich mir wohl vor, aber ich konnte mir nicht helfen. Und ich erschrak vor mir selbst auch nur in den Augenblicken, in denen ich gewahrte, daß es ja Franziska war, mit der ich sprach. Ich hatte sie für jemand anderes genommen, für niemand Bestimmtes, nur für irgend jemand, für irgendeine Frau.

Diese Frau begann immer zu fehlen. Ich konnte mich in dem großen Zimmer nicht mehr umblicken, denn sie fehlte überall, auf jedem Sessel, in jeder Ecke. Ich beschränkte mich auf den Schreibtisch, blätterte wieder in meinen alten Manuskripten und rauchte. Zwei Tage dauerte diese greuliche »Sehnsucht« an. Dann kam so etwas wie ein Entschluß über mich, ich setzte mich hin, klappte die Mappe auf und schrieb.

Ich hatte diesen Beruf doch nicht fälschlicherweise ergriffen. Ich konnte mich selbst auf diese Weise trösten, das Schreiben nahm mir meine Bedrückungen ab. Es war schon gut so.

Und dann, nachts auf der Redaktion, als ich an der Maschine saß, hoben sich meine Sätze Zeile für Zeile in gerader Linie vom Papier ab. Jetzt war meine Betrübnis schon ganz sie selbst geworden. Sie war schön zu lesen, sie hatte mit mir nichts mehr zu tun. Das weite Zimmer mit der Couch und den niedrigen Sesseln davor war jetzt in weite Ferne gerückt, ich sah hinein wie auf eine offene Bühne, die sorglich und mit viel Phantasie

für eine große Darstellung hergerichtet ist. Niemand sprach. Nur die Sonne fiel in schrägen Bahnen in das große Zimmer und leuchtete über der Melancholie der Verlassenheit.
»Heimweh nach Angelica« von Oswald Laengfeldt erschien in der Morgenausgabe vom fünften Juni und war zweieinhalb Strich lang. Das Honorar betrug siebzig Mark und war in einem aufrichtigen Moment verdient worden.

*

In dieser Nacht kam ich spät heim. Frisch und die Freunde brachten mich im Taxi bis vor das Haus, verabschiedeten sich auf eine laute und fröhliche Art und fuhren davon.
Ich stieg in den vierten Stock hinauf, eine auf der Straße gekaufte illustrierte Zeitung unter dem Arm, die ich noch nicht einmal geöffnet hatte, da fiel mir ein Telegramm entgegen. Ich wollte es eben öffnen, als ich bemerkte, daß es gar nicht für mich, sondern für Franziska bestimmt war. Ich ließ es ungeöffnet und betrat die Wohnung. Natürlich hatte ich wieder viel zu viel Kaffee getrunken, von Müdigkeit keine Spur. Ich ließ mich in einen Sessel fallen und öffnete das illustrierte Blatt.
Das war die Titelseite: Der bekannte deutsch-schweizer Maler Claude Vellin, diesjähriger Träger des Carnegie-Preises, mit seinem Sohn Manfred bei einem Sommeraufenthalt in St. Malo.
Manfred ist gerettet – das war mein einziger Gedanke. Er ist bei seinem Vater, den er liebt, seine reiche Mutter, die ihn in eine Karriere zwingen will, hat ihm nichts anhaben können. Gott sei Dank, Manfred – er reist wieder, er ist wieder unterwegs, man sieht es an seinem frischen Gesicht, an seiner aufrechten Gestalt, daß er glücklich ist. Wie ein älterer Bruder wirkt sein Vater, die beiden passen gut zusammen.
Halt – ich mußte die Zeitung weglegen. Ich hatte plötzlich das ganz bestimmte Gefühl, nicht allein in der Wohnung zu sein. Ich hielt mich ganz still, aber es war kein Geräusch zu vernehmen. Ich nahm die Zeitung wieder auf. Lautlose Stille ringsum, gelegentlich vom Knistern des Papiers unterbrochen.

Da – doch! Durch die geschlossenen Türen vernahm ich das wohlbekannte Geräusch des Wassers, das in die Badewanne fließt. Ich stand auf, betrat das Schlafzimmer, fand es leer, doch das Rauschen war jetzt ganz deutlich zu hören. Kurz entschlossen riß ich die Tür zum Badezimmer auf. Im gleichen Augenblick öffnete sich die Tür mir gegenüber.
»Verzeihung«, sagte ich, sehr verwirrt.
Überrascht sahen wir uns einen Augenblick lang an. Dann sagte das Mädchen im orangefarbenen Bademantel: »Sie sind Oswald?«
Das kam sehr zaghaft. Aber ich benahm mich nicht besser.
»Ja«, sagte ich nur, weiter nichts.
»Ich bin Ellen Duvernon.«

– –

Dann saß sie mir gegenüber, noch immer im orangefarbenen Mantel, an dessen Schnur zwei dicke rote Troddeln hingen.
»Ich wußte, daß Sie hier wohnen«, begann sie mutig das Gespräch. »Ist Franziska nicht da? – ich schicke ein Telegramm.«
»Gewiß«, antwortete ich. »Es kam auch an, nur fand ich es erst jetzt bei meiner Heimkehr vor. Franziska ist seit acht Tagen in München.«
»Aha!«
»Sie hat mich auf Ihre eventuelle Rückkehr vorbereitet.«
Ellen Duvernon schwieg und sah auf den Boden. Anscheinend studierte sie das Muster des Teppichs unter ihren Füßen.
»Darf ich Ihnen einen Kaffee machen?« fragte ich schließlich, etwas Besseres fiel mir nicht ein.
»Es wäre schön«, sagte sie. »Lassen Sie mich einen Augenblick in die Zeitung schauen.«
Während ich die türkische Maschine aus dem Schrank nahm, die Bohnen hineinschüttete und den Kaffee zu mahlen begann, griff sie nach der Zeitung und begann sie zu durchfliegen, ohne mich weiter zu beachten. Dann sah sie auf.
»Wie Sie hier Bescheid wissen!« sagte sie erstaunt.
»Zwangsläufig«, antwortete ich.

Sie nahm Zigaretten und Streichhölzer vom Tisch. Den Rauch blies sie in einem dünnen bläulichen Strahl gegen den Boden.
Ich stand auf und ging nach der »Küche«, um nach dem Wasser zu sehen.
Als ich durch die anderen Räume ging, war mir auch hier plötzlich ganz stark die Gegenwart eines neuen Menschen lebendig. Irgendeine Frau war also doch gekommen, plötzlich und pünktlich eingetroffen. Sollte ich dafür nicht dankbar sein, ich, der Verfasser von »Heimweh nach Angelica«?
Es mußte sich ja zeigen, ob Angelica und Ellen Duvernon derselbe Mensch waren. Die kleine Wohnung hatte schon ganz den Geruch des Mädchens Irgendjemand angenommen: Teppiche, Möbel und Vorhänge, alle kleinen und großen Gegenstände schienen ihn schon so stark zu atmen, als seien sie nie ohne diese Luft gewesen, die ein Gemisch aus Duft von gepflegter Haut und gutem Puder war. Ich kann ihn nicht beschreiben, diesen Geruch – aber er war da – und war der orangefarbene Mantel nicht auch plötzlich da?
Sie hatte sich zurückgelehnt und blickte durch das offene Fenster in die sternklare Nacht hinaus.
»Es wird kühl nachts«, sagte ich. »Soll ich das Fenster schließen?«
Aber sie schüttelte nur den Kopf, und so nahm ich ihr gegenüber wieder Platz. Sie füllte die Kaffeeschälchen.
»Wie lieb, daß Sie Kaffee gemacht haben«, sagte sie. »Und so guten.«
Dann schwiegen wir wieder.
»Franziska ist also in München«, fing sie endlich wieder an. »Sie hätten das Telegramm übrigens ruhig öffnen können, oder nicht?«
»Grundsätzlich nicht«, antwortete ich.
Da lachte sie, klingend und leicht, doch aber mit einem dunklen Ton in der Stimme.
»Nehmen Sie noch Kaffee?«
»Bitte.«
Sie reichte mir ihre Tasse. Unwillkürlich mußte ich an Franzis-

ka denken. Sie tat diese vertraute Bewegung anders. Ich habe noch genau in der Erinnerung, wie sie die Tasse reicht. Ihr Arm geht gerader, ihre Hände fassen stärker zu, und doch ist die Geste im ganzen weiblicher. Allerdings – die Hände Ellen Duvernons waren von unwahrscheinlicher Schönheit, viel schmaler noch als die Franziskas, noch feiner gegliedert, blasser und ohne die Spuren irgendeiner Tätigkeit.
Jetzt griff sie wieder nach der illustrierten Zeitung und besah das Titelblatt.
»Wer ist das eigentlich, Manfred Vellin?«
»Der Sohn von Claude«, sagte ich, als wüßte ich weiter nichts über ihn.
»Na, und?« fragte sie unbekümmert.
»Weiter nichts«, sagte ich. »Er wird möglicherweise einmal zu den bedeutenden Dichtern gehören. Mit sechzehn Jahren schrieb er eine Novelle, die von Herman Bang hätte sein können. Sie erschien in einer literarischen Zeitschrift.«
»Woher kenne ich denn seinen Namen?« fragte sie weiter.
»Schloß Heiligenstadt«, antwortete ich. »Er ging dort zur Schule, wir waren Kameraden.«
»Ja«, antwortete sie mit sehr fester Stimme, als habe sie jetzt alles durchschaut. »Es gibt eine kleine Photographie von ihm, nicht wahr, die angeblich niemand sehen soll, die aber bei allen unpassenden Gelegenheiten aus der Handtasche fällt.«
»Sprechen Sie nicht häßlich von Franziska«, sagte ich leise, fast mit Freude.
»Ich beneide Sie nicht, Oswald Jahn«, antwortete sie nur, und es war nicht entschieden, ob die Festigkeit in ihrer Stimme Mitleid oder Abscheu oder gar ein Drittes bedeuten sollte.
Jetzt wurde nichts mehr gesprochen. Wir schwiegen und nahmen ab und zu einen Schluck Kaffee. Allmählich begann der Himmel über der Stadt grau zu werden. Über Ellen Duvernon kam eine leichte Müdigkeit, sie lehnte zurück und schloß für Sekunden die Augen. Jetzt, da sie nicht sprach, war sie schön, ihr blasses, schmales Antlitz hatte etwas unglaublich Zartes.

Ich sah nach der Uhr, da schlug sie die Augen auf.
»Ich muß gehen«, sagte sie, verschlafen, mit einer Weichheit in der Bewegung, wie sie nur Menschen haben, die schon halb im Träumen sind.
»Gute Nacht«, sagte sie leise. »Und vielen Dank.«
»Gute Nacht«, antwortete ich.
Ich schloß die Tür, die sie hinter sich offengelassen hatte, und löschte die Lichter. Hellgrau brach der Morgen herein. In der fahlen Dämmerung standen die Kaffeeschälchen ganz verlassen auf dem niedrigen Tisch. Der warme Zigarettenrauch schwebte noch über der Couch.
Müde und glücklich lehnte ich im geöffneten Fenster und blickte zurück in das verlassene Zimmer.

Vierter Abschnitt

Es brauchte nur wenige Tage, daß wir uns aneinander gewöhnten.
Am ersten Tag lebten wir noch nebeneinander her, gaben uns einen scheuen Gruß, wenn wir uns begegneten, und taten ein jeder so, als hätten wir die lange Nacht am offenen Fenster vollkommen vergessen.
Am zweiten Tag war es der Postbote mit einem eingeschriebenen Brief, der mich veranlaßte, gegen zehn Uhr ihr Zimmer zu betreten. Sie war bereits auf und saß an der Schreibmaschine. Es fielen einige Worte über ihre Arbeit, die Anlaß gaben zu einer gemeinsamen Teestunde am Nachmittag und einem langen Gespräch über moderne französische Literatur, von der ich nichts wußte.
Am dritten Tag endlich traf ich sie im Café, es war rein zufällig, sie stellte mir ihren Verleger, Herrn Doktor Beer, vor, der ein beleibter Mann mit einem etwas fatalen Humor war, und von da an hielten wir regelmäßig Verabredungen, saßen oft nachts viele Stunden beisammen, bei ihrer Arbeit, bei meiner Arbeit, verständigten uns über unsere gegenseitigen Urteile, verglichen und diskutierten.
Jetzt wurden die Türen zu unseren Räumen nicht mehr peinlich geschlossen gehalten, es war ein ständiges Kommen und Gehen, die beiden Wohnungen waren zusammengewachsen. So hatte es nichts Verwunderliches, daß sie eines Morgens an meinem Bett stand, mich schüttelte und mir klarzumachen versuchte, daß ich am Telephon verlangt werde.
Es war Frisch.
»Komm sofort herunter, Laengfeldt!« rief er aufgeregt.
»Was ist denn?«
Da hatte er schon abgehängt.
Ich stürzte aus dem Bett ins Bad, vom Bad in die Kleider, die Treppe hinunter in ein Taxi.

»Frühstücken Sie nicht mit mir?« rief es von oben.
»Morgen!« rief ich.
Frisch raste wie ein gefangener Schimpanse in Nr. 34 herum, lamentierte, telephonierte, lamentierte.
»Echt Flachslander!« rief er. »Einfach echt. Shaw wird siebzig Jahre alt, morgen, eben sehe ich es in den anderen Zeitungen, der Küstriner Generalanzeiger bringt drei Spalten, und wir – wir haben nichts, genau und auf den Punkt nichts!«
»Ist denn nichts vorbereitet?« fragte ich.
Meine Naivität brachte den Kleinen vollends zur Raserei.
»Wenn was vorbereitet wäre, hätte ich dich schlafen lassen, du Schlaukopf!« Und dann erging er sich in neuen Rasereien: »Dieser Flachslander! An die Riviera fahren kann er, aber Shaw vergißt er, ein Stück Dreck, dieser Chef, wozu hat er eigentlich sein Gehirn? – «
»Aber im Archiv muß doch Material sein«, sagte ich sachverständig.
»Material – ein Nekrolog, das ist alles, und der ist so kindisch, daß der blöde Heßling ihn geschrieben haben könnte.«
»Wir müssen einen Artikel besorgen«, antwortete ich ruhig. »Wer kann schreiben? Herzfeld – ist in München bei den Festspielen, geht nicht. Goldtschmidt versteht was von Bildern, aber von Shaw keine Ahnung – Sie und ich – wir sind nicht kompetent.«
»Als ob dieser Verbrecher von Flachslander kompetent wäre«, höhnte Frisch. »Hier – ich zeichne verantwortlich während seiner Abwesenheit – an mir bleibt's hängen!«
»Flachslander muß schreiben!« entschied ich schroff. »Und zwar noch für das Abendblatt – wieviel Uhr – ? Halb elf. Muß gesetzt sein bis – halb drei. Drei Stunden Zeit.
Frisch sah mich blöde an.
»Telefonieren«, sagte ich.
»Aber er ist in Nizza.«
»Dann wird nach Nizza telefoniert.«
»Sie benehmen sich wie Alexander der Große.«
»Ach seien Sie ruhig«, antwortete ich. Zum erstenmal war ich

Frisch gegenüber grob geworden. Aber er merkte es nicht, suchte schon die Adresse heraus, verlangte die Fernverbindung, Nizza, Hotel Negresco. Sie kam, dringend Presse, nach sieben Minuten.
»Hier reden Sie – Sie können Französisch.«
Frisch schob mir den Hörer hin.
Ich raffte alle meine Kenntnisse zusammen, die mir von meinen zwei Pariser Aufenthalten geblieben waren, und verlangte Monsieur Flachslander de Berlin.
»Ob er da ist?«
»Hallo –H–a–l–l–o – – Monsieur va venir.«
Da war er. Frisch trat an den Apparat. Die Verbindung war ausgezeichnet, ich verstand, neben Frisch stehend, jedes Wort, das der Chef sprach. Aus dem Schlaf geweckt, natürlich. Eine wüste Schimpferei. Im Archiv nachsehen. Scheiße, schrie Frisch so laut, daß ich zusammenzuckte. Ob Flachslander schreiben wollte oder nicht? Sonst würde er das Gespräch ins Zimmer von Chefredakteur Holten legen lassen und dann –
»Warten Sie mal, Frisch – «, kam es auf einmal sanft. »Ja – ich schicke euch gleich dringend Presse fünfhundert Worte – langt nicht, wie – ? Gut, zwölfhundert Worte – um eins habt ihr es, spätestens – kommt noch ins Blatt – gut, na, macht's gut, Jungens – ist's sehr heiß bei euch, hier geht's gerade – na, Wiedersehen.«
Aus. Frisch hängte den Hörer an.
»Na, wenn das klappt, bekommst du einen Orden, Laengfeldt«, sagte er schwitzend und wieder völlig bei guter Laune. »Die Idee, Shaw telegraphisch aus Nizza zu bestellen, ist wirklich kolossal.«
»Das nenne ich mir Journalismus«, sagte ich stolz.
»Und ich nenn's Schluderei.«
Punkt halb ein Uhr liefen die ersten zweihundertfünfzig Worte durch den Ferndrucker. Förster war bereits alarmiert. Er kam persönlich, um die Telegramme zu übergeben. Es war höchste Zeit. Zwölfhundert Worte Telegrammtext in ordentlichen Text umzuschreiben – das war noch eine gute Arbeit. Wir nahmen

uns gar nicht erst die Mühe, zu lesen, was dastand. Frisch setzte sich an die Maschine, und ich diktierte. Es war nicht schwer, aus dem Telegramm einen einigermaßen anständigen Text zu machen. Ab und zu allerdings war etwas völlig unverständlich, dann dichteten wir selbst etwas Neues. Wir kannten ihn ja, unseren Chef.

»So ein Quark – so ein gespenstiger Blödsinn – «, das war das einzige, was der eifrig tippende Frisch hervorbrachte.

Zwölf Uhr dreiundvierzig kamen die zweiten zweihundertfünfzig Worte. Jetzt waren wir im Fahrwasser. Es machte uns geradezu Spaß, Flachslanders Stil zu rekonstruieren. Die langen Perioden, die fünfzig hintereinandergekuppelten Relativsätze, das Wiederaufnehmen und Weiterspinnen und Herumreiten auf einem Wort, einem Ausdruck – denn das konnte der Chef – kamen recht glaubhaft heraus. Punkt zwei Uhr neun war die ganze Sache fertig. Frisch raste damit in die Setzerei und wich nicht von der Setzmaschine, bis der ganze Aufsatz im Blei lag. Und kaum war das fertig, da zitterten die Klingeln durchs ganze Haus:

»U–m–b–r–u–c–h – – – !«

Zwei Minuten verspätet trafen wir schweißtriefend in der Setzerei ein. Alle Kollegen warteten.

»Das Feuilleton kommt direkt aus dem Bett«, sagte Kugler von der Lokalredaktion.

Diese Ungerechtigkeit brachte Frisch vollends außer Rand und Band.

»Ruhe!« schrie er. »Halten Sie das Maul, Kugler!« Und dann plötzlich, die kurzsichtigen Augen ganz dicht auf das Blei geheftet: »Obermetteur, die Abzüge bitte, ich sehe ja aus dem Spiegel, daß es von Druckfehlern wimmelt.«

»Sie werden eine schwarze Nase kriegen«, konnte Kugler sich nicht enthalten zu bemerken.

Frischs Stimme drohte sich zu überschlagen.

»Es heißt nicht satirysch, sondern satyrisch!« brüllte er, die Augen mit Tränen gefüllt. »Ist denn das nicht kollationiert worden – kommt denn alles auf einmal?«

Jetzt wurde der Satz wieder aufgerissen, das Falsche berichtigt, mindestens zehn Minuten Zeit gingen verloren.
»So – nun rein – fertig – Abfahrt und Mahlzeit.«
Mit dem Rockärmel wischte sich der Arme den Schweiß von der Stirn. Dann griff er nach seinem Hut und verschwand.
»Ich gehe – mach noch Dienst bis halb vier – diesen Flachslander kann man nicht allein lassen, bis er wirklich ausgedruckt ist.«
»Und meinen Orden?« rief ich.
»Häng dich auf – – «
Plötzliche Stille, ebenso plötzlich unterbrochen vom schrillen Läuten des Telephons.
»Hallo, Oswald?«
»Ellen?«
»Sind Sie am Nachmittag frei – wollen Sie ins Café kommen?«
»Ab vier Uhr – gerne, Ellen.«
»Gut – ich erwarte Sie – adieu, Oswald.«

*

War es nicht schon ganz klar: das mit Franziska ist zu Ende? Ob sie morgen zurückkommt oder in einem halben Jahr, ist mir gleich, es hat sich sowieso alles verändert. Ihre Sanftmut war mir längst unerträglich, ihre Selbständigkeit, ihre Intelligenz, ihre unantastbare Überlegenheit waren ja doch albern und gespielt – worüber rege ich mich eigentlich auf?
Ich weiß doch, daß ich bei ihr immer nur Ersatz gewesen bin. Meine Photographie hat sie nicht in der Handtasche. Und bis Floriment es merkt, hat es gute Weile.

*

Die Terrasse lag da, in vollstem Sonnenschein des Nachmittags, und auch der fatale Doktor Beer war zur Stelle, umringt von einem halben Dutzend gelber und schwarzer Hornbrillen.
»Na, was war denn los heute früh?« erkundigte sich Ellen.
Ich schlug das Abendblatt auf und zeigte ihr den fertiggedruckten Artikel.

»Vor fünf Stunden war davon noch nicht ein Wort geschrieben!« sagte ich stolz, und erklärte ihr, wie alles zusammenhing.
»Donnerwetter, Sie sind ja tüchtig, junger Mann«, sagte der dicke Doktor Beer. »Was darf ich Ihnen anbieten?«
»Kaffee, bitte«, sagte ich. »Ich bin etwas ausgeleert.«
»Kann ich mir denken.«
Ich betrachtete die Hornbrillen und hörte ein wenig zu, was sie sprachen. Ellens flinker Blick schweifte die ganze Zeit hin und her, von dem Sprechenden zum Antwortenden, von Doktor Beer zu mir und hinüber zu anderen Tischen, wo sie vielerlei Bekannte entdeckte und sie mit einem fröhlichen Kopfnicken begrüßte. Zuletzt aber blieb ihr Blick immer bei mir hängen. Es war ein kühler, leidenschaftsloser, aber sehr einfacher, sehr lieber Blick.
»Er scheint wirklich sehr tüchtig zu sein, der kleine Laengfeldt«, sagte sie zu Doktor Beer gewandt. »Auch Französisch kann er.«
»Die moderne europäische Literatur ist eine unglaublich faszinierende Abenteuerei geworden«, erklärte jetzt die eine Hornbrille. »Schauen Sie doch Frankreich an: Surrealismus, große katholische Romankultur, Cocteau, Mauriac – Gegensätze, spitz wie Nadeln – und doch ein Ganzes – !«
»Aber hören Sie mal – auf Deutschland trifft das nicht zu!« ereiferte sich eine der gelben Brillen. »Was bei uns an Qualität geschrieben wird, ist alles demokratisch, meilenweit entfernt vom Experiment und doch nicht gefestigt in seinem formalen und seelischen Bestand.«
»Jetzt hören Sie auf«, rief der dicke Beer dazwischen. »Seele – also, diese Jugend mit ihrer ewigen Seele – ich denke, ihr seid sachlich? Glauben Sie mir, Mademoiselle Duvernon, ich kann dieses Gerede von der Seele nicht mehr hören. Ich verlege auch bestimmt keine Romane mehr, in denen fortgesetzt Seele vorkommt. Es ist ja zum Sterben. Seit der Psychoanalyse ist die Seele auf einmal wieder modern geworden. Purer Protest natürlich!«
»Aber wir sprechen ja nicht von Menschen, sondern von Büchern!« rief ich.

»Na ja, als Feuilletonist haben Sie natürlich die Verpflichtung, geistreich zu sein – übrigens, was Duchesne anlangt, den Mademoiselle gerade für uns übersetzt – kennen Sie ihn?«
»Ja«, sagte ich, ich habe hineingesehen.«
»Aber seien Sie doch nicht so bescheiden!« rief Ellen. »Sie haben mir doch mächtig geholfen, Oswald – oder nicht?«
»Da haben Sie wohl sozusagen einen Zweckverband gegründet?« wollte Doktor Beer wissen.
»Zweckverband ist gut«, lachte Ellen. »Nun ja, wenn Sie wollen.«
»Ist ja auch nur so eine Abart der modernen Ehe.«
Das blieb in mir hängen, dieses Wort. Zum erstenmal dachte ich darüber nach, warum Ellen wohl mit mir zusammen war. Wir hatten also den Zweckverband gegründet, der eine Abart der modernen Ehe war. Gott – hatten wir den fatalen Doktor Beer nötig, um uns das sagen zu lassen? Die Hornbrillen eiferten weiter, ohne daß sich jemand weiterhin um ihren Streit kümmerte.
»Die Frau spielt ja bei den jungen Franzosen gar keine Rolle«, hörte ich reden. »Im Leben nicht und in ihren Büchern schon gar nicht. Bei Crevel zum Beispiel – ist denn die Diane eine Frau? Ein Phantom – und im sexuellen Bezug doch gewiß nicht – «
»Die Homoerotik ruiniert die ganze junge Dichtung.«
»Aber Giraudoux – sehen Sie mal – die ältere Generation – da können Sie Ihr Wunder erleben.«
»Oswald – ich möchte gerne gehen«, sagte Ellen plötzlich.
»Ja – gehen wir.«
Wir erhoben uns und verabschiedeten uns von den Zurückbleibenden. Auf der Straße schob Ellen ihren Arm in den meinen, und ihr Blick wanderte ziellos und unsicher über den tobenden und brüllenden Platz. Die Gedächtniskirche schlug die siebte Stunde.
»Ich möchte ins Kino gehen«, sagte sie leise. »Kommen Sie mit, Oswald!«

»Gerne, Ellen«, antwortete ich. Ihre kleine zierliche Gestalt in dem gelblichen Trenchcoat stand jetzt so verlassen und einsam neben mir.
Gutes, kleines, liebes Mädchen, dachte ich.
Es gab die Eröffnung der Flachrennsaison in Longchamps, den höchsten Baum in Kanada, den englischen Ministerpräsidenten auf seinem Landsitz in Surrey und den deutsch-schweizer Maler Claude Vellin, Träger des Carnegie-Preises, mit seinem Sohn Manfred in St. Malo.
»Da ist er ja wieder!« sagte Ellen. »Gott, so berühmt zu sein!«
Dann kam der »L'homme à l'Hispano«.
Beben und Zittern ist in den ersten aufrauschenden Bildern dieses unvergeßlichen Films, die meine flüchtigen Gedanken begleiten.
Jetzt sehe ich alles ganz scharf: im Café getroffen, dann ins Kino gegangen, dann zusammen zu Abend gegessen, dann in einer Bar, dann ein Auto, dann geküßt und dann geschlafen. So geht es. Ich weiß ganz bestimmt, daß heute nacht ein Mann aus mir gemacht werden wird. Tröstlich ist dieser Gedanke – aber ich möchte es der kleinen Ellen eigentlich nicht zumuten. Wie? Ich sehe ihre dunklen Augen in dem blassen Gesicht über die Leinwand streifen, sie kehren sich zu mir, zwischen meinen heißen Händen fühle ich den kühlen Stoff ihres englischen Mantels, und jetzt kommt auch ihre Hand gegangen, jetzt faßt sie die meine –
Warum kommen denn alle Frauen zu mir?
Zu mir – dem Mongolen?
Dann ist über uns und zu unseren Seiten die Tauentzienstraße wieder taghell erleuchtet. Mit riesigen roten und gelben Gesichtern starren die Lichtreklamen entgeistert in den schwarzen Himmel. Weiße Woche ist über dem Kaufhaus des Westens in knallender Helligkeit auf die Schwärze geschrieben. Und »Berliner Tageblatt« und »Vossische Zeitung« und »Die erste Morgenausgabe« war der vielstimmige Ruf, der uns umbrauste.
Nun war es schon eine Selbstverständlichkeit, die mich nicht

mehr erschauern ließ, wenn Ellen ihren Arm in den meinen schob.
»Man muß einen Menschen haben, der nachts mit einem durch die Straßen geht«, sagt sie.
»Sind Sie zufrieden?«
»O ja – sehr!«
Wir aßen bei Mutzbauer in der Marburger Straße, und ich gab fast mein ganzes Geld aus, obwohl Ellen für sich bezahlen wollte. Ich duldete es nicht. Ich erinnere mich, daß meine ganze Aufmerksamkeit auf die Unterbringung unserer Garderobe am Kleiderständer gerichtet war, als ob es nichts anderes zu denken gäbe. Alle Haken besetzt – bis auf einen. Meinen Mantel also zu unterst, dann den ihren darüber, der Aufhänger ist nicht mehr ganz fest, er wird nächstens durchreißen, meinen Hut oben hin, dann den ihren leicht darüber gestülpt, damit er sich nicht verdrückt, mit zarten Fingern anzufassen wie ein unersetzliches Kleinod – so, wie Manfred einmal – ist es nicht schon Jahre her – Franziskas Kappe in den Händen hielt – ein Juwel.
»Wollen wir tanzen gehen – können Sie tanzen – mögen Sie?«
»Ja!« hörte ich mich antworten.
Es ist nur darauf zu achten, sagte ich mir, daß sich das Programm genau abwickelt. Daß keine Zwischenstation ausgelassen oder verändert wird. Ich hänge an dieser fixen Idee, andernfalls wäre ich der Unsicherheit erlegen. Ich weiß ja, daß ich Alkohol kaum vertragen kann, aber ich habe noch nichts getrunken. Trotzdem – merkwürdig. Also, gehen wir, Ellen.
Im »Continental« war es so voll, daß wir keinen Platz bekommen konnten. Wir gingen um die Ecke in die Courbièrestraße. Vor der »Bohème« stand eine lange Reihe Autos. Aus den Fenstern kam ein rotes durchdringendes Licht. Baumlang stand ein Mann mit einer Chauffeursmütze davor.
»Ist es Ihnen unangenehm?« fragte Ellen.
»Nein – warum?«
»Es ist eben – anders herum«, antwortete sie unbekümmert.
Schon öffnete der Mann mit der Chauffeursmütze die Tür und

schlug einen dicken Vorhang zurück. Wir legten unsere Mäntel ab. Vierzig Pfennig für zwei Personen.
Nein – ich würde kein Wort verlieren über das rote Licht, die aufreizende Musik und keines über die jungen Männer, die eng aneinandergeschmiegt miteinander tanzten. Und bestimmt keines über das Bildnis eines nackten Knaben, das ausgerechnet über unserem Tisch hing.
»Valencia – deine Lippen sind die Klippen meines Lebens.«
Schwelgerisch und mit entzündeten Augen lag der Klavierspieler in der Ecke über den Tasten.
»So ein abgedroschener Mist«, sagte jemand ganz laut.
Ich sah mich um. Vor mir stand, die Hände in den weiten Hosentaschen, Audard Florimont.
Ein geringschätziges Lächeln lief über sein Gesicht.
»Sind Sie nicht – ?« sagte er, ohne die Hände aus den Taschen zu nehmen. »Ja, Sie sind es, natürlich – ich soll Ihnen Grüße bestellen.«
»Grüße?« rief ich aufgeregt. »Von wem denn?«
»Von Manfred Vellin«, sagte er gelassen. »Ich war drei Tage in Paris mit dem Wagen. Traf ihn im Theater – ich soll Ihnen seine Adresse geben – aber warten Sie mal – ich habe sie nicht bei mir.«
»Verloren, Florimont?« rief ich. »Haben Sie Manfreds Adresse verloren?«
»Keine Spur – nur vergessen – er wollte am nächsten Tag nach England, ich glaube nach Cambridge – rufen Sie mich morgen an, dann kann ich Ihnen die Adresse geben.«
»Hat er irgend etwas gesagt?«
»Nichts – nur, Sie sollten ihm schreiben – sofort – das war alles – adieu!«
Das verstand ich nicht. Jetzt war Manfred auf einmal in Cambridge. Jetzt studierte er doch auf einmal? Jetzt hatte ihn seine Mutter doch plötzlich gezwungen?
Ganz in diese wirren Überlegungen versunken, starrte ich den Manager an. Wie ein Lord sah er aus. Seinen kahlen Schädel

umrahmte ein Kranz von schwarzem Haar. Den grauen Schnurrbart hatte er an den Ecken zu langen spitzen Speeren zusammengedreht. Aus der Weste leuchtet der weiße Rand. Und sein Lächeln, das aus einem Paar verschleierten Augen mit schweren Tränensäcken kam, war eine Mischung von Grauen und Hohn über den Betrieb um ihn her.

»Florimont ist hier, er war in Paris«, sagte ich.

»Ja«, antwortete Ellen, die Lippen am Glas mit Ohio. Wer hatte denn Ohio bestellt? »Wollen wir tanzen?«

Ich nahm einen Schluck aus dem Glase und zögerte einen Augenblick.

»Ja«, sagte ich dann langsam und erhob mich.

Jetzt erst begreife ich, wie sehr Ellen mich verwandelt. Ehe ich mit ihr die ersten Tangoschritte tat, hatte ich noch wenig von ihr begriffen. Wenig gegen dieses war ihre Kühle und ihr Geist, wenig ihr Vermögen, zu fühlen, und ihre spürende, immer tastende Hand, wenig ihre gelegentliche allzu merkbare Offenheit, wenig ihr Schmeicheln, ihr Schauen, ihr mitreißendes Sprechen, ob es den Büchern oder den Menschen galt; wenig all dies gegen ihren Körper.

Noch ist mir ganz gegenwärtig, wie sie durch die gedrängten Tische ging. Es waren nicht Schritte, mit denen sie sich bewegte, es waren nicht ihre Füße, mit denen sie ging. Hatte sie sich einmal erhoben und schlug die narkotisierende Musik über ihr zusammen, so lebten nicht mehr ihre Hände für sich und nicht mehr ihre Augen, nicht ihre Füße und nicht die Schmalheit ihrer Schultern: so war alles in einem, in ihrem Körper begriffen. Sie neigte den Kopf ein wenig und sah einen Augenblick auf ihre Füße, das schwarze Haar fiel ihr von beiden Seiten über die Augen. Wie eine aufgeregt Träumende stand sie diese Sekunde lang vor mir. Dann, als sei ich nicht da und die Menschen nicht und die ganze Welt um sie verschwunden, begann ihr hingebungsvolles Spiel. Sie setzte langsam die Füße, ihr Körper ging nach in schwer gebändigter Erregtheit, ihre Hand umschloß die meine während der nächsten Figur mit beinahe grausamer Festig-

keit, näher, ganz nahe kam sie an mich heran, ich spürte das Stechen ihrer Brüste, die vor dem Druck zu beiden Seiten wichen. Die Musik hielt inne; die Tanzenden klatschten und riefen um Wiederholung.
»Sie sind müde?« fragte sie.
»Nein«, sagte ich, als müsse ich sterben. Und es begann von neuem.
»Wir wollen gehen«, sagte sie, als es zu Ende war.
Undeutlich nur konnte ich die Umrisse des Raumes und der Menschen erblicken. Eben hub hinten die Musik zu einem schwermütigen englischen Walzer an. Vor meinen flimmernden Augen gewahrte ich das weiße Frackhemd des Kellners. Ich verstand nicht ganz, was er sagte. Ich legte mein ganzes Geld, das ich bei mir hatte, auf den Tisch. Zwei weiße, feine Hände sehe ich unter mir, wie sie in die grauen Wildlederhandschuhe schlüpfen. Ob er einen Wagen holen solle, fragt der Kellner. Habe ich ja gesagt? Mit dem Kopf genickt? Gewiß hält er mich für betrunken.
»Was haben Sie, Oswald?«
»Alles«, sage ich.
Der schwere Vorhang schlägt mir entgegen. Ihr Kopf ist leise an meine Schultern gelehnt, groß steht neben mir der Mann mit der Chauffeursmütze auf, riesengroß, öffnet einen Wagenschlag. Kühle Nachtluft dringt durchs offene Wagenfenster. Ellen beugt sich zu mir und öffnet die Knöpfe meines Mantels, die unsinnigerweise bis oben sämtlich geschlossen sind. Ihre Hände sind wieder schmal und kühl wie immer; graue Klümpchen ihre Handschuhe in ihrem Schoß; die vorüberfliegende Laterne beleuchtet sie. Diese Hände legen sich um meinen Hals, sie haben einen festen, fast grausamen Druck, sie ziehen meinen Kopf in eine unerkennbare schwarze Tiefe hinunter, sie drängen sich schmerzend um meine Wangen, so daß die Lippen sich mir von selbst öffnen und eine herbe Süße schmecken.
Chéramy, Paris. Nichts ist mir im Augenblick gegenwärtiger als diese glühende Lichtreklame auf der Place Clichy.

»Oswald!?« sagt eine glückselige Stimme. »Ich habe einen Geliebten, ein Kind!«

*

Groß und unermeßlich ist dieses Land: Schlafzimmer der fremden Geliebten, das du im Dunkeln betrittst.

Mich erfüllt es mit einer unnennbaren Angst, wie ich sie nie vorher, nie nachher erlebt habe. Wäre ich ein Kind gewesen, es wäre leichter gewesen. Vorwürfe und Enttäuschungen hätte ich nicht erwarten müssen. Meine erste Geliebte hätte mir nicht gezürnt, hätte ich das Spiel der Nuancen nicht beherrscht. Hätte sie mich geliebt, so hätte sie es mich gelehrt.

Aber ich war kein Kind. In dieser Dunkelheit war ich ein Mensch mit einer qualvollen Vergangenheit. Warum hatte ich mir das antun lassen, warum war ich durch lange Wochen Franziskas unsinniger Entsagungsliebe mit hingebungsvoller Demut gefolgt? Und war jetzt ungerüstet, diese Nacht zu bestehen? Voll unmäßiger Wut war ich in diesem schweigenden Augenblick – voller Wut über ihren Betrug.

Gut war es, daß das Licht nicht brannte. Leichter sind die schwierigen Dinge zu tun, wenn sie nicht sichtbar sind. Und ich zwinge mich zu einem kühlen Herzen. Ich dürste danach, mich auszuliefern.

Ich fühle Ellens Hände an mir. Sie beginnt langsam ein seltsames Werk, das mich erschauern macht. Sie löst den Knoten der Krawatte, sie nimmt meinen Kragen ab, sie zieht mir Schuhe und Strümpfe aus, und sie löst mir den Gürtel. Wo befinde ich mich? Bin ich an einen Sessel gelehnt? Fühle ich unter mir die Daunendecke des Bettes?

Meine Hände gehen ins Dunkel. Sie fassen die ihren. Ich habe ihre Wangen. Ich bin ratlos, und ich küsse sie. Ich fühle noch den Seidenstoff ihres Kleides. Ich löse den Verschluß. Die dünnen Seidenstreifen ihrer Tragbänder gleiten zwischen meinen Händen zur Erde. Mir ist, als gewahre ich ihre Gestalt in der Dunkelheit.

Ist nicht die Decke jetzt zurückgeschlagen? Fühle ich nicht Leinen unter mir? Atmet es? Ich weiß jetzt, daß ich nicht fürchten muß, mich zu schämen. Sie lehrt es mich. Ihre Hände kommen gegangen, führen die meinen ein Stück Wegs in die Dunkelheit. Ich ahne, was ich tun muß.

Ihre Arme haben meinen Leib fest umspannt. Jetzt – gleiten sie nicht? Nein – sie halten sich in unveränderter Starre. Wie klar mein Geist ist – muß ich denken. Aber jetzt verschwimmen mir die Augen wieder. Rennt nicht die Zeit in unfaßbarer Schnelligkeit?

Jetzt?

Noch nicht?

Mein Atem hält an. Ich spüre, wie mein Körper feucht wird. Lange geht es nicht mehr.

Kommst du? ruft die Stille.

Weinen?

Und mein Körper richtet sich auf. Meine Hände fassen in weiche, nachgiebige Kissen. Kommt ein Licht von der Straße? Ein Scheinwerfer über der Wand? Groß und dunkel, einem Reiter vergleichbar, steht meine halbe Gestalt schwarz auf der hellen Fläche.

O vertrautes Bild in Worten!

Mitsou und der blaue Leutnant. Mitsou von Colette.

Ich sinke tief in die Finsternis.

Endlich bin ich glücklich.

*

Jetzt war Franziska schon fast vier Wochen fern. Aber es traf keine Nachricht von ihr ein. Die Theater rüsteten sich für den Winter. Aber ihr Name stand auf keinem Spielplan, auf keinem Programm.

Florimont war bald aus Berlin wieder verschwunden. Ich hatte ihn anzurufen versucht, aber die Nummer war falsch, ich konnte ihn nicht erreichen. Manfred blieb fern.

Der Zweckverband war also gegründet. Wir lachten manchmal

über dieses Wort, nicht ohne des Doktor Beer zu gedenken, aber wichtiger war uns, was wir taten und dachten. Mit Ellen zu leben, war ein neues und vielfältiges Abenteuer.

»Manchmal siehst du aus wie ein Mongole«, sagte sie einmal. »Dann wieder wie ein dickes, gutes Tier.«

Ich lachte. Es war nichts Verletzendes in ihren Worten.

»Wie alt bist du eigentlich?«

»Demnächst werde ich zwanzig Jahre alt sein«, antwortete ich. »Ich verlor ein ganzes Jahr durch mehrfaches Umschulen.«

»Ein Jahr ist viel Zeit«, bemerkte sie. »Aber komm, wir müssen arbeiten.«

Sie setzte sich wieder an die Schreibmaschine.

»Liebst du mich eigentlich, Ellen?« fragte ich.

»Mir müssen arbeiten«, antwortete sie.

Wir übersetzten gemeinsam den Roman »Honorine« von Charles-Marie Duchesne. Es war ein Auftrag von Doktor Beer. Ellen bot mir eine Beteiligung von dreißig Prozent am Honorar an, wenn die Übersetzung zum festgesetzten Termin fertig würde. Doktor Beer rief jeden Tag in der Cicerostraße an und fragte, wie weit wir seien. Ellen ließ keine Gelegenheit vorübergehen, um ihn im Preis hinaufzuschrauben. »Honorine« sollte seine große Weihnachtsnovität werden. Doktor Beer zahlte, schimpfte, lachte und zahlte.

»Halb so penibel, Kinder, und doppelt so schnell wäre mir lieber«, rief er. Aber Ellen gab eine kurze Antwort und fuhr unbeirrt fort.

Wir stritten um jeden Ausdruck, wir erkämpften wirklich jedes Wort, jede Nuance. Das war ein großer Taumel, diese Arbeit. Ich begann zu fühlen, was es hieß: schaffen. Mein ganzer Tag wurde mitgerissen. Auch auf der Redaktion der Zeitung erwachte neues Leben. Die Wintersaison war im Anmarsch. Ich verbrachte längere Zeit dort als früher, ich arbeitete mit Überstunden und verdiente reichliches Geld. Tausend Dinge fanden sich, die zu tun waren. Frisch sah mit entgeistertem Blick zu. Ich bemerkte, daß ich fähig war, viele Dinge zu tun, die schwierig sind, Kenntnisse erfordern und Verantwortung tragen. Ich bewältigte sie, erweiterte mein Wissen, um dieses oder jenes leisten zu können. Jetzt hatte ich kein Gefühl mehr von Dummheit und Wertlosigkeit innerhalb des Betriebes. Erst jetzt war die Redaktion meine Welt, ich hatte keine Verachtung mehr für den Betrieb, kein Verständnis mehr für Frischs mißgestimmte Polemiken.

In der ganzen Redaktion war meine wilde Arbeitswut berühmt geworden. Ich wurde nicht in allen Zimmern ohne Gelächter empfangen.

Da war jedoch ein Zimmer, in dem ich sogar mit großer Freundlichkeit und Achtung empfangen wurde, so oft ich es betrat. Es war das Zimmer Nr. 74, drinnen saß Frau Doktor Siebert, gegen Ende der Dreißig, Frauenrechtlerin von Abstammung, jetzt Redaktrice der Frauenbeilage, Sachverständige für Ehereform, Mütterberatung, Sexualreform und ähnliches – eine Kraft, wie sie in jeder großen Zeitung heute »unentbehrlich« ist.

»Sie sind der einzige, der in diesem Hause arbeitet, Laengfeldt«, sagte sie. »Und über Sie lachen die Leute – diese Idioten!«

Sie hatte ihren geheimen Kummer, die Doktorin Siebert. Sie war häßlich, nicht sehr, aber es genügte, um übersehen zu werden. Und nichts schmerzte sie mehr. Sie fühlte sich verkannt. Sie glaubte, fortwährend zurückgesetzt zu werden, zu wenig Geld zu verdienen.

»Wie man mich schikaniert, das ist schon ein Skandal – schließlich ist man doch jemand – leistet etwas.«

»Ja«, sagte ich.

Und dann war da noch Zimmer 83, Doktor Philipps Zimmer, des verantwortlichen Redakteurs für äußere Politik. Hier war ich fast wie zu Hause. Doktor Philipp leistete unmenschliche Arbeit. Ohne Hilfskraft, ohne Sekretärin bewältigte er den ganzen Apparat. In den Zeiten großer Konferenzen schrieb er oft täglich zwei große Leitartikel, die die halbe erste Seite ausfüllten, und machte Nachtdienst, und bearbeitete das gesamte Nachrichtenmaterial, telefonierte sich die Zunge aus dem Hals, schrie

sich die Kehle heiser, arbeitete, schuftete, ein Nervenbündel, eine einzige Aufregung, ein einziges Entsetzen.
Trotzdem hatte dieser gehetzte schmale Mensch mit den dicken Brillengläsern Viertelstunden für mich frei, in denen er sich mir ganz widmete.
»Einen Menschen wie Sie könnte ich zum Assistenten brauchen«, sagte er. »Können Sie nicht freikommen?«
»Ausgeschlossen«, sagte ich. »Das Feuilleton arbeitet mit Hochdruck.«
Dennoch machte ich es möglich, ihm gleichzeitig bei seinem Nachtdienst zu helfen. Ich ließ das Telephon aus Nr. 34 in Nr. 83 umstellen, arbeitete in zwei Ressorts zugleich, schwitzte Angst, daß ich entdeckt werden könnte, hielt aber aus. Die Arbeit faszinierte mich. Völkerbundskorrespondent zu werden, das war jetzt mein Traum. Nach wenigen Tagen war mein Hirn zum Platzen angefüllt mit einer Unmenge neuer Kenntnisse. Nach anderthalb Wochen war ich imstande, den Nachtdienst in der außenpolitischen Redaktion völlig allein zu versehen. Endlich konnte der arme Philipp einmal ausschlafen.
»Sie sind ein Mordskerl, Laengfeldt«, sagte er. »Ich werde mit Holten reden.«
Und nebenher ging die Tätigkeit in Nr. 34, denn Flachslander wollte aus seinen großen Ferien überhaupt nicht zurückkommen. Und nebenher ging die aufreibende minutiöse Arbeit an der Übersetzung. Und da war Ellen, die mich angefacht hatte zu dieser hundertfältigen Arbeitskraft, der ich alles verdankte.
Ich wurde nicht müde. Ellens Liebe – ja, es war Liebe – war nicht springend und lohend wie die Franziskas, ein ewiges, fragwürdiges Hin und Her. Sie war gebändigt, gezügelt. Aber es war viel mehr Kraft in ihr.
Wir arbeiteten. Die Tage flogen. Wir standen früh auf, gingen spät zu Bett. Wenn wir eine halbe Stunde, eine Stunde frei hatten, gingen wir ins Café oder ins Kino. Das waren unsere beiden Leidenschaften, die einzigen außer unseren Nächten. Alles Leben war wie Pflicht. Alles Tun war Tätigkeit.

Jetzt wußten wir, was wir wollten.
Jetzt endlich wußte ich es.

*

Flachslander war zurückgekommen.
»Ich höre, daß Sie Nachtdienst machen. Das geht nicht.«
Ich war nicht im mindesten überrascht.
»Aber warum sollen Sie nicht Nachtdienst machen, Laengfeldt?« fuhr der Chef plötzlich sanftmütig fort. »Sind Sie denn zuverlässig? Können Sie überhaupt redigieren?«
»Fragen Sie Frisch, fragen Sie das ganze Haus«, antwortete ich stolz.
»Das sagen Sie so – na, meinetwegen. Es ist gleichgültig.«
Der Chef war unberechenbar. Er hatte sich gut erholt, sah braun aus wie ein Neger, und wenn er die Brille abnahm, wurden die weißen Ringe um seine Augen sichtbar, das verlieh ihm ein überwältigend komisches Aussehen.
Ich nahm die Tätigkeit in Nr. 34 wieder in größerem Umfang auf. Der Chef durfte nichts merken. Überdies mußte man auf der Hut sein. Über Nacht war Konkurrenz aufgetaucht. Seit einigen Tagen hatte ich schon bemerkt, daß im Wartezimmer regelmäßig ein junger Mensch saß, drei, vier Jahre älter als ich, schwarzhaarig, mit großer dunkler Brille, abgenutzten Kleidern, österreichischem Dialekt. Er erhielt jeden Tag ein Referat, Gott wußte, wer es ihm gab. Ich las regelmäßig, was er schrieb. Er hatte die Buchstaben – »oh« – als Signum und schrieb einen witzigen, etwas frechen Stil, der dem Chef jedoch anscheinend gefiel.
»Wer ist denn dieser Referatenfresser?« fragte ich Frisch.
»Rohn«, sagte der Kleine, »er war vor zwei Jahren in Ihrer Stellung. Dann flog er plötzlich heraus, ich glaube wegen Bestechung durch eine Filmgesellschaft. Er schrieb auch Filmkritiken.«
»Und jetzt ist er wieder hier?«
»Scheint ihm dreckig gegangen zu sein in der Zwischenzeit. Er

hat sich wahrscheinlich an Flachslander herangemacht, und jetzt drängelt er sich langsam wieder herein. Passen Sie auf, Laengfeldt!«

Ich war wütend und wollte mit Flachslander sprechen.

Da wurde ich telephonisch in das Zimmer des Chefredakteurs gerufen.

»Herr Laengfeldt«, sagte Holten, »ich freue mich. Ich freue mich ganz aufrichtig, durch Doktor Philipp so Gutes von ihnen zu hören. Doppelte Schicht ist allerdings bei uns nicht gestattet. Man kann nicht zwei Herren zu gleicher Zeit dienen. Aber ich sehe ihnen das nach. Doktor Philipp ist in der Tat außerordentlich überlastet. Wären Sie mit einer Verlegung Ihrer Tätigkeit in das außenpolitische Ressort einverstanden?«

Ich überlegte einen Augenblick.

»Doktor Philipp bekommt auf jeden Fall einen Assistenten. Ich möchte Ihnen den Vortritt lassen, wenn Sie wollen. Aber wenn Sie lieber im Feuilleton bleiben, ist es auch recht.«

„Ja«, sagte ich bestürzt.

»Ich selbst kann Ihnen zu dem Wechsel nur raten. Ihr Vater hat Sie mir besonders ans Herz gelegt. Ich sehe, Sie sind tüchtig. Ich möchte, daß Sie noch tüchtiger werden. Vielseitigkeit kann niemand schaden. Ich möchte Ihnen eine Chance geben, lieber Laengfeldt.«

»Ich danke Ihnen«, antwortete ich. »Ich bin einverstanden.«

Noch am gleichen Tage wurde Flachslander verständigt. Er zuckte mit den Achseln und sagte, es sei recht. Dabei sah er mich so durchdringend und böse, als hätte ich eine ganz finstere und schmierige Intrige gegen ihn angestiftet. Gott sei Dank – ich war froh, mit diesem launischen Menschen nicht mehr arbeiten zu müssen.

Am nächsten Tag wurde dem bleichen Heßling, als er kam, sich ein Referat zu holen, eröffnet, daß er als Assistent in die Feuilletonredaktion der großen Zeitung eintreten könne. Der bleiche Heßling wurde noch bleicher und stammelte ein kaum hörbares »Sehr gerne, Herr Flachslander«. Die Wahl des Chefs wurde

von Chefredakteur Holten bestätigt und daraufhin von der Verlagsleitung akzeptiert.
Frisch erzählte, Rohn sei auf diese Nachricht hin im Wartezimmer in eine wilde Raserei ausgebrochen und habe unter Verwünschungen das Lokal verlassen. Am nächsten Tag jedoch sah ich ihn schon wieder unter den Wartenden sitzen, abgeschabter und grimmiger denn je. Er hatte ein rücksichtsloses Gesicht. Sein Mund war alt und fest zusammengekniffen. Er bohrte weiter. Er gab es nicht auf.
Rohn würde es schon schaffen.

*

Telephon in Nr. 83. Doktor Philipp gab mir den Hörer.
»Oswald – ein Telegramm für dich.«
»Öffne es.«
»Warum?«
»Franziska kommt zurück – sieh nach.«
»Neun Uhr siebzehn – Anhalter.«
»Danke, kleine Ellen.«
»Kommst du bald?«
»Sobald ich kann.«
»Wiedersehen, Oswald!«
»Wiedersehen, Ellen!«
Doktor Philipp war im Zimmer und auch Rölfchen Wenzel aus der Innenpolitik und ein Tippmädchen, und alle sahen mich an, als sei ich völlig irre geworden.
»Was haben Sie denn, Laengfeldt?« sagte Philipp. »Sie sehen ja ganz entgeistert aus!«
»Ja – man hat so seine Schmerzen«, leierte Rölfchen vor sich hin.
»Ach hören Sie doch auf mit Ihrem Gequatsche!« rief ich.
»Gott o Gott – sind Sie nervös!«
Aber Philipp, obwohl ich ihm nichts erklärte und nichts erklären konnte, verstand und entließ mich sofort.
»Machen Sie's gut, Laengfeldt!« rief er mir nach.

*

Bleiern liegt der Nachmittag über uns.
Wir haben noch über nichts gesprochen. Keine Maßnahme vereinbart, keinen Plan entwickelt. Wir fühlen uns nicht unsicher dabei. Gar nicht wie ertappte Kinder. Gar nicht mit schlechtem Gewissen. Wir haben nichts Böses getan. Und doch zittern wir und wagen nicht zu nennen, was uns Angst einflößt.
»Hast du ihr geschrieben?« fragt Ellen.
»Nie.«
»Und sie?«
»Nicht ein einziges Mal.«
Wir schweigen wieder. Dann erhebe ich mich und gehe in Ellens Schlafzimmer.
»Was tust du?« ruft sie geängstigt.
Ich tue, als höre ich es nicht. Ich nehme meine Nachtkleidung, Slippers und Toilettesachen von ihrem Tisch und trage sie in Franziskas Schlafzimmer. Ellen steht in der Tür und sieht mich, wie ich mit den Sachen eintrete.
»Du verwischst die Spuren«, sagte sie sehr langsam.
»Ja, Ellen, ich verwische die Spuren.«
Sie weint, die Hand über den Augen.
»Weine nicht«, sage ich, »es wird sich lösen.«
»Ja – irgendwie – geht ja bekanntlich alles.«
Es ist halb sieben Uhr. Ich höre die Uhr im Schlafzimmer schlagen. Ellen steht vor mir.
»Also, Oswald – «
»Ja, ich gehe jetzt.«
Sie hält meine Rechte in ihren beiden Händen fest gefaßt.
»Und wirst du – du, ich bitte dich – «
»Was?«
»Küsse sie nicht – Oswald – nicht!«
Ich habe Zeit. Während ich den Perron hinauf- und hinuntergehe, ist mein Kopf ganz leer. Ich denke nichts mehr. Ich kann mir nicht mehr ausmalen, wie es sein wird, wenn sie ankommt. Ich kann nicht überlegen, was ich sagen soll. Ich kann nur warten. Einfach warten.

Dann ist sie da. Trägern reicht sie ihr Gepäck aus dem Fenster. Gibt Geld, grüßt und sieht mich. Ja, ich habe einen Strauß Blumen gebracht. Das habe ich. Hier, Franziska, hast du den Strauß Blumen. Guten Tag, Franziska, du bist aber lange geblieben. Wir wollen ein Auto nehmen. Du siehst gut aus. Als sei nichts geschehen. Übrigens, Ellen, deine Freundin ist gekommen. Ich finde sie sehr nett. Wir haben ein wenig Französisch zusammen getrieben. Ich hatte viel zu tun. Flachslander war im Urlaub. Immer Nachtarbeit, nie vor zwei, drei ins Bett.
Es geht. So schwierig ist nichts.
Wir nähern uns dem Haus. Wir sind angekommen. Der Wagen ist bezahlt. Wir gehen jetzt durch den dunklen kühlen Flur. Unter unseren Füßen knirscht der frisch aufgeschüttete Kies des Hofgartens. Etwas – nein alles liegt in der Luft. Dennoch wird nichts ausgesprochen.
Hat sie gesprochen? Nein, sie hat nichts gesagt. Sie hat ja ihren Arm in dem meinen, unsere Finger selbst haben sich eng umschlossen.
Unser Wiedersehen – denke ich, während ich die Haustür aufschließe – ist gerade so, wie ich es mir bei ihrem Abschied gedacht hatte: vertraut, ohne Überschwang, ernst.
Während ich ins Zimmer trete und die Lichter anzünde, spüre ich, wie wenig ich damit gerechnet habe, daß Ellen uns empfangen würde. Nun aber ist sie tatsächlich nicht da, nur ihre Vorsorglichkeit in Gestalt eines kleinen Abendbrotes auf dem Tischchen bei der Couch begrüßt uns; das enttäuscht mich doch.
Weil ich Ellens Atmosphäre plötzlich im Gedanken an sie so stark spüre, habe ich fast Lust, gleich einen großen Krach zu machen. Ich sehe schon, daß sich alles wieder so einläuft wie ehedem. Meine Angst vor der hereinbrechenden Nacht ist groß. Wenn Franziska gefragt hätte. Und hast du mich nun eigentlich betrogen?
Ich hätte geantwortet. Aber natürlich, Franziska, habe ich dir das noch nicht erzählt?

Sie sieht sich im Zimmer um, öffnet die Flügel des großen Fensters und läßt die Abendluft herein. An dem kleinen Spiegel mit dem roten Lackrand, der über der Couch hängt, ordnet sie das Haar, und wie sie mein Bild hinter sich im Glas gewahrt, lächelt sie mir zu.

Für heute habe ich den Kampf schon verloren gegeben. Diese Nacht teile ich ihr Lager noch. Eine Dunkelheit lang bleiben ihre kühlen unbewegten Hände noch um meinen Leib geschlungen und lassen mich nicht atmen. Eine Nacht lang spüre ich das Duften ihres Haares noch, das ich so liebe.

Während wir am Tisch sitzen und ich für sie kleine Brötchen mit Lachs bereite, beginnt die Fremdheit sich in der Erinnerung schrittweise fühlbar aufzulösen.

»Na, Oswald – nun sind wir wieder da!« sagt sie.

Siehst du wohl, das habe ich mir gedacht: kommen nicht ganz von selbst die kleinen Zärtlichkeiten wieder an, die hingetupften Worte und die Gesten, denen du nicht entweichst? Kommen sie nicht gekrochen wie kleine Haustiere, die dich noch von ehedem kennen und meinen, daß du ihrer bedarfst wie damals? Und streichelst du sie nicht, Verräter des Herzens, und läßt sie verweilen, nur um dir selbst nicht den Schmerz antun zu müssen, daß du sie wegschickst?

Geliebter Feigling – nun legst du deine Hand sogar in die ihre, so über den Tisch wie in den ungetrübten Zeiten, nun vertauschst du auch den Stuhl, der dir Entferntheit bedeuten sollte, mit der Ecke der Couch, nun kennst du keine andere Seligkeit, wenn ihre Hände wieder die kindliche Wanderung durch dein Haar beginnen.

Als sie sagt: »Küsse mich, Oswald!«, da küsse ich sie, trotz Ellen. Dies Gefühl ist nicht verräterisch, nicht abtrünnig. Ihre Lippen sind frisch und voll zauberischer Fremdheit. Die Entferntheit der ersten halben Stunden hatte nur überwunden werden müssen. War er überhaupt sonst etwas?

Aber ich werde mich da nicht täuschen. Ich weiß gut, wie die Nächte über mich wieder hereinbrechen werden, mit ihrem küh-

len gleichmäßigen Atem, mit ihren schmalen, kühlen Knien an den meinen.
An der Eingangstür klingelt es. Wer auch immer es ist, er ist das Kompromiß, das dieser Stunde die Entscheidung stiehlt.
»Du hast den Schlüssel steckenlassen. Ich konnte nicht herein«, sagt Ellen.
»Um Gottes willen – sag doch nicht ›du‹.«
»Doch, Oswald – doch, doch.«
Ellen tritt zuerst ins Zimmer. In der Tür stehend, betrachte ich sie. Ellen spricht offen, scheinbar ohne zu überlegen, und doch verrät sie nichts vom Geschehenen.
»So komm doch herein!« ruft sie mir zu.
Dann stehen wir nebeneinander an der Couch, auf der Franziska hingelehnt liegt, und unsere Arme haben wir einander über die Schultern gelegt. Ich weiß gar nicht, wie das gekommen ist, aber ich zittere auch nicht dabei.
»Wir fanden nämlich, daß es lächerlich sei, sich ›Sie‹ zu sagen, wenn man zusammenwohnt.«
Franziska lächelt und nickt. Aber mir scheint fast, als sei es ein sehr schwaches Lächeln. Als ob sie sagen wollte: ich weiß ja alles. Aber ihre Blicke sind doch nicht so selbstverständlich entsagungsvoll, sie suchen nach einem festen Punkt an der Decke.
»Bist doch nicht böse – Fransziskalein?«
Aber sie schweigt. Auf ihre merkwürdige Weise, wie sie immer schweigt, wenn sie etwas ganz Liebes sagen will.
Ich sehe jetzt Ellen mir schräg gegenüber im tiefen Sessel sitzen und höre, was sie spricht. Sie spricht von ihrer Arbeit, von ihrer Reise und den Tagen in Berlin. Ihr Bericht ist bewegt und lebhaft, wie alles, was sie erzählt. Es haftet ihm nicht die kleinste Unwahrheit an. Ich glaube nicht, daß sie einer einzigen ihrer Empfindungen ein verfälschendes Wort leiht. Sie berichtet auch von mir. Ihr Ausdruck ist nicht minder lebendig, dennoch sparsamer, aber ohne fühlbare Zurückhaltung.
Vor dieser lebendigen Sachlichkeit empfinde ich plötzlich einen Schreck.

– sie macht überhaupt nicht mit – kommt mir ein Gedanke – sie wird von dem Vorgefallenen nie ein Wort sprechen, sie wird zurücktreten, als sei nichts gewesen, als sei zwischen uns nie etwas versprochen worden –

Doch ihr Blick liegt einen Augenblick wieder bei mir und zerstört mein Gesicht.

Ich bin mit einem Male in der Lage, genau wägen zu können.

Blond oder braun – fällt mir ein. Hieß nicht so ein sehr komischer Film?

Mir ist nicht komisch zumute.

Daß ich überhaupt auf den Gedanken komme, wählen zu können, ist schon absurd und nichtswürdig genug.

Wo war ich denn glücklicher? In den Nächten meiner Haft oder im heißen Sturmwind meiner Arbeit? Wo war ich glücklicher? Da, wo von Liebe geredet wurde und wo keine war, oder da, wo nichts gesprochen wurde und ich Zuneigung empfand?

Unsere Erzählungen, eben auf einem Punkt großer Lebhaftigkeit angelangt, halten an, wir schweigen einen Augenblick. Da wendet sich Franziska um und sieht nach dem Flügel.

»Woher kommen denn die Rosen?« fragt sie.

»Duchesne hat sie mir geschickt«, antwortet Ellen. »Mir und Oswald.«

»Und daneben – die Gladiolen.«

»Sie kamen vor einer halben Stunde, im Auftrag Audard Florimonts«, antwortet Ellen mit einer Kühle, deren Standhaftigkeit mich erschauern machte.

»Ah«, macht Franziska, weiter nichts.

*

Während Franziska im Badezimmer war, um sich nach der Reise ein wenig zu erfrischen, hatte ich mit Ellen dieses kurze Gespräch: »Bin ich deiner sicher, Oswald?«

»Ja, Ellen.«

»Nur diese eine Nacht.«

»Nur diese eine, Ellen.«

»Und du glaubst, daß das alles reinigen wird?«
»Ich weiß es.«
»Gute Nacht dann, Oswald – morgen suche ich eine Wohnung für uns.«
»Gute Nacht, Ellen.«
Das war meine schlimmste Nacht, da ich sie zwingen mußte, sich mir zu versagen.
Ich reiße ihren Körper unter mich. Ich halte ihre Handgelenke fest umklammert. Mit einem zerrenden Geräusch reißt der Ärmel ihres Pyjamas.
Aber ihre Knie sind hart und weichen nicht, ihre Hände sind offen und gelöst. Ich sehe ihr Antlitz nicht in der Dunkelheit. Aber ich fühle, daß es kühl und unbewegt ist, Gott sei Dank.
Mit glühender Stirn und flimmernden Augen reiße ich die Seide auf.
Da tönt er, der wilde, zerreißende Schrei in die Dunkelheit.
– – N–e–i–n – – !«
Einen Augenblick ist Totenstille im Zimmer. Nur mein aufgeregter Atem ist vernehmlich. Meine Hände lassen los und gehen zurück.
»So, Franziska«, spreche ich mit bebender Stimme, »du willst nicht ablassen, mich wie einen Hund zu quälen?«
Sie antwortet nichts.
»Du willst dieses mörderische Spiel in alle Ewigkeit weitertreiben?«
Stille.
»Aber du wirst es nicht. Nein, du wirst es nicht.«
Schweigen.
»Du hast mich elender gemacht als je in meinem Leben. Wie du Manfred elend gemacht hast. Ich weiß das.«
Nichts.
»Aber das ist nicht die Liebe, Franziska – das ist sie nicht!«
Sie schweigt noch immer. Ohne Widerhall kommen meine Worte zu mir zurück.
»Ich habe dich verraten, Franziska. Ich habe dich verraten durch

deine Schuld. Du hast mich das stehlen geheißen, was dein schönstes Geschenk für mich hätte sein können.«

– – –

»Wundere dich über meine schönen Worte. Ich habe mir überlegt, was ich spreche. Ich habe den Verrat gutmachen wollen. Ich wollte es dir leicht machen. Aber du hast mir alles in den Dreck getreten. Du hast mich ganz in den Dreck getreten.«

– – –

»Ich kann dir da nicht mehr helfen. Leb wohl, Franziska, gute Nacht!«

Ich gehe zur Türe und öffne sie. Nichts regt sich. Ich glaube sie weinen zu hören. Aber ich tue keinen Schritt zurück. Ich suche einige Kissen von den Stühlen, breite die große Decke auf der Couch aus und lege mich hin.

Eine lange Zeit vergeht. Ich kann nicht schlafen. Ich horche in die Finsternis hinein, in der sich nichts bewegt. Von der Straße herauf tönt nur manchmal ein Rufen, ein Lachen, das Kreischen einer Autohupe, und ab und zu streicht ein Scheinwerfer über die Decke des Zimmers.

Dann öffnet sich behutsam die Tür und fällt wieder zu. Ganz leise kommt sie mit nackten Füßen auf mich zugegangen. Ich schließe die Augen. Wenn sie spricht, will ich nichts antworten. Jetzt wende ich mich nicht mehr um.

»Oswald – «

Ich antworte nicht.

»Oswald – hörst du mich?«

Ich tue, als schliefe ich fest.

»Oswald – ich wollte – dir – etwas –sagen –.«

Aber meine Lippen sind fest verschlossen.

Dann spricht sie nicht mehr. Ich höre, wie sie zitternd über den Sessel fällt, ich höre ihr schweres, stoßendes Schluchzen. Es hält lange an. Dann wird es stiller. Ich fühle, daß ich jeden Augenblick einschlafen werde. Nur noch undeutlich vernehme ich, daß sie sich schwer erhebt und nach der Türe zurückgeht. Ich vernehme noch das Knacken des Schlosses.

Geh mit Gott und Florimont – denke ich. Ich öffne die Augen. Die graue Morgendämmerung erfüllt das Zimmer. Ziemlich entfernt höre ich die Uhr schlagen.
Vier Uhr.
Ich erhebe mich. Auf dem Tischchen vor mir finde ich noch einen kleinen Rest Kaffee in der Kanne. Meine Augen schmerzen mich. Ich kleide mich an. Dann trete ich hinaus auf die Treppe, die von meinen Schritten widerhallt. Eine Weile stehe ich im Hof, wo zwischen kümmerlichen Pelargonienbeeten ein kleiner Brunnen in einen schmutzigen Steinrand sprudelt. Ich sehe nach den Fenstern dort oben. Sie haben kein Licht. Ich ziehe mein Jackett aus, tauche die Hände ins Wasser, benetze die Augen und stecke schließlich das ganze Gesicht in den Brunnen. Dann trete ich auf die Straße. Jetzt ist es ganz hell. Ich stecke die Hände in die Taschen, finde noch Zigaretten, zünde eine an und freue mich, wie gut sie in der Morgenkühle schmeckt. Ich gehe den ganzen Kurfürstendamm hinunter bis zur Kirche, die Budapester Straße hinunter, über die Corneliusbrücke, hinein in den Tiergarten.
Kühl und mit vielen Farben bricht der neue Tag an. Wind fährt mit leichten Händen durch die Blätter der Bäume und streicht über den Rasen, der sich in seiner Bewegung dehnt und rührt. In den Rondells stehen die Blumen sternengleich im Kreise beieinander, und die Sträucher mit den gelben und weißen Blüten senden einen herben Duft herüber aus der verwichenen Nacht. Linden und Buchen und Kastanien stehen zu beiden Seiten und bilden ein Dach, unter dem man gehütet geht.

*

In der Gegend des Potsdamer Platzes nahm ich einen Kaffee, verzehrte einige Buttersemmeln mit gutem Appetit und las die Morgenzeitungen, die die Boten eben hereinbrachten. Allmählich füllte sich das Lokal an, es wurde laut gesprochen und gestritten, Arbeiter, Straßenkehrer, Zeitungsboten, allerlei unrasierte Männer und schmutzige Frauen mit müden, übernäch-

tigen Augen saßen an den schmierigen Holztischen, tranken Kaffee, schwatzten und rauchten.
Es war sicher nichts Absonderliches in meinem Zustand. Wieviel junge Menschen, in eine bedrängte Lage geraten, die der meinen gleichen mochte, saßen jetzt in den Lokalen der großen Stadt herum, auf den Bänken des Tiergartens, oder standen an den Geländern des Lützowkanals und lehnten hinunter, den Blick ins Wasser gerichtet, mit schweren Gliedern und schlecht gelüfteten Kleidern? Mit ihnen allen wartete ich auf den Tag, der von selbst das Geschick in seine Hand nehmen und ins Vernünftige wenden sollte. Und dennoch hatte ich das Gefühl einer elenden Traurigkeit, die einen an die Heimat denken läßt. Wo meine Eltern jetzt sein mögen? Und wenn der Oberst jetzt von mir wüßte?
Ich erhob mich, zahlte und machte mich auf den Weg in die Redaktion.
Es war noch niemand da, als ich eintraf. Ich hatte das merkwürdige Gefühl, als ob jedermann mir meine Erlebnisse der letzten Tage unbedingt ansehen und sich teilnahmsvoll erkundigen müsse. Aber kein Mensch kümmerte sich um mein Elend, das mir also wohl nicht recht sichtbarlich auf der Stirn geschrieben stand. Möller grüßte mich freundlich, wie immer. Der Chefredakteur, der mir auf dem Flur begegnete, hielt mich einen Augenblick an und erkundigte sich, wie es gehe in der Politik und mit Doktor Philipp. Freundlich lächelnd, die ewige Zigarette im rechten Mundwinkel, schüttelte mir der Rastlose die Hand und entfernte sich eiligen Schrittes in sein Zimmer.
Nr. 83 lag noch verödet. Freilich, ich war früher hier als sonst, viel früher. Der tapfere Philipp schlief sicher noch. Ich sah nach der Post, öffnete sie, sortierte die Eingänge, nach Privatem, Redaktionellem, Anfragen, Artikeln. Dann orientierte ich mich an Philipps großem Notizblock, der über dem Schreibtisch hing, was heute fällig war.
Ratstagung in Genf – letzter Tag – Artikel erste Seite –vierzehnhundert Worte.

Ich suchte nach dem entsprechenden Material in den Kartotheken. Philipp war von diesem Vorarbeits-System begeistert gewesen. Er weihte mich am Tag vorher ein in das, was er morgen zu schreiben haben würde, dann suchte ich alles Erdenkliche zusammen an letzten Nachrichten, vorangegangenen Artikeln, Telegrammen und statistischem Material, was er brauchen konnte, und wenn er kam, flog er das Material nur durch – sein enormes Gedächtnis hatte keine kleinste Einzelheit vergessen – und diktierte mir seinen Leitartikel direkt in die Maschine.
Als ich mit den Vorarbeiten fertig war, zeigte die Uhr immer noch erst die neunte Stunde. Ich ging zu Förster hinüber und fragte nach letzten Telegrammen. Es war noch nichts gekommen. Da sah ich Frisch über den Gang kommen und trat einen Augenblick in sein Zimmer.
»Na, Laengfeldt, wie gefällt es dir denn bei dem Meschuggenen?«
Doktor Philipp, muß man wissen, wurde wegen seiner Aufgeregtheit nur der Meschuggene genannt.
»Ach, ich lebe auf, Frisch«, sagte ich. »Es ist ja eine ganz andere Arbeit. Hier geht es um Dinge, um Entscheidungen und Konsequenzen – aber bei euch ist immer dieselbe faule Luft – und dann den Flachslander nicht mehr sehen müssen, das bedeutet an sich schon eine Erlösung.«
»Kann ich mir denken – aber wenn du glaubst, daß dieser Heßling zu dem kleinsten Handgriff fähig ist – eine Katastrophe von einem Redakteur.«
»Flachslanders Erwählter«, sagte ich lachend.
»Ich fürchte, er wird es nicht lange bleiben.«
Ich sah auf die Uhr.
»Ich muß wieder hinüber, Philipp wird da sein.«
Ich war kaum zwei Minuten wieder in Nr. 83, als die Tür aufgerissen wurde und Frisch atemlos hereinstürzte.
»Laengfeldt!« schrie er, »Mensch – das ist ja furchtbar!«
Er schwang einen leimtriefendenden Telegrammfetzen in der Hand.

»Zeig her!« sagte ich mit einer Ruhe, die ich mir bei Philipp zugelegt hatte.
Meldung unseres Pariser Korrespondenten: *»Paris, 19/8 8.30: Heute morgen sieben Uhr Träger Carnegie Preis Claude Vellin endete Hotel Claridge Selbstmord unbekannte Ursache verfehlte Spekulationen vermutlicher Grund abwartet Näheres baldigst – Hellmers.«*
Ich stand auf und trat ans Fenster. Ich las noch einmal. Das war Claude Vellin, Manfreds Vater. Unfaßbar grob und hart trat das Schicksal dieses Mannes, den ich nicht gekannt, aus den Zeilen des Ferndruckers heraus. Aber ich konnte im Augenblick nichts fühlen. Hilflos sah mich Frisch an.
»Darauf waren wir nicht vorbereitet – kein Nekrolog – «, stammelte er.
Ich vergaß alles um mich her, Doktor Philipp, die Politik und alles, ich war plötzlich wieder mitten drin. Telephon her und Flachslander angerufen! Er war nicht erstaunt, mich zu hören. Ich berichtete. Die Stimme des ehemaligen Chefs verdunkelte sich, ein Räuspern wurde vernehmlich.
»Ja, Laengfeldt – warten Sie mal – ist Frisch nicht da? Er soll sich mit Goldtschmidt in Verbindung setzen. Er soll gleich schreiben. Er wird schon können. Ich komme gleich hinunter.«
Frisch rief, noch immer in meinem Zimmer, Doktor Goldtschmidt, den Kunstkritiker, an. Seine Stimme war leise und bedrückt. Wir alle hatten noch das erste Blatt jener illustrierten Zeitung genau vor Augen. Wir alle sahen ihn noch, diesen großen, schönen, blühenden Menschen Vellin.
Goldtschmidt versprach, sofort zu schreiben. Er wolle gleich kommen. Inzwischen traf Philipp ein. Ich erklärte ihm, was geschehen sei. Er machte ein entsetztes Gesicht, sprach aber kein Wort und stürzte sich sofort in seinen Leitartikel.
An diesem Tag war ich in Nr. 83 nicht zu sehen. Mochte Philipp sehen, wie er seinen Artikel zusammenbrachte. In Nr. 34 wurde ich allerdings keineswegs gebraucht, aber ich konnte nicht aus dem Raum gehen, in dem der letzte Aufsatz über Claude Vellin

geschrieben wurde. Flachslander sah mich groß an, und der blöde Heßling verzog seinen Mund zu einem unmißverständlichen Grinsen, aber ich ging nicht. Ich telephonierte, ich redigierte, ich tat alles, was ich konnte, ich mußte dabei sein.
Es kamen die Ergänzungstelegramme. In der Tat, verspekuliert, verspielt, alles verspielt, das war die Wahrheit. Ein ungeheurer Drang nach Geld war das Motiv. Einmal Geld in der Hand, zehntausend Dollar, mußten es mehr sein, viel, viel mehr. Aber es schmolz zusammen, es war nichts über Nacht. Frau Margherita Vellin, die Gattin des Verstorbenen, und ihr Sohn Manfred waren auf dem Weg nach Paris.
Das war alles, weiter kam nichts mehr. Im Nebenzimmer schrieb Goldtschmidt. Er war altmodisch, er benutzte noch die Feder und nicht, wie wir, überhaupt nur die Schreibmaschine. Das Zimmer war angefüllt mit Leuten. Jeder wollte die letzten Telegramme sehen. Frisch war da, und Heßling war da, und Flachslander und gar Rohn und die Doktorin Siebert hatten sich eingefunden, und Kugler aus der Lokalredaktion, und selbst Chefredakteur Holten kam auf einen Augenblick herein und unterhielt sich im Flüsterton mit dem Chef. Und nebenan schrieb Goldtschmidt.
Halb zwei war er fertig. Zwanzig Minuten später saßen wir alle über den Fahnenabzügen. Es war ein ausgezeichneter, ein wundervoller Aufsatz. Voll Wärme und persönlicher Anteilnahme umging er die Ursache des Todes geschickt und widmete sich nur der künstlerischen Persönlichkeit. Mit wenigen Strichen, farbig und lebendig hatte der alte Goldtschmidt diesen jungen Toten gezeichnet. Uns alle, glaube ich, packte eine tiefe Ergriffenheit, als wir diese Zeilen lasen. Niemand hatte dem Alten das noch zugetraut.
Frisch machte den Umbruch. Ich sah ihm zu. Er rückte die vier Striche mit dem Namen Claude Vellins und dem Kreuz dahinter an die erste Stelle im Feuilleton, und den übrigen Platz schenkte er großmütig den anderen Ressorts.
Ich ging zu Doktor Philipp hinüber.

»Verzeihen Sie, Doktor«, sagte ich, »daß ich Sie im Stich ließ.«
»Macht nichts, macht nichts, haben gut vorgearbeitet«, antwortete er. »Hatten Sie irgendwelche persönliche Beziehungen zu ihm?«
»Er war der Vater meines besten Freundes«, sagte ich. »Jetzt hat Manfred nur noch seine reiche Mutter, die ihn zu einem Professor machen will. Er aber ist Schriftsteller, Dichter – durch und durch.«
»So – Schriftsteller?« fragte Philipp abwesenden Geistes, und dann nickte er zerstreut. »Ja, gewiß, die Tradition pflegt sich fortzupflanzen.«

*

Ellen holte mich gegen drei Uhr auf der Redaktion ab.
»Ellen!« sagte ich, »Claude Vellin ist tot!«
Sie sah mich einen Augenblick an, zu Tode erschrocken. Dann streifte sie langsam die Handschuhe ab und gab mir stumm die Hand.
»Wenn man Manfred erreichen könnte«, sagte ich.
Wir gingen zusammen zu Kempinski zum Essen. Wir sprachen kaum miteinander, weder von Manfred und dem Tod seines Vaters, noch von dem, was uns in der letzten Nacht betroffen.
»Ich habe vorhin eine Wohnung für uns gefunden«, sagte sie schließlich. »Den ganzen Vormittag habe ich gesucht!«
Ich setzte das Glas ab und sah einen Augenblick auf sie.
»Ja – wir machen das also so«, antwortete ich. »Erzähle – «
»Es ist in der Lietzenburgerstraße im ersten Stock bei Frau Major Enderlein. Zwei große zusammenhängende Zimmer am Ende des Ganges, völlig ungestört, die Fenster nach einem Garten hinaus. Sonst wohnt nur noch ein Herr da, ich habe ihn nicht gesehen. Die Frau ist sehr komisch, ein wenig schrullig, aber sicher ganz gut. Sie verlangt hundertzwanzig Mark für beide Zimmer.«
»Und hast du gesagt, daß wir ein Zweckverband sind und kein Liebespaar?«
»Ja. Sie sagte, ihr sei es gleich, wenn du nur nett wärest.«

Noch am gleichen Nachmittag begrüßten wir Frau Major Enderlein, eine große alte Dame, die einstmals sehr schön gewesen sein mußte. Da war ein kurzer dunkler Gang, mit allerlei Teppichen und nachgedunkelten Bildern. Am Ende dieses Ganges lagen die beiden Zimmer. Sie hatten sehr große, fast bis auf den Boden herabreichende Fenster und waren hübsch möbliert mit zwei großen Schreibtischen und tiefen Klubsesseln. Betten gab es nicht, statt dessen befand sich in jedem Raum ein sehr breites Sofa, das nachts als Lagerstatt hergerichtet werden konnte. Mir gefiel die Sache sofort außerordentlich.
»Ich würde dann das hintere nehmen und du das vordere, nicht?« sagte Ellen.
»Mit dem Preis sind Sie einverstanden?« fragte die Frau Major.
»Ja«, sagte Ellen. »Für hundertzehn nehmen wir es.«
Der Majorin war es recht. Wir leisteten eine geringe Anzahlung und verabschiedeten uns wieder. Wir gingen hinüber ins Café Reimann, um einen Kaffee zu trinken. Von Franziska sprachen wir kein Wort.

*

Ich möchte wissen, wo ich eigentlich meinen Kopf hatte, als ich mit Ellen in die Wohnung der Majorin zog.
Ich weiß nicht, wie es anders hätte ausgehen sollen, nachdem Ellen wirklich so über Nacht zu mir gekommen war und kurzerhand mein ganzes Leben hinter mir zusammengeschlagen hatte. Aber schon in den ersten Tagen begann ich ein Gefühl für die ganze Unsinnigkeit des Unternehmens zu bekommen.
Ellen begann ein ganz wildes Leben zu führen. Ich fühlte einen üblen Geschmack auf der Zunge, wenn ich daran dachte, aber ich konnte kein Wort darüber hervorbringen.
»Das Fräulein ist eine reizende Person«, sagte die Majorin, und es zuckte so merkwürdig um ihren verfallenen Mund. »Gleich habe ich sie gern gehabt. Die Jugend hat es nicht leicht heutzutage, mein Gott, nein!«
»Man muß sehen, wie man durchkommt«, sagte ich.

Auch die Majorin führte eine eigenartige Wirtschaft, wenn auch auf ihre Weise. Sie ließ ihre Mieter tun und lassen, was sie wollten. Sie selbst hauste am anderen Ende des Ganges in einem rot angestrichenen Raum, der ehemals die Küche gewesen war, und aus dem sie den Herd hatte entfernen lassen. Das winzige Kabinett war derart mit Sachen vollgestellt, daß man Mühe hatte, sich darin umzuwenden. Riesige Regale mit altem Hausrat, der niemals benutzt wurde, standen an den Wänden, Teppiche und Matten lagen zusammengerollt in den Ecken, rund um einen großen erblindeten Spiegel steckten verblichene Photographien, ein kleiner Sekretär in der Ecke war mit Papieren und Zeitungen vollgepackt, Glas und Porzellan lagen heil und zerbrochen auf jedem freien Fleckchen des angestoßenen und ausrangierten Mobiliars.

War Ellen mit einem Male davon angesteckt worden? Unsere Zimmer, ursprünglich ganz nett und sauber, wurden vernachlässigt, sie stand spät auf und ging weg, ohne irgend etwas zu ordnen, ungeputzte Schuhe standen herum, schmutzige Wäsche lag in den Ecken – es war ein wenig greulich.

»Du machst aber eine schlumpige Wirtschaft, Ellen«, sagte ich.

»Ach, na ja«, antwortete sie.

Ehe ich protestieren konnte, hatte ich mich selbst bereits daran gewöhnt.

Wir verbrachten keinen Abend zu Hause. Ewig waren Verabredungen, Theater und Kino und Tees und Dancings und was weiß ich. Nacht für Nacht saßen wir bei Schwanneke mit meinen und ihren Freunden, redeten und gaben ein fürchterliches Geld aus. Ellen wurde von unseren Bekannten sehr geschätzt. Sie sprach über alles, kannte alles und wußte von jedem.

»Du könntest ruhig ein bißchen mitreden«, sagte sie auf dem Heimweg durch die Lietzenburgerstraße.

»Na ja«, antwortete ich.

»Was heißt na ja? Ich denke, du bist begabt? Warum schreibst du nicht? Glaubst du, daß du dich so durchsetzen wirst? Ich weiß doch, was du kannst.«

»Ich kann gar nichts.«
»Du bist einfach abschreckend faul.«
Ihr Ehrgeiz war ungeheuerlich. Er erstreckte sich auch auf mich. Sie drang in mich, zu arbeiten, sie las meine Sachen, drängte mich zu Neuem, verschaffte mir sogar von Beer eine Übersetzungsarbeit, die ich dank ihres unermüdlichen Eifers in drei Wochen erledigte.
»Siehst du, das ist doch wenigstens etwas«, sagte sie, als wir über den Korrekturbogen saßen. »Da steht dein Name. Du wirst anderes bekommen. Mit der Zeitung allein wirst du nicht berühmt.«
»Ich will ja gar nicht berühmt werden.«
»Aber ich will es.«
Ich überlegte nicht, was daraus wurde. Ihr wildes Temperament, ihre Sucht, überall dabei zu sein, riß mich mit, ich fand auch Gefallen daran und trauerte meinem alten Leben nicht nach. Ich dachte nicht an Franziska, ich wußte nicht, was sie tat. Ich sah sie nicht, obwohl wir uns im Café leicht einmal hätten treffen können. Zuweilen las ich an den Anschlagsäulen ihren Namen, aber es bewegte mich nicht.
Ich kam mit meinem Geld nicht mehr aus. Da ich mir nichts aufschrieb, merkte ich anfangs nicht, daß meine Einnahmen tatsächlich zurückgingen. Ich rechnete oft stundenlang, verglich die Summen, die ich verbraucht hatte und brauchen würde, mit denen, die ich verdiente und im besten Fall verdienen konnte, und kam zu einem schlechten Ergebnis. Ich hatte unter der Herrschaft des launigen Flachslander mehr Geld verdient, man hatte mir jede Zeile bezahlt, die ich schrieb, hier bei Philipp mußte ich mit meinem Fixum zufrieden sein. Ich beschloß, diesen Zustand zu ändern, neue Beziehungen aufzunehmen, unbedingt und unter allen Umständen mehr zu schreiben, mehr Geld zu verdienen. Aber das Merkwürdige geschah: es blieb bei dem Vorsatz. Zum erstenmal bemerkte ich an mir selbst eine hemmende Kraft, die mich immer wieder von fast getanen Schritten zurückzog, gegen meinen Willen, gegen meine heftigsten Anstren-

gungen. Ich kann es nur so ausdrücken: ich konnte nicht anders, es ging nicht.
Das war das Phlegma. Ich hatte es bisher an mir noch nicht gekannt. In diesen aufgeregten Wochen trat es zuerst auf, Folge von Überanstrengung, Übermüdung und zu starker Inanspruchnahme in allen Dingen des körperlichen und geistigen Lebens. Mein Körper sträubte sich und weigerte sich, dieses wilde Hetzleben weiter mitzumachen.
Da ließ ich von einem Tag auf den anderen alle Anstrengungen fallen und ließ die Dinge gehen, wie sie gingen. Einmal würde schon ganz von selbst wieder Ruhe werden, und dann würde auch diese Unordnung wieder zur Ordnung werden.
Mein einziger Halt war die liederliche, wilde, rätselhafte, bezaubernde Freundin.
Denn sie war bezaubernd. Sie glich jeden kleinen Widerwillen, den sie in mir aufkommen spürte, alsbald mit einer so hinreißenden, kindlichen Frauenhaftigkeit aus, daß ich zu Augenblikken tatsächlich alle Schwierigkeiten um mich vergaß und sie wirklich liebte.
So ging es in den Winter, stark gegen Weihnachten.
In allen Geldsachen war sie von einer vorbildlichen Kameradschaftlichkeit. Sie duldete nicht, daß ich ihr auch nur den Kaffee bezahlte, sie notierte sich jeden Pfennig und erstattete mir alles zurück, zuweilen nicht ohne Schwierigkeiten, denn des dicken Doktor Beer Honorar war längst verbraucht. Als sie dahinterkam, daß auch ich zeitweise Geldschwierigkeiten hatte, begann sie plötzlich eine übertriebene Sparsamkeit, die sie auch auf mich ausdehnte. Wenn ich am Freitag kein Geld mehr hatte und es zu einem Kino nicht mehr langte, dann wurde nicht gepumpt, wie früher, sondern verzichtet und zu Hause geblieben.
»Weißt du«, sagte sie einmal, »deine Geldwirtschaft, die finde ich einfach greulich. Wir wollen uns mal ein Hauptbuch anlegen. Wenn man schon nichts hat, soll man wenigstens wissen, wieviel einem fehlt.«

So wurde das dicke Kontobuch angelegt. Wir setzten fest, daß ich in jedem Monat mehr verdienen müsse als im vorangegangenen, und zu diesem Zweck wurden Statistiken und vergleichende Listen aufgestellt. Wenn es gelang, den vorigen Monat zu schlagen, so herrschte übermäßige Freude, gelang es nicht, so ergaben wir uns in unsere Niederlage wie ehrlich besiegte Sportsleute.
»Gegen das Großkapital können wir eben nicht an«, sagte sie fröhlich. Und dann, wie in einem plötzlichen, halsbrecherischen Entschluß: »Auf, Faulpelz, auf ins Kino.«
Nun begann mir dieses ganze durcheinandergeratene Leben Spaß zu machen. Zwischen Philipp und Ellen bestand wirklich kein großer Unterschied. Beide machten sie mich vollkommen verrückt, wenn auch auf ihre verschiedene Weise. Und beide mochte ich sie sehr gern. Mich kümmerte jetzt der gelegentliche Schmutz in der Wohnung der Majorin nicht mehr. Es ging ja auf Weihnachten. Es war mir gleichgültig, ob ich um zwölf oder um vier Uhr ins Bett kam, in zwei Tagen würde ich eine kurze Zeit zum Ausruhen haben.
Und dann war Weihnachten da, ich spendierte zwanzig Mark oder mehr auf Telegramme in alle Windrichtungen, an Papa, an den Obersten, an Mama und auch an Friedlands, wie ich darauf kam, weiß ich nicht. Und dann, als alle Telegramme aufgegeben waren, spürte ich, daß etwas nicht stimmte: Manfred! Nicht einen Gruß ihm senden zu können, nicht ein Wort, das war hart. Und ich überlegte. Dann – Ellen war ausgegangen – telephonierte ich in die Wohnung in der Cicerostraße. Franziska war nicht erstaunt, meine Stimme zu hören. Sie erwiderte meine Glückwünsche mit fröhlicher und ungetrübter Stimme. Allerdings, die Wohnung sei im Augenblick voll von Gästen, ob es etwas Wichtiges sei.
Ob sie Manfreds Adresse habe?
Sie zögerte. Nein, sie habe sie nicht.
Ob sie wisse, wo Florimont sei, er habe sie mir damals versprochen.

Florimont, nein – ja – ich solle einen Augenblick warten.
Da war der Genfer am Telephon. Natürlich. Ich stellte mir sofort vor, wie er aussehen mußte. Es war sechs Uhr nachmittags, jetzt hatte er bestimmt den blauen Kimono Franziskas an mit den gelben Blumen darauf, den wir immer das »Sternenbanner« nannten. Und außer ihm waren bestimmt keine »Gäste« da.
»Herr Vellin wohnt St. John's College, Cambridge«, sagte er. »Jedenfalls erzählte er mir vor einiger Zeit, daß er dorthin gehen werde.«
»Ich danke Ihnen, Monsieur Florimont.«
Ich gab telephonisch ein Telegramm nach Cambridge auf. Aber war Manfred nach der Bestattung seines Vaters nach Cambridge zurückgegangen?
Ich wartete. Wenn er da war, dann würde bald Antwort kommen.
Pünktlich ein halb zwölf Uhr nachts wurde das Telegramm telephonisch zugesprochen.
Das Telephonfräulein sagte: »Korporal! Endlich bist du da! Ich erlebe die saumäßigste Zeit meines Lebens. Ich will dir bald ausführlich schreiben. Merry Christmas and Happy New Year. Dein General.«
Das sagte das Telephonfräulein, mit einer kleinen piepsenden Stimme.
»Gute Nacht, Fräulein«, antwortete ich. »Ich danke Ihnen schön, und ein vergnügtes Weihnachten, Fräulein.«
»Danke schön!« rief sie zurück.
Ich trat ins Zimmer. Ellen stand im langen weißen Kleid am Teetisch und ordnete das Porzellan und die Gläser. Fünf Flaschen Heidsieck, von unserem allerletzten Geld erstanden, ruhten in einer Waschschüssel am Boden. Das elektrische Licht war gelöscht. Kerzen brannten in den Leuchtern, auf dem Schreibtisch, unter den verrauchten und geschwärzten Ahnenbildern der Majorin.
Es duftete nach Tannen und Wachs.
»Ellen«, sagte ich leise, »ich habe mit Manfred gesprochen.«

Sie sah auf.
»Er ist gefangen. Aber er wird bald frei sein. Er wird bald bei uns sein. Ich weiß es bestimmt.«
Da trat sie an mich heran, legte ihre schmalen, weißen Hände um meine Wangen und lächelte.
»Nun bist du wohl sehr glücklich, mein kleiner Mongole«, sagte sie.

*

Um zehn kamen unsere Gäste für diese Nacht.
Es waren Heinz Frisch, Slohman, Tilla, der fatale Doktor Beer und ein hochgewachsener schöner Mann, der Konstantin Schilling hieß.
Sie blieben bis sechs Uhr morgens, tranken den ganzen Heidsieck, aßen für zwanzig Mark Teekuchen und brachten zehn Kannen Kaffee von der schwärzesten Sorte zur Strecke.
Das war das erste Weihnachten in Berlin.

*

Und dann verging die letzte Woche des alten Jahres, und es kam kein Brief von Manfred, keine Postkarte, kein Telegramm.
Sonntag vormittag, Silvestertag.
Ich erwachte davon, daß es an die Tür klopfte. Die Majorin trat ein und rief mich ans Telephon.
»Hallo!«
»Hallo – ist dort Oswald Jahn – hier ist Ruth Friedland!«
»Ruth!«
»Oh, Sie Treuloser, habe ich Sie endlich! Ihr Telegramm haben wir bekommen, aber wir sind ja längst in Berlin, seit zwei Monaten schon.«
»Und ich habe Sie nicht gesehen. O Ruth – das ist aber – «
Sie lachte.
»Wir wohnen am Kaiserdamm 197, Oswald. Und wir wünschen unter allen Umständen, daß Sie heute abend bei uns sind. Wir lassen keine Entschuldigung mehr gelten.«

»Ruth – ich kann nicht – «
»Sind Sie nicht allein, Oswald?«
»Doch, ich bin allein, ziemlich allein.«
»Dann kommen Sie eben – um neun Uhr.«
»Dann komme ich eben – «
»Adieu, Oswald!«
»Tausend Dank, liebe Ruth.«
Eine Zigarette, Streichhölzer. Das ist ja ein ganz wirres Zeug. Ich ging ins Zimmer zurück und schlug die Vorhänge beiseite. Schnee lag in dem großen Garten tief unten, dicker, weißer Schnee. Und elf Uhr war es. Und Ruth Friedland war wieder da und Erwin und die Herrin mit dem leidvollen Blick.
Nun würde ich also zu Friedlands gehen.
Unklar stiegen die Bilder der vergangenen Nacht wieder herauf. Unendlich lang schien sie gewesen zu sein. Vier Uhr war es, als wir von Schwanneke heimkamen, eine Menge Leute waren mit uns bis an die Haustür gekommen. Ich weiß noch genau, wer es war. Wir gingen zu Paaren. Ganz vorne war Frisch mit seinem Freund, dem großen Slohman, und dann kam Flachslander – wie war er nur plötzlich in unsere Gesellschaft geraten, und wo hatte er sein Auto gelassen – er ging mit der kleinen Tilla, und sie stritten über neue Sachlichkeit. Und dann kam ich, eingeschlossen von zwei Leuten, die ich gar nicht kannte und die den ganzen langen Weg eifrig auf mich einredeten.
Ganz weit hinten aber gingen Ellen und Konstantin Schilling. Konstantin Schilling – mit ihm hatte es angefangen. Am Weihnachtsabend war er noch ein unbekannter Mensch gewesen von zweiunddreißig Jahren und hatte sich schüchtern und nett betragen in der Wohnung der Majorin. Und heute, eine Woche später, war sein Name groß am literarischen Himmel. Natürlich – deshalb war ja auch der Chef Flachslander wieder in unserer Gesellschaft. Der kannte ihn ja. »Polo in Cumberland« hieß der Roman, den Konstantin Schilling geschrieben hatte. Er war in einer großen mondänen Zeitschrift erschienen, und jetzt gab es auch das Buch überall zu kaufen. Eine Woche hatte

genügt, die Woche um Weihnachten, um es mit einem Schlag in aller Hände zu bringen.
Ein ungeahnter Erfolg war »Polo in Cumberland«.
Frisch sagte mehr als einmal, daß nur Michael Arlens »Grüner Hut« daneben bestehen könne. Ein Buch von großem, bestrikkendem Zauber. Es hatte die eben aufgekommene angelsächsische Welle glanzvoll gekrönt. In einer Woche hatte der Schriftsteller Schilling viele tausend Mark verdient. Das englische Milieu, die reichen vornehmen und so unendlich differenziertlangweiligen Figuren waren ja die vollendetsten literarischen Geschöpfe dieses Winters.
Und nun sprach Konstantin Schilling mit Ellen. Sie sprachen schon den ganzen Abend miteinander. Von Flachslander wurde kaum Notiz genommen. Konstantin war unser neuer Mann. Ellen war fein und schmal und schön gewesen an diesem Abend, ich hatte oft bemerkt, wie Konstantin Schilling voller Entzükken auf ihre weißen, schmalen Hände sah, die unter seinen Blikken lebendig und bedeutungsvoll wurden. Nie hatte ich Ellen schöner und klüger gesehen, als in dieser Nacht.
Ja, und nun ging ich ins Badezimmer und duschte. Die Majorin kam mir entgegen. »Das war aber spät gestern, nicht?« fragte sie.
»Ziemlich, weiß Gott«, antwortete ich.
Ich kleidete mich an, und da trat die kleine Ellen, völlig verschlafen, aus ihrem Zimmer. Ja – sie war die kleine Ellen. Sie trug ja ein langes, weißes Nachthemd und keinen seidenen Pyjama wie die radikale Franziska, sie hatte ja ein Engelsgesicht, das nur ganz selten des Puders bedurfte und niemals des roten Stiftes. Müde, unendlich müde war sie. Sie lehnte im Rahmen der Tür, den Arm aufgestützt, den schweren Kopf hineingelegt und blinzelte mich an, noch halb im Traum.
»So müde«, sagte sie und hielt sich die Hand vor den Mund.
Ich lachte.
»Dieser Schilling ist so nett«, sagte sie schläfrig. »Zu einer Party hat er mich eingeladen, heute abend.«

»Geh, Ellen – schlaf aus, ehe du anfängst, solche Sachen zu erzählen«, sagte ich. Da wandte sie sich ab, sah mich mit einem kleinen verstohlenen Blick an und ging wieder in ihr Zimmer, wie ein kleines gescholtenes Mädchen.
»Darf ich denn nicht zu der Party gehen?« fragte sie.
»Ich weiß gar nicht, was du hast, sagte ich. »Du kannst doch tun, was du willst.«
»Dann gehe ich zu der Party.«
»Du bist immer noch ein bißchen betrunken, Ellen.«
»Ja ja, ich muß mich ausschlafen.«
Sie fiel in ihr Bett, und ich deckte sie zu. Sofort war sie wieder eingeschlafen. Ich schloß die Läden vor den Fenstern und zog die Vorhänge zu.

*

Da war man nun wieder bei Friedlands am Silvesterabend.
Sie waren alle unverändert, als sei es nicht fast ein Jahr, das inzwischen verstrichen war, als sei es nicht das erstemal, daß ich seit langer Zeit wieder zu ihnen kam. Unverändert bleich und leidend er, Friedland, unverändert tiefsinnig die Herrin, unverändert frisch und tapfer und klug das Mädchen Ruth.
Man hatte sich einschränken müssen. Oberbayern war verkauft, das Automobil war verkauft, ein halbes Jahr hatte Friedland in Davos zugebracht, und es hatte nicht einmal sehr viel genützt. Noch immer war das literarische Haus groß und geräumig, wenn auch nur eine Etagenwohnung. Aber man hatte acht Zimmer zur Verfügung, und diese acht Zimmer hatte man, allen mißlichen Verhältnissen zum Trotz und der Tradition entsprechend, wieder mit Leuten vollgeschüttet, wie einen Zentner Kartoffeln in einen viel zu engen Sack.
Da war man nun wieder bei Friedlands, und daran war gar nichts Absonderliches.
Freilich, das Fräulein van Burkom zum Beispiel hätte heute hier nicht mehr hineingepaßt. Und auch der gescheite Herr im weißen Haar wäre vermutlich kaum gekommen, wenn man ihn

gebeten hätte. Und Manfred – er hätte sicher die Flucht ergriffen, wenn er alle diese Menschen gesehen hätte.
Das Niveau war gesunken – Ruth stellte es ehrlich und nicht ohne heimliche Freude fest. Die Hornbrillen, die schwarzen und die gelben, waren jetzt das Publikum. Man hatte ja einen jour fix eingerichtet, man versammelte jetzt allsonntäglich die Sterne der jüngsten Dichter- und Malergeneration um sich und errettete sie vom Hungertod.
Auch Felix Mayerhof sollte anscheinend vom Hungertod gerettet werden.
»Kennen Sie ihn, Oswald?« fragte Erwin Friedland, in seine Kamelhaardecke gehüllt, bleich und fast regungslos. Und er rief ihn zu sich heran.
Er war blaß, hatte ein schmales Gesicht mit stark vorstehender Nase, kleinen versteckten Augen und dem merkwürdigsten Mund, den ich je gesehen habe. Seine Lippen waren schmal wie Messerrücken, eng zusammengelegt, und machten doch nicht den Eindruck von Verkniffenheit.
»Mayerhof!« sagte er.
»Der kommende Maler!« ergänzte jemand im Hintergrund.
Das war also Silvester bei Friedlands. Tee und schwerer brauner Kuchen. Und Gespräche, na, hört einen Augenblick zu, was die Leute sprechen:
»Frankreich ist in dieser Hinsicht passé«, erläuterte jemand. »Unsere moderne Literatur steht ja längst unter einem ganz starken angelsächsischen Einfluß.«
»Na, ich meine, Thomas Mann ist doch sehr romanisch«, wurde eingeworfen.
»Aber was denn – die Amerikaner dominieren doch unzweifelhaft! Sinclair Lewis und Zane Gray – das sind Leute! Hergesheimer sollten Sie mal lesen, mein Lieber, da vergeht Ihnen der ganze Thomas Mann.«
»Meinen Zauberberg kann mir niemand nehmen. Der Schluß des ersten Bandes – «
»Na ja, ich meine, das ist ja schwer neurotisch. Ich weiß schon,

Sie meinen den letzten Absatz in französischer Sprache: aber ich bitte Sie – woher kann denn Hans Castorp plötzlich dies fabelhafte Französisch?«

»Das ich doch ganz irrelevant in Anbetracht der schriftstellerischen Leistung!«

»Schwäche, sage ich Ihnen, das ganze Buch ist ja derartig gehemmt, daß es gar nicht verwunderlich ist, wenn er sich nicht traut, die einzige Liebeserklärung in dem ganzen Wälzer in seiner Muttersprache niederzuschreiben – geben Sie doch zu!«

»Dieser Schluß, wie er sagt, er solle nicht vergessen, ihr den Bleistift zurückzugeben – ›n'oubliez pas de me rendre mon crayon‹ – ich meine, das ist schon was – das wäre einem Engländer nie eingefallen, einem Amerikaner schon gar nicht!«

»Kennen Sie Michael Arlen?« fragte Ruth.

»Diese Leute haben ja alle keine weltanschauliche Basis mehr«, redete ein junger Mensch mit stark hervorstehenden Backenknochen dazwischen. »Philosophisch gesprochen, meine ich – die Grundlage alles Schöpferischen – «

»Was heißt hier schöpferisch – diese Leute können schreiben – sie haben was erlebt, und sie können schreiben.«

»Es hängt alles in der Luft, diese ganze Generation, Klaus Mann zum Beispiel – «

»Ich bin ganz begeistert von Arlen, wissen Sie«, fuhr Ruth fort. Ihr aschblondes Haar fiel ihr in kurzen harten Strähnen über die Augen. »Es kommt jetzt ein neues Buch von ihm heraus. Schöner noch als der ›Green Hat‹ kann es eigentlich nicht sein.«

»Was Komposition anlangt, so knarrt und kracht es doch überall.«

»Aber Sie haben ja keine Ahnung«, wandte sich Ruth an den, der dazwischen gesprochen hatte.

»Kennen Sie Irland?« fragte mich Mayerhof. »Ich möchte so gern einmal hin.«

»Sie haben irische Freunde?«

»O ja, nur einen, aber er ist ein herrlicher Kerl. Cecil – ein begabter Maler, er wohnt in Dublin.«

»Ist ja unmöglich!« rief jemand ganz laut in die Unterhaltungen hinein. »Ist ja ein alberner Quatsch. ›Polo in Cumberland‹ ist so deutsch wie nur irgend etwas! Ach, keine Spur von Arlen! Was? Aber Mensch, Sie können doch nicht im Ernst behaupten, daß das nachempfunden sei.«

»Abgeschrieben, habe ich gesagt.«

»Konstantin Schilling schreibt nicht ab, der hat nicht nötig, nachzuempfinden! Diese Eigenheit, diese vornehme Feinheit, diese so unendlig adlige seelische Haltung – nein.«

»O Gott – o Gott – o Gott!«

Felix Mayerhof zog mich in eine leere Sofaecke, besorgte zwei Gläser Pfirsichbowle und setzte sich neben mich.

»Sie streiten schon den ganzen Nachmittag über dieses Buch ›Polo in Cumberland‹, oder wie es heißt. Ich finde das schrecklich. Sicher hat es keiner von ihnen gelesen. Kennen Sie es?«

»Ja«, antwortete ich.

»Es muß sehr albern und oberflächlich sein«, vermutete Felix.

»Vielleicht ist es nicht jedermanns Sache. Ich mag es sehr. Aber es setzt eine besondere Einstellung voraus. Keine tiefgründige, von Weltauffassung und Problemen strotzende, sondern eher eine vergnügliche, leichte und elegante und doch nicht an den Tiefpunkten des Lebens vorbeigehende – ich weiß nicht, ob ich mich verständlich ausdrücke.«

»Ich verstehe Sie schon«, sagte er nachdenklich. »Man sollte nie urteilen, ohne sich über den Gegenstand informiert zu haben.«

Er schaute tiefsinnig in sein Glas, hob es zu den schmalen Lippen und nahm zaghaft einen kleinen Schluck. Dann setzte er es wieder ab.

»Sie sind zum erstenmal hier?« fragte er dann.

»Nein«, sagte ich. »Man kennt mich von früher.«

»Es ist im Grunde scheußlich«, fuhr er leise fort, »die Menschen sind alle unmöglich. Eine fürchterliche Gesellschaft. Aber man gerät so hinein – so – «

Ruth kam und setzte sich zu uns.

»Na, Lix, wie gehen denn die Geschäfte?«
»Sie ruhen sich aus, Ruth, wie immer.«
»Nichts verkauft?«
»Seit Ewigkeiten«, sagte Felix mit einem traurigen Lächeln.
»Aber du läßt dich nicht unterkriegen, Lix – nein?«
Sie flüsterte ihm etwas ins Ohr.
Ein verstecktes Lächeln huschte über seine dünnen Lippen, und dann gingen sie einen Augenblick aus dem Zimmer. Als er allein zurückkehrte, sagte er. »Wissen Sie, sie nimmt mich immer mit in die Küche, und dann bekomme ich irgend etwas ganz Besonderes.«
Ich konnte ein Lächeln nicht ganz verbergen.
»Finden Sie auch, daß ich so verhungert aussehe?«
Er hatte eine Art, sich mit bitterlächelnder Miene über sein Elend hinwegzusetzen, die rührend und bezwingend war.
»Ich habe die Ruth sehr gern. Sie hat so etwas Anständiges.«
Es wurde zu Tisch gebeten. Wie überall bestritten auch hier die Hornbrillen mit lauter und aufdringlicher Stimme die allgemeine Unterhaltung. Es wurde viel getrunken und gelacht, und ich bemerkte, wie Felix Mayerhof an meiner Seite immer vergnügter und lustiger wurde. Plötzlich begann er auf englisch auf mich einzureden. Das hatte etwas hinreißend Komisches an sich. Er beklagte sich über die schlechte Bewirtung, fand, daß der Wein zu warm sei und dergleichen mehr. Das alles brachte er in seiner stillen und trockenen Art hervor, doch mit einem verzwickten Lächeln in den glänzenden Augen.
Dann wurde es mit einem Male still in der Runde. Erwin Friedland erhob sich mühsam halb aus seinem Stuhl und bat die versammelten Gäste, auf das Wohl seiner Tochter Ruth anzustoßen, die heute Geburtstag habe. Ein großes Beifallsklatschen und Gläserklingen hub an, als plötzlich jemand rief: »Lix muß eine Rede halten!«
Und alle brüllten im Chor: »Lix soll eine Rede halten! Lix! Eine Rede!«
Nach einigem Hin und Her erhob sich Lix schwankend von

seinem Sitz, stützte die beiden Hände in den abgeschabten Manschetten auf den Tisch, schob die mageren Schultern hoch und begann, umtost vom Beifall der anderen:

»Ladies and Gentlemen! Verehrte Anwesende!

My dear Ruth!

Wenn auch die deutsche Eiche im Sturm der Zeit so manches Blatt hat lassen müssen – never mind – seien Sie fröhlich, Kameraden! Die Zeiten sind schwer, and Germany has had a hard time – a very hard time, I tell you, fellows – aber weinen Sie nicht, verehrte Anwesende – the young generation is around you – hoffen wir auf die Iugend, die das Heft in der Hand hält – das Heft – das Glas meine ich – now, wie es sich gehört in merry old Germany – als Mr. Lloyd George, den ich sehr gut kenne noch von den seligen Tagen her, Ladies und Gentlemen, da wir alle die Bänke des Gymnasiums drückten und Gedichte geschrieben haben – poems dear friends, poems not so bad altogether – I tell you, well, what was I going to say – ja, Kameraden, als Mr. Lloyd George mir in jenen seligen Tagen einmal sagte – now, what may he have said, for he was a fine fellow – Kameraden! Hört auf mich: in einer schweren Zeit muß ich euch ein gewichtiges Wort zurufen. Kameraden, ein folgenschweres Wort, ein Wort voller Tragweite und Verantwortung, ein Wort, ein Wort – now at this glorious day, when the young generation finds itself assembled around the most glorious girl, that has ever been seen by painter's eye, now Fellows – wenn Sie dieses jung erblühte schöne Geschöpf in ihrer Mitte sehen – sind Sie dann noch hart – fühlen ein eisernes Herz in ihrer Brust – nein, fellows, das können Sie nicht – I mean, es muß Sie rühren, to see this most glorious girl amidst you – and Fellows, wenn auch die deutsche Eiche im Sturm der Zeit – ich meine – wenn auch – never mind – take it easy, fellows – take it easy – t–a–k–e – i–t – e–a–s–y – «

Lix hob strahlenden Auges sein Glas und sah in die Runde. Ruth schaute glänzenden Blicks erst auf ihn und dann auf mich, der ich neben ihm saß. Einen Augenblick war tödliches Schwei-

gen im Raum. Dann knickte Lix plötzlich zusammen, fiel auf seinen Stuhl, und der Redeschwall erlosch. Lächelnd sah er mich an und murmelte vor sich hin: »Take it easy – take it easy!«
Da brach die Gesellschaft in ein brüllendes Gelächter aus, alle erhoben sich und tranken Ruth zu. Lix erwachte wieder aus seiner Versunkenheit, fuhr sich mit der Hand über die Stirn und sah lächelnd um sich, die schmalen Lippen zu einem dünnen Strich zusammengekniffen. Ruth erhob sich und kam auf ihn zu.
»Wunderbar, Lixlein – so eine schöne Rede!« sagte sie.
Die Tafel wurde aufgehoben, man begab sich wieder in die anderen Zimmer. Aber Felix' seltsame Stimmung war verflogen. War es Melancholie, die ihn plötzlich überkam? Eben öffnete Ruth die großen Glastüren und hielt mit der rechten Hand die schwere Portiere zurück, da sagte er zu mir, wie zu einem alten Vertrauten: »Sie ist ein gutes Mädchen – schade, daß sie diesen Fehler hat.«
»Welchen Fehler?«
»Ihr Fuß«, antwortete er betrübt. »Sehen Sie nicht?«
Ja, ich sah es. Aber heute war kein Schreck und kein Grauen damit verbunden, heute fühlte ich fast Mitleid mit der armen Ruth, die unter diesen entsetzlichen Menschen lebte.
Zwei Uhr – da nahmen wir die Mäntel, müde und trunken, und gaben uns die Hände. Die letzten waren wir, Felix und ich.
»Und von Franziska nichts gehört, Oswald?« fragte Ruth noch im Abschied. »Und von Manfred nichts, Ihrem großen Freund?«
»Nichts«, sagte ich betrübt und schüttelte den Kopf.
»Sie sind uns alle weggeflogen«, antwortete sie. »Wir sind unten, ganz, ganz tief drunten – es wird ein schweres Jahr.«
»Aber Ruthkind«, sagte Felix träumerisch. »Prosit, Ruth and cheer up – dear – !«
Da lachte sie und gab uns ein letztes Mal die Hand.
Lix war wieder heiter und klar und begleitete mich in die Stadt hinunter.
»Wohin gehen Sie?« fragte er.

»Grade hinunter zu Schwanneke«, sagte ich. »Es tut mir leid – «
»Da war ich auch einmal«, antwortete er. »Schon lange her – na, gute Nacht, ich sehe Sie mal wieder.«
»Bestimmt.«
Johnny, Schwannekes guter Geist, öffnete mir die Tür.
»Das gnädige Fräulein sitzt hinten«, sagte er.
Das Lokal war gestopft voll. Lauter bekannte Gesichter grüßten von allen Seiten. In der letzten Nische saßen Ellen und Konstantin Schilling.
»Guten Abend«, sagte ich.
»Abend, Oswald – wo kommst du denn her?«
»Aus einer ganz saudummen Gesellschaft«, antwortete ich.
»Wollen Sie nicht Platz nehmen?« fragte Konstantin Schilling.
Ich dankte. Ich sei müde und möchte nach Hause gehen. Hätte nur mal durchschauen wollen.
»Also – adieu, Oswald – bis nachher – ich komme auch bald.«
Ich ging hinüber ins Café und traf Felix Mayerhof wieder. Wir saßen bis drei Uhr zusammen, bis man die Tische abräumte und die Lichter löschte. Dann ging ich nach Hause. Er kam bis zu meiner Haustür mit.
»Wollen Sie noch einen Kaffee trinken?« fragte ich.
»Ich möchte Sie nicht stören, aber – «
»Kommen Sie«, sagte ich, und wir gingen hinauf.
Ellen war noch nicht da. Ihr Zimmer lag leer und unberührt. Ich machte einen Kaffee und setzte ihn Felix vor. Er bemerkte meine trübe Stimmung und versuchte, mich aufzuheitern. Es gelang ihm fast. Ich vergaß Ellen für zwei Stunden und lauschte seinen Erzählungen.
»Sie wollen sicher schlafen gehen?« fragte er.
»Nein – bleiben Sie. Ich kann nicht schlafen.«
So sprachen wir weiter. Über dem Garten zu unseren Füßen wurde der Himmel hell, und der erste Lärm kam herüber vom Kurfürstendamm.
»Wie schön«, sagte Felix.
Um halb neun Uhr morgens schließlich, als er sich vor Müdig-

keit nicht mehr auf den Beinen halten konnte, verabschiedete er sich und ging.
Ich räumte das Geschirr beiseite und lehnte mich dann wieder in meinen tiefen Sessel.
Hatte ich nicht heute morgen schon so gesessen? Gestern morgen vielmehr? Und die Geschehnisse der vergangenen Nacht überdacht? Und tat ich es nicht jetzt wieder? Wie die Tage vergingen und die Stunden verrannen und Hell und Dunkel in einander übergingen von einem Tag in den andern, von einer Nacht in die nächste, ohne Grenze und Scheide –

*

Es vergingen Wochen und Monate, und der Frühling kam, und ich bekam Ellen kaum mehr zu Gesicht.
Sie war da, und doch war sie immer abwesend. Ich vernahm ihren tiefen Atem im Nebenzimmer, ich hörte ihre frische und lebendige Stimme tagtäglich im Telephon – aber sie selbst war nicht um mich.
Einmal trafen wir uns zufällig in der Wohnung, als ich heimkam und sie eben ausgehen wollte.
»Na, wie geht's dir denn eigentlich, Oswald?« fragte sie mit ungetrübter Stimme.
»Ich möchte schon wirklich wissen, wie du eigentlich bist, Ellen!«
»Und?«
»Deine Freundschaft mit Franziska – denkst du manchmal daran?«
»Kaum, Oswald. Die Dinge überholen sich.«
»Damals, wie wir aus der Cicerostraße auszogen – das machte alles hinfällig?«
»Bei dir etwa nicht?«
»Das ist etwas anderes.«
»Na, sei nicht bös, Schätzchen, wir unterhalten uns andermal darüber. Schau, ich hab' so viele Verabredungen, das siehst du doch ein.«

»Auf einmal.«
»Knurr nicht – das steht dir nicht. Übrigens, Sonntag machen wir alle eine Autofahrt, an die Ostsee – dein Freund soll auch mitkommen.«
»Wer – Mayerhof?«
»Natürlich – Konstantin hat uns alle eingeladen – vergiß es nicht – adieu!«
Konstantin.
Sie nennt ihn schon Konstantin. Natürlich. Ich hätte sehen müssen, daß es so kommen würde. Aber ich sehe ja nie die Dinge, die da kommen.
Felix war über die Einladung bestürzt.
»Ich hab' doch gar kein Geld«, sagte er. »Kann ich mich denn einfach so einladen lassen?«
»Ja und nein – kann ich es denn? Kommen Sie mit, Felix – es wäre mir lieb. Ich bin da in einer Situation – «
»Man ist immer in Situationen, mein Lieber.«
Samstag mittag, den 12. Mai, fuhren wir in zwei Autos an die See. Vor uns lag Konstantin Schillings strahlend weiße Lancia mit dem Schriftsteller am Steuer und Ellen neben ihm. Hinten saßen Slohman und Frisch. Flachslander steuerte seinen himmelblauen Buick, an seiner Seite Tilla, des Schauspielers strohblonde Freundin. Felix und ich saßen im Fond.
»Die Prominenten können sich alles leisten«, sagte Felix bedrückt. »Sie nehmen, wo sie kriegen. Schleppen einem armen Kerl einfach seine Freundin weg, sausen mit ihr im Auto an die See und lassen den anderen noch dazu im zweiten Wagen hinterhertrudeln.«
»Sie haben die Lage völlig erfaßt!« rief ich lachend, aber es schüttelte mich doch ein wenig dabei.
»Und ohne Frau kommen Sie nicht aus, wenn Sie allein sind mit sich und ihren zwanzig Jahren in einer solchen Höllenstadt.«
Der Maler lehnte sich im Wagen zurück, und seine Blicke wanderten die fliegenden Wolken über uns entlang.

*

Warm lag die Frühsommersonne im sinkenden Nachmittag über der Terrasse des Hotels.
»Kommt ihr nicht mit, wir wollen versuchen zu baden!« rief Ellen.
»Es ist noch zu kalt«, antwortete Felix verstimmt.
Und dann war die Gesellschaft entschwunden.
»Es ist ein blödsinniges Abenteuer«, sagte ich.
Die Kurkapelle spielte. Schwebend kam die Musik zu uns herauf.
»Natürlich ist es Unfug, zu glauben, daß irgendwelche Menschen zusammengehören. Das gibt es nicht«, antwortete Felix. »Alle fünf Minuten gruppiert sich irgend etwas um – «
»Ja«, sagte ich. »Aber es sind nicht immer alle beteiligt, das ist das Schlimme. Es sind nur wenige, die immer Glieder der Figuren sind. Die anderen, das ist die Mehrzahl, werden nur gelegentlich, im Bedarfsfalle aufgenommen und nach Verwendung wieder beiseitegestellt. Da stehen sie dann. Manchmal sehr lange.«
»Gehen wir an den Strand«, antwortete er.
Er legte seinen Arm um meine Schulter und zog mich mit sich fort. So gingen wir, umrauscht von dem vielfältigen Strom der bunten Menschen, die Stufen der Terrasse hinab.
Von fern gewahrten wir bunte Bademäntel, Kleider und Mützen. Der Strand war fast leer. Einige verlassene Wimpel flatterten in der aufkommenden Brise. Rotglühend sank die Sonne vor unseren Augen ins Meer.
»Auf die Natur ist kein Verlaß«, sagte Felix. »Wollte man das malen, so würde es eine Postkarte – Kitsch!«
Der feste Sand senkte sich unter unseren Füßen, wir ließen feuchte Spuren zurück, die alsbald wieder verschwanden.
»Das ist ulkig, schauen Sie!« fuhr er fort. »Man geht so dahin, und wenn man zurücksieht, ist es, als sei man doch wieder nicht gegangen – spurlos – «
» – ist des Menschen Wandel auf diesem mühseligen Planeten«, ergänzte ich. »Mit dieser trübseligen Philosophie werden Sie mich nicht aufheitern.«

»Da kommt Ellen«, sagte Felix und streckte den Arm aus.
»Ja«, antwortete ich. »Übrigens, Ihr Jackett geht am Ellbogen durch.«
»Das heißt: der letzte Anzug ist hin«, antwortete der Maler mit einem finsteren Pathos in der Stimme. »Alter treuer Kamerad.«
Wir lachten beide. In fliegendem Lauf kam Ellen auf uns zu gerannt, ihr schwarzes Haar wehte hoch auf.
»Hallo!« rief sie. »Habt ihr die Sonne gesehen? Fabelhaft, was? Oh, es ist herrlich – nicht?«
Voller Begeisterung fiel sie mir um den Hals.
»Die Hauptsache ist – du bist glücklich«, antwortete ich.
Das Reisegrammophon spielte, und in die Musik hinein deklamierte Slohman irgendwelche düstere Strophen. Flachslander und Frisch lagen nebeneinander auf dem Bauch und stierten in den Sand. Konstantin Schilling saß, in einen knallroten Bademantel gehüllt, ein Stück abseits und blickte, dem Rauch seiner Zigarette nachfolgend, über das Meer.
»Ich will Ihnen die Karten legen, Laengfeldt«, sagte Tilla. »Ellen habe ich auch schon gewahrsagt.«
»Einen grausigen Tod hat sie mir prophezeit!« rief Ellen.
»Allerdings in den Armen eines schönen Mannes, nicht wahr, Konstantin?« ergänzte Slohman und unterbrach einen Augenblick seine Deklamation.
»Also bei Ihnen ist das verrückt«, fing Tilla an. »Dauernd Frauen! Da, die zwei, eine blonde und eine schwarze – sind aber beide eigentlich schon erledigt – sehen Sie da: liegen links – Ihr Blick ist auf einen jungen Mann gerichtet. Sie müssen sich auf seinen Besuch gefaßt machen. Aber seien Sie nett zu ihm, es sieht so aus, als wollten Sie ihm großen Kummer bereiten – und zwar wegen einer weißhaarigen Dame.«
»Pfui, Laengfeldt!« rief Flachslander. »Das macht man nicht!«
»Aber dazwischen ist noch eine Dame, eine Brünette, die wollen Sie heiraten, aber es wird dann nichts daraus.«
Alle lachten.
»Da ist nichts zu lachen«, fuhr Tilla fort. »Die Karten lügen

nicht. Der Ärger nimmt übrigens zu. Sie bekommen einen Brief von Ihrem Vater, aber Sie machen sich nichts draus – es kommt Geld ins Haus – es sieht beinah so aus, als käme es von der weißharigen Dame.«

»Aufhören!« rief Flachslander dröhnend. »Das wird zu unanständig.«

»Ja und hier – warten Sie – «

»Kinder, laßt den Quatsch, ich friere«, sagte Frisch und erhob sich.

»Man könnte zum Essen gehen«, ließ sich Konstantin vernehmen.

Wir packten die Sachen zusammen und machten uns auf den Rückweg. Zu Paaren wanderten wir über den Strand.

»Es ist schon fast dunkel«, sagte Felix neben mir.

Vor uns gingen Slohman und Tilla einträchtig miteinander und sangen.

»Si j'étais demoiselle – «

Und ganz vorne leuchtete ab und zu Konstantins Zigarette auf.

Nach dem Essen gingen wir in eine Bar tanzen. Konstantin bezahlte alles. Die ganze Gesellschaft saß in einer Nische und trank Sekt.

»Ich hätte Lust auf einen standfesten Schnaps«, sagte Felix, und wir gingen zur Bar. Mir war ein wenig benommen zumute. Die rasende Autofahrt und die Seeluft hatten mich angestrengt. Ich sah nach der Tanzfläche und beobachtete Ellen und Konstantin.

»Lassen Sie doch die beiden. Da können Sie doch nichts mehr dran machen.«

»Mir liegt die weißhaarige Dame im Magen«, sagte ich.

Wir tranken jeder einen Cusenier und noch einen und unterhielten uns mit dem blonden Mixer.

»Komm, wir wollen tanzen«, sagte Ellen zu mir.

Ich nahm ihre Hand, und wir traten unter die Paare.

Wie ein fremdes Mädchen, das mich zum Tanz gebeten, so halte ich Ellen in meinem Arm. Ich fühle, wie die Blicke der gan-

zen Gesellschaft auf uns liegen, wie sie uns heraussuchen aus der dichten Menge der Tanzenden und uns betrachten. Nur Konstantin schaut nicht auf uns. Oh, Konstantin ist vielleicht der einzige, wirkliche Mensch unter uns. Er hat ein Werk geleistet, und er teilt die Früchte mit zufällig zusammengewürfelten Freunden, wie es ihm der Tag gebietet. Er macht keine schlechten Witze wie Flachslander, er ist nicht mürrisch wie Frisch, und er ist nicht so demütig philosophisch wie Felix, mein armer Freund mit dem zerrissenen Ärmel seines letzten Anzuges.
»Träumst du denn, Oswald?« fragt Ellen. »Wir stoßen immer an.«
»Nein, Ellen – das ordnet sich schon – ich – «
»Komm, wir wollen uns mal Mühe geben.«
Die Luft in dem kleinen Raum wurde nachgerade unerträglich heiß und verraucht. Konstantin schlug vor, noch einen Spaziergang ans Meer zu unternehmen. Da alle einverstanden waren, brachen wir auf.
Wir gingen zu sechs in einer langen Reihe über den festen Sand. Ellen und Konstantin waren in der Dunkelheit vor uns verschwunden.
Knallgelb stand der Mond über dem ruhigen silbrigen Meer. Gelegentlich sauste eine Sternschnuppe quer über den dunklen Himmel und versank im Horizont.
»Slohman, du hast falschen Tritt!« sagte Tilla plötzlich in die Stille.
»Er verdirbt die ganze Parade«, bemerkte Flachslander.
Slohman wechselte den Schritt und griff mächtig aus. Frisch, mit seinen kurzen Beinen, konnte kaum folgen.
»Preußischer als die Preußen!« jammerte er. »Wo bleibt die Intelligenz?«
»Da, wo sie hingehört – in den Hintergrund!« knurrte der Schauspieler.
Es wurde ein wenig gelacht, aber es war nicht viel.
»Unser Meister hat Ihnen das Schätzlein ausgespannt, wie?« begann Slohman schließlich wieder ein Gespräch.

»Hauptsache, er bringt es wieder«, sagte der Chef mit sonorer Stimme.
»Wird schon«, meinte Tilla.
Und dann fingen sie wieder an zu singen, die beiden.

»Mais où –
mais où – «

begann Tilla mit hoher Stimme, und klagend fiel Slohman ein:

»Est ma Zou-Zou?
Je voudrais bien
Donner dix francs
Pour le savoir – «

Und weiter ging es im gleichen Schritt über den schwebenden Sand.
Stunden später öffnete ich die Flügel meines Fensters. Ich kleidete mich aus und lehnte noch ein wenig hinaus in die Dunkelheit. Auf der Promenade waren noch die Schritte vereinzelter Spaziergänger zu vernehmen. Dunkel und lautlos lag unter mir das Meer. Einen fremdländischen brennenden Geruch hatte diese Frühlingsnacht an der See.
Mir wurde kühl, und ich legte mich zu Bett. Dunkel und unergründlich lag nun auch das Zimmer vor mir. Ich hatte gar keinen Begriff mehr von Raum und Zeit. Unter mir der Boden, und über mir die Decke – ich fühlte sie nicht und sah sie nicht. Ich lag in einem riesigen Bett, ganz einsam und verloren. Eine lange Zeit verging. Ich konnte nicht schlafen. Meine Gedanken waren tot – es regte sich nichts in mir. Ich lag und sah in die Finsternis und spürte den brennenden Geruch des Meeres.
Da wurde die Türe behutsam geöffnet, und eine unsichtbare Gestalt trat ein.
»Oswald – bist du noch wach?«
»Ja, Ellen«, sagte ich in meinem großen Bett, und meine Stimme mochte geklungen haben, als käme sie aus einer weiten Entfernung.
Eine große Zärtlichkeit erfaßte mich plötzlich für das unsicht-

bare Mädchen, ich rief sie und bat, sie möge sich zu mir setzen. Und sie kam.
»Oswald«, sagte sie langsam und so leise, daß ich ihre Worte kaum verstand. »Ich möchte Konstantin heiraten.«
Ich erschrak nicht. Ich faßte nach ihren Händen und hielt sie jetzt fest in den meinen.
»Oswald – ich weiß, ich tu dir was Scheußliches an damit«, sagte sie, »aber ich weiß nicht – es ist einfach so gekommen. Es ist so schlimm für dich – weißt du – ich fühle es so – und ich weiß, was du jetzt von mir denkst.«
»Wein' doch nicht, Ellekind!«
»Ach, laß mich doch heulen – ich bin eben so – von einer Hand in die andere – aber ich muß – ich könnte es nicht aushalten – immer an ihn zu denken – dann würde ich dir doch ausreißen – einmal – und das will ich doch nicht, das ist ja noch scheußlicher.«
Sie schwieg, und nur die heißen Tränen stürzten hervor und rannen durch ihre Hände.
»Du – vergiß mich halt einfach – denk nie mehr an mich – ja?«
Wieder stockte ihre Stimme, und die Tränen brachen von neuem hervor.
»Du – sprich doch – sag doch ein Wort!«
Aber ich konnte nicht. Gegen das helle Fenster sah ich ihre gebeugte Gestalt auf dem Rand meines Bettes weinend sitzen, und es fehlte nicht viel, so hätte auch ich meine Tränen nicht mehr verschlucken können.
»Es ist ja gut – meine kleine Ellen«, sagte ich mit gehemmter Stimme. »Vielleicht war alles ganz falsch, was wir gemacht haben – aber wir haben es doch getan – und es war auch schön so – und nun geh, kleine Ellen, geh schlafen – und morgen – morgen sollst du Konstantin heiraten.«
Sie stand auf von meinem Bett und trat ans Fenster.
»Dank dir«, sprach sie in die Dunkelheit hinaus. »Gute Nacht – du – willst mich nochmal küssen?«
Dann schloß sich die Tür hinter ihr.

Fünfter Abschnitt

Nie ist mir das Leben so geschäftsmäßig vorgekommen, wie in den folgenden vier Wochen.

Das Telephon stand nicht still. Wann auch immer ich zufällig zu Hause war, hatte Ellen irgend jemand irgend etwas mitzuteilen. Und Konstantin war jedes zweite Wort. Ich sah ihn nie. Aber ich spürte die Wirkungen seiner Gegenwart. Es wurde geräumt, gepackt, bestellt, telegraphiert, abbestellt, abtelegraphiert, es wurde Auto gefahren, eingeladen, gekauft, umgetauscht, geschimpft und gezankt, es mußten fortwährend entsetzlich wichtige Briefe geschrieben werden. Wieder wurde telephoniert bis in die Nacht und auf die Bank gelaufen und zur Anprobe gefahren, und immer wieder war irgend etwas »noch nicht« fertig. Mit einem Wort – es wurde erledigt. Es wurde alles erledigt, einfach und umständlich, einmal und oftmals, hin und zurück und durcheinandererledigt.

Ich stand zwischen allen diesen Dingen und allen diesen Gesprächen in meinem Zimmer, ohne einen freien Stuhl, auf den ich mich setzen, ohne eine Fensterkante, an die ich mich lehnen konnte, und mußte zusehen.

»Lauf nicht immer weg, wenn ich komme«, sagte Ellen, wenn ich vor dieser Wirrnis floh. »Glaubst wohl, ich mag dich gar nicht mehr sehen, nur weil ich einen Dichter heirate?«

»Ich möchte dir was helfen«, sagte ich; aber eigentlich war mir so übel zumute von dem ganzen Betrieb, daß ich ihr am liebsten gesagt hätte, sie solle ihre Sachen nehmen und sie anderswo packen. Mich machte es krank.

»Helfen?« rief sie. »Zu helfen ist nichts. Aber zuschauen sollst du, dann geht's schneller – – «

Also mußte ich zuschauen.

Und das Telephonieren begann von neuem, solange, bis ich den Namen Konstantin nicht mehr hören konnte, meinen Hut nahm und ins Café schlich. Ja, ich schlich. Ich hatte meinen ganzen

Mut verloren. Was ich eigentlich für ein Kerl sei, überlegte ich mir, daß ich nur vergnügt war und was zustande brachte, wenn eine Frau neben mir stand.

Ich wollte einmal leben können, ohne jemand zu sein, ohne diese ganze Redaktion, ohne meine Meinung, ohne meine Bekannten, ohne meine Beziehungen, die mir einen Quark nützten, einmal gar nichts darstellen müssen, einmal absolut nichts Gescheites sagen müssen.

»Frauen will ich überhaupt nicht mehr sehen«, sagte ich zu Felix, als wir zusammen im Romanischen Café saßen, spät in der Nacht, umringt von schweigsamen Schachspielern.

»Ach, was Sie erzählen!« rief der Maler. »Sind Sie so verwöhnt worden vom Schicksal?«

»Liebe – das ist doch, wenn man mit allem, mit Leib, Seele und Gedanken dabei ist, wie?« sagte ich traurig.

»Wird schon so sein«, antwortete er.

»Aber bei mir«, fuhr ich fort, nahe an den Tränen, »bei mir gehen sie nicht zusammen, wenn ich so an meine Liebe denke. Einmal ist es nur mein Körper, der von ihrem nicht lassen kann, und von der Seele und dem gemeinsamen Gedanken fühle ich gar nichts. Und dann wieder, bei Tage ist es anders: dann sind unsere Gedanken eng beieinander, unsere Seelen leben zusammen, aber das Gefühl unserer Körper ist abwesend. Verstehen Sie das?«

»Kein Wort«, sagte Felix. »Das ist ja Philosophie.«

»Mißmut und Quatsch!« rief ich jetzt. »Hauptsächlich Quatsch – kommen Sie, gehen wir nach Hause.«

*

In den ersten Julitagen war dann endlich die Hochzeit. Ich empfand es als eine ungeheure Frechheit, daß man mich zu dem Souper ins Heßler einlud. Trotzdem nahm ich von der Redaktion aus ein Auto und fuhr hin. Wie ich vor das Portal kam, wurde mir plötzlich schlecht bei dem Gedanken, daß ich Konstantin begegnen würde, ich hörte Ellen schon wieder vor allen

Versammelten betonen, daß wir trotzdem und eben deswegen die besten Freunde von der Welt blieben. Ich hieß den Chauffeur nicht halten und fuhr nach Hause.

Sie verkauften ihre weiße Lancia – Slohman, der Schauspieler, erzählte es mir – und fuhren wenige Tage darauf mit einem neuen stahlblauen Amerikaner an die Riviera. Aus Nizza erhielt ich eine Postkarte, und das war alles, was ich von ihnen noch hörte. Es stand nichts Besonderes darauf, trotzdem aber konnte ich mich nicht entschließen, sie einfach in den Papierkorb zu werfen.

Zudem hatte ich mich über Ellen nach ihrer Abreise noch ärgern müssen. Sie hinterließ bei der Majorin immerhin einige noch unbeglichene Beträge. Ich denke, Konstantin hat so viel Geld? Ich war in der besten Laune, über die reichen Leute zu schimpfen. Und das ist bei mir stets ein untrügliches Zeichen für charakterlichen Tiefstand gewesen.

Soll ich etwa lachen, daß ich nun endlich allein bin? Daß ich alle Weiber mit Gottes Hilfe losgeworden bin? Wie ein Kind haben mich alle diese Mütter gepflegt und aufgepaßt, daß nur ja nichts Selbständiges aus mir wurde.

Ich gebe mir natürlich zu, daß das Gefühl, allein zu sein, ganz schrecklich ist. Aber da ich mir einmal eingeredet habe, daß es keine anständigen Menschen mehr gibt, daß alle Nichtswisser, Gescheite, Sehrkluge und Bedeutende sind und niemand in dieser ganzen Stadt ein Herz und einen Verstand am geeigneten Fleck hat, bleibe ich bei mir selbst. Schließlich läßt sich ein solches Schicksal, wie es mir romantischerweise beschieden wurde, läßt sich eine solche Stimmung auch literarisch auswerten. Ich saß am Schreibtisch und wollte irgend etwas, aber ich wußte beim besten Willen nicht was. Natürlich kam nichts zustande. Das Verdikt hieß unbegabt, ich entschied mich dafür, zu Friedlands zu gehen.

Ich beschäftigte mich bei Friedlands mit merkwürdigen Sports, indem ich beispielsweise allerlei schändliche Anekdoten aus der Redaktion erzählte oder Ruth einredete, daß sie heiraten müsse.

Ruth ist ein gutes und stilles Wesen. Sie lächelt immer, was man auch sagt. Dabei weiß man nicht, ob sie einen überhaupt ernst nimmt (im Unterschied zu ihrer Familie). Ihre Mutter, die grauhaarige Dame mit dem sprichwörtlich ausdrucksvollen Gesicht, leidet: es steht ihr an der Stirn geschrieben. Sie würde es auch jedem sagen, der es genauer wissen wollte. Weil Erwin Friedland krank ist und seine großen Ehrgeize zu nichts führen können, hat sie ein »schweres Leben«, das sieht man ihr an. Ruth hat es viel schwerer, aber ihr ist nichts anzumerken.
Manchmal denke ich, wie es wäre, Ruth Friedland zu heiraten. Ich rechne sogar. Aber es führt zu nichts.
Im Gegenteil: es macht mir eine gewisse Freude, meine Schulden auf einen gelblichen Zettel mit roten Linien fein säuberlich zu notieren, auf einen anderen die Außenstände. Jene sind gewaltig, diese hingegen von lächerlicher Geringheit. Wie dem Zustand abzuhelfen sei, daran denke ich gar nicht. Ich finde es nur schön, das alles statistisch zu bearbeiten. Auch meine Einkünfte in Kurven festzulegen, mit Vergleichsziffern und tabellarischer Übersicht, ist spaßhaft und wird sogar schnell zur Manie.
Felix wunderte sich über meinen seltsamen Zustand. Ich könne ihm doch einreden, daß ich mit diesem Leben zufrieden sei. Er hatte vollkommen recht. Aber meine körperliche Müdigkeit war zu groß, ich konnte nicht mehr gegen sie ankämpfen. Es wurde mir unmöglich, zur rechten Zeit aufzustehen. Jeden Morgen kam ich später in die Redaktion. Philipp sagte kein Wort. Ich nahm seine Schweigsamkeit für Nachsicht und kümmerte mich nur wenig um den Dienst. Dann empfing ich in der Folge sogar gelegentlich ein scharfes Wort von ihm, es klang recht zufällig, aber es war es nicht. Und endlich, nach weiteren vier Wochen nahm er mich beiseite und sagte: »Sie arbeiten nicht mehr wie früher, Laengfeldt – ich möchte gern Rücksicht nehmen auf Sie, aber ich kann es nicht – es ist zuviel zu tun – mein Assistent muß Hundertprozentiges leisten. Warum verderben Sie sich systematisch die Chance? Raffen Sie sich auf, oder ich muß Sie fallen lassen.«

Ich begriff den Sinn dieser Worte nicht ganz. Ich nickte nur und sagte schließlich: »Es tut mir leid, Doktor Philipp – ich glaube, ich bin dieser Arbeit nicht gewachsen. Wenn Sie glauben, daß es nicht geht, dann – «
So ganz aus der Tiefe des Gemüts allerdings sagte ich diese Worte nicht. Ich wußte, was vorging. Hellmers, unser Pariser Berichterstatter, hatte bereits vor Wochen um eine Hilfskraft nachgesucht. Durch Frisch hatte ich erfahren, daß man sich noch nicht fest entschlossen habe. Ich dachte, ich könne vielleicht bei Holten nachfragen, ob er mich – aber mit den wenigen Lorbeeren, die ich mir bei Philipp geholt hatte, bestand wohl wenig Aussicht.
Nein – es bestand nicht die geringste Aussicht, Heßling ging am ersten August nach Paris, es war Flachslanders Werk. Jeder Mensch wußte, daß Heßling zu nichts fähig war, aber Flachslander stieß seinen Schützling rücksichtslos die Treppe hinauf. Mit verzwickt-bösartigem Lächeln reiste Heßling nach Paris ab. Chefredakteur Holten ließ mich zu sich bitten. Ich betrat das Zimmer mit der grünen Gardine mit heftigem Herzklopfen, obwohl ich längst nicht alles begriff, was vorging. Ich lebte wie in einer traumhaften Verstörtheit, seit Ellen mich verlassen hatte.
»Nicht, daß Sie in der Politik enttäuscht hätten«, sagte Holten mit warmer Stimme. »Aber Sie sind für diesen aufreibenden Betrieb nicht widerstandsfähig genug. Sie haben es selbst zugegeben.«
»Man will mich also entlassen?« fragte ich dumpf. »Der Oberst – «
Holten schüttelte beschwichtigend den Kopf.
»Aber nein, junger Freund. Man erwartet Sie bereits sehnlichst in Nr. 34. Sie wissen, Herr Heßling ist nach Paris gegangen.«
»Ja«, antwortete ich, »dann gehe ich eben zurück nach 34. Sie haben recht, Herr Doktor – ich muß Ihnen Dank sagen.«
Dann war ich wieder draußen. Dieser Holten war wirklich die Güte und Nachsicht selbst. Da, wo es schon aussichtslos schien, machte er noch einmal den Weg frei. Der einzig Anständige in diesem ganzen Haus –

Nun rollte das frühere Leben wieder ab. Nachtdienst, Tagdienst, Nachtdienst, Theater und Kino – nur mit einem Unterschied: ich konnte mich nicht mehr auf den Beinen halten, es war mir unmöglich, zur rechten Zeit zu kommen, unmöglich, die vorgeschriebene Arbeit zu bewältigen. Aber was bei Philipp zu einer raschen Konsequenz geführt hatte, das ließ sich hier Zeit. Doch es kam.

Einen ganzen Monat lang hatte ich in den beiden Zimmern nach dem Garten hinaus allein gewohnt. Der Mietpreis fiel mir schwer, und ich war drauf und dran, die reizende Wohnung zu kündigen. Da geschah etwas Unerwartetes. Herr Jonas, der andere Mieter, soviel ich wußte, Kassierer beim zionistischen Weltbund oder in ähnlicher Funktion, der ein kleines Zimmer bewohnte, und von dem Ellen immer behauptet hatte, er müsse unbedingt pervers sein, man sähe es an seinen Händen (Gott, manchmal hatte Ellen doch reizende Einfälle!), Herr Jonas also wurde rückständiger Miete halber ohne viel Umstände von der Majorin vor die Tür gesetzt, und ich konnte sein Zimmer übernehmen. Auch Herr Jonas übrigens, der samt umfänglicher hellenistischer Bibliothek und zahlreichen Musikinstrumenten nach der Geisbergstraße zog, hinterließ ärgerlicherweise einiges Nichtbezahlte. Mit merkwürdig verschrobenen Drohbriefen verstand die Majorin jedoch, das Fehlende einzutreiben.

Überdies standen die beiden schönen Zimmer nach dem großen Garten hinaus auch nicht sehr lange leer. Ein endloses Gespräch, in das mich die Doktorin Siebert verwickelte, endete nach umfänglichen Klagen über die Lieblosigkeit der Kollegen, insbesondere jedoch über die Allüren des Honorarchefs, damit, daß sie sich heftig beklagte, keine anständige Wohnung zu haben, ihre Wirtin schikaniere sie, das Zimmer sei zu eng und überdies zu teuer.

»Man sitzt dann alle Nächte im Café, nur weil man nicht zu Hause sitzen mag – oh, Sie kennen das auch!«

Schließlich empfahl ich ihr, sich die beiden Zimmer bei der Majorin anzusehen. Am nächsten Vormittag kam sie auch, unter-

handelte lange und wurde schließlich handelseinig. Zusammen fuhren wir in einem Taxi nach der Redaktion.
»Da bin ich Ihnen wirklich dankbar«, sagte sie auf eine etwas verstört-kokette Weise.
»Es ist doch immer so nett, mit geistigen Menschen zusammen zu sein.«
»Gewiß, ich finde es auch zum Kotzen«, sagte ich frech.
»Was mir an Ihnen gefällt, ist, daß Sie die Dinge beim Namen nennen«, avancierte sie. »Im Anfang konnte ich gar nichts aus Ihnen machen. Jetzt sehe ich, daß Sie ein netter Mensch sind.«
Am Nachmittag traf ich Ruth Friedland im Café.
»Wie geht es Ihnen, Oswald?« sagte sie. »Was macht Lix?«
»Ich weiß es nicht. Seit meine Freundin einen Dichter geheiratet hat, ist er mit mir nicht mehr einverstanden und läßt sich nicht sehen. In der Sezession übrigens hat er ein Bild hängen, ich sah es gestern.«
»So? Das freut mich aber.«
Wir schwiegen einen Augenblick, sie stocherte unruhig in ihrer Torte herum, während ich tiefsinnig in meinen Kaffee blickte.
»Was haben Sie, Ruth?« fragte ich.
»Sorgen«, sagte sie. »Sie ahnen nicht – «
Jemand kam an unserem Tisch vorbei und grüßte.
»Gott, diese Menschen«, sagte sie leise. »Ich möchte mich auf einen hohen Berg setzen und einfach dasitzen und heulen.«
»Heulen?« fragte ich.
»Heulen ist das einzige, was hilft.«
Sie lachte ein wenig betrübt, erhob sich und verabschiedete sich.
»Leben Sie wohl, kleine Ruth!« sagte ich.
»Auf Wiedersehen, Oswald. Sie kommen Sonntag?«
»Bestimmt!«
Dann war sie hinaus. Mir wurde trübe zumute. Was wollte ich denn bei Friedlands? Hatte ich mir nicht geschworen, nicht mehr hinzugehen? Ich rief den Kellner, um zu zahlen. Es stellte sich heraus, daß Ruth ihre Torte nicht bezahlt hatte. Ich bekam etwas Angst. Aber das Geld reichte noch gerade. Ich beglich die

Rechnung und ging zurück auf die Zeitung. Flachslander kam und stöberte auf seinem Schreibtisch herum.
»Hören Sie, bester Chef«, sagte ich, »Sie müssen mir fünf Mark pumpen.«
»Kann ich nicht«, antwortete der Chef.
»Ich bin ganz abgebrannt.«
»Kleiner hab' ich's nicht«, sagte er jetzt und zog einen Zehnmarkschein aus der Tasche. »Hier – leg es gut an – Wiedersehen.«
Aus dem Chef sollte einer klug werden.
Ich machte Nachtdienst bis halb ein Uhr und fuhr dann zu Schwanneke. Irgendeine Sensation hing in der Luft. Sämtliche Tische waren bestellt, es war kaum ein freier Platz zu haben. Ich entdeckte den Schauspieler Slohman in einer Ecke, seine Freundin und noch ein paar Leute, und kroch bei ihnen unter.
»Was ist denn eigentlich los?« erkundigte ich mich. »Alles bestellt?«
»Das sind die Journalisten!« rief der Schauspieler schallend. »Lesen Sie denn keine Zeitungen?«
»Höchst ungern«, antwortete ich spitz.
»Na, Premiere im Deutschen – die Leute müssen jeden Augenblick kommen.«
Die Tür ging auf, und ein Schwarm Leute betrat das Lokal.
»Da ist er!« rief Tilla ganz laut. »Konstantin!«
In der Tat war es Konstantin, der mit einer Menge Freunde eintrat. Konstantin im Frack.
»Na, wie war's?«
»Ganz großartig. Die Burkom ist ja ganz große Klasse. Noch nie so herausgekommen. Das jetzt – das war eine Sache!«
Konstantin strahlte.
»Gibt 'ne Serie, Konstantin, was – verdienst wieder viel Geld!«
Ich hatte Angst. Meine Blicke bewachten ängstlich die Tür. Jeden Augenblick konnte Ellen eintreten. Ich hatte Lust, auf sie zuzugehen und ihr mitzuteilen, daß ich siebenunddreißig Mark sechzig Pfennig bei der Majorin für sie bezahlt hatte.

Da kam ein neuer Menschenschwarm, und in seiner Mitte: Franziska.
Mir wurde es ganz eiskalt ums Herz. Seit wieviel Monaten hatte ich sie nicht gesehen? Wieder überkam mich ein schreckliches Angstgefühl. Ich drängte danach, sie zu sehen, und doch wieder konnte ich es nicht über mich bringen, ein Wort an sie zu richten. Sie ging mit großen Schritten an unserem Tisch vorbei nach der Garderobe, wo man ihren Pelz in Empfang nahm.
»Schön aufpassen, Johnny!« sagte sie lachend.
Ich erhob mich schnell vom Tisch und begab mich zur Garderobe.
»Meinen Hut, bitte – ja, den da – ah, Franziska, grüß Gott, wie geht es?«
Um ihre Mundwinkel zuckte es.
»Ich hatte heute Premiere«, sagte sie.
»Wie schön«, erwiderte ich, »und großen Erfolg, ja?«
»Unmenschlichen Erfolg – und du, Oswald?«
»Ich – werde nächstens – nächstens heiraten!« sagte ich.
Ihr Blick wurde dunkel. Ich konnte ihn nicht mehr ertragen. An der Garderobe drängten sich die Menschen. Wir wurden beiseite geschoben. Mehrere Menschen begrüßten Franziska zu gleicher Zeit. Sie erwiderte mit einem Kopfnicken. Sie sah mich an.
»Du hättest nie nach Berlin kommen sollen«, sagte sie.
Ich antwortete nichts.
»Ruf mich mal an«, kam es dann, »und adieu!«
»Adieu, Franziska!«
Ich trat auf die Straße. Es war warm, eine herrliche Sommernacht. Ein dunkelfarbenes Automobil kam von der Gedächtniskirche her angefahren. Eine Dame versuchte die Tür von innen zu öffnen. Sie klemmte. Da trat ich schnell hinzu und öffnete mit einem Griff die Tür.
»Vielen Dank, mein Herr!« sagte die Dame im weißen Pelz.
Ich trat zur Seite. Zwei Herren stiegen noch aus dem Wagen. Ich schob den Hut tief in die Stirn, rührte mich nicht von der Stelle.

Eiligen Schrittes, an jeder Seite einen Kavalier, betrat Ellen das Lokal.
Neue Autos, blitzende Wagen fuhren vor. Ich wandte mich ab und ging hinüber ins Café. Ich suchte Felix, konnte ihn aber nicht entdecken und ging schließlich wieder.
Ich mußte an den Obersten denken. Ich fürchtete nicht, Vorwürfe von ihm zu bekommen, wenn er mich jetzt so sehen würde. Ich konnte mir gar nicht recht vorstellen, was er sagen würde, wenn er mir jetzt begegnete. Nur sein Gesicht erschien plötzlich vor mir, wie er mir am Teetisch gegenüber saß. Weiter war es nichts, nur dieses Bild.
Ich ging. Das schwere Eisentor vor meiner Wohnung krachte und knarrte. Ich betrat die Wohnung. Ein Brief lag auf dem Tisch. Eine Handschrift, die mir unbekannt war, hatte die Adresse geschrieben. Der Brief war nicht mit der Post gegangen, ein Bote mußte ihn gebracht haben.
Vor diesem Brief hatte ich sofort Angst, als ich ihn sah. Einen Augenblick schoß es mir durch den Kopf: das jetzt könnte die Kündigung sein. Ich wagte nicht, ihn zu öffnen, legte mich zu Bett, schaltete das Licht aus und sah in die Dunkelheit. Unerträglich hell schien der Mond vom Kurfürstendamm herüber in mein Zimmer. Der große Baum unter meinem Fenster raschelte. Rechteckig und weiß lag der Brief auf meinem Schreibtisch. Ich konnte es genau erkennen.
Ich schaltete schnell das Licht wieder ein, griff nach dem Schreibtisch herüber und entfaltete, auf dem Bettrand sitzend, das Schreiben.

Lieber Oswald!

Seit mehreren Tagen will ich Sie um etwas bitten, aber ich kann die Worte nicht über die Lippen bringen, wenn ich Sie sehe. Heute nachmittag im Café hoffte ich, es Ihnen sagen zu können. Aber es ging wieder nicht; statt dessen ließ ich Sie mit meiner Zeche sitzen. Ich kann nicht mehr überlegen, was Sie jetzt von mir denken. Ich brauche noch mehr. Seit acht Tagen

liegt Friedland sterbenskrank zu Hause. Wenn er nicht innerhalb der nächsten drei Tage zurück nach Davos kommt, weiß ich nicht, was geschehen wird. Es ist kein Pfennig Geld im Haus. Mama ist unfähig, irgend etwas zu tun. Sie redet nur den ganzen Tag, ich kann ihren Blick nicht mehr ertragen.
Lieber Oswald! Ich brauche bis morgen fünftausend Mark. Ich bürge für die Summe über jede Zeit und beliebige Zinshöhe, wenn sie mir beschafft wird. Rufen Sie mich sofort an, wenn Sie diese Zeilen erhalten, gleichgültig, wie spät es ist.

Ihre Ruth.

So ein Quatsch – dachte ich, als ich den Brief beiseitegelegt hatte. Und doch erhob ich mich und ging hinaus auf den Gang zum Telephon. – Was ist das für ein Blödsinn – überkam es mich. Aber ich nahm den Hörer ab.
»Wer ist denn da draußen?« rief die Majorin aus ihrem Zimmer.
»Verzeihung, gnädige Frau«, sagte ich, »ich muß dringend telephonieren.«
Mit einem Brummen verstummte die Majorin. Der Apparat klingelte. Ich nannte Amt und Nummer. Ein Augenblick tiefen Schweigens. Ich hatte keine Vorstellung von dem, was ich jetzt tun würde, was jetzt mit mir geschehen würde. Meine Gedanken waren wie ausgelöscht, alle Vernunft, alle Überlegung verweht bei dem, was ich jetzt sprach.
»Hallo Ruth – !«
»Oswald – Gott sei Dank!«
»Ruth – ich habe Ihren Brief bekommen – «
»Ja – «
»Ruth – ich habe das Geld nicht – «
– – –
» – aber ich werde es beschaffen – «
– – –
» – unter einer Bedingung – «
»Ja?«
»Sie müssen bei mir bleiben – «

»Ja, Oswald – «
»Heiraten – «
»Ja – «
Der Hörer knackte auf der Gabel. Mir war schwindlig. Der düstere Raum drehte sich. Ich suchte nach einem festen Halt, griff nach der Bank und schlug schwer über sie hin.
Am Ende des Ganges öffnete sich eine Tür. Jemand erschien in ein knallrotes Nachtgewand gekleidet.
»Mein Gott – was ist denn das?« rief die Doktorin. »Was ist Ihnen?«
»Ich bin wahnsinnig«, sagte ich in der ungewissen Vorstellung, eine witzige Antwort geben zu müssen.
Sie stützte mich und half mir auf. Ich war ihr für diese Hilfe gar nicht dankbar. Ein fauliger Geruch schien plötzlich über der Wohnung zu liegen. Das Flurlicht verlöschte. Ich stand auf der Schwelle ihres Zimmers. Die Tür gab einen ohrenzerreißenden Laut von sich.
»Die Majorin«, sagte ich.
Es wurde wieder ganz dunkel. Ich fühlte nur, wie ich wankte. Ich hatte die Empfindung, mir ganz läppisch vorzukommen, in den hilfreichen Armen der »Redaktionswanze« zu liegen. Irgendwo war ein rotes Licht. Ich kam mir ganz angenehm vor. Ich stellte fest, wie meine Empfindungen wechselten. Auf meinen Lippen fühle ich den Geschmack von Kognak.
»Danke«, sagte ich.
Ich lag auf einem zerwühlten Bett. Ein starker Fäulnisgeruch kam aus den Kissen. Ich fror, griff nach meinem Körper und entdeckte, daß mein Oberkörper nackt war. Ein feuchtes Handtuch schob sich mir über die Brust. Die Pyjamahose klebte vor Schweiß.
»Was ist Ihnen geschehen?« fragte die Siebert.
»Ich habe mich verheiratet!« sagte ich. »Ob Sie es glauben oder nicht, es kostet fünftausend Mark.«
Die Wanze beugte sich über mich und strich mir das verklebte Haar zurück.

Ich hörte, wie die Wanze lachte. Es knackte, das Licht verdüsterte sich. Ich fühlte furchtbar viel Nacktes um mich, aber ich wußte nicht, was es war.
Da riß mich etwas empor. Ich weiß nicht, ob ich es war, der mich mit einem Ruck in die Höhe stieß. Meine Augen waren ganz klar. Aber ich konnte die Frau nicht erblicken.
»Sau!« schrie ich in unfaßbarer Wut. »Sau – ! Sau – !«
Und stürzte hinaus über den Flur in mein Zimmer, meine Pyjamajacke voller Angst unter dem Arm geklemmt.
Als ich im Bett lag und plötzlich auf dem Boden wieder das weiße Papier schimmern sah, beruhigte ich mich mit einem Male. So eine Erzschweinerei – dachte ich. Und: Konstantin muß das Geld geben.

*

»Halb zwei Uhr!« rief die Majorin an der Tür. »Stehen Sie nicht auf?«
Sie trat ein.
»Sie hatten eine kleine Schwäche heute nacht – wie?« fragte sie teilnehmend. »Warum haben Sie mich nicht gerufen? Frau Doktor Siebert hat sich nach Ihrem Befinden erkundigt. Es geht schon besser?«
Ich kleidete mich schnell an, heftiger Widerwille ergriff mich gegen das kleine Frühstück, das die Majorin bereitet hatte, ich ließ es stehen, eilte auf die Straße, rief ein Auto und fuhr in die Stadt.
»So, Laengfeldt«, sagte Flachslander, als er mich eintreten sah. Er blickte auf die Uhr. »Es ist zehn Minuten nach zwei. Um zehn Uhr beginnt von Rechts wegen Ihre Tätigkeit hier. Vier Stunden zehn Minuten Verspätung. Natürlich Taxi. Kein Wunder, daß Sie nie Geld haben und vor Schulden nicht wissen, wo Sie hin sollen!«
Ich wollte protestieren.
»Halten Sie bloß den Mund«, sagte der Chef gereizt.
Ich fühlte mich völlig benommen. Nur so konnte es geschehen,

daß ich Flachslanders Ton falsch einschätzte und die Situation zu leicht nahm. Mit einem kaum gespielten Gefühl unendlicher Gleichgültigkeit nahm ich an meinem Tisch Platz.
Das steigerte die Wut des Chefs nur noch.
»Bleiben Sie stehen, wenn ich mit Ihnen spreche!«
Ich stand auf. Der Chef griff nach der Zigarettenschachtel, die vor ihm auf dem Schreibtisch lag. Seine Erregung schien sich nicht zu vermindern; im Gegenteil, mit jedem Wort, das er sprach, schien sie zu steigen.
»Sie sind faul, kommen zu spät, führen freche Reden, verpassen den Dienst – «
Er hielt einen Moment inne.
»Sie sind außerdem unbegabt – «
Mir klemmte es ein wenig im Herzen.
»Laengfeldt – ich kann Sie nicht brauchen. Ich kann Sie absolut nicht brauchen.«
Er sah auf. Auf der hohen Stirn standen leuchtend die Schweißperlen. Ich stand an der Tür, wie aus Zufall die Klinke in der Hand.
Starr sah der Chef auf mich.
»Na, und?« brüllte er dann. »Sie können gehen – mein Lieber – haben Sie verstanden – gehen können Sie!«
Ich wußte nicht so recht, was eigentlich geschah. Mit meinen Gedanken war ich bei ganz anderen Dingen. Eine Stunde später verfluchte ich meine Teilnahmslosigkeit und wünschte, ich hätte etwas Vernünftiges entgegnet. Starr sah ich vor mich auf den Boden.
»Na, wird's bald?«
Da ging ich zum Kleiderständer, nahm meinen Hut und verbeugte mich.
»Gerne«, sagte ich mit fester Stimme und trat auf den Gang. Die Tür von Nr. 34 schloß sich hinter mir.
Da stand ich. Ganz ungewiß durchfuhr mich der Gedanke, man könnte zum Chefredakteur gehen, man könnte zur Verlagsleitung gehen, man könnte beim Personalchef vorsprechen –

Flachslander ist ja ein Idiot. Es ist außerdem ja alles gar nicht wahr.
Dieser letzte Gedanke behauptete sich einen Augenblick. Dann aber kamen plötzlich wie auf einem unendlichen Band die Worte geschwommen: Heiraten – fünftausend – heiraten – fünftausend.
Alles, was ich jetzt und in den folgenden Wochen tat, geschah im unbedingten Gefühl, nicht ganz in Ordnung zu sein. Und doch tat ich alles das bewußt. Ich sagte mir: ich bin ein wenig irrsinnig, aber ich muß das doch alles tun.
Ich ging in ein naheliegendes Café und telephonierte das Deutsche Theater an. Ich bat um die Adresse von Konstantin Schilling. Man nannte mir das Hotel Heßler. Im Hotel angelangt, ließ ich mich bei Konstantin melden. Er empfing mich am Schreibtisch.
»Ich brauche Ihre Hilfe, Schilling«, begann ich sofort.
»Aber gerne, mein Lieber. Warum so feierlich – wir kennen uns doch, meine ich.«
»Ja, Konstantin – wenn wir uns nicht kennten, würde ich nicht – «
»Aber Kind!« rief der Schriftsteller, »haben Sie etwa Ihre Stellung verloren? Was kann ich für Sie tun?«
»Danke, Konstantin. Aber ich habe meine Stellung nicht verloren.«
Konstantin wußte nichts mehr zu erwidern. Er stand auf und ging unruhig im Zimmer auf und ab.
»Ist es Ellens wegen?« fragte er schließlich.
»Ich brauche fünftausend«, sagte ich.
Konstantin hielt in seiner Wanderung an. Er sah mich einen Augenblick scharf an. Dann nahm er seinen gewohnten Schritt durchs Zimmer wieder auf.
Plötzlich hielt er an.
»Nein«, sagte er. »Das wäre ein Verbrechen an Ihnen.«
»Hören Sie auf!« rief ich entsetzt. »Ich muß das Geld haben!«
»Ausgeschlossen – es ist ja Wahnsinn.«
»Ich muß!« rief ich mit Tränen in der Stimme.

Da stand er plötzlich vor mir und sah mich an.
»Well«, sagte er, »unter zwei Bedingungen.«
»Was Sie wollen, Konstantin – «, antwortete ich erleichtert, fast glücklich.
»Erstens, daß ich das Geld zurückbekomme. Zweitens, daß mir beteuern, bei diesem Schritt nicht einen Augenblick an eine Erpressung gedacht zu haben.«
»Konstantin!« rief ich.
»Ich weiß, ich weiß«, fuhr er in ruhigem Ton fort. »Aber war ich nicht auch einmal zwanzig Jahre alt? In diesen Alter geschieht manches um einen, ohne daß man viel dazu tut – Worte werden so leicht gesprochen – Dinge so leicht getan.«
»Ich verstehe Sie nicht«, sagte ich.
»Geben Sie mir Ihr Wort, daß Sie niemals, was auch geschehen mag, sagen werden: Konstantin Schilling hat mir meine Freundin um fünftausend Mark abgekauft.«
Ich erhob mich.
»Sie werden das Geld zurückerhalten, Konstantin. Heute in einem Jahr spätestens wird die Schuld beglichen sein. Das andere ist selbstverständlich.«
Konstantin entnahm seiner Brieftasche ein Scheckbuch, füllte ein Formular aus und übergab es mir.
»Ich danke Ihnen, Konstantin«, sagte ich bedrückt.
»Bitte, keine Ursache«, erwiderte der Schriftsteller kühl.

*

Jegliche Fähigkeit, über mein Tun mit Vernunft nachzudenken, war mir mit dem Augenblick verloren, da ich das Geld in der Hand hielt. Komisch, dachte ich, solches Sündengeld müßte eigentlich brennen! Aber ich fühlte mich kühl, unklar und verschleiert, dennoch scharfen Geistes.
Um sieben Uhr fuhr ich zu Friedlands.
Eigentlich müßte ich sofort wieder umkehren, Konstantin das Geld zurückgeben und den ganzen Quatsch sein lassen – dachte ich, als ich an der Wohnungstür klingelte.

Ruth trug ein langes, dunkelgraues Kleid, das ihre Knöchel bedeckte. Von ihrem Fußleiden war nichts zu bemerken. Das blonde, strähnige Haar war schön, es gefiel mir.
»Guten Tag, Ruth!« sagte ich, »hier ist das Geld.«
Sie nahm das Papier zu sich. Ich zitterte nicht, wie ich es in ihrer Hand verschwinden sah.
»Komm«, antwortete sie, »Friedland will dich sehen.«
Erwin Friedland saß halb aufgerichtet in seinem Bett und starrte unentwegt über die Steppdecke. – Gott, dachte ich – für so einen Jammer verschuldest du dich?
Ich trat auf ihn zu und gab ihm die Hand. Sie war heiß.
»Sie haben mich gerettet«, sagte er mit dumpfer Stimme.
Ich trat neben Ruth. Sie legte ihren Arm um meine Schulter.
»Sie haben nichts dagegen?« sagte ich.
Er schüttelte düster den Kopf und versank wieder in seine Gedanken.
»So geht ein großes Haus zu Ende«, sagte Ruth, als wir aus dem Zimmer traten, um einen Ton zu pathetisch. »Gott, wie ich das alles hasse!«
Sie schlang ihre Arme um mich.
»Ruth, meine kleine Braut!« sagte ich und küßte sie.
Dann machten wir uns über Friedlands Schreibtisch, der mit Papieren in wilder Unordnung bedeckt war.
Erwin Friedland und die Herrin mit dem leidvollen Blick sollten morgen früh nach Davos fahren. Morgen mittag begann die Versteigerung des gesamten Mobiliars, das bereits in den Zimmern zusammengetragen war. Ein vollständiges Verzeichnis aller Objekte lag bereits vor. Der Mietvertrag lief übermorgen ab. Bis dahin hatte die Wohnung geräumt zu werden.
»Nach Abzug aller Unkosten«, erläuterte Ruth sachlich, »bleibt vermutlich eine geringe Summe übrig, um sonstige Verbindlichkeiten auszugleichen. Ich will ohne Schulden mein neues Leben anfangen.«
»Das Darlehen läuft über ein Jahr«, bemerkte ich.
»Ja. Es fällt auf mich.«

Um ein Uhr nachts war alles geklärt. Wir erhoben uns.
»Mein Gott!« sagte Ruth, »ohne dich hätte ich das alles nicht überstanden.«
Wir gingen den langen Gang hinunter.
»Wir sind doch jetzt verheiratet«, sagte sie.
»Ja!«
»Alle Zimmer sind schön geräumt – hier!«
Sie öffnete eine Kammer, in der ein einziges, ziemlich schmales Bett stand. Auch hier waren die Vorzeichen der Auflösung bereits sichtbar.
»Das genügt«, sagte ich.
Wir kleideten uns aus. Eine kleine grüne Nachttischlampe gab einen schwachen Schein.
Ruth legte sich zuerst nieder. Dann kam ich.
Mir war ein wenig übel. Das hatte ich vorausgesehen.
Es roch nach irgend etwas. Nach heißen, feuchten Händen.
Das machte mir nichts.
Ich schloß die Augen und bestand die Nacht.

*

Ruths Zimmer in der Knesebeckstraße war ein kleiner, ganz gemütlicher Raum. Die Vermieterin war nicht angenehm, das Ganze jedoch ein Provisorium. Die Versteigerungssumme hatte eine Vorausbezahlung der Miete für vier Monate gestattet. Die Eltern Friedland waren abgereist, die Wohnung am Kaiserdamm aufgelöst, Gelder standen nicht zur Verfügung.
Zwei Tage schlenderte ich mit Ruth durch die Straßen Berlins. Wir gaben mein letztes Geld aus, das ich noch abgehoben hatte, einige dreißig Mark. Wir saßen im Romanischen Café mit Felix zusammen und erzählten ihm, daß wir demnächst heiraten würden. Er lachte auf seine betrübte Weise und bedeutete mir nicht gerade versteckt, daß ich wohl leicht schwachsinnig geworden sei.
»Ich hab' aber gar nicht bemerkt, daß ihr so verliebt ineinander seid«, sagte er.

»Wir erledigten das telephonisch«, sagte ich trocken und hatte einen Lacherfolg bei den Umsitzenden.
Dann zogen wir zu Schwanneke und unterhielten uns darüber, eine Wohnung zu nehmen.
»Mußt du nicht auf die Redaktion?« fragte Ruth.
»Man hat mir einen kleinen Urlaub gewährt«, erklärte ich.
In diesem kurzen Augenblick der greifbaren Lüge schüttelte mich die Erinnerung aus der Welt meiner düsteren Träume und ließ mich klar sehen. Dann erschrak ich. Aber im nächsten Augenblick stellte Ruth wieder eine Frage, und ich mußte auf neue Ausflüchte sinnen.
Als die dreißig Mark zu Ende waren, gingen wir zu Schwanneke, aßen auf Rechnung, und ich lieh von Slohman zwanzig Mark. Ruth bemerkte von all dem nichts. Aber ein leises Gefühl, völlig blödsinnig geworden zu sein, beschlich mich an diesem Abend doch stärker als vorher. Es war nicht mehr ganz wegzuscheuchen. Ich fühlte plötzlich einen Widerwillen, wenn ich mir Ruth, wie in der Nacht vorher, entkleidet vorstellte. Gleichzeitig wurde die Angst wegen einer gewissen Summe von fünftausend Mark stärker, die an Konstantin Schilling zu zahlen war. Auch notierte ich jetzt mit stärkerem Bewußtsein, daß die Majorin seit längerer Zeit wegen hundertvierzig Mark mahnte, die längst fällig waren. Im Geiste durchlief ich meine Aufstellung auf dem gelblichen Papier, in der kein Posten fehlte. Gesamtsumme siebenhundertsechsunddreißig Mark. Das langt ja, sagte ich mir.
Ich gab der Majorin an, in momentanen Schwierigkeiten zu sein, und ich lieh von ihr noch dreißig Mark.
Als dieses Geld am übernächsten Abend unvermutet zu Ende war, riß irgend etwas in mir. Ich fühlte wieder ein heftiges Klemmen in der Herzgegend.
Mir war die ganze Sache über. Langweilig bis dahinaus.
Heiraten sollte ich Ruth? Das schien ja geradezu absurd.
Ich durchwachte eine Nacht am Schreibtisch über Aufstellungen, Zahlenkolonnen, Berechnungen und Plänen, machte Notizen über Arbeiten, die ich schreiben, über Fertiges, das ich

ausnutzen konnte. Am Morgen war ein umfangreiches Programm zu meiner Sanierung fertiggestellt. Wenn ich sieben Monate lang wie ein Hund unter Ausnutzung aller Beziehungen arbeitete, für mich monatlich nur hundertfünfzig Mark verbrauchte, das heißt nach Abzug der Miete pro Tag alles in allem drei Mark – dann war ich alles los.

Mein Kopf schmerzte mich.

Aber ich bringe es ja nicht fertig. Es wird ja nichts – sagte ich mir.

Da klingelte das Telephon. Ein eiskalter Blutstrom schoß mir ins Hirn. Flachslander – war mein einziger Gedanke. Es ist alles nicht wahr!

Er war es!

»Sagen Sie mal, wo bleiben Sie eigentlich?« erklang in mühsam erkämpfter Freundlichkeit seine Stimme.

»Verzeihung, wie bitte?« sagte ich.

»Kindskopf, warum Sie nicht zum Dienst kommen – Antreten, avanti!« schrie der Chef aufgeregt in den Apparat.

»Oh, danke – Dank!« rief ich, in einem Taumel von Glück und Verwirrung, stürzte in meine Kleider und fuhr auf die Redaktion.

Vor dem Portal stand der Chef und machte sich an seinem Wagen zu schaffen. Offenbar wartete er auf mich, wollte mich abfangen.

»Na, Kindchen!« sagte er und streckte mir die Hand hin, »wenn Sie alles immer gleich so genau nehmen, werden wir schwer zusammenkommen.«

Der Portier legte die Hand an die grüne Mütze, als wir eintraten.

»Haben's mir wohl sehr übel genommen, Kindchen – was?«

»Aber nein, Chef«, antwortete ich so überlegen, als es mir möglich war.

Jetzt war mir alles klar und deutlich. Keine Gespinste mehr, keine aufgeregten Träumereien, keine Geisterkomödie mehr – Berlin! Sein hartes Pflaster war wieder unter meinen Füßen. Seine greulichen, widerwärtigen Menschen sahen mir wieder ins Ge-

sicht. Aber ich hatte wieder einen klaren Blick, konnte ihnen begegnen mit Wort und Schrift.
Eine unbändige Lust, zu schreiben, erfaßte mich, als ich auf den Gang trat, an dem die Redaktionszimmer lagen. Wie lang war diese Zeit gewesen! Wieder Nachtdienst machen zu dürfen – Umbruch machen zu können – oh, ich war glücklich.
»Chef«, sagte ich, »Sie haben keine Ahnung, wie schlecht es mir gegangen ist!«
Der Chef lachte und bot mir die übliche Versöhnungszigarette.
»Aber eines, Chef Flachslander!« sagte ich, »ich kann mich nicht mehr retten vor Schulden. Anpumpen will ich Sie nicht. Aber helfen sollen Sie mir, daß ich, zum Teufel, ordentlich verdiene – ja?«
»Gemacht – du sollst vor Arbeit ersticken!«

*

So saß ich nun wieder in Nr. 34 an meinem Schreibtisch und sortierte die Post. Ende August war es nun, ich hatte keinen Urlaub bekommen in diesem Jahr, es war anscheinend vergessen worden, aber das grämte mich nicht.
Regen in geraden Strichen schlug gegen die Fenster. Es war sogar kalt mitten im Sommer. Der Rauch von Frischs Gold Flake lag dick im Zimmer. Flachslander stöberte in seinen Papieren und summte einen abgegriffenen Schlager dazu. Da mußte ich plötzlich an Weihnachten denken.
Möller kam herein und meldete, ein Herr wünsche einen Herrn Jahn zu sprechen. Man solle sagen, ein Herr Jahn sei nicht da. Aber Möller kam zurück und sagte, der Herr wolle unbedingt Herrn Jahn sprechen.
»Laengfeldt!« rief da Frisch, »heißt du nicht auch Jahn?«
Ich sah auf, und dann durchfuhr es mich wie ein Blitz.
»Halt, Möller!« rief ich, »halt – ich komme!«
Die Tür sprang auf, und aus der Reihe der Wartenden erhob sich ein blasser junger Mensch.
»General!« sagte ich.

Sechster Abschnitt

Man muß sich nur einmal eine so häßliche Straße wie die Augsburger Straße vorstellen.

Trotz des frühen Herbstes ist es kalt, ein dünner feiner Regen fällt, der einen schnell durchnäßt. Grau in grau läuft die Häuserzeile neben einem her, schmutziges Papier gleitet schwimmend in die Straßenrinne, und endlich gewahrt man einen Mann im hochgeklappten Mantelkragen, der versucht, sich eine Zigarette anzuzünden.

Man muß sich das Haus Nr. 22 vorstellen. Die Schilder einer Masseuse, eines Modesalons, eines Zahnarztes und einer Teppichstopferei verkünden neben zahlreichen Pappschildern mit »Zimmer zu vermieten« ein betriebsames Gebäude. Man schreitet eine breite Treppe aus falschem Marmor empor, und je weiter man nach oben kommt, desto dunkler wird es um einen. Auf den Treppenabsätzen leuchten einem bunte Glasfenster mit geheimnisvollem Bildwerk entgegen, düster und verstaubt stehen in hölzernen Kübeln Zimmerpflanzen in den Ecken, und endlich schlägt auch hier der Regen dünn und durchdringend gegen die Scheiben.

Im vierten Stock findest du dann neben der Klingel die gesuchte Visitenkarte, du läutest, ein schlurfender Schritt kommt über den Gang, und eine verwahrloste Person öffnet dir, in der die obligate thüringische Zimmervermieterin unschwer zu erkennen ist.

Man schiebt dich auf nicht eben höfliche Weise in einen kleinen schlauchartigen Raum, der mit Möbelstücken so ziemlich bis auf das letzte freie Eckchen vollgestellt ist. Links von der Türe erstreckt sich (man muß das einmal wenigstens versuchen zu beschreiben) breit und großspurig ein dickes braunes Bett ins halbe Zimmer hinein. In der rechten Ecke wird man auf einen Waschtisch aufmerksam, der beim Aufgehen der Tür ein klirrendes Gebell von sich gibt. Daneben erhebt sich in schier

unermeßlichen Ausmaßen der Kleiderschrank, und auf dem schmalen Gang zwischen beiden Möbelstücken ist zu guter Letzt noch ein dunkelgrüner Läufer zu erblicken, dessen Mittelstück stark abgetreten ist, denn wie sollte es auch nicht.
Es ist jedoch nötig, über den grünen Läufer weiter gegen das Fenster vorzudringen, das von der Straße her nur kümmerlichstes Licht erhält, denn es ist mit den verschiedensten Arten von Vorhängen gleichzeitig drapiert, was wiederum so sein muß und nicht anders. Hier jedoch tut sich eine neue, eine andere Welt auf. Zur Rechten erstreckt sich breit und gewichtig ein kieferner Schreibtisch, zur Linken läuft vom Bett bis zum Fenster eine ebenso breite Chaiselongue, mit Kissen bedeckt, deren Bemusterung einen nicht hierher gehörigen Geschmack verrät. Den Platz vor dem Fenster nimmt ein kleines, mit einem grauen Seidentuch bedecktes Teetischchen ein, und – jetzt spürt man schon, daß man in dieser Einöde nicht so ganz und gar verloren ist – darauf glüht eine bauchige chinesische Stehlampe, darauf stehen zierliche chinesische Teetassen, die dir wohlvertraut sind, auch eine Kanne ist da und – wie kann es anders sein – eine Blechbüchse mit kleinen Kuchen.
Jetzt endlich ist man beruhigt und getröstet.
Es ist die Wohnung des Generals.

*

Zu Häupten des Sofas, das Antlitz in den Schein der kuriosen Lampe getaucht, saß an diesem Nachmittag, still und bescheiden, Ruth Friedland.
»Ruth – dich hier zu sehen – «, sagte ich.
Sie gab mir lächelnd die Hand und antwortete nichts. Mit dieser kleinen Geste, die von viel Zuneigung sprach, wurde in mir alles ausgelöscht, was ich in der Zwischenzeit befürchtet hatte.
»Wir haben uns lange nicht gesehen«, fuhr ich fort. »Es tut mir leid, aber ich fand nicht eine Sekunde Zeit.«
Wieder nickte sie nur. Und ich dachte: es ist gut, Gott sei Dank, sie macht sich keine Hoffnung mehr auf diese verlorene Sache.

Nun ging die Türe auf, und der General trat wieder herein, die dampfende Teekanne in der Hand.
»Wiedersehen der Jugendfreunde in den Berliner Elendsquartieren«, deklamierte er in getragenem Ton, der in leisem Gelächter endete. »Wie konntest du die arme Ruth nur so vernachlässigen, Oswald?«
Ruth zuckte kaum merkbar mit den Augenbrauen und verhielt sich still. Ich sah sie an.
»Was habt ihr denn?« fragte Manfred irritiert. Und dann zu mir: »Ganz einsam und verlassen habe ich das gute Kind im Romanischen Café aufgelesen und mir die Freiheit genommen, sie zu unserem regelmäßigen Nachmittagstee einzuladen. Wie du siehst, ist sie gekommen.«
Jetzt, ohne auf diese Worte einzugehen, begann Ruth zu sprechen.
»Wie lange sind Sie schon in Berlin, Manfred?« fragte sie.
»Seit zwei Monaten fast«, antwortete er. »Und wie ich diesen Menschen hier wiedergetroffen habe, das war schon komisch.«
»Er wollte ein Manuskript an den Mann bringen, weißt du«, sagte ich eifrig.
Manfred sah mich an.
»Du – ihr sagt euch du?«
»Aber natürlich, Manfred, wußten Sie denn das nicht?« rief Ruth und hielt plötzlich inne. »Ach so, nein.«
»Aber was habt ihr denn miteinander?«
»Nichts!« antwortete ich.
Ich lehnte mich zurück und betrachtete ihn, dessen unruhiger und fragender Blick immer noch auf mir ruhte. Er stand mit dem Rücken an den Schreibtisch gelehnt. Er – wieder war er so viel größer als ich, so viel dunkler und wissender. Alles, was ich in der langen Zeit in dieser Stadt erlebt hatte, sank zusammen zu einer Nichtigkeit, die wenig wog gegenüber dem, was er war, einfach war, ohne zu sprechen, schweigend im Halbdunkel. Noch nie hatte ich ihn so schweigsam erlebt. Seit drei Wochen kamen wir regelmäßig des Nachmittags um fünf Uhr in diesem

Zimmer zusammen. Seit drei Wochen sprachen wir täglich mindestens zwei Stunden miteinander über alles, was uns bewegte, seit drei Wochen tat ich jeden Schritt, um ihm sein Fortkommen zu erleichtern – und dennoch war noch nicht ein Wort gefallen über das, was ihn hierhergeführt hatte, über das, was sich in der Zwischenzeit ereignet hatte.
»Ja, ja, Korporal!« sagte er jetzt mit dunkler Stimme und streifte die Asche seiner Zigarette ab. »Unsere kleine Ruth ist auch wieder da. Zusammenbruch auf der ganzen Linie wie bei Vellins, nicht wahr, aber fröhliche Auferstehung trotzdem.«
»Fröhliche Auferstehung trotzdem«, antwortete Ruth mit klarer Stimme und sah an mir vorbei durchs Zimmer.
Manfred rührte sich, beugte sich über den Tisch und ergriff eine der kleinen blauen Porzellantassen. Langsam hob er sie hoch, hielt sie gegen das Licht und betrachtete das hauchdünne Porzellan mit einem feinen, erinnerungsvollen Lächeln.
»Wissen Sie, Ruth, daß es diese Tassen schon damals in Bayern gegeben hat. Oswald und ich kauften sie einmal in München, wir transportierten sie in unsere Einöde am See, wir benutzten sie zwei Jahre lang ohne Unterlaß, dann wurden sie in Koffer gepackt und reisten nach Wien und nach Paris, nach London und Cambridge und endlich nach Berlin – und immer noch sind sie alle heil und gesund!«
»Und was ist, wenn mal eine entzwei geht?«
»Es geht keine entzwei«, sagte Manfred. »Es gibt Dinge, die nicht passieren.«
Wieder endete das Gespräch in einem Schweigen, ertrank in stummer Betrachtung und wortlosem Nachdenken. Ich weiß nicht, was die beiden anderen empfunden haben mögen, während wir so still beieinander saßen. Vielleicht dachten sie an die vergangene Zeit, an Franziska vielleicht, an die Tage in einer schönen Villa am See, an ein vergangenes Lachen, ein versunkenes Wort.
Ich fühlte nichts von alledem. Nur eine einzige Empfindung war in mir, und die war schön und ohne Gedanken: der Gene-

ral ist wieder da, zurückgekehrt auf ewig, und das mit Ruth hat ein schweigendes, glückhaftes Ende gefunden. Solange die Tassen heil und gesund sind, wird unserem Bündnis nichts geschehen.
Ruth erhob sich still aus der Dunkelheit und gab uns die Hand.
»Ihr habt nun sicher wieder miteinander zu sprechen. Und um neun Uhr muß Oswald ja wieder in den Dienst. Seid fleißig«, sagte sie und verschwand.
Die Tür schloß sich. Die Stimme der Vermieterin wurde auf dem Gang vernehmlich, dann schlug die Wohnungstür, und der helle Lichtschein in der Glasfüllung der Tür erlosch. Schlurfenden Schrittes begab sich die Vermieterin zurück in ihre Verborgenheit.
»Ja, also«, sagte Manfred jetzt mit einem Seufzer und kramte in seiner Rocktasche.
»Ja, also – ich habe einen Brief von meiner Mutter bekommen.«

*

»Manfred«, sagte ich, als ich den Brief gelesen hatte, einmal, zweimal, und den Freund unruhig im Zimmer auf und ab gehen sah. »Manfred, dieser Brief kommt von einem Menschen, der dich sehr liebt.«
Er hielt in seiner Wanderung an, schob die Hände in die Taschen und stand breitbeinig am Fenster. Ein leises, verächtliches Lächeln spielte um seine Lippen, das sich schnell in einen Ausdruck mitleidigen Bedauerns wandelte.
»Es ist ja lächerlich«, sagte er schließlich langsam. »Von Liebe keine Spur, nicht einmal von Verständnis.«
»Da siehst du, wie du die Dinge durcheinandermengst!« rief ich dazwischen.
»Laß mich ausreden, bitte«, antwortete er streng. »Es ist nichts als Tyrannei, und von einer solchen Art, wie ich sie mir von einem anderen Menschen nie im ganzen Leben gefallen lassen würde. Aber bei ihr – du siehst ja – wieder legt sie einen Haufen Geld hinein.«

Ich schüttelte den Kopf, unfähig, auf diese Worte zu antworten. »Du mußt dich endlich erklären, Manfred«, sagte ich. »Aus diesen wirren Beschuldigungen kann sich kein Mensch ein Bild machen.«
»Natürlich, natürlich!« rief er aufgeregt zurück. »Natürlich nennst du es auch Beschuldigungen, alle Menschen nennen es so, keiner kann sich vorstellen, daß es das gibt, daß eine Mutter ihrem Sohn nichts als Knüppel zwischen die Beine wirft, nichts als Steine in den Weg!«
»Aber laß doch die Übertreibungen«, antwortete ich fast zornig. »So kommen wir nicht weiter.«
Jetzt kam plötzlich Ruhe über ihn, er trat vom Fenster zurück und ließ sich auf das Sofa fallen.
»Du glaubst, ich leide an Verfolgungswahn«, begann er schließlich. »Vielleicht hast du recht. Aber schau, ich fühle mich ja wirklich verfolgt. Seit Jahren hetzt mich diese Frau durch die halbe Welt. Das heißt, seit Jahren zwingt sie mich, mit ihrem Geld vor ihr zu flüchten. Ist das nicht eine Verfolgung?«
Ich antwortete nicht.
»Ich weiß – ich muß dir das erklären. Es fing mit meiner Schule an, ja eigentlich schon früher. Es fing mit dem andauernden stillschweigenden Kampf zwischen Papa und Mama an. Wer weiß, warum sie geheiratet haben. Vielleicht liebte Papa wirklich diese hinreißende Schönheit, ihre Intelligenz, das Amazonenhafte, das sie damals gehabt haben muß und auch heute noch hat. Aber sie hatten nicht einen Tag lang irgend etwas miteinander gemein. Es war ein ewiger Kampf um die Geltung des einen vor dem anderen. Papa war sicher der bessere, der gütigere Mensch, in ihm war Freiheit und Ungebundenheit außerdem, in ihm war ein großer Schaffensdrang und Liebe zu mehr als einem Menschen. Er war etwas wie ein Genie. Ich habe noch nie ein Genie getroffen, aber ich glaube, wenn es welche gibt, dann sehen sie aus wie Pa. Ja, und Mama, diese Kriegerin in Reithosen, so sah sie aus – sie hatte das Geld. Das waren zwei Gewichte, die einander niemals die Waage halten konnten.«

»Siehst du, jetzt sprichst du wieder ganz klar. Klar wie ein Romancier«, sagte ich glücklich.

Er hörte nicht darauf. Unbeirrt fuhr er fort.

»Ich bin mehr nach Pas Art geraten, da ist kein Zweifel, von Mama habe ich nicht viel mitbekommen. Sie hat das früh erkannt, und weil, denke ich mir, sie nichts besessen hat als ihr großes Vermögen und das nicht ausreichte, um Pa für immer an sie zu fesseln, deshalb versuchte sie, mich zu sich herüberzuziehen. Wenn ich sie liebte, dann hatte sie die Partie gewonnen, denn sie wußte ja, und sie weiß es heute deutlicher denn je, wie sehr ich an Pa gehangen habe.

Sie hat immer gespürt, daß ich lieber bei Pa war als bei ihr. Sie hat mich immer wieder zu sich hinübergerissen. Pa war oft auf Reisen, ich sah ihn lange Zeit nicht, diese großen Zwischenräume erleichterten ihr vieles, aber die völlige Entfremdung ist ihr nicht gelungen, sie wird ihr nie gelingen, auch jetzt nicht, da Pa tot ist und mir nicht mehr helfen kann!«

Ich zitterte. Eine große Bewegung war plötzlich in Manfreds Stimme gekommen, er sprang auf und stand wieder hoch aufgerichtet vor mir.

»Korporal!« rief er. »Nicht ungerecht sein: mein Pa hat mich nie irgendwie zu beeinflussen versucht. Aber ich war trotzdem immer bei ihm. Kam er zurück, dann sprang ich ihm immer entgegen, ich weiß, als Sechsjähriger einmal, da jubelte ich, und Mama sah ihr ganzes Werk zerstört. Zerstört durch große Liebe – Und da fing es an. Verstehst du – da fing der Kampf, der bis jetzt nur heimlich geführt ward, an, auch nach außen hin zu toben. Jetzt kam der Kampf um meine Erziehung. Mama zahlte, Mama bestimmte. Gymnasium. Pa war anderer Ansicht, er wollte anderes für mich. Ich wurde aus einer Anstalt in die andere gezerrt. Von einem Ort zum anderen, ewiges Reisen. Pa mit mir vorauf, Ma mit halbgepackten Koffern hinterdrein. Ein wildes Leben, Korporal. Aber Pa hat nicht abgelassen. In jenen Tagen war er überdies auch aus eigenen Kräften bereits ein vermögender Mann. Sein Name begann sich durchzusetzen. Und da er wußte, und Mama es selbst nicht leugnen konnte, daß ich ihm in allen Fasern glich, deshalb bestand er darauf, daß ich mich so entwickele, wie er es für richtig hielt. Er hat es mir selbst gesagt, es ist noch kein Jahr her, in St. Malo haben wir zum ersten- und letztenmal darüber gesprochen. Er hat mir alles erzählt. Es ist nichts erfunden.«

Er schwieg und ging wieder aufgeregt im kleinen Zimmer auf und ab.

»Und?« wagte ich endlich zu fragen.

»Und?« rief er. »Ich kam nach Heiligenstadt. Das war Pas großer Sieg. Als er diese Schule für mich durchgesetzt hatte, war der Kampf vorerst beendet. Oh, er war müde. Er konnte nicht mehr. Er konnte Mama nicht mehr sehen, er konnte an alle diese Quälereien nicht mehr erinnert werden. Jetzt endlich trennte er sich von Mama, das heißt, er ging nur weg, nach Paris, in eine Scheidung hat Mama nie eingewilligt.«

»Was?« rief ich. »Ich war überzeugt – «

»Ja, ja«, antwortete er, »sie hat vor aller Welt betont, daß dieser Mann ihr ganzes Leben verbittert habe, daß sie an seiner Seite gestorben sei, aber sie hat ihn nie freigegeben, sie hat sich selbst von ihm nie befreit.«

»Das verstehe ich nicht.«

»Ich auch nicht – aber du weißt ja, wie es weitergegangen ist, damals nach Heiligenstadt. Drei Jahre hatte ich Ruhe, und es waren die schönsten meines Lebens, Korporal – bestimmt, obwohl ich alles gehaßt habe, was dort drunten in Mode war. Ich habe den kurzhosigen Direktor nicht ausstehen können, ich habe diese Wanderungen und Lagerfeuer und Strohsäcke mehr als einmal verflucht, du weißt es genau, ich habe über diese ganze moderne Schule gelacht und geschimpft, aber es war trotzdem die friedlichste und beste Zeit – und schließlich warst auch du da, alter Freund – und – – «

»Und Franziska?« fragte ich.

»Ja, und das auch«, antwortete er mit einer abwehrenden Handbewegung.

»Hast du sie gesehen?«
»Warum soll ich es dir verheimlichen«, antwortete er lächelnd. »Wir waren in Paris zusammen, um die Zeit von Pas Tod. Es war ein Bursche in ihrer Gesellschaft, Florimont hieß er, ich beauftragte ihn, dir meine Adresse zu geben. Er hat es wohl auch getan.«
»Ja – ich telegraphierte dir dann.«
»Sie kam von München aus mit ihm herüber. Wir haben wenig miteinander gesprochen. Trotzdem war es eine glückliche Zeit, die alle Erinnerung an das Vorgefallene vergessen ließ. Ist sie mit diesem Kerl immer noch zusammen?«
»Ich weiß es nicht«, antwortete ich.
Es zuckte ein wenig nervös um seine Lippen, dann bezwang er sich und nahm seine Wanderung durch das Zimmer wieder auf.
»Ja, damals ging ich sehr schweren Herzens nach Cambridge zurück – aber warte, was geschah nach Heiligenstadt? Mama zitierte mich nach Wien, wie sie dorthin kam, weiß ich nicht, ich glaubte, unser Haus dort sei längst verkauft. Sie wollte mich unbedingt auf die Universität zwingen, ich sollte in Wien bleiben, in Wien studieren, es waren Tage schrecklichster, heftigster Auseinandersetzungen. Ich hörte nichts von Pa, war verzweifelt und willigte schließlich ein. Doch da kam ein Brief. Er war in Paris, und ich hatte seine Zeilen noch nicht einmal ganz gelesen, da waren meine Koffer schon gepackt, und mit dem letzten Geld, das ich mir beschaffen konnte, fuhr ich nach Paris.«
»Das war damals, als dein Vater den Carnegie-Preis bekam?« fragte ich.
»Ja – damals. Wir lebten wieder zusammen wie zwei Brüder, wie früher. Wir hatten eine friedliche, ruhige Zeit, bis die Briefe von Mama wieder anfingen, uns zu bestürmen. Sie wollte es unbedingt zwingen, sie kündigte ihre Ankunft an, da packte Pa alles zusammen, und wir gingen, umringt von Reportern und Photographen, nach St. Malo. Mama machte uns ausfindig und langte wenig später an. Hier gab es den letzten Kampf, und in

diesem Kampf wurde Pa besiegt. Sie schlossen ein Kompromiß: Cambridge. Ich packte meine Koffer aufs neue und reiste nun wirklich ab.«

»Aber ich sehe noch Pas tiefbetrübtes Antlitz, als wir voneinander schieden, auf dem Bahnhof in Calais. Ich wußte nichts von seinen Sorgen, ich nahm nur alles für Trauer um mich und seine Niederlage. Und sicher war auch viel davon darin. Aber eines sah ich: es ist zu Ende mit ihm. Er wird nichts mehr schaffen. Es kommt nichts Großes mehr von ihm. Seine ganz große und reiche Zeit ist vorüber. Aber daß sein Vermögen in diesen letzten Jahren des stetigen aufgeregten Hin und Her ganz zerrüttet war, das freilich ahnte ich nicht. Und ich war nicht lange in Cambridge, da kam die Nachricht von seinem Tode. Es war aus. Um weiterleben zu können, hätte er zu Mama zurückkehren müssen. Und das konnte er nicht. So kam es, daß ich letzten Endes schuld bin an allem und allem und an mir selbst.«

Er schwieg und ließ sich auf der Kante des Schreibtisches nieder, wie er es gerne tat. Er nahm eine neue Zigarette, zündete sie an und schaute dem blauen Rauch durch das Zimmer nach.

»Ja – und dann – «, schloß er. »Von da bis hierher ist es nur ein kurzer Weg. Jetzt hatte ich ja niemand mehr. Jetzt ging die große Quälerei an. Ich ging nach Cambridge zurück. Ich versuchte zu studieren. Aber ich dachte an Pa. Und siehst du – während ich an Pa dachte und an sein Leben, da dachte ich auch an meines und war überzeugt, daß es so nicht weitergehen konnte. Ich mußte mich freimachen. Ich dachte auch an Franziska wieder in dieser Zeit. Ab und zu schickte ich ihr Blumen, Telegramme zu Weihnachten und ihrem Geburtstag, und einmal bekam ich auch ein paar Zeilen von ihr, und als ich die hatte, da war es wieder aus. Da packte ich wieder alles zusammen, und jetzt endlich – jetzt kam ich nach Berlin, dreißig Mark in der Tasche, und traf dich.«

»Und Franziska hast du nicht gesehen?« fragte ich.

»Nein«, antwortete er fest. »Ich schrieb ihr, daß ich hier sei. Daß ich vor Mama und ihrem Geld geflohen sei, daß ich nichts habe und endlich allein anfangen wollte, daß ich mich unbedingt durchsetzen würde – aber – «

»Hat sie dir nicht geantwortet?«

»Nein«, antwortete er. »Sie hat mir einen Scheck über dreihundert Mark geschickt, das war alles. Ich konnte ihn nicht zurückschicken. Mir fehlte das Nötigste. Siehst du, da behielt ich das Geld – und es reute mich nicht. Es ist ja nicht das Geld eines fremden Menschen«, fügte er traurig hinzu. Und dann mit einem Lächeln: »Es ist ja Franziskas Geld.«

Ich schwieg, und auch er sprach nicht mehr. Wir füllten von neuem unsere Tassen und tranken schweigend. Dann endlich raffte er sich auf und begann noch einmal zu sprechen.

»Und jetzt dies hier«, sagte er, »damit wir zum Schluß kommen. Ich denke, du hast nun alles begriffen und schiltst mich keinen Übertreiber mehr. Seit ich von Cambridge wegging, hörte ich von Mama nichts mehr, nichts bis heute. Jetzt hat sie meine Adresse erfahren, vermutlich durch die Redaktion der Zeitung, in der neulich mein Aufsatz erschien. Du hast den Brief gelesen. Es ist die alte Verständnislosigkeit. Und zweihundert Mark außerdem drin. Die sind schlimmer als alles andere. Ich soll hinkommen und mich mit ihr ›verständigen‹. Es ist lächerlich. Ich kann nicht. Ich will ihr Geld nicht. Es ersetzt mir meinen Pa nicht. Ich schicke es zurück und bleibe.«

»Ja – schick es zurück«, sagte ich.

»Und du wirst mir helfen, daß es ohne dieses Geld geht, das einem wie Pech an den Händen klebt. Du wirst mir helfen?«

»Ich werde dir helfen, General«, sagte ich überzeugt.

Er stand auf.

»Es ist spät, du mußt zum Nachtdienst. Warte, noch eins. Irving Lee hat mir seinen Roman geschickt. Er ist ein außerordentlicher Erfolg in England. Meinst du, daß es möglich ist, eine Übertragung unterzubringen? Kennst du einen guten Verlag, der in Betracht kommt?«

»Möglich«, antwortete ich. »Wir werden heute nacht darüber sprechen. Kommst du mich abholen, um halb zwölf, Zimmer 34?«

»Ich komme«, antwortete er.
Er trat vom Schreibtisch zurück und zündete das Deckenlicht an. Jetzt war das Zimmer wieder erfüllt von einer trüben gelben Beleuchtung. Und da entdeckte ich plötzlich etwas über dem Schreibtisch, das mich sehr erschrecken ließ. Da war ein gelbes Seidentuch über der Wand ausgespannt, und in seiner Mitte hing eine große Photographie.
Franziska in »Schloß Wetterstein«.
»Aber das ist ja ihr Seidentuch«, sagte ich.
Er lächelte.
»Seit einigen Tagen ist sie auf unsichtbare Weise wieder in meiner Nähe«, sagte er. »Vorgestern schnitt ich diese Photographie aus einer Zeitschrift aus, gestern kam in einem Päckchen dieses Tuch. Als ob sie es geahnt hat.«
»Ja«, antwortete ich, »Aber sie selbst – «
»Sie ist unsichtbar«, antwortete er, und es war mir, als ob ein recht hoffnungsvoller Ton in seiner Stimme schwang.
»Vielleicht wird sie einmal sichtbar werden«, antwortete ich ahnungsvoll; und dann trennten wir uns.
»Adieu, General!« sagte ich.
»Addio!« rief er zurück.
Es war Franziskas Gruß, mit dem wir voneinander schieden.

*

Das halb erblindete große Zifferblatt der großen runden Uhr am Eingang des Zeitungsgebäudes zeigte Punkt neun Uhr, als ich anlangte. Ich ging in das kleine Café gegenüber, um einige Zigaretten zu kaufen. Als ich bezahlen wollte, bemerkte ich, daß meine gesamte Barschaft eine Mark und sechzig Pfennige betrug. Ich erschrak ein wenig, aber dann überkam mich das Gefühl dieses gewöhnlichen Zustandes, und ich rechnete nur nach, wo das Geld geblieben war. Hundertundvierzig Mark hatte ich in der letzten Woche verdient. Hundert Mark waren für die Monatszahlungen an Konstantin Schilling beiseitegelegt worden. Frisch hatte sich erboten, diese Gelder auf seinem Bank-

konto zu sammeln, bis die ganze Summe beisammen war. Flachslander hatte kürzlich geliehene zehn Mark zurückerhalten. Siebzehn Mark hatte ich Manfred geliehen, Ruth hatte zehn erhalten, drei Mark waren geblieben, und mit ihnen hatte ich den Tag bestritten.
Ich trat auf die Straße. Der Regen hatte aufgehört. Und ich ärgerte mich zum erstenmal wirklich über die ganze idiotische Geldgeschichte mit Konstantin Schilling.
Möller übergab mir die bereits fertig ausgedruckte Postausgabe. Es war Sonnabend, das dicke Sonntagsblatt mit den unzähligen Beilagen, dem Bilderteil und den unermeßlichen Inseraten wog schwer in der Hand.
»Eine Dame wartet auf Herrn Laengfeldt!«
Er drückte auf den elektrischen Knopf, und die Tür nach der Redaktion sprang auf. Unter der spärlichen Beleuchtung öffnete ich hastig das Blatt.

- -

Im Feuilleton entdeckte ich jedoch sofort hinter einem langen Sonntagserguß aus der Schreibmaschine des Chefs Flachslander zwei meiner kurzen Berichte, im lokalen Teil eine Glosse, in der Filmspalte eine längere und eine kürzere Besprechung. Ich atmete auf. Gott sei Dank – so viel auf einmal hatte ich selten im Blatt gehabt. Mit dem Kopf voller Zahlen stürmte ich nach Nr. 34. Der Gang war am anderen Ende stockdunkel.
»Machen Sie doch mal Licht hier!« rief ich einem Boten zu, der meinen Weg kreuzte. Die Beleuchtung wurde eingeschaltet. Ich öffnete meine Zimmertür. Da fiel mir die Dame ein. Ich ging zurück und stieß die Tür zum Wartezimmer auf.
»Guten Abend!« sagte ich.
Ruth erhob sich aus der Dunkelheit, still und bescheiden.
»Komm bitte mit nach hinten.«
Ich schaltete das Licht über Flachslanders großem Schreibtisch an und nahm die Zeitung vor. Dann telephonierte ich in die Setzerei und bat um den Übersatz. Ruth sah geduldig zu. Ich suchte nach Papier und einem Bleistift.

»Ich störe dich wohl?« fragte sie nach einer Weile.
»Gar nicht«, sagte ich. »Setz dich doch, da – irgendwo – um halb zwölf erwarte ich allerdings Besuch.«
»Ah, du erwartest Besuch?«
»Ja, Manfred – «
Sie schwieg und sah vor sich hin. Der Bote trat ein und brachte den Übersatz. Das Telephon klingelte. Doktor Philipp kam, grüßte zurückhaltend, erkundigte sich nach irgend etwas und verschwand wieder.
»Also, was ist denn, Ruth?« fragte ich nach einer Pause.
»Ich mußte dich sehen.«
»Du meintest, ich vernachlässige dich.«
»Ich sehe dich so selten – seit Manfred da ist – «
»Das ist richtig«, antwortete ich, »wir haben Schwierigkeiten.«
»Geld? Oh, ich wußte, daß du mir diese Sache ewig zum Vorwurf machen würdest!«
»Was hörst du von deinen Eltern?«
»Die Bezahlung der Schuld fällt dir schwer – und ich – «
»Ich muß rechnen, das ist alles.«
Ich schlug das Blatt auf und zählte die Zeilen meiner beiden Referate im Feuilleton und rechnete. Zehn plus fünfzehn ergaben fünfundzwanzig.
»Ja, dann – «
»Es ist alles verfahren, Ruth, jeder Mensch muß das einsehen.«
»Ich verstehe nicht – «
Im lokalen Teil hatte ich dreißig Zeilen, das ergab fünfzehn Mark. Ich notierte. Weiter, Filmspalte – einmal zehn, einmal zwanzig. Summa dreißig.
»Ich meine, wir – «
Ich hielt inne. Die Zahlen standen in einer Kolonne untereinander. Ich addierte. Endsumme: siebzig Mark.
»Ich habe genau vierzig Pfennig in der Tasche und eine Schachtel Zigaretten. Das ist alles«, sagte ich.
Und überlegte: mein scharfer Ton stand mit meinen Finanzaussichten im Widerspruch. Im Sonntagsblatt allein siebzig Mark.

»Ich wollte dich ja nicht um Geld bitten, sondern – «
Aber ich will das Mädchen ja gar nicht heiraten, deshalb rede ich so – kam mir ein Gedanke.
»Aber?« machte ich.
»Ach, ich kann's nicht sagen, es ist Unsinn, wir sehen uns ein andermal, ja? Verzeih, daß ich dich so gestört habe.«
»Na, macht nichts, ist schon besser so, weißt du, ich bin etwas nervös, wegen Manfred und Schilling und so – Adieu, Ruthkind!«
Ich begleitete sie hinaus. In dem menschenleeren Treppenhaus verhallten schüchtern und einsam ihre Schritte. Auf dem Gang fiel mir die leidige Geldsache wieder ein. Ich hatte nichts, Manfred hatte nichts, die zweihundert Mark durften nicht angerührt werden. Zuerst war ich einen Augenblick betrübt über diese elenden Zustände, dann jedoch begann, wie immer, das sportliche Element zu überwiegen, eine gewisse Selbstverständlichkeit schlich sich ein, die sagte: beschafft wird etwas, auf alle Fälle, nett wird es nur zu sehen sein, auf welche Weise es heute gelingen wird.
Scholz, das jüngste Mitglied der Lokalredaktion, und als solches zu allerlei privaten Diensten immer gern bereit, stellte sich in diesem Fall als kapitalkräftig heraus und erbot sich, bis Mittwoch zwanzig Mark zur Verfügung zu stellen. Aufatmend nahm ich das Geld in Empfang.
»Los, Kinder – Umbruch!« rief jemand, und wir gingen allesamt in die Setzerei.

*

Elf Uhr fünfundzwanzig.
»Ein Herr wartet«, sagte Möller. Und der General trat ein.
Da saß er vor mir, mein ehemals großer Kamerad, in dem wackligen Korbstuhl, in welchem Flachslander seine Bittsteller immer Platz nehmen ließ. Er hatte einen graubraunen Regenmantel an, dessen Kragen hochgeschlagen war, einen weichen Haarhut

hielt er in der Hand. Da saß er nun – stumm und bescheiden, nicht die Spur niedergedrückt, mit fröhlicher Miene.
Ich ordnete die Papiere, die umherlagen, warf die erledigten Fahnen weg, deckte die Schreibmaschinen zu – er betrachtete mein Tun in schweigendem Staunen. Dann, als ich fertig war, gab ich ihm einen Wink, er erhob sich, und wir machten uns auf den Weg durch das ganze dunkle Haus. In den Redaktionszimmern waren überall die Lichter schon gelöscht, nur bei Doktor Philipp, dem Unermüdlichen, war es noch hell. Wir stiegen Gänge hinauf und hinunter, wir gelangten in die Setzereien, in die Maschinensäle, in riesige Höfe und Hallen, zurück zu den Rotationspressen, in die Papierlager, in die Expeditionen und wieder hinauf in die Titelsetzerei, und überall war ein ohrenbetäubender Lärm von surrenden Motoren und klatschenden Treibriemen.
»Es ist zwölf Uhr nachts«, sagte Manfred leise und ehrfurchtsvoll. »Und hier tobt eine ganze Welt.«
Die schwere Eisentür des letzten Setzereisaales schlug hinter uns zu. Die lautlose Stille des Ganges empfing uns wieder. Irgendwo, unsichtbar schaltete jemand ein Licht ein. Der Gang flammte auf, es waren Schritte vernehmlich, die sich verloren, dann lag das Haus wieder still. Von ganz hinten, aus Doktor Philipps Arbeitszimmer, drang das Ticken der Schreibmaschine.
Im Ferndruckerraum war es noch hell. Der Morseapparat in der Ecke surrte. Ein verschlafenes Schreibmaschinenfräulein im schwarzen Kittel kam über den Gang und verschwand im Telegraphenraum. Der Ticker schwieg. Das kaum vernehmliche Nagen der Noiseleß-Schreibmaschine ertönte. Ich warf einen Blick in die Anmeldung. Es war alles dunkel. Möller war längst nach Hause gegangen. Der Vordereingang war verschlossen. Wir gingen nach Nr. 34 zurück. Helles Licht empfing uns.
»Gott sei Dank, hier ist es doch am nettesten, letzten Endes«, sagte ich. »Was meinst du, Manfred?«
Er war in tiefes Sinnen versunken und schwieg.
»Hier kann man schließlich ganz allein sitzen und arbeiten – das geht«, fuhr ich fort.

»Seit wann bist du so menschenscheu?« fragte er.
Ich konnte darauf keine rechte Antwort geben. Aus Verlegenheit wandte ich mich ans Telephon und gab in der Zentrale Bescheid, daß das Feuilleton nach Hause gehe.
»Die Liebe zum Betrieb gehört dazu«, sagte Manfred jetzt fast feierlich. Wieder hatte seine Art, zu sprechen, diesen solennen Ernst, der jeden Widerspruch ausschloß.
»Denn wenn du nicht an diesem ganzen gewaltigen Apparat ebenso hängst wie an deinem Federhalter, an deiner Schreibmaschine, an den privatesten Werkzeugen deines journalistischen Daseins, weißt du, dann – «
»Was dann? – – «
»Ich wollte nur sagen, daß ich deine Auffassung von diesem Beruf für etwas gefährlich halte, versteh mich recht.«
Mich durchfuhr es. Er war eine halbe Stunde hier, hatte eben zum erstenmal in seinem Leben einen solchen Betrieb gesehen, zwei Worte von mir darüber vernommen, und traf mit seiner Meinung den Nagel auf den Kopf.
»Du kennst den Betrieb nicht«, erwiderte ich gereizt.
»Wir wollen gehen«, sagte er in einem anderen Ton und nahm Hut und Mantel. Wir verließen das Haus auf einem umständlichen Weg durch die Setzerei und zahlreiche Hinterhöfe, von denen aus wir schließlich in eine Seitenstraße gelangten. Manfred betrachtete den hell erleuchteten Häuserblock, wie er sich unheimlich aus der Schwärze der schlafenden Stadt heraushob.
»Es ist schon phantastisch«, sagte er.
Ich antwortete nicht und winkte einem Taxi.

*

An der Ecke des Romanischen Cafés ließen wir halten. Ich bezahlte den Wagen.
»Kannst du für mich auslegen?« fragte Manfred ein wenig bedrückt. »Ich käme sonst in Schwierigkeiten.«
»Das heißt, du hast gar nichts mehr«, sagte ich lachend.
Was also das Romanische Café anlangte, so war der General

tatsächlich schon mitten drin im »Betrieb«. Diese Seite unserer aller Leben hatte er bereits erfaßt und war in ihr aufgegangen wie in einer Selbstverständlichkeit.
Felix saß, eingehüllt in eine Wolke Zigarettenrauches, an einem der kleinen Marmortische, völlig vertieft in das Studium einer englischen Zeitung. Ich rüttelte ihn am Arm.
»Felix!« sagte ich. »Wach doch auf. Hier ist Manfred Vellin, den ich dir vorstellen möchte!«
Felix sprang auf und sah ein wenig verschlafen in Manfreds breit lächelndes Antlitz.
»Verzeihung, ich habe den Namen nicht verstanden«, sagte er. »Wollt ihr euch nicht setzen?«
»Manfred Vellin«, wiederholte der General jetzt, leicht amüsiert, und wir nahmen bei dem Freunde Platz. Felix' verschlafenes Gesicht hellte sich mit einem Male auf, ein Strahlen ging über seine Züge, und er faßte ganz unwillkürlich rasch nach Manfreds Hand.
»Sie sind es also!« rief er freudig.
»Ja – ich bin der Sohn meines Vaters«, antwortete Manfred herzlich.
»Ich habe es mir gedacht«, sagte Felix schnell und mit gespielter Ernsthaftigkeit in der Stimme. »Ich habe es gleich gewußt: Sie sind der Sohn, Sie müssen der Sohn sein. Die Ähnlichkeit der Züge – «
»Haben Sie meinen Vater denn gekannt?«
»Gekannt?« rief der Maler. »In jeder illustrierten Zeitung sah ich sein Gesicht – ob ich es kenne!«
»Sie sind Maler?«
»Leider.«
Jetzt war das Gespräch im Gang. Felix war nicht mehr zu halten. Er bestürmte Manfred mit Fragen, die dieser mit stets gleichem Lächeln ausführlich beantwortete. Felix war gut orientiert, Manfred bestätigte es mir mit einem Blick. Er kannte jedes der Bilder des Malers Vellin, und nun wollte er Genaueres wissen, ihn interessierten Entstehungsdaten, die Zugehörigkeit zu

den verschiedensten Schulen, die Phasen seiner Entwicklung – es wurde mit viel technischen Ausdrücken herumgeworfen, die ich kaum kannte und auch nicht sehr schätzte. Nächst den Kunsthistorikern sind mir die Maler immer etwas peinlich vorgekommen.

Plötzlich brach Felix das Gespräch ab und sagte zu mir: »Sag mal, ist das wahr, war das ein Scherz neulich – oder wolltest du wirklich heiraten?«

»So Gott will, nicht«, antwortete ich. »Ein Scherz war es allerdings auch nicht. Ich denke, es läßt sich noch vermeiden.«

Manfred war dieser Zwischenfall entschieden unangenehm. Er sah mich mit einem fragenden Blick an, schob eine Zigarette zwischen die Lippen und wandte mir dann, als ich stumm blieb, wortlos den Rücken zu und vertiefte sich in das begonnene Gespräch. Ich erhob mich.

»Bist du gekränkt, Oswald?« fragte Felix harmlos.

»Ich schaue nur mal durch«, antwortete ich.

Es erschien mir, als habe das Café heute etwas besonders Merkwürdiges an sich. Es war fast ein Uhr, das Lokal war noch gestopft voll. Ein dicker Dunst von Zigarettenrauch lag über den Gästen und ließ selbst den riesigen Spiegel an der Hinterwand des großen Raumes fast erblinden. Ich entdeckte viele bekannte Gesichter. Sonst waren sie mir immer gleichgültig gewesen, heute schien es, als wolle jedes einzelne irgendeine Erinnerung wachrufen, die mir in meiner jetzigen Verfassung unangenehm und widerwärtig sein mußte.

Mit jedem dieser zwei Dutzend Menschen, die ich da im Vorbeigehen begrüßte, hatte ich irgend etwas erlebt, eine kleine Szene, eine Auseinandersetzung, einen Abend in irgendeinem finstren Lokal, ein Gespräch über Literatur, einen mehr oder minder erfolglosen Pumpversuch. Alle schienen sie mich heute daran erinnern zu wollen.

Hören Sie mal, Sie – warum gehen Sie denn so stolz vorbei – mit Ihnen habe ich doch mal in der Zooquelle Würstchen gegessen, als wir beide blank waren – schulden Sie mir nicht noch eine Mark, wie? Nun, ich wollte Sie nicht mahnen, bin nur selber knapp – wieso waren Sie eigentlich auf der Redaktion neulich so abweisend zu mir – Ihr Chef, wissen Sie, versteht einen Dreck von Literatur, er hat mir diese ausgezeichnete Sache zurückgeschickt – na, was, Laengfeldt, was ist denn aus der kleinen Luetischen geworden, die sie damals mit nach Hause genommen haben – was, total entfallen, nicht wahr – ja, ja, geht mir auch so –

Ich bemerkte, daß ich einen ganz irren und unsicheren Blick bekam, als ich alle diese Gesichter sah und so viele Hände schütteln und so viele gleichgültige Worte reden mußte. Mein ganzer alter miserabler Bekanntenkreis aus der letzten einsamen Zeit schien sich heute versammelt zu haben.

Mir wurde übel zumute. Daran wollte ich nicht mehr erinnert werden, weiß Gott nicht. Natürlich hatte ich mit dem da Würstchen gegessen, mit diesem mir völlig unbekannten Kerl, der sich nicht einmal die Nägel geputzt hatte, und zwei unausstehliche Frauenzimmer waren auch dabei gewesen – und die Luetische – weiß der Teufel, es war eine Arbeit gewesen, dieses betrunkene Frauenzimmer mit dem glasigen Blick aus der Droschke herauszukriegen, sie überhaupt loszuwerden – oder hatte ich gar mit ihr geschlafen – nein, das noch nicht, so weit war es, glaube ich, doch nicht gekommen – weiß der Teufel – ich mag davon nichts mehr wissen!

Anständige Leute – plapperte ich vor mich hin durch den Rauch. Die haben alle dreckige Kragen an und ihre Uhr auf dem Leihhaus und ein halbes Dutzend verkommener Malermodells an der Hand, mit denen sie sich in irgendwelchen Ateliers amüsieren. Das ist doch nicht das Leben! Anständige Leute – unter anständige Leute kommen –

Aber was hatte ich in meinen verkommenen Zeiten getan, als Ellen mir plötzlich weggelaufen war und ich monatelang allein in dieser Stadt und diesem Café gesessen hatte, Nacht für Nacht? Vielleicht war mein Kragen damals sauber gewesen, aber das war wohl das einzige. Meine Uhr war seit einer mehrere Monate zurückliegenden Schwierigkeit auch in sicherem Gewahrsam eines Pfandleihers; die inzwischen aufgelaufenen Zinsen mochten nicht unbeträchtlich sein. Der Siegelring, das silberne Zigarettenetui des Obersten – sie lagen ja nicht weit davon, wenn daran auch Ruth schuld gewesen war. Übrigens, das Etui mochte getrost verschimmeln, das wollte ich nicht wiedersehen. Und dann, und dann? –

War ich denn heute etwas anderes, etwas Besseres? Ich ging hin zu der Luetischen und gab ihr die Hand.

»Tag, Baby – wie geht's denn?« sagte ich. Aber die Luetische sah mich nur mit ihren glanzlosen Augen an und brachte kaum ein erstorbenes Lächeln zuwege.

»Ich hab' Hunger!« sagte sie. »Was machst du heute abend?«

»Abend nennst du das? Es ist ein Uhr!«

»Solche Witze!« antwortete sie bekümmert. »Oh, ihr Aristokraten!«

»Na, gute Nacht, Baby!« antwortete ich und ging zurück zu den Freunden.

»Es ist ekelhaft hier!« sagte ich. »Gehen wir zu Schwanneke!«

Felix wollte nicht.

»Es ist alles so entsetzlich anmaßend da, so unangenehm vornehm«, sagte er. »Ich kann diese Schauspieler nicht ertragen.«

»Oswald hat recht, dieses Café ist ein Stinkloch«, sagte Manfred und erhob sich. »Kommen Sie nur!«

Wir gingen. Felix blieb etwas zurück, denn er traf in der Drehtür einen Bekannten.

»Was heißt das, du heiratest?« fragte Manfred, als wir die Tauentzienstraße überschritten.

»Gar nichts – ich wollte Ruth heiraten – aber es ist erledigt.«

Da zuckte er die Achseln und wandte sein Gesicht ab.

»Eine Art habt Ihr, mit Frauen umzugehen!«

»General – keine Szene!«

»Nein – keine Szene«, sagte er friedfertig. »Dieser Felix ist ein reizender Mensch.«

»Ja«, antwortete ich.

Felix holte uns ein, und wir betraten Schwanneke. Hier wurde das Gespräch bei billigem Wein und Zigaretten fortgesetzt. Aber war die Stimmung im Café schon etwas gespalten gewesen, so war sie hier erst vollends unerträglich. Die Unterhaltung war lahm – eigentlich war es nur Felix, der sprach. Er fragte viele und komplizierte Dinge, kam vom Hundertsten ins Tausendste, und Manfred ging auf alles ein.

»Frühreif nennen Sie das?« ereiferte sich Manfred. »Nein, frühreif war das sicher nicht. Eine langsame Entwicklung vielmehr wie bei aller Kunst, ein reiches Schaffen, das einen gehörigen Erlebnisuntergrund voraussetzt. Schließlich ist mein Vater viele Jahre lang gereist, durch Italien, Spanien, Griechenland, die Türkei, durch Südfrankreich und Algier, ehe er ein einziges Bild malte. Dann allmählich begann er zu malen, mit fünfundzwanzig Jahren, nach bereits vierjähriger Ehe. Und seine ersten wirklich guten Bilder kamen erst mit dreißig, zweiunddreißig.«

»Ja, das war eben vor dem Krieg!« sagte Felix.

»Größtenteils natürlich«, antwortete Manfred. »Ich weiß genau, daß das heute nicht mehr so gehen würde. Ich weiß, daß man es sehr schwer hat, etwas Anständiges zu schaffen, für das man obendrein noch Geld verlangen kann, wenn man zweiundzwanzig ist und noch kaum etwas gesehen hat – aber – «

»Sie sind Schriftsteller?« fragte Felix.

»Ich möchte es werden – ich versuche.«

»Sie sollten einen Aufsatz über Ihren Vater schreiben – das könnte sehr interessant sein – Oswald kann ihn doch sicher placieren.«

»Nein – das kann ich nicht«, antwortete Manfred. »Und Oswald kann das auch nicht.«

»Natürlich kann ich es!« sagte ich. »Es ist sogar eine ausgezeichnete Idee.«

»Na – wenn ihr meint, dann will ich es versuchen.«

Ich füllte die Gläser von neuem – eigentlich aus reiner Langeweile – und wir stießen an.

»Wir haben uns, glaube ich, alle gegenseitig Erfolg zu wünschen«, sagte Manfred, »Erfolg und Tatkraft, um ihn zu erzwingen.«

Felix setzte das Glas ab.
»Man erzwingt nichts«, sagte er, »was einem nicht sowieso zuzufallen hat. Übrigens – Verzeihung – ich habe meine Zeitung im Café liegen gelassen, ich muß sie holen, sie kostet vierzig Pfennig, und ich lerne eine ganze Woche lang Englisch daraus – ich bin gleich wieder da.«
Und schon war er eiligst davon.
»Dieser Mensch ist wirklich prachtvoll«, sagte Manfred.
»Er hat etwas seltsam Deprimierendes«, antwortete ich, »aber er ist reizend.«
Wir schwiegen einen Augenblick und tranken unseren Wein.
»Und ist das wirklich so mit Ruth?«
»Aber laß mich doch – ich sage dir ja, es ist vorbei, und außerdem – «
»Und Franziska?« drang er mit einer fast kindischen Hartnäkkigkeit.
»Ich habe nichts mit Frauen zu tun!« antwortete ich schroff.
Wir schwiegen. Beide waren wir verstimmt, als seien wir nicht ein Jahr und gar länger, sondern nur eine Stunde lang voneinander getrennt gewesen, so unvermittelt hatte der heftige Widerstreit abermals begonnen.
Es erschien mir, als bleibe Felix unnötig lange weg. Was mußte er auch wegen dieser albernen Zeitung nochmals ins Café laufen. Ich vernahm mehrmals das Geräusch der Schwingtür. Aber er kam nicht. –
Kellner gingen ab und zu. Wir sahen uns nur zuweilen an und versanken wieder in unser Schweigen. Wieder vernahm ich das Plumpsen der Tür. Manfred fuhr auf. Er wollte eben etwas sagen, war daran, sich zu erheben.
Da ging eine hohe Frauengestalt an uns vorüber, tat einen Blick in die Nische und hielt an.
Einen Augenblick lang wurde nichts gesprochen.
»Aber – «, sagte Franziska dann ganz langsam.
Dann gab sie ihren Begleitern einen Wink.
Unbeschreiblich war Manfreds Gesichtsausdruck.

»Manfred ist da«, sagte Franziska so bedeutungsvoll, daß ich mich sofort völlig an die Wand gedrückt fühlte. Schon existierte ich überhaupt nicht mehr für sie. Sie sah nur Manfred und hielt seine braune Hand in der ihren, etwas übermäßig lange, fand ich. Außerdem hätte sie den Handschuh abstreifen können.

Dann sagte sie: »Wolltest du mich nicht einmal anrufen, Oswald, wie?«

Ich nickte gleichgültig. Mir war das wirklich vollkommen egal.

»Nun wird es Manfred sicher für dich tun, nicht wahr, Manfred?« sagte sie.

»Ja, Franziska!« antwortete er statt meiner beschämt und fast verlegen.

»Addio, ihr beiden!«

Da klang der alte Gruß wieder auf.

»Addio!«

Wieder war es still zwischen uns. Ich fühlte, wie Manfred ein Wort, einen Ausdruck suchte, um von mir eine Antwort auf mein Betragen zu erlangen. In diesem Augenblick jedoch kam Felix zurück. Aber die Stimmung, soweit sie dagewesen, war verblasen. Wir zahlten und trennten uns.

»Ruf mich morgen vormittag bitte an, Manfred. Können wir zusammen essen?«

»Gewiß!«

Dann machten die beiden sich in der Richtung nach dem Wittenbergplatz davon.

Ich stand einen Augenblick allein. An der Gedächtniskirche schlug es halb drei. Ich suchte nach Zigaretten, fand keine mehr. Zigaretten mußten sein. Ich ging, im Romanischen Café welche zu kaufen.

Auf dem kurzen Stück Wegs dachte in an Manfred: Dieser Kerl, dieser Franziska nachzulaufen, dieser frigiden Kokotte – und schämte mich.

Nein, ich wollte mich nicht schämen. Ich wollte Manfred beschämen. Was wußte er von dieser Stadt? Er hatte ja keine Ahnung, wie dreckig und schmierig hier alles zuging. Auf dieser Literaturbörse, in diesen Cafés wollte er etwas werden? Pfui Teufel!

Ich schalt ihn einen Profitler und war soweit ganz befriedigt von mir selbst. Da sprach mich jemand an. Es war ein Photograph, der mir sehr flüchtig, nicht einmal mit Namen, bekannt war. Er schien ein dringendes Anliegen zu haben und sprach leise und gedämpft auf mich ein, während die Kellner an uns vorbeigingen und allerlei Volk zum Ausgang drängte.

»Sie könnten das schon tun«, sagte er leise. »Sie haben eine Wohnung. Ich weiß nicht, wohin mit ihr. Ich kann sie nicht mit mir nehmen, meine Frau, wissen Sie – es ist doch nicht zu machen – Sie können sie ja irgendwie unterbringen, auf dem Sofa oder Fußboden oder irgendwie – es ist ja ganz gleichgültig.«

Ich sah den Mann an.

»Also bei mir schlafen«, sagte ich. Ich wußte gar nicht, wie mir geschah. Aber irgendwo ganz drunten hatte ich ein Gefühl, daß wohl alles so sein müßte.

Sie saß allein an einem Tisch. Die großen blauen Augen sahen glänzend und überwach in das elektrische Licht. Sie ist gar nicht so häßlich, fiel mir ein. Ein breites, recht schönes Bauerngesicht. Ein bißchen Wandervogel, aber schließlich –

»Dieser Herr«, sagte der Photograph, »Herr Laengfeldt – – «

Sie nannte ihren Namen, ich verstand ihn nicht. Mit einer Handbewegung gab ich zu verstehen, daß die Sache mir recht wäre. Das Mädchen erhob sich und sah mich mit staunenden Augen an. Der andere war verschwunden und kam auch nicht wieder.

»Was Sie nun von mir denken müssen«, sagte sie traurig in leicht sächsischem Dialekt.

»Ich werde Ihnen behilflich sein«, erwiderte ich mit unnötiger Grandezza. Wir sprachen gar nichts, bis wir das Haus der Majorin erreicht hatten. Ich schloß die Tür und hieß sie auf dem Gang leise gehen.

Ich wußte nicht recht, was ich nun beginnen sollte. Es stellte sich heraus, daß sie auf der Chaiselongue nicht schlafen konnte, weil sich keine einzige Decke in dem kleinen Raum fand. Sie blickte mich an. Ich zuckte die Achseln. Da brach sie in ein kleines, helles Gelächter aus und begann sich das Kleid aufzuknöpfen. Ratlos und unsicher, wußte ich mir keine andere Hilfe als kurzerhand das Licht zu löschen. Dann versuchte ich, mich so schnell als möglich zu entkleiden. Sie aber schaltete das Licht einfach wieder ein. Als sie mein sprachloses Gesicht sah, sagte sie nur: »Das ist ja albern, ich kann ja nichts sehen.«

Ich antwortete nichts, löschte kurzerhand abermals das Licht und sprang ins Bett.

So, Manfred, dachte ich, während ich sie neben mir fühlte und ihre Hände schon nicht mehr weit waren.

So, mein lieber Manfred!

*

Es war noch sehr früh am Morgen, als ich durch ein Geräusch erwachte. Ich öffnete die Augen, das Zimmer war noch halb dunkel. Irgend etwas bewegte sich.

Sie stand neben dem Bett und zog sich mit ziemlich viel Lärmen und Rascheln an.

Na schön – dachte ich – sie ist von selbst darauf gekommen.

»Ich möchte mich waschen«, sagte sie.

»Das geht jetzt nicht, die Wirtin würde aufwachen«, sagte ich, um sie loszuwerden. »Wie spät ist es eigentlich?«

»Halb sieben«, antwortete sie laut. »Ich werde jetzt gehen.«

Ich sagte nichts. Nach einigen Minuten war sie fertig angekleidet und stand wieder neben meinem Bett.

»Wollen Sie mich hinauslassen?«

Mit einem dumpfen Zornesgefühl erhob ich mich und öffnete die Tür. Der Flur war dunkel, niemand regte sich. Wir glitten an der Tür der Majorin vorbei, lautlos drehte ich den Schlüssel der Wohnungstür um und ließ sie in das Treppenhaus treten.

»Unten ist offen«, sagte ich.

Ich hatte keine Ahnung, ob unten schon offen sein würde, aber jetzt auch noch das ganze Treppenhaus hinuntersteigen – nein –

»Auf Wiedersehen – ich danke Ihnen!«
»Bitte sehr.«
Hinaus war sie. Nicht einmal waschen konnte sich das arme Luder – dachte ich, während ich schnell in mein Bett zurücksprang. Und höchstens vier Stunden hatte sie geschlafen. Und auch dann noch – im Wartesaal vom Bahnhof Zoo hätte es vermutlich weniger Umstände gegeben. Na, und wo sie jetzt wohl hinging?
Doch beim Teufel, das war mir vollkommen gleichgültig.

*

Gegen zwei Uhr mittags endlich wachte ich auf.
Die Siebert war, ohne anzuklopfen, in mein Zimmer getreten und hatte mich so lange gerüttelt, bis ich erwacht war. Ob ich Streichhölzer hätte? Dafür weckt man einen Menschen auf – – ? Immerhin, es war Zeit. Ich erhob mich, öffnete die Fenster und ließ die klare Luft herein. Meine Glieder waren von einer seltsamen Schwere. Auch mein Kopf war nicht recht klar. Ich überlegte ernsthaft, ob man möglicherweise vom zu vielen Schlafen wieder müde werden könnte. Das wäre ja eine spaßige Geschichte. Ob Manfred mir wegen gestern abend böse war? Ich hatte eigentlich bestimmt angenommen, daß er mich anrufen würde. Aber er sollte nur von selbst kommen, ich rief ihn nicht an, ich lief ihm nicht nach.
Ich ging ins Bad. Zum erstenmal bemerkte ich, daß ich seit einiger Zeit eine ausgesprochene Freude am Waschen empfand. Den ganzen Tag lang hätte ich mich waschen mögen. Die anderen Leute sind alle Schweine, sie waschen sich nicht, dachte ich allen Ernstes. Ja – das ist eben der fundamentale Unterschied zwischen mir und den »Leuten«. Ob Manfred sich ordentlich wusch – der geschniegelte und gebügelte Manfred. Aber man soll mich doch bitte mit Manfred in Frieden lassen.
Und dann? Ich weiß nicht, wie dieser Sonntag hinging, vermutlich so wie alle verflossenen seinesgleichen in Berlin: unter Langeweile, spätem Essen, einer Stunde im Kino, einer Stunde im

Café und der Nacht bei Schwanneke. – Nein doch, in einem unterschied er sich. Ich mußte mehrmals an Manfred denken, und daran, daß wir, kaum zusammengekommen, schon wieder auseinandergeraten waren. Denn ich sah ihn den ganzen Tag nicht. Was tat er wohl? Wo aß er zu Mittag und zu Abend? Er hatte doch keinen Pfennig Geld.
– Und ob er vielleicht gar mit Ruth zusammen war – ?
Ich gab mir Mühe, mich der Gedanken an ihn zu entledigen. Nur nicht gleich zu viel Teilnahme, sagte ich mir. Und vor allem. Keine Unruhe. Es glückte. Ich dachte an ganz andere Dinge.
Im Café hielt mich jemand an, als ich gerade ziellos durch den Raum wanderte, und fragte, ob ich Schach spielen wolle. Ich kannte den Mann nicht, er sah auch nicht sehr vertrauenswürdig aus. Aber Schachspielen war eine gute Idee, und so nahmen wir einander gegenüber Platz. Der Unbekannte holte Brett und Figuren und stellte sie auf. Er eröffnete mit dem Königsbauern, und ich tat einen vollkommen unsinnigen Gegenzug. Einen Augenblick sah er mich ernsten Blickes an, dann schüttelte er den Kopf und bewegte den nächsten Stein. Auch mein nächster Zug indessen befriedigte ihn nicht.
»Aber Sie können wohl gar nicht spielen?« fragte er vorsichtig.
»O ja«, antwortete ich gekränkt und hitzig.
»Dann nehmen Sie diesen Zug zurück.«
»Ich denke nicht daran. Fahren Sie fort.«
Wieder sah er mich ergrimmt an, aber erwiderte nichts. Ich stürzte mich mit vollem Eifer in das Spiel. Ich war geärgert, gab mir Mühe und entschied das erste Spiel für mich.
»Na schön«, erwiderte der andere und ordnete die Figuren aufs neue.
Wir spielten eine zweite und eine dritte Partie, und ich beruhigte mich allmählich. Mitten im tiefsten Nachdenken mußte ich plötzlich lachen, weil mir der Gedanke kam, es sei doch ganz absurd, ja fast krankhaft, sich über alles und jedes zu ärgern. Dann sah ich des unbekannten Partners nachdenkliches Antlitz über das Brett gebeugt – er erschien mir jetzt weit mehr vertrau-

enswürdig als vorher – und bei diesem Anblick versprach ich mir plötzlich ganz entschieden, in Zukunft ein ganz anderes, ein bürgerliches, solides und vernünftiges Leben zu führen. Ich wollte die Geschichte mit Ruth erledigen, ehe Manfred noch zuviel davon erfahren konnte. Ich war entschlossen, meine Schulden allesamt bis auf den letzten Pfennig zu bezahlen, ich wollte nicht mehr hochmütig sein, auch Manfred gegenüber nicht – überhaupt, letzten Endes kam alles nur darauf an, sehr gut zu Manfred zu sein, ihm zu helfen, soviel ich konnte, damit er aus dem Elend herauskam.
Noch etwas geschah an diesem Abend. Als ich heimkam, fand ich einen Brief vor, er war aus Konstantinopel, vom Obersten, und enthielt neben viel Nebensächlichem die Nachricht, daß er und Mama Weihnachten in Deutschland sein würden. Ob ich mich auf Weihnachten freute?
Bei diesen Zeilen versank ich in plötzliche tiefe Trauer und begann allerlei vor mich hinzureden. Soviel ich mich erinnere, war es ungefähr dies: Ich kann wirklich nicht sagen, ob ich mich auf Weihnachten freue oder nicht, ich habe euch sehr lieb, und ich möchte euch gerne wiedersehen – aber wer weiß, ob ihr mich dann noch wiedererkennen werdet?
Aber habe ich mich denn so verändert? Ich bin doch heute sehr fröhlich, nicht wahr? Und war ich nicht auch sehr fröhlich, damals, als ich euch verließ, Mama und »Papa«?
Nein – nicht traurig sein, kleine Mama – keine Sorgen um deinen Sohn, siehst du, er hat eine ganze Menge erleben müssen und ist mit vielen falschen Menschen zusammengekommen, er hat auch nicht so viel gearbeitet, wie er sollte – er hat sonst allerlei verkehrt gemacht – aber er wird es alles in Ordnung bringen – er wird gut und treu und aufrecht sein, euer Sohn – ja, das wird er.
Und seht ihr – meine Eltern – jetzt habe ich alle schwachen Gemüter und alle Verführungen hinter mich gebracht – jetzt habe ich meinen Freund gefunden, und ihm will ich nichts zu leid tun, wie ich es den anderen Menschen getan habe – ihm

will ich helfen, wie er mir geholfen hat – und wir werden ein sehr schönes Leben miteinander leben, wir beide – Manfred und ich.

– – – da schlug die Glocke der Ludwigskirche die dritte Stunde des Morgens.
Manfred sah auf und legte die Blätter zusammen. Noch schwang seine schwere Stimme im Raum, noch hatte ich den Klang seiner Worte und Sätze im Ohr, und erst, als er mit veränderter Stimme wieder zu sprechen begann, wurde ich seiner wieder ganz gewahr.
»Kannst du noch einen Tee machen, Korporal?« fragte er. »Ich habe Durst.«
„Selbstverständlich, General!« antwortete ich. Dann begann das Wasser im Kessel wieder zu summen, ich suchte Tassen und Löffel und auch eine Tüte mit Zucker und stellte alles bereit.
»Die Sache ist gut, Manfred«, sagte ich dann. »Die Sache ist ausgezeichnet. Ein ernster, nicht zu überschwenglicher Aufsatz, eben das, was wir brauchen können.«
»Meinst du, daß es ein Anfang ist, daß ich darauf weiterbauen kann?«
»Ich meine es.«
»Dann werde ich es versuchen.«

*

Es war kurz nach zwölf Uhr, als ich auf der Redaktion anlangte. Ich war müde, todmüde und verstand gar nicht richtig, was Flachslander zu mir sagte.
»Ja, Herr Flachslander«, sagte ich nur.
»Was heißt ja?« brüllte der Chef. »Was heißt ja, wenn ich Sie frage, warum Sie wieder so spät kommen?«
Ich wußte nichts Rechtes zu antworten und überlegte nur, womit ich eigentlich den ganzen Vormittag hingebracht hatte. Es hatte andauernd telephoniert, das war es wohl gewesen, und Felix war auch plötzlich aufgetaucht und hatte mich um ein

paar Mark gebeten. Ich versuchte, einige Entschuldigungen hervorzubringen.
»Laß doch«, antwortete der Chef, dessen Laune, wie schon so oft, umgeschlagen war. »Du mußt doch arbeiten. Ich habe da was gehört von einer niederträchtigen Schuld, die du zu bezahlen hast und außerdem – «
Sprachlos vor Staunen sah ich den Chef an.
»Ich gebe dir einen Rat, Laengfeldt – laß die Heiraterei sein – laß es sein, es kommt nichts dabei heraus.«
»Ja, Chef, ich werde es sein lassen«, sagte ich dankbar. »Übrigens, mein Vater kommt Weihnachten her«, fügte ich noch hinzu. Aber es schien ihn nicht zu interessieren.
»So, Ihr Vater kommt, Laengfeldt, na, das ist ja sehr erfreulich.« Er nahm Hut und Mantel und empfahl sich.
Ich atmete auf, ich war allein im Zimmer. Ich suchte Manfreds Manuskript hervor und flog es noch einmal durch. Nein – kein Zweifel: der Aufsatz »Mein Vater« von Manfred Vellin, acht handschriftliche Seiten lang, war sehr gut. Jetzt im Tageslicht besehen, wirkte er zwar weniger lyrisch-faszinierend als logisch und streng, aber das war ja nur ein Vorteil, ein Vorteil übrigens, den Manfred immer vor mir voraus haben würde. Wenn er schrieb, fühlte er nicht nur, wie ich, sondern er dachte auch gleichzeitig.
Ich möchte es fast so ausdrücken: Hirn und Herz marschierten im gleichen Schritt bei ihm. Das gab seiner Arbeit gegenüber der meinen das größere Gewicht, ich erkannte es genau.
Ungern sogar gestand ich mir die leichte Erregung ein, in die mich seine Vorlesung gestern und die neuerliche Lektüre heute vormittag versetzte. Ich haßte es, von Geschriebenem in meinen Empfindungen angerührt zu werden. Nichts schien mir verabscheuungswürdiger, als über einem Buch ins Weinen zu geraten, nur weil es »so schön« war.
Aber wichtiger war der Gedanke: Manfred muß geholfen werden. Und wenn es der größte Mist wäre, den er da geschrieben hat, ich muß versuchen, daß Geld herausspringt. Ich ging zu

Doktor Goldtschmidt und fand ihn allein in seinem Zimmer. Draußen fiel der Regen in langen Fäden.
»Na, was gibt's denn, junger Mann?« sagte er.
»Ein Manuskript, Herr Doktor«, sagte ich etwas befangen. »Es stammt von Manfred Vellin, dem Sohn des verstorbenen Malers. Es sind Erinnerungen an seinen Vater. Ich dachte, es würde Sie interessieren.«
Goldtschmidt nahm die Blätter und durchflog sie.
»Der hat ja eine Handschrift wie ein Gelehrter!« sagte er. »Wie alt ist denn der junge Vellin?«
»Ich glaube einundzwanzig«, sagte ich. »Es geht ihm schlecht augenblicklich, es wäre eine große Hilfe für ihn, wenn – «
Goldtschmidt winkte ab und legte die Blätter beiseite.
»Ich gebe nachher Bescheid«, sagte er.
Mit etwas zweifelhaften Gefühlen verließ ich das Zimmer. Hatte ich es richtig angefangen? Wenn Goldtschmidt das Manuskript ablehnte, dann war es wohl schwerlich überhaupt irgendwo unterzubringen – und ich wollte Manfred auf alle Fälle helfen!
Es verging eine bange halbe Stunde, in der ich nur auf Doktor Goldtschmidts Bescheid wartete. Das Zimmer war leer. Der Umbruch für das Abendblatt war vorüber, die Kollegen waren alle beim Mittagessen. Wie abwesenden Geistes nahm ich den Telephonhörer ans Ohr und wartete. Das Amt meldete sich.
Ja, wen wollte ich eigentlich sprechen?
Richtig, wollte ich nicht mit Ruth sprechen? Ich ließ mir Ruths Nummer geben.
»Hallo, Ruth – hör mal, möchtest du um fünf Uhr bei mir sein?«
»Ja, was ist denn?«
Ich konnte nicht gleich antworten. Die Tür wurde aufgerissen, aufgeregt, wie ich ihn noch nie gesehen, kam Goldtschmidt hereingestürmt und packte mich am Arm. Der Hörer entfiel meiner Hand.
»Hörnse mal, junger Mann!« rief er. »Das ist ja ganz fabelhaft – das ist ja schlechtweg ganz wunderbar!«
Ich starrte ihn an.
»Hochinteressant und glänzend geschrieben – bitte gleich in

Satz geben für das Morgenblatt – aber wehe, wenn Sie kürzen – das muß ganz hinein – egal, wie lang das wird – nein, so was, junger Mann!«

Erschöpft setzte er sich auf einen Stuhl und zündete eine Zigarre an.

»Nein, so was – das nenne ich Talent.«

Das Telephon klingelte.

»Hallo – sprechen Sie eigentlich noch?«

»Was – wieso? Ja – hallo – Ruth?«

»Der Teilnehmer hat abgehängt.«

Ich wußte in meiner Verwirrung gar nicht, was ich zuerst tun sollte. Doktor Goldtschmidt danken, Ruth noch einmal anrufen, in die Setzerei laufen, was eigentlich? Goldtschmidt erhob sich.

»Also ins Morgenblatt, junger Mann«, sagte er jetzt wieder ganz geschäftsmäßig. »Und dann führen Sie mir den jungen Mann mal zu – würde mich sehr interessieren – ja, und – redigieren Sie das – Mahlzeit!«

Er verschwand. Manfreds Manuskript, ziemlich zerknüllt, blieb auf meinem Tisch liegen. Ich machte mich daran, es für den Satz zu redigieren, änderte ein paar Kleinigkeiten, die mir in Manfreds Sinn zu liegen schienen, und brachte das Ganze selbst in die Setzerei. Als ich zurückkam, war Rohn im Zimmer.

Ich nahm das Telephon.

»Steinplatz 7281 – «

»Hallo, Manfred – du erscheinst morgen früh – jawohl, es ist gemacht – kommst du heute nacht herauf – gegen zwölf? Addio!«

»Was ist denn das für ein neuer Schreiber?« fragte Rohn.

»Jung und begabt wie wir alle, antwortete ich und machte mich leichten Herzens an die Arbeit.

*

Es war eine feierliche Stimmung in meinem kleinen Zimmer bei der Majorin.

Die Vorhänge waren zugezogen und die kleine Lampe auf dem Schreibtisch angezündet. Draußen rann der Regen an den Schei-

ben herab, irgendwo auf dem Gang klapperte es, eine Tür fiel ins Schloß, dann war es wieder ruhig.
Das war also der große Augenblick, einen völlig verpfuschten und verdorbenen Lebensabschnitt so behutsam und zart als möglich zu beenden?
Nein – ich dachte ja gar nicht an Ruth in diesen Augenblicken. Ich dachte an Manfred. Längst war ich ja wieder mit ihm versöhnt. Und Ruths Schatten würde aus unserer Welt verschwinden, ehe er unser neues Leben noch merkbar verdunkeln konnte. War denn jemals etwas zwischen uns gewesen, zwischen mir und dem General? Seine Stimme am Telephon war ja fröhlich gewesen, und bedeutete das nicht alles, aber auch alles?
Ich war fast überrascht, als es nun nicht er war, der eintrat.
Ich schwieg und rückte ihr den Sessel zurecht. Sie lehnte sich zurück und sah gegen das Fenster, hinter dem unaufhörlich der Regen rauschte.
»Ja, Ruth«, sagte ich und rückte die Tasse vor sie hin.
Was hatte ich ihr eigentlich sagen wollen?
»Hier, iß und trink, solange es dir bei mir noch schmeckt«, begann ich unsicher.
Ihr Blick bekam etwas Verstörtes. Fast abwesend schob sie ein Biskuit halb in den Mund. Wo hatte ich das schon einmal gesehen?
»Wie angenehm es bei dir ist«, sagte sie. »Und was gibt es zu besprechen?«
Ich hatte sie richtig eingeschätzt, wenn ich glaubte, daß sie durch mein Verstummen allen ihren Ängsten Luft machen und mich von einem schwierigen Wort befreien werde.
»Ich glaube tatsächlich, du hättest irgend etwas mit mir zu besprechen«, wiederholte sie.
Ich schwieg.
»Sei mutig und sag es, Oswald!«
Da fuhr ich auf: »Ich habe immer den Mut gehabt, zu sagen, was gesagt werden mußte«, entgegnete ich trotzig. »Ihr Frauen, ihr sollt nicht immer denken, daß die Männer nur aus schlechtem Gewissen und ungebeichteten Sünden bestehen.«

»Es ist gut, Oswald«, antwortete sie jetzt schnell. »Wir wollen nicht weiter darüber sprechen. Natürlich haben wir beide damit gerechnet. Ich nehme an, wir wissen beide, welch einen wichtigen Schritt wir vorhatten, oder waren wir uns dessen nicht bewußt, wie – nun gut.«

Ich sah sie an. Sie lehnte in ihrem Stuhl, den Blick geradeswegs auf mich gerichtet. Sie lächelte, dann griff sie nach den Zigaretten und zündete eine an.

»Ich möchte dich dann nur noch einmal um deine Hilfe bitten, Oswald.«

Sie hielt einen Augenblick inne.

»Du kennst so viele Menschen und hast Beziehungen – glaubst du, daß du mir irgendwo eine Stellung verschaffen könntest?«

»Ja, Ruth, gewiß«, antwortete ich.

»Hab Dank dafür.«

– hab Dank dafür – daß ein Mensch in dieser Stadt dieses Wort noch kannte und ehrlich aussprach, das schien mir wie ein Wunder.

»Dann adieu, Oswald!« sagte sie sanft. »Und nicht wahr, du denkst an mich, wegen der Sache, ja?«

»Ich denke daran, Ruth«, antwortete ich. »Adieu.«

Eine unglaubliche Stille war in dem kleinen Zimmer, als ich zurückkehrte. Ich wagte kaum, mich umzusehen aus Furcht vor einem Geräusch. Der Dunst der Zigarette lag noch schwer im Raum, ein wenig Teeduft schien die Luft geschwängert zu haben. Ich setzte mich wieder in meinen tiefen Sessel und nahm eine neue Zigarette. Viele Minuten vergingen. Ich dachte nichts Bestimmtes.

Ich ließ nur die Stunde auf mich zukommen, zu mir noch einmal zurückkehren, diese Stunde, die ich eben erlebt hatte.

*

Ich sah Manfred tagtäglich nachmittags von fünf bis acht Uhr in der nach wie vor jämmerlichen und kläglichen Wohnung der thüringischen Vermieterin.

Jetzt waren die ersten schweren Wochen für ihn überwunden.

Der Aufsatz über seinen Vater war erschienen, und nicht nur in unserem kleinen Kreis, sondern auch anderwärts, im Café und bei Schwanneke, heftig besprochen worden. Noch war Manfred weit davon entfernt, ein sogenannter gemachter Mann zu sein, aber es hätte keinen besseren Start für ihn geben können, er hatte bereits seine persönliche Note innerhalb des »Betriebes«, man wußte schon, wer er war und daß er da war.
Er arbeitete viel und angestrengt. Seine Beziehungen erweiterten sich von Tag zu Tag. Er schrieb mindestens drei Artikel in der Woche, die er jetzt sogar oft schon ohne meine Hilfe unterbringen konnte. Sein fieberhafter Fleiß machte ihm Dinge möglich, die ich bis jetzt noch nicht hatte erreichen können.
»Es wird!« rief er mit Inbrunst, als ich seine kärgliche Behausung betrat. »Wer hat gesagt, daß man in dieser Stadt nicht vorwärtskommt?«
»Man kommt bis zu einem gewissen Punkt«, antwortete ich, während ich wie üblich den Tee bereitete und nach der Blechbüchse fahndete. »Und dann ist es in der Regel aus. Glaube mir, Menschen wie wir kommen trotz Begabung und Protektion ungefähr so weit wie ich, zu einer Stellung in einer Redaktion oder ähnlichem, und da bleiben sie stecken. Die, die vorwärtskommen, sind aus ganz anderem Holz.«
»Ach Unsinn – wenn man gut schreibt.«
»Nützt einem das gar nichts«, antwortete ich.
Wir schwiegen. Manfred trank seinen Tee und aß ein Stück Kuchen nach dem anderen.
»Aber immerhin, General«, begann ich endlich. »Wie steht die Produktion?«
»Sie ist en marche«, antwortete er kauend und griff einige Blätter vom Schreibtisch.
»Du mußt eine Schreibmaschine haben«, sagte ich. »So geht das nicht weiter.«
»Natürlich – und wenn ich die zweihundert nicht neulich zurückgeschickt hätte, wäre diese Maschine jetzt da, aber glaube mir, mir ist wohler so.«

»Schön«, sagte ich. »Und was sonst? Was hörst du von zu Hause?«
Er lachte.
»Nichts – Gott sei Dank leider nichts. Aber ich warte stündlich auf ein Telegramm aus Wien wegen des Romans von Lee. Ich denke, die Leute wollen ihn nehmen.«
»Das wäre ja ausgezeichnet!« rief ich. »Und das hast du so ganz in der Stille gemacht?«
»Freilich, man muß doch etwas unternehmen«, antwortete er und versank dann auf einmal in ein tiefes Schweigen. Dann plötzlich erhob er sich von seinem Sofa und begann die gewohnte Wanderung durch das Zimmer. Endlich blieb er vor der Photographie über seinem Schreibtisch stehen und betrachtete sie lange.
»Was war das nun eigentlich mit ihr?« fragte er schließlich. »Du könntest mir wirklich endlich mal die Wahrheit sagen, Korporal.«
Ich dachte nach, die Augen an der Decke. Was mit Franziska war? Das, was mit allen Frauen ist – daß es mit ihnen nicht geht. Wollte Manfred denn das wissen?
»Ja – nichts«, antwortete ich. »Es ging natürlich nicht, wegen des bewußten Punktes – «
Er antwortete nicht sofort. Ich hörte, wie sein Atem schwer ging. Aber ich blieb ausgestreckt liegen, aus Furcht, seinen Blicken zu begegnen.
»Oh, ihr seid alle Rohlinge«, sagte er dann mit einem bitteren Ton in der Stimme. »Wie ihr über Frauen redet – es ist zum Erbrechen.«
Sein schmerzlicher Ton reizte mich.
»Machtest du etwa andere Erfahrungen?« sagte ich hart.
»Erfahrungen!« rief er. »Was wißt ihr denn von Frauen – du und ihr alle – ihr glaubt immer, die Frau sei dazu da, euch das Leben leicht zu machen, euch über Schwierigkeiten hinwegzuhelfen, euch – «
»Na, hör mal«, unterbrach ich ihn.
»Na ja«, fuhr er fort, ohne mich zu hören. »Sie sollen nur dazu

da sein, euch eure Hemmungen und Verdrängungen auszutreiben, euch von euren kindlichen Vorstellungen zu befreien, euch zu Menschen zu machen.«
»Was soll dieser Sermon, General«, sagte ich, ohne mich zu rühren.
»Aber daß so ein Mädchen selbst mit einer Qual beladen sein könnte, mit einer greulichen Schwierigkeit, mit einer unüberwindlichen Angst, die wir von ihr zu nehmen haben – «
»Das verstehe ich nicht«, sagte ich trotzig.
»Dabei solltest du es besser verstehen als ich«, erwiderte er jetzt ruhiger. »Du warst länger mit ihr zusammen als ich, du hättest Zeit gehabt, alles zu erkennen, aber ich kann mir schon denken, wie höllisch das alles zwischen euch war.«
Ich sprang aus. Eine Blutwelle trieb mir in den Kopf. Erkannte ich wirklich existierende Zusammenhänge, oder war alles eine wilde, gewagte Kombination? Welche von meinen Ahnungen sollte ich zuerst aussprechen?
»Verzeihung, General«, sagte ich ziemlich tonlos. »Ich wußte nicht, daß es darauf hinausging. Ich dachte, alles sei aus und vorbei. Ich wußte nicht, daß – «
Er antwortete nichts, sah auch nicht auf. Ich tat ein paar Schritte durch das Zimmer, aber meine eigenen Bewegungen brachten mich so außer Fassung, daß ich mich wieder niedersetzen mußte. Eine wirre Flucht von Gedanken raste mir durch den Kopf. Da – als die Stille unerträglich zu werden begann, drangen wieder Worte zu mir herüber: »Ja, so ist es«, sagte der General mit fester Stimme. »Du hast von all dem nichts gewußt und nur das deine verlangt, und als du es nicht sofort erhieltest, alles zerschlagen, nicht wahr – und ich habe es damals auch nicht gewußt, nicht einmal geahnt, und über meinem Zorn hatte sie noch so viel Beherrschung, mit fröhlichen Worten von mir zu scheiden – oh Gott, und das war viel, im Vergleich zu dem, was sie erwartete.«
»Und jetzt weiß ich auch«, fuhr er fort, »was mich damals so staunen machte: warum sie mit dir ging!«

Er hielt inne. Ich fragte: »Warum, General? Du kannst es ruhig sagen – denn für mich ist es ja vorbei.«
»Weil«, sagte er, »weil sie glaubte, daß du ein Kind seist, ein Kind im Vergleich zu mir – verstehst du – weil sie meinte, daß das kindliche Spiel ihr vielleicht das geben werde, was sie durch den männlichen Ernst nicht erreichen konnte – anders kann ich es nicht ausdrücken.«
Er stand am Schreibtisch und sah zu mir herüber.
»Ja«, sagte ich wie träumend, denn seine Worte hatten mich fast ein wenig betäubt. »Aber was ist es nun eigentlich?«
Da brach er in ein bitteres Lachen aus.
»Oh, du Welterfahrener, du – «
Ich stand auf und trat vor ihn hin. Ich wußte selbst nicht, was ich eigentlich beginnen wollte, als ich ihn am Ärmel packte und sagte: »General, höre – du liebst sie, und weil dich etwas Unbekanntes von ihr trennt, was man gemeinhin Gleichgültigkeit oder Abneigung nennt – deshalb konstruierst du da etwas zusammen!«
Er riß sich los.
»Doch, doch – es ist sicher eine Konstruktion – und wenn ich dir etwas sagen darf: laß das alles, geh an deine Arbeit, vergiß diesen ganzen Unsinn, den du dir da zusammenkombiniert hast, vergiß ihn und sieh vor dich, nicht hinter dich – vielleicht ist es sehr schwer – aber sieh mal, daß wir beide über diesen Weg gegangen sind, beide diese Straße gekreuzt haben, das könnte uns verbinden, das und unsere gemeinsame Arbeit, General.«
Er hatte mir still zugehört; jetzt schüttelte er mehrmals den Kopf und sagte schließlich: »Ich glaube es nicht.
Meinst du wirklich, daß die Welt so einfach und unkompliziert ist, Korporal? Glaubst du, daß die Menschen so simple Wesen sind, daß ihre ganze Seele nur aus Abneigung und Gleichgültigkeit besteht?«
»Die Frauen, Manfred, meinte ich. Die Frauen sind heutzutage sehr unkompliziert.«
»Nein!« rief er. »Es gibt noch ein Mehr und noch Schwierigeres

da drunten, das haben die Menschen auch vor der Psychoanalyse schon gewußt. Nein, Korporal! Ich fresse einen Besen, wenn meine Ahnung mich täuscht!«
Und mit einer ganz festen Stimme schloß er: »Wenn ein Mädchen sagt: ›Ich liebe dich nicht‹, dann ist das noch lange nicht das letzte Wort. Dann kann das der Anfang der Liebe sein. Kennst du die Teufel, die ihr einflüstern, sie solle sich dir versagen, wenn sie nichts lieber möchte als sich dir hingeben? Kenne ich sie? Was wissen wir von den tausend Regungen des Blutes, die ein gefangener irrer Geist ihm verschüttet.«
»Na, mich jedenfalls hat Franziska sicher nie sehr geliebt«, sagte ich, und wußte genau, daß es nicht völlig die Wahrheit war.
»Aber vielleicht wird sie mich einmal lieben«, antwortete er.

*

Dies war das erste und das letzte Mal für eine lange Zeit, daß zwischen uns von diesen Dingen die Rede war.
»Bist du denn so ganz und gar verständnislos?« hatte er noch einmal gefragt, als mir gelegentlich ein häßliches Wort entschlüpft war. Und seine Augen hatten einen ganz brennenden Glanz angenommen.
Und doch – ich konnte das große Aufatmen, daß ich in seiner Gegenwart und in Gedanken an ihn empfand, nicht hinwegleugnen. Je mehr und je enger ich mit ihm zusammen war, desto abstoßender und widerwärtiger erschien mir das übrige Leben, das uns umgab. Und mit Schmerz und Bedauern erfüllte es mich, daß er gerade die Dinge begierig in sich aufnahm, die ich verabscheute, daß er gerade dort sich gern bewegte, wo es mir eine Angst und ein Greuel war, zu weilen.
Um es ehrlich zu gestehen: ich erfüllte meine Pflichten mehr schlecht als recht. Vor allem ein Ereignis der letzten Zeit war sehr dazu angetan gewesen, meinen Hochmut zu stärken und mich zu berechtigen, laut und vernehmlich von Korruption zu sprechen. Flachslander hatte sich wieder einmal für vierzehn Tage auf Urlaub begeben und die Leitung des Feuilletons Rohn

überlassen. Soweit war es in der Zwischenzeit schon gekommen. Frisch und mich hatte er anscheinend vollkommen übersehen. Die gesamte Redaktion lachte, als sie es hörte. Rohn, als verantwortlicher Feuilletonchef war eine groteske Figur, und es fiel ihm recht schwer, sich Achtung zu erzwingen.
Er gebrauchte seine Ellenbogen recht rücksichtslos. Frisch und ich saßen bald ziemlich auf dem trockenen. Es blieb nichts mehr zu tun. Rohn machte einfach alles selbst. Es war, als habe er sich in den Kopf gesetzt, keinen Menschen in der ganzen Feuilletonredaktion mehr einen Pfennig Geld verdienen zu lassen. Es war ein regelrechter Skandal. Händeringend kamen unsere Mitarbeiter zu mir und Frisch gelaufen, um sich zu erkundigen, welcher Räuberhauptmann bei uns eigentlich regiere. Überdies war es einfach lachhaft, was Rohn sich alles aufschwätzen ließ. Frisch und ich brüllten oft vor Lachen bei der Lektüre der Fahnen. Dagegen war Flachslanders Wirtschaft gar nichts gewesen.
Ich fühlte genau, daß ich es mit Rohn verschüttet hatte. Obwohl jedermann über ihn lachte, brachte er es doch fertig, sich auch nach Flachslanders Rückkehr in seiner Stellung zu halten. Ich mußte das immer empfindlicher spüren.
Ich teilte Manfred meine Sorgen mit, erzählte ihm, daß ich die Rückkunft des Obersten zu erwarten habe, daß ich gar nicht wisse, wie ihm zu begegnen sei – er aber wischte alle meine Sorgen mit einer so leichten Bewegung der Hand weg, daß ich fast glauben mußte, er habe sich gar keine rechte Mühe gegeben, mich zu verstehen.
In der Tat – er lebte jetzt wieder ganz sein eigenes Leben. Er hatte meine Hilfe kaum mehr nötig. Das sehnlichst erwartete Telegramm aus Wien war inzwischen längst gekommen, der Roman von Irving Lee sollte in der deutschen Übersetzung von Manfred Vellin tatsächlich erscheinen. Manfred arbeitete jetzt noch mehr als vorher. Er hatte sich ein neues großes Ziel gesetzt und arbeitete mit aller Kraft darauf hin. Und es geschah, daß ich daneben ein wenig zu kurz kam, daß er ab und zu unsere nachmittäglichen Verabredungen fallen lassen mußte. Des

Nachts jedoch kam er stets pünktlich auf die Redaktion und wartete geduldig, bis ich aus der Setzerei vom Nachtumbruch zurückkam, um mit mir dann noch in ein Café oder zu Schwanneke zu gehen, wo er längst so zu Hause war wie ich.
Er saß ruhig in einem Stuhl und las die Zeitung, als ich vom Umbruch zurückkam, schmutzig und noch ganz wirr.
»Herrgott!« rief ich und schmiß die Korrekturfahnen auf den Tisch. »Ist das ein Betrieb! Ist das ein Leben?«
»So entwickelt sich die Seele im Sturmgebraus!« sagte er ruhig und lächelnd.
»Ach, Seele!« rief ich. »Wer spricht hier von Seele? Wer hat hier eine Seele – Leute mit Seele gehören nicht in ein solches Höllenhaus.«
Manfred lachte.
»Ach red doch nicht! Sei froh, daß du das Leben an diesem Zipfel gepackt hast. Es ist doch wenigstens ein Zipfel. Wie viele, die schreiben, haben es nur gelegentlich über ihren Köpfen flattern sehen – die Armen – nein, Korporal – «
»Was nein!«
»Eben nein – ich bin deiner Auffassung nicht. Auch jetzt nicht, da ich diese Welt etwas kennenlerne, in der wir leben. Korruption, Geistlosigkeit, keine Entwicklungsmöglichkeit innerhalb ihres Betriebes wirfst du ihr vor – ich sage dir: es liegt an dir.«
»General, moralische Vorträge sind absolut untersagt!« antwortete ich halb im Scherz, halb im Ernst. »Es gibt noch ein anderes Leben, das ich mir wünschte«, fuhr ich fort. »Ich habe gar keine so große Sehnsucht, noch zu studieren und dazu zu lernen und dergleichen – nur Zeit haben möchte ich – nicht so von einem Tag in den anderen leben.«
»Von einem Mittag in den nächsten Mittag – meinst du«, antwortete er. »Allerdings wäre dir eine andere Tageseinteilung zu wünschen. Wann bist du eigentlich das letztenmal um 8 Uhr aufgestanden? Wann hast du zum letztenmal die Sonne aufgehen sehen?«
»Jeden Morgen vor dem Schlafengehen«, sagte ich bitter. »Aber

daran liegt es nicht – ich hasse das unnatürliche Tempo, diese überflüssige Hetzerei, die keinem Menschen von Verstand erlaubt, einen Gedanken zu Ende zu denken, weil der Anfang schon in der Linotype steckt.«
Manfred antwortete nicht mehr. Er stand auf und sah sich im Zimmer um.
»Was du dir wünschst, ist das Leben eines Millionärs«, sagte er noch kurz. »Man muß aber eine verdammt weite und reiche Seele haben, damit es sich lohnt, sein ganzes Leben nur mit ihrer Kultivierung hinzubringen.«
»Bist du fertig? Können wir gehen?«
Wir zogen unsere Mäntel an, ich deckte die Schreibmaschine zu und gab in der Telephonzentrale Bescheid, daß die Feuilletonredaktion sich nach Hause begebe. Lachend und fröhlich rief das Telephonmädchen mir »gute Nacht!« zu durch den Apparat. Ich hatte es nie gesehen, dieses Mädchen.
Wir nahmen ein Taxi und fuhren nach dem Westen.
»Redaktion – Schwanneke – Zu Hause – Café – Kino – Redaktion – Schwanneke«, sagte ich. »Zwischen diesen Stationen vollzieht sich der geistige Pendelverkehr des Berliner Intellektuellen.«
»Ziemlich unterhaltsame Stationen immerhin«, bemerkte Manfred.
Johnny, Schwannekes guter Geist und treu sorgender Freund aller Gäste, nahm unsere Mäntel in Empfang, grüßte uns freundlich und gab auch Manfred die Hand. Es war mir klar: Manfred ist jetzt in dieser Stadt kein Fremder mehr. Er fühlt sich wohl, er hat überall Freunde. Meine Rolle als Führer in den Wirrsalen des Berliner Intellektuellenlebens ist ausgespielt. Ich muß achtgeben, nicht gar an die Wand gespielt zu werden. Wer in Berlin am meisten Leute kennt, ist ja obenauf. Und Manfred von der Unsinnigkeit, Hohlheit und Schalheit dieses blassen Lebens zu überzeugen, schien jetzt schon längst aussichtslos. Er wußte, was er wollte, so wie ich es einmal glaubte gewußt zu haben – damals, als ich mit Ellen für wenige Wochen in einem Fieber der Arbeit und des Erfolges steckte. Das war längst vorbei.

Flachslander saß in der zweiten Nische, sah uns und winkte uns heftig zu sich heran. Anscheinend langweilte er sich grenzenlos. Er machte trotzdem ein fröhliches Gesicht und bestellte Mercier Triple Sec. Ich schob Manfred vor, erklärte, wer er sei, und bat, ihn in den Kreis aufzunehmen.
Flachslander gruppierte Gläser auf dem Tisch, schlug Manfred auf die Schulter und war wohl, alles in allem genommen, ein wenig betrunken.
Manfred lächelte und betrachtete den Chef. Manfred sah wieder einmal sehr gut aus. Mir fiel auf, daß er immer tadellos gekleidet war. Mein Anzug war fleckig, nicht gebügelt. So ging es – er war belesener als ich, außerdem immer rasiert, hatte eine tiefe »prominente« Stimme, gut gepflegte Hände und machte einen ernsten Eindruck. Selbst dann, wenn er knapp eine Mark in der Tasche hatte.
Rohn erschien zum Überfluß plötzlich auf der Bildfläche, setzte sich zu uns und fing ein Gespräch mit Manfred an. Rohn wußte ja so genau, was er tat. Er hatte diesen neuen Mann längst registriert, er war längst in die Rubrik »Konkurrenz« eingeordnet. Jetzt galt es nur noch festzustellen, wohin die Ehrgeize dieses Zwanzigjährigen gingen. Und das war nicht schwer zu erfahren. Manfred antwortete viel zu freimütig, erschien es mir. Er erzählte alles, was Rohn wissen wollte. Aber hatte ich ihn nicht vor dieser Canaille gewarnt? Doch Manfred warnen – das heißt in den Wind reden. Ihm geschah ja nichts. Er erwies sich in allen Gebieten als versiert, kannte jedes Buch, über das gesprochen wurde, verwechselte nichts, und Rohn verbarg nur schwer seine Bestürzung. Flachslander sagte wenig, ab und zu nur ein Wort von einer fast verdächtigen Freundlichkeit.
Woher ich Manfred eigentlich kenne – wollte der Chef dann plötzlich wissen.
So und so – sagte ich.
Ob Manfred seit jenem Aufsatz über seinen Vater Neues geschrieben habe? Ja, gewiß – einiges sei in Provinzzeitungen erschienen. So, so – machte der Chef. »Warum haben Sie mir

nichts angeboten – ich drucke immer sehr gern junge und begabte Leute!«
Und ob Manfred nach Berlin gekommen sei, um Schriftsteller zu werden, fragte er schließlich. Ja, das sei er, antwortete der Freund. Aber es sei schwer, vorwärts zu kommen. Es sei schön, daß Herr Flachslander sich für ihn interessiere. Er werde ihm morgen seine neue Arbeit bringen.
»Gut«, sagte der Chef, »bringen Sie die Sache.«
Wir tranken nicht mehr. Ich war müde. Flachslander hatte einen glasigen Blick bekommen, redete seit einer Viertelstunde lauter albernes Zeug durcheinander. Das Lokal war noch immer gestopft voll. Die Schwingtür stand nicht still. Da bestellte der Chef Omelett mit Spargel für vier Personen.
Jemand kam den Gang entlang, streifte die Nischen mit einem flüchtigen Blick, kam zurück, eine Dame im silbergrauen Pelz, kleine graue Filztoque über dem goldblonden Haar – wunderbare Erscheinung.
Manfred grüßte mit glühenden Wangen, erhob sich halb aus seinem Stuhl. Ein Lachen erklang. Wer weiß, wer das war. Meine Augen fielen mir halb zu vor Müdigkeit. Das Omelett kam.
»Wer war denn die Dame?« fragte Flachslander dreist.

– –

»Die Schauspielerin Franziska van Burkom«, sagte Manfred mit abgewandtem Antlitz.
»Verdammt rassiges Weib«, bemerkte der Chef träumend. Manfred fuhr herum, blutrot übergossen, zerkrümelte nervös eine Semmel, die vor ihm lag.
»Ach so, ach so!« brummelte der Chef dösig. »'tschuldigen Sie!«
Manfred antwortete nichts. Ich sah mich um. Ich konnte Franziska nicht entdecken. Wir aßen. Dann befahl der Chef plötzlichen Aufbruch, zahlte die ganze Zeche, rief nach der Garderobe. Ich sah mich um. Wo war Manfred?
Wir gingen nach der Schwingtür. Am vordersten Tisch stand er.
»Du wolltest mich doch anrufen, Manfred, Treuloser?« kam ihre Stimme wie aus einem unendlichen Raum.

»Kommt Ihr Freund?« fragte der Chef. Ich sah mich um.
»Ja, Franziska – addio – bald – addio!« Glückselig – glückselig klang Manfreds Stimme. Mir war kalt im Herzen. Ich fror.
Er kam, wir stiegen in Flachslanders Wagen, der vor der Türe hielt. Rohn wollte nicht mitfahren. Ich konnte mir denken, was er wollte. Er ging zu Fuß die Tauentzienstraße hinunter. Manfreds Antlitz glühte vor Glückseligkeit.
Holla! War der Chef aber betrunken! Wohin fuhr er eigentlich? Was zum Kuckuck sollten wir auf dem Prager Platz? Ich war ganz dösig, zählte immerhin geistesgegenwärtig, daß wir dreiundzwanzigmal um das Rondell herumfuhren in wildem Tempo, unaufhaltsam, dreiundzwanzigmal um das Rondell am Prager Platz. Ein Zusammenstoß mit einem Taxi, wir wären hin gewesen. Toll, wie der Chef betrunken war.
»Wir wollen 'n Kognak trinken!« rief der Chef, bog scharf rechts ab, raste in irgendeine Seitenstraße hinein. Hielt vor einem Lokal, an dem »Silhouette« stand, das konnte ich noch erkennen.
»Was willst du in einem schwulen Lokal, Chef?« rief ich?
»Maul halten, Lausejungens!« brüllte der Chef, ließ den Motor von neuem an. »Wo wohnt die Lydia?«
»Keine Ahnung, Chef!«
Ich sah nur Manfreds glänzende Augen. Sie träumten von Franziska. Sicher träumten sie. Er begriff nichts von dem, was um ihn herum vorging. Wer war die Lydia – eine von Flachslanders unzähligen Schauspielerinnen?
Er hielt wieder. Das Haus war stockdunkel. Stieg aus, brüllte hinauf: »L–y–d–i–a–!«
Oben wurde Licht.
»Schmeiß den Schlüssel herunter, schnell!«
Der Schlüssel fiel. Schwankend ging der Chef zum Eingangstor, schloß auf, stolperte die Treppe hinauf, wir hielten ihn. Klingelte dann im vierten Stock. Jemand öffnete, ich glaube ein junges Mädchen von zweiundzwanzig Jahren.
»'n Abend, Lydia!« sagte der Chef. »Einen Kognak.«
Sie brachte einen Kognak, der Chef stürzte ihn hinunter, lä-

chelte, sie starrte uns an, wie wir zu dritt im Hausflur standen, dann machte der Chef eine Verbeugung, kehrte um nach der Treppe.

»Weiter nichts, Lydia – besten Dank. 'n Abend.«

Dann fuhren wir wieder. An der Gedächtniskirche warf der Chef uns unvermittelt aus seinem Wagen. Wir gingen zu Fuß nach Hause. Der Chef brauste ab, in tollen Kurven.

Blödsinnige Nacht! Nie wieder – nie wieder!

Mit meinen Kleidern fiel ich ins Bett.

So war es wieder einmal zwölf Uhr mittags, als ich erwachte.

»Daß Sie immer so spät aufstehen?« sagte die Majorin.

»Es will alles gelernt sein, auch das Aufstehen«, antwortete ich. Dabei war mir gar nicht nach einem Witz zumute.

Ja – es ist kalt, Mitte Dezember inzwischen. Je kürzer die Tage, je länger die Nächte, desto schwieriger sieht alles aus. Aufstehen, Baden, Ankleiden, Schuhe suchen, finden, Kragen, Krawatte – und dann kein Geld in der Tasche. Die Majorin muß angepumpt werden.

Meine Tage befinden sich in einer beispiellosen Unordnung. Alle Wertsachen auf dem Pfandhaus, mehrere Dutzend Briefe nicht beantwortet, siebzehn Bücher, zwar im Notizbuch verzeichnet, im übrigen in alle Winde verstreut, sollen besprochen werden, sind von der Redaktion längst angemahnt, liegen wer weiß wo. Täglich kommt Neues hinzu, das neue Unordnung schafft – nur mein großes Notizbuch ist auf dem Laufenden. Das pflege ich wie einen Schatz. Statistik, Zahlen sind meine Manie nach wie vor. Und wenn es nichts ist als die Statistik meiner völligen Desorientierung im täglichen Leben.

Zum Überfluß geht das Telephon.

Ich höre eine Stimme, die ich längst vergessen hatte: Ruth.

Ob ich wohl an sie gedacht habe – es sei wohl nichts zu machen – sie sei so entsetzlich knapp – und ob ich vielleicht zwanzig Mark –

Großer Gott – das hätte ich nicht vergessen dürfen, alles ande-

re, nur das nicht. Soll ich ihr etwas vorlügen? Nein, es ist besser, die Wahrheit zu sagen.
»Ruth, hör mal – es tut mir furchtbar leid, ich habe es absolut vergessen. Aber ich werde gleich nachher – ja, ich rufe dich sofort an – nein, ich bin nicht böse, gar nicht – jawohl, ich schikke dir gleich etwas.«
Zwanzig Mark. Wo soll ich zwanzig Mark herbekommen? Ich kann doch die Majorin nicht schon wieder bitten. Ich muß sehen, ob bei Manfred etwas zu machen ist.
»Hallo, General – hast du zwanzig Mark – sofort – es ist sehr eilig.«
Er lacht schallend.
»Zwanzig Mark – woher bloß, möchte ich wissen?«
»Ich muß sie unbedingt haben!«
»Ich werde sehen, was sich machen läßt.«
Abgehängt.
Ich stürze in meinen Mantel, erwische an der Ecke der Uhlandstraße noch gerade den Omnibus, bin Punkt ein Uhr fünfzehn auf der Redaktion.
Wer konnte hier bloß helfen – wer war hier noch mein Freund – ich hatte niemand in dem ganzen Haus, den ich um einen solchen Gefallen hätte bitten können.
Höchstens Doktor Philipp.
Ich klopfte und trat ein. Er empfing mich, als sei nie etwas zwischen uns gewesen, freundlich strahlend, in einen Haufen Papiere vertieft, die ewige Zigarre zwischen den Zähnen. Die Sekretärin saß an der Maschine, wartete auf das Diktat. Fräulein Gärtner hieß sie – das wußte ich. Fräulein Gärtner lächelte mir zu.
»Na, Laengfeldt«, rief der gute Philipp, »kommst du auch mal wieder zu uns? Ich dachte, du hättest uns schon ganz vergessen. Der Weg von 34 bis 83 ist allerdings ein bißchen weit, wie?«
»Machen Sie keinen Spaß, Doktor Philipp«, sagte ich und setzte mich in seinen Sessel. »Geben Sie mir eine Zigarre!«
»Hier hast du eine Zigarre – was macht die Dichtkunst?«

»Es handelt sich nicht um die Dichtkunst, lieber Philipp«, sagte ich, »ich habe eine andere Sorge.«
Philipp machte große Augen.
»Sorgen – na, natürlich habe ich Zeit, ach, Fräulein Gärtner, einen Augenblick, bitte!«
Fräulein Gärtner verschwand aus dem Zimmer.
»Sind Sie zufrieden mit Fräulein Gärtner?« sagte ich.
»Ach, machen wir uns doch nichts vor, Laengfeldt!« rief Philipp. »Diese Mädels taugen eines soviel und sowenig wie das andere – richtig arbeiten können sie alle nicht, und an Dummheit geben sie sich gegenseitig nichts nach. Die Gärtner geht noch.«
»So, na ja«, sagte ich. »Darum handelt es sich nämlich gerade.«
Jetzt war die Angelegenheit mit fünf Worten dargestellt. Für intelligentes Mädchen aus gutem Hause wird Stellung gesucht. Sprachkenntnisse, Schreibmaschine, Stenographie – sonst erwähnte ich nichts.
»Also, wenn Sie da mal was machen könnten, Philipp, ich wäre Ihnen sehr dankbar.«
»Ja, Kind – ich kann doch die Gärtner nicht einfach rausschmeißen, so schlecht ist sie nun wieder nicht – aber laß mal sehen, vielleicht läßt sich was schieben – soll sich auf jeden Fall gleich mal vorstellen, am besten morgen vormittag.«
»Das ist wirklich rührend von Ihnen, Philipp!«
»Na, macht nichts – und sonst geht's so einigermaßen, Laengfeldt?«
»Es schleicht.«
»Kopf hoch, Junge – nächste Woche ist Weihnachten – hier hast du noch eine Zigarre, und jetzt marsch, in den Dienst – Fräulein Gärtner – Diktat!«
Draußen war ich. Ich ging langsam über den Gang und überlegte, was noch zu tun sei. Fast war mir zumute, als müsse ich jetzt so eine Art Testament machen, gleichsam meine letzten Angelegenheiten ordnen, ehe ich –
Ehe ich – was? Nein, mir passiert nichts.
Flachslander empfing mich mit strahlender Miene.

»Ihr Freund hat mir heute vormittag eine neue Sache gebracht«, sagte er jovial. »Ausgezeichnete Arbeit. Wirklich ein sehr talentierter Mensch. Wir nehmen das in den nächsten Tagen mit ins Blatt, laß es immer setzen, Laengfeldt.«
Manfred war heute vormittag schon dagewesen. Er hatte mir nichts davon gesagt, als ich ihn vorhin angerufen hatte. Ich freute mich über seinen neuen Erfolg, als sei es mein eigener gewesen, aber ein etwas banges Gefühl war doch dabei. Eben wollte ich im Nebenzimmer verschwinden, um zu telefonieren, da hörte ich noch: » – gar kein so schlechter Nachfolger für dich, Laengfeldt – zieht sich zumindest tadellos an, nicht wahr, Rohn?«
Rohn lachte schallend. Mir blieb das Herz stehen. Ich wollte mich umwenden und den Chef zur Rede stellen, aber ich konnte keinen Schritt tun. Soweit war es also schon? Und meine Schulden bei Konstantin Schilling waren erst zur guten Hälfte bezahlt!
Weiter dachte ich nichts.
Ich hatte das Telephon eben in die Hand genommen, da rasselte der Apparat im Nebenzimmer. Ich sprang hinzu.
»Hier Feuilletonredaktion – ja, Manfred – was ist? Ja, Mensch, ich habe doch jetzt keine Zeit – am Nachmittag, gegen fünf im ›Romanischen‹ – sehr dringend – hör mal – Manfred – Manfred – was ist denn, du bist ja so aufge – – hallo – ja, General – es ist gut, ich bin Punkt fünf im Café, reg dich nicht auf, was? die zwanzig Mark hast du aufgetrieben – fabelhaft – bring sie mit – addio – addio, General!«
Herrgott, jetzt hatte ich ganz vergessen, ihm zu sagen, daß seine Erzählung angenommen war, daß wieder Geld in Aussicht stand. Was hatte er nur? Überall und überall Verwirrung.
Es war ja fast, als ob alles zusammenbrechen wollte. Manfred mitten in seinen verheißungsvollen Erfolgen wieder unglücklich und verzweifelt, und ich in der übelsten Lage, die man sich denken kann, mit zweitausendfünfhundert Mark Schulden und drohender Entlassung – und der Oberst!
Der Oberst kam in zehn Tagen aus dem Orient zurück.

Was würde er sagen? Was würde ich sagen?
Es war unausdenkbar.
Ich raffte alle meine Kräfte zusammen und machte mich an die Durchsicht der eingelaufenen Korrespondenz. Frisch half mir stumm, wie in den Tagen meines Anfangs in dieser Stadt.
»Es darf nicht sein«, sagte ich laut vor mich hin. Frisch verstand.
»Gib dir Mühe«, sagte er ruhig und legte mir die Hand auf die Schulter.
Aber unausdenkbar blieb die Zukunft trotzdem.

*

Er erwartete mich. Stumm nahm ich neben ihm Platz, der Kellner kam, ich bestellte einen Kaffee und wartete, daß er sprechen würde. Er aber sagte nichts, zog schließlich Zigaretten heraus und reichte sie mir.
»Rauch doch, Korporal!« sagte er.
Dann schwieg er wieder, trank ab und zu einen Schluck Kaffee und zog an seiner Zigarette. Ich mochte ihn nicht zum Sprechen auffordern.
»Ja, also«, sagte er schließlich und legte die Zigarette weg. »Da ist wieder ein Brief von Mama gekommen. Sieh dir den Poststempel an.«
Ich betrachtete den Umschlag.
»Sie spielt ihren größten Trumpf aus, sie hat tatsächlich den Mut dazu«, fuhr er fort.
»Was soll das heißen?«
»Das heißt, daß sie unser Haus in Wien verkauft hat und jetzt in der Kolonie wohnt, drei Bahnstunden von hier, in dem Häuschen, das Pa für sich und mich und nur für uns beide gekauft hat, damals, als wir flohen. Es hat bis jetzt leer gestanden. Und nun ist sie nach dort übergesiedelt und schreibt mir von dort.«
»Aber das ist doch nicht so schlimm, General.«
»Es ist nicht schlimm«, antwortete er. »Es ist sogar vielleicht ganz gut. Sie weiß, daß ich an diesem Häuschen hänge, sie weiß,

daß ich nicht nein sagen kann, wenn sie mir eine Einladung für Weihnachten schickt, sie weiß, daß ich diesmal die hundert Mark nicht zurückschicken werde, die sie mir gesandt hat – sie weiß genau, daß ich kommen werde, und das Schlimmste ist: auch ich weiß, daß ich jetzt hinfahren werde.«
Er schwieg und betrachtete seine Kaffeetasse.
»Aber ich fahre hin, um das Haus meines Vaters wiederzusehen, und nicht, um mich zu bekehren. Ich fahre hin, um mich zu behaupten, und nicht, um mich besiegen zu lassen. Und ich fahre nicht allein, sondern mit dir.«
»Aber General – was soll das?«
Mein scharfer Ton ließ ihn aufhorchen. Seine Stimme wurde weich und geriet plötzlich nahe ans Schluchzen.
»Sag doch nicht nein, Korporal – sag nicht nein, bitte! Du mußt mitkommen. Ich kann ihr nicht allein gegenübertreten. Du bist der einzige, der von mir und meiner Arbeit etwas weiß, du bist der einzige, der sie in dieser letzten Stunde überzeugen kann, daß ich so leben muß und nicht anders – du mußt einfach mitkommen, du mußt – «
»Also, du willst dich nicht fügen?«
»Fügen?« rief er. »Aber Korporal! Soll ich denn alles im Stich lassen, was ich hier aufgebaut habe, alles, worauf ich noch hoffe.«
»Nein – das kannst du nicht«, sagte ich. »Ich sehe es ein.«
»Und kommst du nun bestimmt?«
Ich schüttelte den Kopf.
»Es hat keinen Zweck, General – ich kenne deine Mutter nicht, meine Eltern kommen außerdem in einigen Tagen, ich muß sowieso nach München fahren. Ich habe viel zu erledigen. Es hat nicht viel Sinn. Und dann: wieder neue Menschen! Ich habe genug – – «
Er war enttäuscht. Lange saß er stumm, sagte nichts. Dann kam es schließlich stockend: »Ich dachte nicht, daß du es mir abschlagen würdest. Du bist doch der einzige Mensch in dieser Stadt, der einzige.«

– ich bin der einzige Mensch – sprach ich vor mich hin. Tränen kamen mir. Manfreds neues schweres Abenteuer band mich von einer Sekunde auf die andere ganz fest an ihn. Jetzt gab es ja doch kein Zurück mehr. Wußte ich es nicht längst? Jetzt mußte alles kommen, was zu kommen hatte –
»General«, sagte ich mit sicherer Stimme, »General – es ist gemacht!«
Da beugte sich der große General leicht zu mir herüber und faßte nach meiner Hand. Einen Augenblick lang preßte er sie heftig, und ich fühlte ein leichtes Schaudern.

*

Eine Stunde später legten wir den Hundertmarkschein der Frau Margherita Vellin in einen Umschlag mit dem Aufdruck »Romanisches Café«.
Die Adresse lautete: Fräulein Ruth Friedland, Berlin W 15, Knesebeckstraße 175 B, bei Witte. Einschreiben.
Dann nahm ich den Hörer des Telephons und rief die Nummer Steinplatz 6499 an.
»Hier ist Oswald Laengfeldt. Es ist Geld unterwegs, viel Geld. Es ist auch eine gute Zukunft unterwegs. Fräulein Friedland soll sich morgen früh um zehn Uhr bei Herrn Doktor Philipp, Zimmer Nr. 83, vorstellen. Das ist alles, samt herzlichen Wünschen für Weihnachten. Es braucht nichts zurückgezahlt zu werden, gar nichts.«
Dann nahm Manfred den Hörer.
»Hier ist der General Manfred Vellin. Er bestellt dem Fräulein Ruth die herzlichsten Grüße und Wünsche für Weihnachten und ein glückliches neues Jahr.«
Und dann, mit einer strahlend-warmen Stimme, wie sie nur selten bei ihm zu hören war: »Lassen Sie es sich gut gehen, kleine Ruth – sehr, sehr gut – «
Er hängte ab.
Unsere Blicke begegneten sich. Seine Augen glänzten. Und die meinen?

»Alter Korporal«, sagte er und legte mir die Hände auf die Schultern, »du mußt nur nicht immer alles so grau in grau sehen – «

Ich sah ihn an und fühlte, daß mein Blick glücklich war.

»Es geht nämlich alles.«

Achter Abschnitt

Der Abend, eine blaue Dämmerung senkte sich herab, als wir die Stadt erreichten. Ich erkannte die unvergleichliche Silhouette, die gleichsam aus einer starren Betrübnis erwacht, in voller Klarheit gegen den dunkelnden Himmel wuchs.
»Wir sind spät«, sagte Manfred. »Ich bin sicher, Mama erwartete uns mit dem früheren Zug.«
»Nehmen wir schon ein Taxi.«
Wir fuhren. Vor uns tat sich eine weite Straße auf, die in die Endlosigkeit hineinzulaufen schien. Straßenbahnen und Lastautos überholten wir in ihrer schneckengleichen Fahrt. Bummelige Radfahrer mit spärlichen Laternen säumten unentwegt unsere Straße.
Dann verließen wir die große Straße und bogen linker Hand in den Waldweg ein, der nach der Kolonie führte. Hier hielt der Wagen unvermittelt vor einem erleuchteten Haus. Manfred öffnete den Schlag. Wir stiegen aus. Er bezahlte den Chauffeur, und dann gingen wir einen kurzen Gartenweg hinauf.
»Manfred, ist das nicht ein Blödsinn – daß ich mitkomme?« sagte ich, bereit, sofort umzukehren. Aber er hörte nicht. Auf sein Klingeln wurde geöffnet. Wir traten ein.
Es fiel mir auf, daß Manfred seine Mutter beim Wiedersehen nicht küßte, ihr nur freundschaftlich die Hand gab.
»Signora Margherita Vellin, meine Mutter – Oswald Jahn – «, sagte Manfred, überschwenglich, pathetisch.
Wir brachten das Gepäck in der kleinen Vorhalle unter, die ein helles, warmes Licht von einem einfachen gelben Seidenschirm erhielt, hängten unsere Mäntel an den Haken und wurden mit einer wortlosen Geste gebeten, einzutreten.
»Mama ist nämlich Italienerin. Darauf legen wir sehr viel Wert«, sagte Manfred.
Und die Signora lächelte so undeutbar, daß es mich seltsam berührte.

Wir betraten ein mittelgroßes Zimmer, das zwei Fenster nach dem Garten hatte. Gerade fallende, dünne, weiße Vorhänge standen gegen eine grüne Tapete mit einfachem dunklen Streifenmuster. Es gab drei große Bilder des Malers Vellin in diesem Zimmer. Eines, eine junge Frau, auf eine Chaiselongue hingestreckt, erhob sich in einem anspruchslosen goldenen Rahmen über einer dicken Kirschholzkommode; ein zweites, ein verschlungenes Paar im schwarzen Rahmen füllte die Wand über einem Sofa; und über einem schweren Biedermeierstuhl, dessen Gold leicht abgegriffen war, stand das dritte, Fischer an einem Kanal darstellend, eine rätselhafte, in düsteren Farben gehaltene Malerei. Dann war da noch ein großer runder Kirschholztisch, der auf einem einzigen Fuß mit breitem Sockel ruhte, ein riesiger, massiver Sekretär, auf dessen Höhe eine alte Standuhr thronte, und endlich noch einige zierliche, geschwungene alte Stühle.

»Es ist schön, daß Sie nun doch gekommen sind«, sagte die Signora. »Ich habe es immer gern, die Freunde meines Sohnes kennenzulernen.«

Ich dankte mit einer höflichen und fast gerührten Bewegung. Ich spürte so viel hoheitsvolle Kühle von dieser Frau ausgehen, eine solche Distanziertheit, daß mir alle Hemmungen schnell genommen waren.

»Sie blicken verwundert um sich«, fuhr sie fort. »Sie werden es noch öfter tun in diesem Haus. Diese Zimmer sind alle nicht einheitlich eingerichtet. Kein Stück paßt wirklich zum anderen. Einiges ist aus meinem Elternhaus, das meiste allerdings kaufte Vellin auf den Auktionen zusammen, denn es war ja früher *sein* Haus. Es ist natürlich nicht viel Stil darinnen.«

Wir saßen um den runden Tisch, und die Signora sah ihren Sohn an. Manfred lachte ein wenig verlegen, dann ehrlicher, herzlicher und ging schließlich ins Nebenzimmer.

»Hast du neue Platten?« fragte er durch die Tür.

»Nein, Manfred – warum soll ich für mich neue kaufen?« antwortete die Mutter.

»Also dann immer mal wieder den alten Kram«, kam es von drüben, und jetzt erklang wieder die Weise aus einer alten, einer kindlichen, glücklichen Zeit. Das Lied von dem Blumenmädchen Valencia, von den Revellers gesungen, schmelzend, voller Hingabe, fließend über aufbrechende Synkopen, schwellend und schwebend, eine einzige Trauer, ein einziger Jubel, eine einzige Sehnsucht.

Manfred stellte den Apparat ab und ging weiter durch das kleine Haus. Ich hörte nur das Knipsen der Schalter und seine Schritte über dem Parkett.

»Was tust du, Manfred?« rief die Signora, die die ganze Zeit mir gegenüber gesessen hatte.

»Ich sehe mich um!« kam es wie aus weiter Ferne. »Korporal, komm mal her!«

»Entschuldigen Sie mich«, sagte die Signora. »Ich muß ein wenig nach der Mahlzeit schauen.«

Manfred stand in der Öffnung der Tür, eine Zigarette in der Rechten, lächelnd, glücklich.

»Komm«, sagte er, »wir sehen uns den Laden mal an.«

Wir gingen durch die unteren Räume. Es gab da neben dem kleinen Salon ein großes, weites Zimmer, das auf den ersten Blick völlig leer wirkte. Ein schönes Parkett glänzte auf unter der Beleuchtung eines venezianischen Lustre, und schließlich entdeckte man eine breite Couch, einen niedrigen Teetisch und Korbstühle, zwei, drei kleine Teppiche, glatte Tapete, keine Bilder. Von dort war es einen Schritt zur Veranda. Hier weite Sandsteinbogen mit eingelassenen Fenstern, an der anderen Wand Bücherregale bis tief hinein in das Ende des Raumes, das im Dunkeln lag. Flammte das Licht auf, so waren ein Kamin sichtbar, einige Klubsessel, viel messingnes Gerät, große, flächige Gemälde aus der expressionistischen Periode.

Manfred lehnte an den Kamin, zog Zigaretten aus der Tasche, reichte sie mir und sagte: »Siehst du, hier arbeitete Pa. Es war damals sein Atelier. Seit fast vier Jahren war ich nicht mehr in diesem Haus. Das war damals, in der wirren Zeit, als Pa mich

mit sich fortnahm hierher, in die Öde und Einsamkeit. Wir waren beide hier sehr glücklich zwei Monate lang, wie ein großer und ein kleiner Bruder spielten wir miteinander und erzählten uns, kochten uns komische Mahlzeiten auf dem Gasherd und waren ganz allein mit uns und unseren Gesprächen. Damals habe ich eigentlich meinen Papa erst entdeckt, und seitdem liebe ich dieses Haus – ich bin glücklich, daß man wieder hier wohnen kann – siehst du, hier.«
Er führte mich an das Bücherbrett und zog ein halbes Dutzend Bände heraus, die nebeneinander standen.
»Das hat er alles geschrieben. Ein unvergleichliches Buch über Toulouse-Lautrec, eine wunderbare Segantini-Monographie – hier, vier Aufsätze über Whistler, das Buch über Picasso, mit dem er befreundet war, und das Schönste: der Aufsatz über Landschaft und Farbe – dies alles und an die siebenhundert Bilder. Oh, es war schon ein Leben.«
Manfred trat einen Schritt zurück und hob eine Photographie von der Wand.
»Das ist er«, sagte er.
»Er gleicht dir«, antwortete ich. »Aber mit deiner Mutter hast du keine Ähnlichkeit, nicht wahr?«
Er schüttelte den Kopf.
»Nein – nicht im geringsten.«
Er löschte das Licht, öffnete dann irgendwo in der Dunkelheit eine Tür, eine kleine Treppe tat sich auf, die hinunter in den Garten führte.
Die entlaubten Zweige einer Espe schwangen jetzt im nächtlichen Winde über unseren Köpfen. Manfred lehnte sich an die steinerne Brüstung, das Rot seiner Zigarette glimmte auf, erhellte sein Gesicht einen Augenblick und ließ es wieder zurücksinken in die Dunkelheit.
»Es soll heute in diesem Haus von jenen Zeiten nicht mehr gesprochen werden. Das Gedächtnis meines Vaters ist ausgelöscht, er ist wirklich ausgestorben.«
Ich erstaunte. Aber Scheu vor so viel Fremdartigkeit verschloß

mir den Mund, der fragen wollte. Wirklich, dieser Vater und diese Mutter mußten die reinen Gegensätze gewesen sein, lebendiger, als ich geglaubt und gewußt, lebte der Vater im Sohne fort, stärker und zwiespältiger, als ich es manchmal geahnt, war sein freiheitliches Blut – und überraschend weit die Spanne zwischen Mutter und Sohn.

Etwas Vernünftiges zu erwidern, war mir nicht möglich. Dennoch versuchte ich sofort, eine innere Anteilnahme an dem zu gewinnen, was Manfred zu mir gesprochen hatte; ich gab mir Mühe, die Situation, die er als die seine vor mir aufgezeichnet hatte, zu übersehen und zu verstehen. Und ich wünschte mir ganz heimlich, zu seinen Worten sagen zu können: ja, ich glaube dir und ich helfe dir.

Aber es gelang mir nicht. Ich hatte mich zutiefst erniedrigt gefühlt beim Anhören seiner Geständnisse. Ich hatte ein Gefühl ganz großer und unüberwindlicher Elendigkeit empfunden. Immer, wenn mein Herz sagen wollte – armer Manfred! dann sprach mir eine andere Stimme dazwischen, jener Teufel meines verletzten Verstandes, der mir alle reinen und ursprünglichen Empfindungen fortwährend vermischt und vermengt mit Intellekt und Schwäche, und ich mußte mir wieder bestätigen: nein, mein Freund. Den theatralischen Ton verabscheue ich, Pathos ist widerlich. Wer Geständnisse macht, hat eine leichtfertige Seele. Ich kann mir nicht helfen, von allen deinen Konflikten glaube ich kein Wort.

Ich sah ihn an und bemerkte, daß er lächelte auf eine männliche Art, die mich sofort besiegte; er legte mir die Hand auf die Schulter und führte mich zurück ins Haus.

Eine köstliche kleine Tafel mit schwerem Silber und sparsamen Kristallen war in der Veranda hergezaubert worden, von vier dunkelledernen englischen Stühlen umstanden. Ich schaute ganz verloren auf das weiße Leinen und irrte zwischen Tellern und Gläsern hin und her, als die Dame des Hauses mir einen Platz anwies, den Platz au ihrer Seite.

Flüchtig begegnete ich ihrem Blick, während er über den Tisch

schweifte. Es war ein Blick, der aus einem weiten Herzen kam und aus einer reichen Seele. Dessen war ich mir sicher.
Es war der Blick einer Mutter, ein Blick, der die schwierigen Empfindungen des Sohnes zu ungewichtigen Lächerlichkeiten werden ließ.
Und ich erstaunte über Manfred. Daß er so war, hatte ich nicht geglaubt.
Nein – und ich glaubte auch nicht, daß alles so war.

*

Ich, der ich seit meinen erwachsenen Tagen beständig nichts mehr gescheut hatte als Annäherung an Fremdes, Befreundung mit Unbekanntem, der ich Abscheu empfand vor allzu voreiligen Vertrautheiten, der ich nie einen Menschen auf der Straße, im Café, im Eisenbahnabteil aus eigenem Antrieb angesprochen hätte, um in eine freundschaftliche Verbindung mit ihm zu gelangen – ich mußte erleben, daß mein Verlangen, einem Menschen nahezukommen, in ihn einzudringen, Heimliches und Gemeinsames mit ihm zu tauschen, ganz unbändig wurde, ich mußte in diesem Hause erfahren, daß Entferntheit und Distanz noch viel größere und kühlere Formen haben können, jenseits aller selbstverständlichen Herzlichkeit und gesellschaftlichen Aufgeschlossenheit, als ich sie jemals für mich in Anspruch genommen hatte.
O nein – es lag mir in dieser Stunde der sinkenden Nacht nichts mehr an der Enträtselung von Manfreds schwierigen Neigungen. Sein zuzeiten so liebes und verwandtes Antlitz war mir jetzt fern, keines von seinen schwerwiegenden, problematischen Worten war mir mehr im Gedächtnis geblieben, keines beschäftigte mich.
Die drei Gemälde im kleinen Salon sprachen ihre Sprache und enthoben uns für lange Zeit der Worte. Draußen schlug der Wind die nackten Zweige zuweilen gegen die Scheiben, einmal flackerte das dunkelgelbe Licht ein wenig verstört und angstvoll, dann war wieder alles still, leichter grauer Dampf erhob

sich aus den flachen braunen Kaffeeschalen, der Rauch der süßen Zigarette stand einen Augenblick über dem Tisch und löste sich auf.
Die Haustür schlug heftig. Dann waren Schritte auf dem knirschenden Kies des Gartenweges zu vernehmen. Manfred, ein Schatten mit hochgeschlagenem Mantelkragen, glitt unter dem Fenster vorbei, auf dem Weg zu einem nächtlichen Spaziergang.
»Warum schweigen Sie«, sagte die Signora. »Bedrückt es Sie, mit mir allein zu sein? Sie wären lieber mit auf den Spaziergang gegangen?«
Ich schüttelte nur den Kopf, wohl bewußt, welche Unhöflichkeit ich beging, aber das rechte Wort kam mir nicht auf die Lippen.
»In solchen Augenblicken«, fuhr die Signora fort, »tauscht man Photographien aus, nicht wahr? Möchten Sie Bilder von Manfred sehen?«
Ja, ich wollte sie sehen. Wieder vermochte ich nur mit einer Bewegung des Kopfes zu antworten. Welche zitternde Beängstigung verschloß mir den Mund?
Der schwere Sekretär wurde geöffnet, eine große Schreibplatte ließ sich herausklappen, ein vielfältiges Gewirr von kleinen Schubladen und Fächern, schwarz mit goldenen Knöpfen, zeigte sich dahinter.
Eine dunkle, oft verschlungene Handschrift von gleichmäßigen, fast übermäßig großen Zügen bedeckte eine Anzahl von braunen Kuverts. Ich las Jahreszahlen darauf, neunzehnhundertundacht, zwölf, dreizehn, vierzehn, achtzehn, dann zwanzig, zweiundzwanzig, dreiundzwanzig; die folgenden Jahrgänge konnte ich nicht mehr entdecken. Und unter diese Jahreszahlen hatte die schwerblütige ornamentale Schrift Namen von Städten und Orten gesetzt, Florenz, Forte dei Marmi, Ascona, Lugano, Genf, Wien –
Es tauchte eine Welt auf aus dem dunkelgelben Licht der Lampe. Reihe für Reihe schoben sich die Bilder eines Lebens heraus aus den Kuverts in die Beleuchtung. Die Geschichte eines Wer-

deganges, die Geschichte einer Familie in Photographien – nein doch: die Geschichte und das Leben eines Vaters mit seinem einzigen Sohn in den Ländern und Städten des Südens.

Denn das Antlitz der Mutter fehlte, bis auf wenige schlecht gelungene Aufnahmen, in der Reihe dieser Bilder.

»Sehen Sie«, sprach die heitere und unbeschwerte Stimme der Signora. »Hier ist ein Bild von Manfreds Vater, als er einundzwanzig Jahre alt war, im Sommer 1907 in Florenz, kurz vor unserer Heirat. Eine unglaubliche Ähnlichkeit!«

Sie schwieg. Ich betrachtete die Photographie in der Erwartung, noch andere zu sehen. Aber die schmalen beringten Hände der Signora ruhten zwischen den Kuverts.

» – nicht nur äußerlich!« fügte sie noch hinzu.

Dann nahm die Reihe der Bilder ihren Fortgang; mit einem Griff in die Mappen war die Distanz wiederhergestellt. Es war wieder, als werde an mir kein Anteil mehr genommen, als sei ich nur zu unterhalten bis zur Rückkunft des Sohnes.

»Hier ist Manfred zwei Jahre alt, 1910 in Forte«, verkündete die klare Stimme. »Hier fünf, im Sommer dreizehn in Oberitalien, mit vierzehn Jahren am Quai von Lugano.«

Ich tat einen fragenden Blick.

»Ja«, bestätigte sie. »Das ist immer sein Vater – Hier dann ist er Schulbub in Genf während des Krieges, und dies ist schon Wien, nach dem Krieg, 1919. Ich kann Ihnen ein Bild des Hauses in Wien zeigen – hier! – Ja, sehen Sie«, sagte sie schließlich und ordnete die Bilder wieder. »Das ist nun der Weg – von Florenz hierher in den Sand und zwischen die Heide, nur weil hier gerade ein Haus steht, das einem zufällig gehört – ich selbst – «

»Ich sah keine Aufnahme von Ihnen«, bemerkte ich.

Sie schüttelte lächelnd den Kopf und machte mit der Rechten eine wegwischende, schwimmende Geste.

»Ich photographiere mich schlecht«, sagte sie. »Vellin wollte auch nicht.«

Weiter gingen ihre Geständnisse nicht. Das Anschauen der Bilder schien beendigt, da fielen aus einem letzten Umschlag noch

einige Aufnahmen, und das war Manfred in seinen späteren Jahren. Bilder vom bayrischen Schulgut, auf einem erkannte die Signora mich, und ich bestätigte es, Bilder von seinen Reisen, in Gruppen mit Fremden auf dem Dampfer, Bilder aus London, und da – ich erkannte es wohl – auf der Terrasse der Friedlandschen Villa unter einem großen weißen Blütenzweig Manfred und Franziska.
»Ich weiß gar nicht, was das für ein Bild ist«, sagte die Signora, als sie bemerkte, daß ich es länger betrachtete als die übrigen. »Er hat mir nie gesagt, wer dieses Mädchen ist, ich hebe das Bild auf – es kommt mir so merkwürdig vor.«
Ich antwortete nicht. Die Bilder wurden zusammengeschoben und im Sekretär verschlossen. Dann saßen wir uns wieder gegenüber. Mit leichtem Griff füllte die Signora die Kaffeeschalen aufs neue und schob die Zigaretten wieder zwischen uns. Ich trank. Ich mußte lächeln über alles, was ich gesehen und vernommen hatte, ganz grundlos lächeln.
Es kommt mir so merkwürdig vor – das klang nach in meinem Ohr, noch lange, als ich bereits wieder sprach, klar und unverwirrt, als sei der kühle Vorhang zwischen mir und dieser Frau nun nicht nochmals provisorisch vorgeschoben, sondern endgültig hinweggenommen worden.

*

Denn ich hatte zu erzählen begonnen, ohne daß ich es eigentlich wollte.
Hatte ich nicht zuhören wollen, lauschen dieser fremden Welt, eindringen in die Geheimnisse dieser merkwürdigen Familie – ja, aber trotzdem hatte ich die flüchtige Frage der Signora nach dem Leben ihres Sohnes in der Stadt aufgenommen und begonnen, ihr ein Bild zu entwerfen.
Und es geschah, daß ich, ohne es zu wollen oder daran noch zu denken, alle die Dinge erzählte, von denen Manfred gewünscht hatte, daß ich sie erzähle; es geschah, daß ich nicht überschwenglich und begeistert von den Talenten und Fähigkeiten des na-

hen Freundes sprach, sondern mit einem Male eine abwägende Stimme in mir entdeckte, die manches hinzufügte und manches fortließ und sich einer prüfenden Sprache bediente.
Sie saß stumm mir gegenüber; die Rechte, geschmückt mit dem glasklaren Diamanten, hielt leicht den winzigen Löffel, mit dem sie ab und zu über das dampfende Getränk strich, um ihn dann mit einem silbernen Klingen auf das Porzellan fallen zu lassen.
Und ich mäßigte meinen Ton noch mehr. Ich hielt mich an eine sachliche Sprache. Immer stärker fühlte ich, wie wenig Empfindungen hier ins Gewicht fielen, immer stärker wurde meine Zuneigung zu dieser besonderen Einstellung der Mutter zu ihrem Sohn.
Ich erzählte von seinem ersten Auftauchen auf der Redaktion der Zeitung, ich berichtete über meine Besuche in seiner Wohnung bei der thüringischen Vermieterin. Und dann ging meine Erzählung über zu seinen ersten Erfolgen, zu dem Aufsatz über seinen Vater, bei dessen Erwähnung die Mienen der Mutter sich kaum spürbar verdunkelten, zu seinen neuen Arbeiten, seinen Übersetzungen und schließlich zu der Erzählung, an der er schrieb, dem Roman aus unseren Kindertagen, dessen erste zwanzig Seiten er mir in der Nacht vor unserer Abreise in der Wohnung der Majorin vorgelesen hatte.
Die Signora sagte nichts.
Täuschte ich mich oder bemerkte ich wirklich ein ganz feines verächtliches Zucken ihrer Mundwinkel, ein ganz leises Umwölken der Stirn, während ich von diesen letzten Dingen sprach? Ich war mir nicht ganz sicher, und diese Unsicherheit trieb mich sogar in die geringe Befürchtung, an ihrer Sympathie zu verlieren, wenn ich mit allzuviel Gewicht und Anerkennung von Manfred sprach. Diese Furcht ließ mich abermals anhalten.
Sie hob das gesenkte Antlitz, schob dann die Schale ein wenig von sich über das polierte Holz und sagte, wie dämmernd in ihren tiefen Stuhl zurückgelehnt: »Es wird Sie erstaunen, daß ich von allen diesen Dingen so wenig weiß. Aber es ist, und das kann nicht geleugnet werden, eine große Verschiedenheit zwi-

schen Manfred und mir. Ich habe nie etwas Bestimmtes aus ihm machen wollen; ich habe immer nur getrachtet, zu sehen, wohin seine Gabe geht; es ist mir vom ersten Tage an unmöglich gewesen, einen richtenden Einfluß auf ihn auszuüben. Er ist seinem Vater zu ähnlich.«
Sie hielt inne. Dann bemerkte sie jenes zustimmende Lächeln, das ich um meinen Mund sitzen fühlte, sie hob ihre Stimme ein wenig und ergänzte: »Aber ich hatte nicht geglaubt, daß er so plötzlich diesen einen bestimmten Weg einschlagen werde. Gewiß, ich verstehe wenig, fast nichts von den Dingen, die Manfred und Sie und Ihren Kreis in Berlin interessieren und bewegen. Ich habe wenig gelesen, und es wäre unsinnig, von mir verlangen zu wollen, ein kritisches Wort über Manfreds Arbeiten zu sprechen.«
Ich machte eine Bewegung, die einen leichten Widerspruch andeuten sollte, aber sie wehrte ab und fuhr fort in einem so bestimmten Ton, als gelte es unter allen Umständen, mir einen bestimmten Sachverhalt zu erklären.
»Aber ich gestehe offen, daß ich eine bestimmte Vorstellung von der Entwicklung eines jungen Menschen habe, es ist nicht ein besonderes Bildungsideal, nicht das Ideal einer Laufbahn – nein, es ist etwas anderes, und das hat Manfred nie verstehen wollen. Vielleicht werden Sie mir entgegnen, daß meine Anschauung veraltet sei, daß man in der heutigen Zeit neue Lebensformen habe und andere Vorstellungen vom Werdegang eines jungen Menschen, und vielleicht werden Sie mich mit Ihrem eigenen Leben und Ihren Erfahrungen widerlegen können und müssen. Aber sehen Sie – mir schien alles zu schnell und zu überstürzt zu kommen. Ich sehe, daß ein großes und verzweigtes Gebäude auf einem relativ unsicheren Untergrund errichtet wird. Und weil ich dieses Gebäude im Geiste schon dastehen sah, deshalb hielt ich es unbedingt für wichtig und für richtig, einen besseren Untergrund zu legen.«
Ich nickte zustimmend, erwiderte aber nichts.
»Ich kann nicht glauben, daß man aus dem Nichts etwas schaf-

fen kann, das den anderen Menschen etwas bedeuten soll. Ich habe nichts gegen den Selfmademan und den genialen Menschen, dem Mittellosigkeit nicht erlaubt, sich ein sicheres und verläßliches Fundament des Wissens und der Bildung zu errichten. Aber da Manfred das alles hätte haben können, da ihm alle Universitäten offen standen, alle Bibliotheken und Buchhandlungen, alle Menschen zur Verfügung waren, von denen er hätte lernen können, da er meinetwegen eine Reise um die Welt hätte machen dürfen – deswegen glaubte ich, hier einmal einen Druck ausüben zu müssen und die Pflicht zu haben, seine Zügellosigkeit einzudämmen, seinen Blick auf diese Dinge hinzuweisen. Er mußte diese außerordentliche Chance ausnutzen. Ich glaubte bestimmt, daß er bald spüren würde, worauf es mir ankam, und ich setzte es durch, daß er, trotz des Widerspruchs seines Vaters, nach Cambridge ging, denn es wäre töricht gewesen, seinem Hang für England nicht nachzugeben. Aber der plötzliche Tod seines Vaters erschütterte ihn derart, daß er alle Fassung verlor und wieder aussprang aus der Richtung und jetzt dieses Leben begann. Dieses Leben, das ich nicht für richtig halte und das er von jetzt ab aus eigenen Kräften meistern muß, wenn er es nicht aufgeben will.«
Die Signora schwieg und sah sich im Zimmer um. Kein Laut störte die plötzliche Stille. Dann, aufatmend, schloß sie: »Ich glaube, daß es noch nicht zu spät ist. Er kann diese Chancen immer noch ausnützen, ich werde sie ihm immer offenhalten. Aber ich kann mit ihm darüber nicht mehr sprechen. Er hört nicht darauf. Deshalb habe ich zu Ihnen davon gesprochen, denn ich glaube zu wissen, daß er Ihnen vertraut. Sie sind der erste seiner Freunde, den er in mein Haus gebracht hat. Deshalb mußten Sie sich diesen langen Vortrag schon gefallen lassen.«
Ich war verwirrt, gefangengenommen von der Stimme und dem entschiedenen Willen dieser Frau, ich griff nach der Tasse, fand sie leer, zündete statt dessen eine neue Zigarette an, Minuten vergingen im Schweigen, ich konnte keine Antwort finden.

*

Ich stand in meinem Zimmer, öffnete das Fenster und sah hinunter in den rauschenden, dunklen Garten. Eine lange Zeit stand ich so und sann über das, was mir in diesen letzten Stunden geschehen war. Daß ich noch eine Reise vorhatte, nach München, daß Mama und der Oberst mir bevorstanden und dann wieder das alte Leben in Berlin hinein bis in unabsehbare Zeit – das schien mir ganz unwirklich. Ich fühlte mich daheim in diesem Haus in der Heide. Hier war etwas, das mich band, fester als alles, was mich bisher gebunden hatte.
Die Tür öffnete sich, Manfred trat ein, schon im Pyjama, die Zigarette in der Rechten, und lehnte wieder im Türrahmen.
»Bereust du, daß du mitgekommen bist?« sagte er.
Ich fuhr auf. »O Manfred!« rief ich. »Bereuen – ich bin glücklich!«
Er lächelte. »Dieser Gefühlsausbruch stand dir aber sehr schlecht. Verzeih meine ungeschickte Ironie. Die Signora hält mich nicht für einen besonders begabten Dichter – was?«
»Sie sagte einiges über dich, womit sie unzweifelhaft recht hat«, antwortete ich.
»So?« sagte er heftig und trat näher. »Hast du mit ihr über mich gesprochen?«
Ich nickte recht gleichgültig, denn ich spürte eine recht heftige Bewegung in seinen Worten. »Reg dich nicht auf, Manfred. Wofür hältst du mich? Nein, es hatte nichts auf sich.«
Sein gespanntes Gesicht sank zusammen, er tat einen Schritt zum Fenster und zuckte mit den Achseln wie ein Mensch, der sich einem aussichtslosen Beginnen gegenübersieht. »Na ja«, kam es dann halblaut, »das ändert sich nicht mehr. Es ist eben – «
»Red doch keinen Unfug, Manfred«, sagte ich. »Wie kann ein Mensch mit so klarem Verstand wie du alles so verzerren und entstellen? Du siehst doch wirklich alles ganz falsch.«
Er lächelte mitleidig, fast geringschätzig. »Ach, mein Bester«, sagte er, »lehr du mich, die Signora kennen lernen.«
Ich schüttelte den Kopf und begann mich auszukleiden.
»Nein, Manfred«, antwortete ich, meiner Sache ganz sicher,

»wahrhaftig, es muß unglaublich sein, eine solche Mutter zu haben.«
Nach diesen Worten sah er mich einen Augenblick an, fast flehenden Blicks; dann wandte er sich um und schritt langsam zur Tür zurück.
Ratlos legte ich mich zu Bett, löschte das Licht, lag im Dunkeln, konnte nicht schlafen, zündete das Licht wieder an, las in einer umherliegenden Zeitung, starrte gegen die Decke.

*

Oh, wie war Manfred jung und häufig sich wandelnder Gefühle fähig!
Am anderen Tag schien er alle Sorgen und Betrübnisse vergessen zu haben, sein Antlitz war rein und ungetrübt, von einer fröhlichen, fast ausgelassenen Kindlichkeit umspielt.
Er kam hereingestürmt, glättete sich das Haar, wusch die Hände, alles in einem Wirbelwind übermäßigen Schwunges. Er trat vor seine Mutter, die jetzt im Licht des Tages ein wenig blaß zu sein schien, und küßte ihr fast überschwenglich die Hände.
»Bist du zufrieden, Manfred?« fragte die Signora.
»Und wie!« antwortete er. »Das schönste ist, daß Oswald mit hierhergekommen ist – das ist wirklich schön, Korporal.«
Und er schüttelte mir heftig die Hand, als hätten wir uns an diesem Morgen noch gar nicht begrüßt.
Die Signora war wieder Kühle, Ruhe und Abstand selbst. Ein selbstverständliches, herzliches Lächeln huschte des öfteren über ihr Antlitz. Es war rührend zu sehen, wie Manfred sich um sie bemühte. Er war ganz Aufmerksamkeit, rückte ihren Stuhl zurecht, reichte die Speisen und haschte nach jedem lieben Blick. Aber es schien fast, als merke sie es nicht. Er jedoch ließ nicht ab von seiner kindlich kavaliermäßigen Werbung.
»Ich muß mich bei meiner Mama wieder in Gunst bringen!« sagte er, auf geheimnisvolle Weise lächelnd, ergriff die Teekanne, erhob sich und ging um den ganzen Tisch herum, um ihre Tasse zu füllen.

Die Signora lächelte, dankte, aber was vorging, schien sie nicht ganz zu verstehen. Ich fand, daß Manfreds Manöver hart an der Grenze des Albernen lag.

*

Der Nachmittag sah mich – war es Zufall? – wieder auf eine Stunde allein mit der Signora im kleinen Salon. Und als sei eine Nacht nicht vergangen, knüpften unsere Wort von selber dort wieder an, wo unser Gespräch am Abend geendet hatte.
»Mein Vater«, sagte ich, und hielt die Kaffeeschale halb zum Mund geführt an, »mein Vater gab allerdings auf das Studium nichts. Er schickte mich direkt nach dem Abiturium nach Berlin an die Arbeit. Und ich sehe, was dabei herausgekommen ist, ein Irrtum.«
»Sie sprechen sehr deprimiert über Ihre Existenz«, sagte die Signora. »Aus Manfreds zwei, drei Briefen hatte ich nicht entnehmen können, daß Sie sich in Ihrer Stellung und in Ihrem Beruf unglücklich fühlen. Im Gegenteil – – «
»Nahmen Sie ein so persönliches Interesse an mir?« fragte ich verlegen, fast spöttisch.
Das Gesicht der Signora wurde ernst. »Ja«, antwortete sie. »Ich machte mir aus Manfreds Mitteilungen und aus der Tatsache, daß er den dringenden Wunsch hatte, Sie hierher zu bringen, eine sehr bestimmte Vorstellung von Ihnen.«
»Und fanden Sie sie bestätigt?« fragte ich, mit Herzklopfen.
»Sie erwarten ein Kompliment?«
»Nein!« antwortete ich niedergedrückt. »Höchstens eine Verurteilung.«
Signora Margherita schwieg. Sie sah über die polierte Fläche des Tisches hinweg, mit halb gesenktem Blick, der mir etwas verschleiert schien, dann betrachtete sie einen Augenblick ihre linke Hand, schob den Diamanten zurecht und sah auf, ohne meinem Blick zu begegnen.
Fast unwillig schien mir ihr Gesichtsausdruck. Aber er bewegte mich, ja, er gab allen meinen Gedanken ein heimliches Zittern

und Beben, wie ich es immer empfinde, wenn entscheidende Ereignisse sich zwischen den Worten ankündigen. Und dann erbebte mein Herz wie in einem heimlichen, freudigen Schreck, als ich ein leichtes Vibrieren in ihrer Stimme vernahm, das nicht völlige Sicherheit ahnen ließ, als sie, den Blick von neuem gesenkt, mit einer undeutbaren Bewegung der Hand sagte: »Wollen Sie es mir erzählen?«

Ach, ich wußte jetzt, daß es auf Manfred zwischen uns nicht mehr ankam. Jetzt hatte der Ton in ihrer Stimme mir verraten, daß wir dieser Brücke nicht mehr bedurften, um uns einander mitzuteilen. Ich spürte die übermäßige Freude in meinem Herzen und versuchte sie zurückzudämmen.

Die Folge der Worte, die ich sprach, weiß ich nicht mehr. Sie war mir bald darauf entfallen. Ich höre nur noch meine Stimme, ich weiß noch, daß ich meine Hände ruhig zu halten vermochte unter ihrem teilnehmenden Blick, ich erinnere mich, daß mich keine Unsicherheit umgab, als ich von meinem Leben berichtete. Ich sprach von dem, was mir während der letzten Zeit, den Monaten meiner schwersten Krise, als das Bild eines wirklichen Lebens erschienen war, und ich erklärte, aus welchen Gründen ich gehindert sei und ewig sein müsse, in dieser Stadt jene Lebensform zu erreichen. Ich sprach von der geistigen Existenz des jungen Menschen in dieser Zeit, wie sie mir in ihren wesentlichen Punkten leibhaftig vor Augen stand. Daß des jungen Menschen Existenz in dieser Umwelt bedroht sei, nicht so sehr, weil es ihm nicht möglich sei, in den wichtigen und kritischen Jahren einen umfassenden Vorrat an Bildungsstoffen zu erwerben, sondern weil dieses Leben in den intellektuellen Kreisen der großen Stadt ihn mit einer viel zu großen Anzahl von unwichtigen und auch gefährlichen und schädlichen Menschen zusammenbringe und ihn zwinge, sich mit ihnen zu beschäftigen, ohne ihm das nötige Rüstzeug zu geben, mit dem er sich ihrer auf die Art entledigen könne, die ihnen gebühre.

Ich schilderte das Leben auf den Redaktionen der großen Zeitungen, in denen so viele junge geistige Menschen die wichtigen Jahre ihrer Entwicklung mit kleinen Plänkeleien hinbringen, hinbringen müssen mit Intrigen und Korruption, mit Schwarz- und Weißrederei, mit oberflächlichen Worten, um einen überlegenen Standpunkt erreichen zu können. Ich schilderte den strahlenden Glanz des Leuchtfeuers großer Prominenz, in dessen verheißungsvoll schimmernden Umkreis der junge Mensch in Berlin unbedingt gezogen werde, unter dessen kalter Sonne er jedoch alsbald verdorre, wenn nicht Machenschaften und Flachrederei es ihm gestatteten, in kurzer Zeit sich selbst auf diese fragwürdige Höhe zu erheben.

»Wer sich nicht mit allen hundert Prozent in die Niedrigkeit und Hohlheit des Betriebes, der Börse für Kunst und Literatur hineinkniet«, fuhr ich fort, »wer Widerstand entgegensetzt der Unwissenheit, Anmaßung und der inhaltslosen Großsprecherei, wer bemüht ist, sich als wirkliche geistige Existenz, mit dem, was er ist und was er kann, und nicht mehr und nicht weniger, seinen Platz zu schaffen, der wird einige Male im Kreise dieses großen Wirbels herumgedreht und dann an die Peripherie geschleudert, und damit ist seine geistige Existenz für Berlin zerbrochen. Und selbst, wenn er es schafft, wenn er sich unter die Nichtwisser in den großen Positionen mengt, wenn er ihnen das Wort redet, mit ihnen intrigiert und korrumpiert, wenn er zu allen Aktionen seine Hände herleiht, selbst dann, wenn er sich einmal wirklich durchgesetzt hat, wird er sich immer noch in der Gesellschaft geistiger Mischlinge und Zuhälter befinden, selbst dann wird er sich noch nicht in den Kreisen wirklicher Kultur, wirklichen Verstandes, tatsächlicher Bildung befinden, nach denen sein junges Herz sich sehnte, als er diesen schwierigen und schmierigen Weg unternahm. So ist es.«

Die Signora erwiderte nichts. Sie griff nach den Zigaretten, schälte eine aus dem silbernen Papier und zündete sie an. In einem langen dünnen Strahl blies sie den Rauch unter der Lampe hindurch, und die kleinen Wolläffchen, die an einem Faden von ihr herabhingen, taumelten ein wenig.

»Manfred hat eben seine ersten Erfolge. Er hat sich Beziehungen geschaffen, die seine Existenz einigermaßen verbürgen. Noch ist er freilich unbekannt, aber in einem Jahr wird er es nicht mehr sein, dann wird er oben sein, und ich wäre sehr betrübt, wenn ihn nicht dann endlich der Abscheu packte und er ein anderes Leben begönne.«

»Sie sprechen wieder von Manfred«, sagte die Signora fast hartherzig. »Lassen Sie ihn gehen. Er gehört zu den Menschen, die nichts erkennen, ehe sie es nicht am eigenen Leibe erfahren haben. Und wenn er es nicht erkennt, ist es dann schade gewesen um ihn?«

Ich erschrak.

»Bei seiner Begabung wird es immer schade sein«, sagte ich.

»Ich weiß nichts von seiner Begabung«, sagte sie kühl. »Ich verstehe nichts davon. Ich will mich gern überzeugen lassen. Aber Sie – was werden Sie nun tun?«

Ich zuckte die Achseln, ratlos vor so viel unmütterlicher Entschlossenheit.

»Ich werde«, sagte ich leise, »ich werde mit meinen Eltern in einen schweren Konflikt geraten, aber ich werde ihn überstehen. Und dann wird sich einmal das finden, was ich möchte.«

»Was möchten Sie?« fragte sie.

Ich antwortete nicht.

Da faßte sie schnell nach meiner Hand, die etwas vorgestreckt auf dem Tisch lag und drückte sie heftig, ohne mich anzusehen. Ich wußte nicht, was mir geschah. Ich schloß die Augen einen Moment, um nicht hinsehen zu müssen. Auf dem Gartenweg knirschte der Kies. Sie erhob sich schnell.

»Ich mache noch etwas Kaffee. Manfred kommt eben.«

Ruhe lag auf unseren Gesichtern. Die Schalen Kaffees zwischen uns, waren wir ein jeder mit unseren Gedanken beschäftigt und sprachen nicht. Dann stand Manfred auf, entfernte sich aus dem Zimmer, die Signora sandte einen fragenden Blick zu mir hinüber, ich beantwortete ihn fragend, stumm. Plötzlich jedoch trat er wieder ein, ernsten, freien Angesichts, eine Mappe in der Hand. Ich lächelte ihm zu, ich wußte, daß es seine Erzählung war, die er da brachte, und ich war glücklich, daß er uns daraus vorlesen wollte. Manfreds tiefe klingende Stimme war immer schön zu hören, und wenn er seine reichen Sätze voller Melodie und Farbe las, dann war das fast schöner, als wenn er nur sprach. Er tat einen Blick zur Signora hinüber, sie lächelte, jetzt wie eine Mutter, fast hingebend, glücklich, er entfaltete die Blätter. So war er nun abermals verändert in dieser Nacht. Noch nie hatte ich seine Stimme so gehört. Freilich, er legte alles in sie hinein, was er besaß. Mit jeder Seite, die er wandte, fühlte ich stärker den Strom zu mir kommen, der von seinen Sätzen ausging. Noch nie hatte er eine solche Kraft besessen, eine solche Kraft der Trauer und des Jubels, der Wehmut und der zarten Freude.

Signora Margherita wandte den Blick zu mir und senkte ihn schnell. Manfred bemerkte es nicht.

Er sprach nicht mehr. Seine Stimme war Melodie geworden, er sang seine Sätze, es war Süße und betörende Herbheit darin, er sah nichts mehr um sich und hörte nichts, er war ganz hingegeben an seine Aufgabe: durch die Kraft seiner Erzählung seiner Mutter zu sagen, wer er war.

Und dann, als es zu Ende ging, spürte ich, wie seine Stimme stockend wurde, wie er nicht mehr aufsehen konnte, es war, als habe er Tränen zwischen den Lippen, seine Hände griffen mehrmals unruhig über das Papier, fanden keinen Halt, irrten umher, und endlich schloß er die Augen, hielt inne, es entstand eine Pause unsagbarer Verwirrtheit, dann raffte er sich auf und las mit schwer gebändigter Stimme die letzten Sätze: » – und du sollst nicht weinen, Geliebte, wenn der Morgen kommt und der neue Tag sich zwischen den Birken kündet. Denn siehe, ich bin ein Kind, aber ich bin bei dir – – «

Er brach ab. Die Bogen des Manuskriptes entfielen seinen Händen, die schnell nach den Augen griffen. Ich wandte mich ab. Ein wild aufbrechendes Weinen, ein Schluchzen von unfaßlicher Gewalt hatte ihn überkommen, er erhob sich, unsicher und schwankend, trat zum Fenster und stützte die Arme auf

den Sims, so einige Sekunden verharrend, brach es plötzlich von neuem aus ihm, er stürzte zur Türe, abgewandten Angesichtes, und war hinaus.
Die Mutter erhob sich, ich gewahrte Angst und Erschütterung in ihren gleichmäßigen, unbewegten Zügen. Ihre Blicke irrten einen Augenblick im Zimmer umher, fielen auf das Manuskript am Boden, sie beugte sich und hob es auf, und dann plötzlich, wie von Angst geschüttelt, rief sie, hilflos, wie ein Kind: »Manfred, ich komme!«
Ich hörte ihren Schritt auf der Treppe zum oberen Stock, vernahm einige Worte, von Tränen erstickt, und dann war alles ruhig. Als hätte ich eben eine große Anstrengung überwunden, so schmerzten mich meine Augen, so brannten mir die Lippen. Ich lehnte mich zurück. Drückende Hitze umlagerte meine Stirn, ich stand auf, öffnete die Haustür und trat in die Kühle des nächtlichen Gartens.
Eine lange Zeit verging. Ich war keines Gedankens fähig. Manfreds Erzählung, von noch unfaßlicherer Schönheit, als ich es je von ihm gehofft, bedrückte mein Herz zu sehr, zog es zu stark in eine ganz andere, ganz fremde Welt, in der ich und meine schwachen, künstlichen Empfindungen nichts galten, wo ich nur hingerissen seiner reichen Sprache zu lauschen hatte. Dann kam die Signora zurück und trat zu mir hinaus auf die Stufen der steinernen Treppe.
»Er ist ruhig«, sagte sie. »Er wird schlafen. Ich habe ihn noch nie so erlebt.«
Ich nickte und faßte nach ihrer Hand, die sie willig gab.
»Eine fremde Welt«, sagte ich jetzt, gefaßt und voller Bewußtsein des Gegensatzes. »Aber welch eine Welt, Signora!«
Sie antwortete nicht, trat näher an mich heran, hielt noch immer meine Hand, und ich fühlte den kühlen Stein.
»Die Welt seines Vaters«, sagte sie langsam. »Die Photographie auf der Terrasse unter den blühenden Bäumen.«
»Ich ahne die Wirklichkeit«, antwortete ich.

*

Signora Margherita stand in der morgendlichen Veranda am Teetisch im hellen gelben Kimono, und ich bemerkte zum erstenmal den zarten Silberschimmer, der über ihrem Haar lag.
»Sie haben Zeit«, sagte sie gedehnt, fast müde. »Nehmen Sie noch eine Tasse.«
Ungekannter Zauber, diese winterliche Morgenstunde – dunkler Tee in meiner Tasse aus durchsichtigem Porzellan, Zucker in der kristallenen Schale, der leicht auf dem silbernen Löffel zergeht, kleines gebräuntes Gebäck und der Duft der Virginiazigarette dazwischen – ich träumte.
»Ich möchte, daß Sie bald wiederkommen«, sagte sie ernst und versonnen. »Kommen Sie bald, Oswald, wenn Sie die Einsamkeit nicht schreckt.«
»Sie schreckt mich nicht, Signora Margherita«, antwortete ich. Unsere Blicke begegneten sich, stumm, noch nicht ganz enträtselt. Die Tür ging auf, Manfred trat herein, blaß, aber mit glänzenden Augen. Er trat an seine Mutter heran, und jetzt geschah es, daß er sie küßte.
»Welch eine verdammte Schweinerei, daß du abreist!« sagte er dann mit ein wenig zitternder Stimme.
»Er ist eine gute Erwerbung, Manfred«, antwortete die Mutter. »Ihr sollt bald wiederkommen, so oft ihr wollt und könnt.«
»Ja, Signora«, sagte er.
Der Wagen war zur Stelle, wir stiegen ein, die Mantelkragen hochgeschlagen, die Hüte in der Hand, die Signora winkte, und dann ging es hinaus in den kalten Dezembermorgen. Ich nahm Abschied von Manfred mit übervollem Herzen, das mir nur einige wenige kärgliche Worte erlaubte. Wir verstanden einander. Wir liebten uns fast.
»Korporal«, sagte er, »meinst du, daß ich der Wirtin kündigen soll? Wir wollen jetzt zusammen wohnen.«
»Ja, General«, antwortete ich, ein wenig erschauernd. »Tu es, wir werden es einrichten mit der Majorin.«
»Addio dann in Berlin!«
» – dio!«

*

Das Hotel zu den Vier Jahreszeiten in München.
Der Oberst spricht. Seine Stimme ist viel älter geworden in diesen zwei Jahren. Sein Haar ist jetzt ganz weiß, nicht nur seine Schläfen. Er hat einen tiefen bitteren Zug um den Mund, sein Blick hat etwas Flackerndes bekommen, er trägt jetzt eine schwarze Brille.
Der Oberst ist noch immer aufrecht. Wenn er auch jetzt resigniert hat. Er geht nicht auf seinen Posten nach Konstantinopel zurück. Er tritt überhaupt keinen Posten mehr an. Er beabsichtigt, ein Häuschen zu kaufen, irgendwo zwischen den Bergen, an einem See, er weiß nicht wo. Er meint, daß sein kleines Vermögen es gestatten wird. Das hat er eben alles berichtet in wenigen Minuten.
Mama ist auch da. Sie hat der Unterredung zugehört. Mama ist nicht sehr gealtert, finde ich. Einige silberne Fäden entdeckte ich in ihrem schwarzen Haar, als ich sie beim Wiedersehen küßte. Sonst nichts. Sie lächelt froh. Ist sie denn stolz auf mich?
Schwerer blauer Zigarrenrauch lagert über dem breiten Schreibtisch mit dem grünen Löschpapier. Der Oberst, hoch aufgerichtet, ein riesenhafter Mensch, hat die Hände aufgestützt, die Rechte hält einen Brieföffner, geschnitztes Elfenbein. Auf dem Tischchen neben mir stehen Tassen, dunkle Teeblätter in ihrem Grunde, ein benutztes Buttermesser, Krümel von Weißbrot, Überreste einer nächtlichen Mahlzeit zu dreien.
Der Oberst hat also kapituliert. Er zieht sich zurück, der hohe starke Mann, er macht nicht mehr mit.
»Du hörst nicht zu?« fragt er.
»Ich habe dich vollkommen verstanden. In allem und allem«, erwidere ich.
Dann reicht er mir die Hand über den Tisch, auch Mama steht dabei, sie lächelt und legt die Arme um unsere Schultern. Der Oberst sagt: »Wir wissen, wie diese Welt aussieht, wir beide.« Er lacht. »Sie ist elend und reichlich nichtswürdig. Fahr fort, mein Junge, es wird werden.«
Ich habe nicht den Mut, zu widersprechen. Ich kann nicht, ich

kann nicht die Wahrheit sagen. Ich kann nicht gestehen, wie mir zumute ist, nicht erzählen, was ich erlebt habe. Niemand würde es verstehen.

Schwach und feige – würde der Oberst sagen, mit einem bittern, sehr bittern Ton.

Ich kann nicht. So fremd ist das alles geworden. Vor einem Jahr war ich viel jünger. Damals liebte ich Mama wie ein junges Mädchen, damals war er ein großer und starker und kluger Mensch. Das fing an zu zerbrechen, als Paris ihm verloren ging. Und jetzt ist es ganz zerbrochen. Jetzt weiß ich schwer mehr mit ihm zu sprechen.

Es wird ein wenig Wein getrunken zum Überfluß. Die Eltern sind voller Hoffnung für mich. Sie sehen Leistungen, wo ich Abscheu empfinde. Ich kann es nicht sagen. Zorn und Tränen – beide sind mir gleicherweise verhaßt.

Woran ich denke in dieser Nacht?

Lieber Gott – Manfreds liebes Gesicht, in reinster Freundschaft hingegeben, steht vor meinem Blick noch immer, rührt mich noch nach diesen schwierigen Stunden, die nichts zu verwischen vermochten.

Signora Margheritas Antlitz, schön, blaß, das Haar im Silberhauch, kommt zu mir herüber und ruft mich.

Und ich weiß: ihre starke hohe Gestalt, weit schon in den reifen, reichen Jahren, war niemals eine Mutter.

Sie ist jünger als wir alle.

Neunter Abschnitt

Am dritten Januar mittags war ich wieder in Berlin. Der Schnee fiel in dichten Flocken, eingehüllt in weißes Gestöber flutete der Verkehr lautlos und verschwommen durch die frühe Dunkelheit. Ein trübseliges Weihnachtsfest zwischen drei Hotelzimmern lag hinter mir, an das mich nichts mehr erinnerte als der Füllfederhalter, Geschenk meines Vaters, als die neue Armbanduhr, Geschenk meiner Mutter, denn meine andere sei mir gestohlen worden, hatte ich erzählt. Ich trug drei gelbe Pfandscheine in meiner Brieftasche, lautend auf Uhr, Siegelring und Zigarettenetui, seit mehreren Monaten.
Die Majorin fand ich freundlich vor, mit hunderttausend Erzählungen aus den Weihnachtstagen und darüber hinaus viel wirrem, gutgemeintem, belanglosem Geschwätz. Ja so – es habe in den letzten Tagen mehrmals telephoniert, eine weibliche Stimme, sie sei ihr bekannt vorgekommen, aber genau sagen könne sie nicht, wer es gewesen sei. Mein Gott, ja, das Gedächtnis, und außerdem sei ein Rohrpostbrief da, drinnen im Zimmer, seit gestern abend.
In dem Rohrpostbrief stand: »Bitte ruf mich sofort im Edenhotel an, es ist sehr wichtig, Tageszeit gleichgültig. Ellen.« Was das schon wieder für eine Geschichte war! Nein, ich wollte mit Berlin und diesen Menschen gar nichts mehr zu tun haben, ich wollte in keine Affäre mehr hineingezogen werden. Schluß, ich rufe dich nicht an, Ellen, werd mit dir selbst fertig. Ich habe diesen Brief nicht bekommen, bedaure unendlich. Natürlich rief ich trotzdem an, zitterte sogar etwas, sie war nicht zu Hause, Gott sei Dank. Händewaschen, Taxi, auf die Zeitung, die Kasse wird um fünf Uhr geschlossen, ich habe kein Geld mehr. Ruth, im schwarzen Satinkittel, sehr blond, sehr fröhlich, zufrieden, war der erste Mensch, der mir auf dem Gang begegnete.
»Tag, Ruth, nun wie geht's denn? Hast dich schon etwas eingearbeitet? So, in der Politik bist du, Sekretärin von Philipp, ganz

interessant, was? Ja, ich komme eben von der Bahn, Augenblick.«
Leichten Schrittes, sie hinkt ja, das bemerkte ich eben wieder, einen Stoß Mappen unter dem Arm, geht sie in ihr Zimmer. Gut, gut, Ruth ist also hier schon zu Hause. Zimmer 34 lag verödet, nur Frisch, Gold Flake rauchend, saß betrübt in der Ecke. Die Begrüßung war herzlich, etwas bedrückt. Frisch weiß selbst nicht, was los ist. Flachslander selbstverständlich auf Urlaub, natürlich. Alle Arbeit alleine machen. Urlaub gut verbracht, danke, macht sich. Viel Arbeit, geht, nicht so schlimm. Natürlich, ich mache heute wieder Nachtdienst. Ich versuche, Geld zu verschaffen, nein, Vorschuß habe ich nicht, sechzig Mark noch zu bekommen, danke schön, zwei Minuten vor Toresschluß, der Kassierer lächelt.
»Sie verdienen einen Haufen Geld, Herr Laengfeldt!«
So, das hat der Mann auch schon bemerkt? Komisch, ich merke es gar nicht, ich habe nie etwas in der Tasche. Von den fünftausend für Konstantin liegen dreitausendachthundert zur Aufbewahrung auf der Deutschen Bank, Konto Heinz Frisch. Davon könnte ich Konstantin gelegentlich verständigen. Saugeld, für nichts hinausgeschmissen. Edelmut, reiner Edelmut – rührt mich gar nicht. Ärgert mich eher.
Dann rattert das Telephon wieder ununterbrochen, ohne Unterlaß, als sei ich ein Auskunftsbüro, lauter Unfug, man kommt nicht zur Ruhe. Endlich überfliege ich das Morgenblatt, schnell, orientierungshalber, den lokalen Teil, war ja eine Woche nicht in Berlin – mir bleibt das Herz stehen.
Landgericht Charlottenburg II: In Abwesenheit beider Parteien wurde heute die Ehe des bekannten Schriftstellers und Dramatikers Konstantin Schilling und der Schriftstellerin Ellen Duvernon geschieden.
So, damit bin ich mitten drin in der Berliner Prominentenwirtschaft. Natürlich haben sie sich satt, die beiden. Ellen, diese Überintellektuelle, dieses Hornbrillentierchen mit Neigung zum Erotisch-Gewagten, Konstantin, dieser mondäne Flausenmacher

und Geldverdiener, kann mir schon denken, daß das nichts war. Aber die Ellen schließlich hatte ich doch gern, ich hatte ihr allerlei zu verdanken, ich müßte sie schließlich anrufen.
Aber sie ist wieder nicht da. Ich schüttle den Kopf: Wie oft ist mir das nun schon in dieser Stadt passiert? Irgend jemand ruft einen zwanzigmal an, will einen unbedingt sprechen, man erreicht ihn nicht, und schließlich geht es auch so, schließlich war es gar nicht so wichtig. Ein bißchen sehr hysterisch ist dieses Berlin ja doch, da kann Manfred sagen, was er will.
Es ist einfach unmöglich, sich diesen Berliner Netzen zu entziehen. Ich habe fest beschlossen, nach dem Nachtdienst nicht mehr auszugehen, pünktlich um halb ein Uhr bin ich natürlich bei Schwanneke, sehe mich um, finde keinen Bekannten, will schon gehen, da steht Konstantin vor mir, wie aus dem Teppich gezaubert.
»Laengfeldt!« ruft er mit geradezu unwahrscheinlicher Begeisterung.
»Tag, Schilling!« sage ich. »Womit verdiene ich diesen Enthusiasmus?«
Unangenehm ist mir das. Mit keinem Wort erwähne ich die Scheidung. Sicher will er mir jetzt Ellens Eheschändlichkeiten erzählen. Darauf habe ich keinen Appetit. Aber ich gehe doch mit.
»Wo ist denn Ellen?« frage ich.
»Verpraßt mein Geld im Edenhotel«, sagt er und tut, als sei es selbstverständlich, daß ich alles weiß. »Vielleicht ist sie schon weg. Wollte nach St. Moritz.«
»So?«
»Na ja, war ja eine unhaltbare Sache, können Sie sich denken, wir beide wissen ja Bescheid. Bedaure den Nachfolger. Englischer Rennstallbesitzer soll es sein, habe keine Ahnung, hoffentlich heiratet er sie.«
»Na, und Sie?«
»Ach mir – mir geht es tadellos«, erzählt Konstantin und gießt Beaujolais ein. »Wie soll es mir schlecht gehen – ein neues Buch

kommt im März, und das neue Stück liegt bei Reinhardt für die nächste Saison.«
»Na, und jetzt sind Sie wieder ganz solo – wie?«
»Wie man's nimmt – schwirrt so alles mögliche um einen herum, verstehen Sie, kann mich nicht so recht entschließen, schwieriger Fall. Man bleibt immer im selben Milieu, das ist das Komische – Schauspielerinnen.«
So quatscht man stundenlang. Das heißt, Konstantin quatscht. Erzählt fortgesetzt von seiner neuen Liebe, begeisternd schöne Frau, tadellose Familie, auch Geld da, na, aber den Namen will er nicht nennen, partout nicht, ich könnte sie kennen, gibt er zu.
»Na, und was ist schon, wenn ich sie kenne?«
Er lacht, quatscht und faselt weiter. Fassungslos begeistert ist er von seiner neuen Eroberung, kommt gar nicht auf die Idee, er könne mich langweilen, schwärmt in Details, blond, vollschlank, sehr gut angezogen, sogar phantastisch angezogen, geistreich, sprühend, herrlichen Augenaufschlag, helle, leicht gebräunte Haut wie Samt, und wenn sie weint, dann ist man hin – ja, er hat es einmal erlebt, das war so: komische Geschichte überhaupt, alles läßt sie mit sich machen, fabelhaft geradezu, inszeniert ein riesiges Theater, aber bei dem bewußten Punkt, wenn's dann soweit ist, dann ist es aus, vollkommen aus, eifert Konstantin, ganz ratlos ist man, ekelhafte Situation, ob ich mir das vorstellen kann, Knie zusammen, kratzt, beißt, nichts zu machen. Ja, wenn er wüßte, was da los ist –
Um halb drei Uhr gehe ich nach Hause, das heißt, Konstantin fährt mich mit seinem Buick. Um halb drei Uhr weiß ich Bescheid.
Beide sind wir nicht mehr ganz nüchtern, Konstantin schon gar nicht.
»Hören Sie, Konstantin«, sage ich, »dreitausendachthundert liegen schon auf der Bank, Sie wissen, von damals – wenn Sie sie haben wollen – «
»Was für Zeug?« brüllt Konstantin mich an. »Kann mich gar

nicht mehr erinnern. Ich soll dir fünftausend gepumpt haben – ausgeschlossen, vollkommen ausgeschlossen, Irrtum, mein Kind – das war ich nicht.«
Ich erinnere ihn nochmals genau. Mir wird unheimlich zumute. Jetzt besinnt er sich. »Aber ja, Kindchen, das ist ja schon so lange her, das habe ich ganz vergessen, kannste behalten.«
»Konstantin, Sie sind ja besoffen, fünftausend – «
»Besoffen?« Er richtet sich auf im Wagen, sieht mich wütend an. »Sag du, daß ich besoffen bin, du Lausejunge! Wenn ich dir sage, du kannst es behalten, dann kannst du es behalten. Ein Mann, ein Wort!«
»Sie sind verrückt, Konstantin«, sage ich. Der Wagen hält vor dem Haus der Majorin. Ich steige aus. Der Schnee fällt, richtige Winternacht haben wir. Meine Hände zittern. Herrgott, fünftausend will er verschenken, nein, das ist ja absoluter Unfug.
»Marsch ins Bett!« schreit er aus dem Wagen. Und dann murmelnd: »Besoffen, besoffen, sagte er, soll ich sein!«
Und traurig, ganz in sich versunken, läßt er den Motor wieder an und trödelt ab, Lietzenburgerstraße hinauf, verschwindet im Gestöber.
Ich denke, ich bin blöde. Dieses Berlin ist ja vollkommen irrsinnig geworden. Ellen und Konstantin sind geschieden, fünftausend Mark werden einem da im Schneegestöber geschenkt, und Konstantin hat ein Verhältnis mit Franziska. Das alles in einer Nacht.
Armer Manfred – denke ich. Das ist dein Ideal. Pfui, Spinne!

*

Halb zwölf Uhr war ich auf der Redaktion.
Das Haus lag totenstill. Kein Mensch auf dem Gang. Die Zimmer fast sämtlich verödet. Um halb drei war immer noch niemand zu sehen. Warum arbeitete eigentlich kein Mensch? Frisch tippte irgend etwas Privates im Nebenzimmer, ich schlenderte den Gang hinunter, sah in Doktor Philipps Zimmer, wo Ruth allein an der Maschine saß.

»Tag, Ruth – weißt du, was los ist?«
»Ja, nicht genau, Konferenz im Verlag glaube ich, Philipp sagte es. Wer weiß, was es für ein Problem gibt!«
Ich setzte mich nieder, wir rauchten eine Zigarette zusammen, schwatzten ein bißchen, dann ging das Telephon, es war Frisch aus Zimmer 34, ich würde am Apparat verlangt. Die Zentrale stellte um. Manfred sprach.
»Hallo, Manfred, bist du wieder da! Seit wann in Berlin? Eben angekommen? Na, fein – ja? Ich? Schon seit gestern – war schön bei Euch, bist lange geblieben, was?«
Ich verstand nicht richtig. Die Wirtin machte Schwierigkeiten. Er werde mit ihr allein nicht fertig. Eine enorme Rechnung habe sie da präsentiert, ob ich Geld hätte? Wir verabredeten, daß ich in einer halben Stunde bei ihm sein sollte.
In diesem Augenblick kam Philipp hereingestürzt, aufgeregter denn je, sah mich, starrte mich entgeistert an, ließ dann eine lange, völlig konfuse Rede vom Stapel. Ich begriff nicht gleich, schließlich doch, und sah ihn fassungslos an.
In einer vier Stunden währenden Konferenz hatte Chefredakteur Holten dem Verlag auseinandergesetzt, daß er aus diesen und jenen Gründen den Posten des Chefredakteurs niederzulegen wünsche.
Der bedauerliche Tiefstand des allgemeinen Mitarbeitermaterials, die Unzuverlässigkeit, Haltlosigkeit der politischen Richtung des Blattes, die mangelnden moralischen Grundsätze, die auch eine Zeitung haben müsse – kurz gesagt, unter lauter Analphabeten und Schmierern könne er nicht mehr arbeiten. Entweder der gesamte Redaktionsstab werde von Grund aus neu zusammengestellt, oder er verabschiede sich. Es sei heute keine Ehre mehr, Chefredakteur dieser Zeitung zu sein, er müsse sein politisches und moralisches Prestige hergeben, um das der Zeitung zu stützen. Das sei unhaltbar.
Der Verlag sei ganz entgeistert gewesen, berichtete Philipp, ohne zu bemerken, daß »Fräulein Friedland« unsere Unterredung mit anhörte, man sei ganz konsterniert, habe sich Bedenkzeit aus-

gebeten, um Nachforschungen anzustellen, Holtens Angaben zu prüfen, alles in allem eine tolle, eine ganz tolle Angelegenheit.

»Ja, mein Lieber, jetzt heißt es arbeiten die nächsten Tage. Nicht gehen lassen, sonst sind wir sofort auf der schwarzen Liste. Eher fliegen wir alle heraus, als daß der Verlag Holten gehen läßt.«

Ich spürte, daß das auf mich gemünzt war, erschrak und verabschiedete mich schnell. Frisch war völlig überrascht, als ich ihm diese Neuigkeit mitteilte, aber auch er gab mir sofort den Rat, mich anzustrengen.

»Vor allem mit Rohn keinen Krach, mein Junge«, sagte er. »Sei klug, vertrag dich endlich mit diesem Menschen. Es ist ekelhaft, ich weiß, aber er hat mehr zu sagen als der Chef.«

Ich ging. Mir war ganz schrecklich zumute. Ich sah auf die Uhr, tat den schweren Gang zum Honorarchef, um einen Vorschuß zu erbetteln, erhielt ihn und machte mich mit dem Geld auf zu Manfred.

Er war überglücklich. Er fiel mir um den Hals. »Korporal, wie schön waren diese zwei Tage!«

Wir gingen an die Erledigung der Sache mit der Wirtin. Manfred bestand darauf, unbedingt sofort ausziehen zu wollen. Er denke nicht daran, noch den ganzen Januar in diesem Stinkloch zu bleiben, erklärte er. Die Wirtin wurde zitiert, galoppierte heran, Rechnung in der Hand, von vornherein unnachgiebig. Die Situation war komisch, nichts als das. Manfred ereiferte sich, schlug auf den Tisch und schalt die Frau eine Betrügerin, eine Geldschneiderin, und ihr Lokal ein, sanft gesagt, zweifelhaftes Etablissement. Im allgemeinen Geschimpfe gingen meine Vorstellungen unter, schließlich drang ich durch und begann mit einer Revidierung der präsentierten Rechnung.

Sachlich, Punkt für Punkt, strichen wir von jedem Posten etwas ab und hielten ihr das Ganze vor. Soviel könne sie anständigerweise verlangen, aber nicht mehr. Ich zog das Geld aus der Tasche und legte es hin. Hundertundsiebzehn Mark hatte sie verlangt, dreiundsechzig waren wir bereit zu zahlen. Sie schimpfte, schlug Krach, wir lachten, Manfred packte inzwischen seine Sachen zusammen, sie sah ein, daß es aussichtslos war, für den laufenden Monat noch etwas zu erhalten, und unter großem Getöse und Gedröhn polterten wir mit vier Koffern bewaffnet die Treppe hinunter. Oben wurde die Tür mit vernehmlichem Krach zugeschlagen. Das Kapitel Augsburger Straße war erledigt.

»Ja, ich habe mit der Majorin noch gar nicht gesprochen«, fiel es mir ein. Immerhin machten wir uns auf nach der Lietzenburgerstraße.

Die rührende Alte war zu Hause, bedauerte, kein Zimmer frei zu haben, alles sei besetzt, hinten die zwei Zimmer habe die Siebert, das eine kleine der russische Maler und das andere, das kleinste, ich. Es sei kein Platz. Wir waren ratlos. Da machte Manfred den kühnen Vorschlag, ob wir nicht zu zweit in dem kleinen Zimmer wohnen könnten. Die Majorin war verdutzt, meinte, ob wir uns wohl vertragen würden, willigte schließlich ein, nachdem der Preis von fünfzig Mark auf siebzig Mark pro Monat heraufgesetzt wurde.

Da war nun allerseits eine große Begeisterung, Händedrücken, uralten Kognak aus der Kiste unter dem Bett der Majorin, und Manfred zog ein im kleinen Zimmer.

Wir schoben die Koffer hinein und überdachten die Einrichtung. Es wurde beschlossen, das Bett herauszuwerfen, gegen den Diwan der Majorin einzutauschen, die mit diesem Wechsel sehr zufrieden war, das zweite Sofa wurde ebenfalls als Schlafstätte eingerichtet, tagsüber mit einem Teppich verdeckt, alles war reichlich eng, aber das Gefühl eines übermäßigen Abenteuers überwand auf eine freudige Weise die äußerliche Unbequemlichkeit. Überdies hatten wir beide sofort errechnet, wie billig diese Wohnung sein würde, fünfunddreißig Mark pro Mann und Monat, das bedeutete vor allem für Manfred, der unsicheren und nebelhaften Zeiten entgegensah, sehr, sehr viel.

Zudem empfanden wir beide dringendste Lust auf dieses Abenteuer in dem kleinen Raum, diesen unbedingten Willen: wir müssen uns vertragen, und doch die leise gestellte, ein wenig schauerliche Frage. Werden wir es aushalten? Das alles übte einen so starken seelischen und auch körperlichen Reiz auf uns aus, daß wir es unter noch viel schlimmeren Umständen unternommen hätten. Nun besaßen wir einen gemeinschaftlichen Kleiderschrank, einen Schreibtisch, vollgehäuft mit unseren Papieren, Manuskripten und Büchern, einen einzigen Stuhl, den klapprigen Lehnsessel von früher, der andere hatte Platzmangels halber ausscheiden müssen.

Nun konnten wir uns kaum umwenden in dem winzigen Raum: wollte der eine sich vom Lager erheben, mußte der andere sich niederlegen.

Wenn wir das aushalten, dachte ich, dann kann von Freundschaft zwischen uns die Rede sein. Aber wenn wir streiten, wenn wir die Enge des Raums für den Ausbruch unserer Gegensätzlichkeit verantwortlich machen, dann können wir uns gleich adieu sagen, wir beide.

Manfred bereitete Tee im elektrischen Kocher, besorgte von unten kleine, nicht übelschmeckende Kuchen, die Blechbüchse kam zu neuerlichen Ehren, wir saßen auf unseren Chaiselongues, die zugleich unsere Betten waren, das Teetischchen zwischen uns, und weiter geschah nichts.

Nur der Stuhl stand da, leer, und dennoch besetzt. Ein imaginärer Gast hatte darin Platz genommen, mit einfacher Selbstverständlichkeit.

Wir tauften das kleine Zimmer die »Kombüse«, Manfred erfand diesen Namen, und es erwies sich, daß er recht gut paßte, denn es wurde viel gekocht und gebraten und gebrutzelt in der kommenden Zeit.

Diese kommende Zeit – sie war eine aufregend freudige, eine freudig zerrissene Zeit. Für mich der mit hoffnungsvollem Bangen unternommene letzte Schritt hinein in ein verfehltes, verdorbenes Leben.

*

Es begann ein abenteuerliches Leben.
Seit Manfred mit mir zusammen die Kombüse bewohnte, fanden wir uns nie vor zwölf Uhr mittags, meistens erst gegen ein Uhr, aus dem Bett. Wir fühlten uns sehr wohl dabei, die Majorin kümmerte sich nicht um uns, kein Mensch griff ein, es gab keine Notwendigkeit, diese Gewohnheit zu ändern. Ging es freilich an die Toilette, an das Ankleiden, dann zeigte es sich sehr bald, wie verschieden unsere Temperamente waren. Manfred stürzte, wenn er einmal beschlossen hatte aufzustehen, in seinen Bademantel, eilte ins Bad, ließ eine wilde Dusche heißen Wassers heruntersausen, putzte sich die Zähne im Nu, war wieder im Zimmer und begann mit einer für mich schier phantastischen Schnelligkeit sich anzukleiden. Ich staunte, noch halb schlafend im Bett, dieses Wunder der Fixigkeit an.
Der Weg vom Bett bis zum Badezimmer war für mich lang und mit vielen kleinen Verrichtungen gepflastert; eine fixe Idee, eine Manie verbot mir, eine einzige von ihnen auszulassen. War ich wirklich einmal aufgestanden, so mußte ich erst einmal meine Morgenzigarette haben, waren keine mehr da, dann lief Manfred hinunter, welche zu holen. Rührend war er darin. Wenn er zurückkam, war ich noch nicht viel weiter, saß am Schreibtisch, hatte Eintragungen in mein Hauptbuch zu machen, Rechnungen und Bilanzen aufzustellen, Kolonnen zu addieren, studierte den Fahrplan für irgendeine imaginäre Reise, rechnete Fahrpreise aus, konnte mich nicht entschließen, mich ins Badezimmer zu begeben. Wie oft riß Manfred mir irgendeine alte Zeitung förmlich aus der Hand, in der ich völlig unnützerweise las und las, stieß mich ins Bad und drehte die Brause über mir auf. War ich schließlich soweit, dann kam die Qual des Anziehens, keine reinen Kragen zur Stelle, Manfred mußte aushelfen, die Stiefel nicht geputzt, Manfred putzte sie, meine Krawatten gefielen mir nicht, Manfred lieh mir eine von sich, nach einer Woche konstanter Benutzung schenkte er sie mir. So war Manfred. Und schließlich um ein Uhr gab es dann Kakao, den Manfred herrlich bereitete, und dann waren wir soweit.

Man muß sich das vorstellen! Manfreds Geduld hielt große Proben aus, ich bemerkte es, aber ich machte es ihm nicht leichter; im Gegenteil, wie unter einem Zwang schnürte ich ihn fester und fester ein in meine schwankende, schwere, unsichere Lebensweise, die ich vor ihm als persönlichste, ureigenste Eigenart ausgab und nicht antasten ließ. Es war ein jämmerliches Machwerk, aber ich mußte diesen hingebenden Menschen, der sein ganzes Leben meinetwegen änderte, mir unterordnen, weil ich ihn liebte.

Ja, ich liebte ihn. Und weil ich spürte, daß ich ihm nicht gleichgültig war, wurde meine Zuneigung zu ihm stets stärker. Und er hing an mir, ich spürte es genau. Wir unternahmen keinen Schritt getrennt, wir erlebten alles zusammen. Das ging sogar so weit, daß wir uns gelegentlich Dinge versagten, weil der andere nicht hätte daran teilnehmen können. Ich hätte das nie für möglich gehalten, es mir nie zugetraut, wenn ich es nicht selbst erlebt hätte.

So gingen wir hinein in den letzten Winter.

Der imaginäre Gast saß auf dem leeren Stuhl, saß mir gegenüber auf der Redaktion beim Nachtdienst, gab mir die Klänge des Grammophons ins Ohr, ich mußte lauschen und hörte mein Herz dabei klopfen, und er sprach des Nachts in meinen Träumen mit mir, und ich rief ihm zu: Ich komme, ich komme!

Daran hatte Manfred schuld. Er begann bereits in der ersten Woche, wenn wir nachts von Café zu Café zogen, zuweilen von seinem Zuhause zu sprechen, sprach ab und zu ein Wort von seiner Mutter, das nicht mehr so bitter klang wie ehedem, pfiff die Melodien, die wir zusammen gespielt hatten, und ließ ein wenig wehmütige Erinnerung auf mich übergehen, die mich schnell umwerfen und verzweifelt machen konnte.

Und es kam der erste Sonnabendmorgen seit der Begründung der Kombüse, da der General sich im Bett aufrichtete, mich weckte und fragte, mit etwas zitternder Stimme, ob wir mittags den Zug nehmen wollten?

Und es kam der zweite Sonnabendmorgen, an dem ich ihn be-

hutsam fragte, ob wir in Frau Margheritas Haus ein Wochenende verleben könnten.
Ich war glücklich und unglücklich zugleich.
Die Arbeit in der Redaktion, so sehr ich sie schon abgekürzt hatte und einem unweigerlich katastrophalen Ende entgegentrieb, das ich jedoch vor Manfred geheimhielt, war mir unerträglich, erträglicher hingegen, wenn er dabei war. Schnell verwuchs er ganz mit dem Betrieb, da Flachslander oft seine Aufsätze veröffentlichte, kannte man ihn, die Kollegen mochten ihn gern, empfanden fast Ehrfurcht vor ihm, er war nicht mehr herauszudenken aus dem Betrieb der großen Zeitung. Nur ich wurde mehr und mehr übersehen, ja, man lachte öfter über mich. Als sei ich nicht bei Sinnen, übersah und überhörte ich das alles, ließ alles gehen, wie es ging.
Und es kam der Mittwoch vor dem fünften Sonnabendmorgen, und es geschah, daß ich eine Heimlichkeit beging, die erste, seit der Begründung der Kombüse. Allein in der Redaktion, Manfred war noch nicht gekommen, setzte ich mich hin und schrieb an die Signora einen kurzen Brief. Ob ich am Sonntag kommen dürfe, das schrieb ich. Und gab den Brief zitternden Herzens auf die Post.
Von einem fanatischen Fleiß geschüttelt, hatte Manfred die erste Hälfte seiner Übersetzung in diesen fünf Wochen zu Ende gebracht. Knapper denn je war das Geld, wir halfen uns gegenseitig aus, mal stand ich bei ihm, mal er bei mir in der Schuld, alles wurde genau notiert, auf Heller und Pfennig abgerechnet. Drei kurz hintereinander in unserer Zeitung veröffentlichte Arbeiten hatten ihm auf einmal fast dreihundert Mark in die Hände geworfen, kindische Freude hatte er empfunden, unsinniges Glück über den Erfolg ließ seine Augen glänzen, Erinnerungen an sein altes Leben wachrufen. Sie waren schnell verbraucht, schnell verpumpt an mich, den hungrigen Felix und einige arme Maler aus dem Café.
Nun ging das Manuskript ab nach Wien, mit ihm ein Brief um einiges Geld, hundert Mark Vorschuß wenigstens, er hatte bis

jetzt noch nichts erhalten. Ein Brief kam, hundertfünfzig Mark wurden angekündigt, kamen auch, und was tat er in Überschwang? Als er am Abend zu mir auf die Redaktion kam, berichtete er, eine Schreibmaschine sei gekauft, auf Abzahlung, fünfzig Mark Anzahlung, jeden Monat weitere fünfundzwanzig, zweihundertfünfzig im ganzen, war selig, überglücklich und fragte, ob ich Geld habe, um den traditionellen Kaffee bei Schwanneke zu bezahlen. Denn nun habe er gar nichts mehr.
Am Morgen des Sonnabend kam ein Brief. Die Einladung.
Ja – Manfred hatte den Brief nicht gesehen. Er war im Bad unter der heißen Dusche, als der Postbote kam. Ich versteckte ihn zutiefst in meiner Brieftasche. Freudiges Entsetzen war auf meinem Gesicht, ich konnte es nicht wegbekommen, dieses Lachen um meine Lippen, als er eintrat und es bemerkte. Ich haßte mich, wenn ich mich freute, Überschwang war mir immer ein gleiches mit leise heraufsteigendem Ekel. Nein, Manfred sollte es nicht sehen. Ich schickte ihn hinunter, Zigaretten zu holen, ging ans Telephon, bat um die Fernverbindung mit Dresden. Er kam zurück, mein Herz zitterte, ich fürchtete jeden Augenblick mich zu verraten, fürchtete noch mehr, daß Manfred fragen könne, ob wir reisen wollten – ja, das fürchtete ich am meisten, da läutete der Apparat. Rasch stand ich auf, hielt den Hörer, tat freudig überrascht, er konnte drinnen im Zimmer jedes Wort hören, verabredete den Zug, ich hatte mich ja längst orientiert, elf Uhr von Berlin, halb zwei Uhr nachts drüben, das Auto wird uns hinausbringen – und ob sie Manfred sprechen wolle?
Ja – das wolle sie. Ob es mir unangenehm sei?
Nein – es sei – mir – nicht – un– angenehm –
Manfred sprach. Sie erfuhr von der Gründung der Kombüse, ich hörte es, das Gespräch war kurz, Manfred rief etwas – ja, hallo – sie waren getrennt.
Auge in Auge blickten wir uns an. Ein Zittern durchlief den Freund.
»Mama hat uns angerufen?« fragte er.
Ich nickte, konnte kein Wort sagen.

»Und du hast so lange mit ihr gesprochen?«
»Ja – – «
»Korporal – ich kann – ich kann nicht mitfahren.«
Mir wurde es eiskalt. Was ging vor?
»Warum hat sie mich nicht angerufen?«
Ich konnte nichts erklären. Oh Schande, wenn jetzt noch eine Lüge über meine Lippen kam. So sagte ich nichts. Da stand er auf, breitete die Arme aus, in einer schnellen, hastigen Bewegung, zog sie erschreckt, beschämt zurück, kehrte sich zur Wand, trommelte mit den Fäusten dagegen, unsinnig, verzweifelt, drehte sich herum, das Antlitz verstört, geisterte mich an: »Ja, Herrgott, das versteht keiner.«
»Was, General«, sagte ich traurig, ganz echt traurig.
»Narr, elender Narr! Was da vorgeht – das – das – «
»Bin ich ein Narr?« fragte ich leise, im Versuch, ihn zu beschämen.
Er sah mich an, sein Gesicht verdunkelte sich, lächelte jetzt, aber ein Lächeln, das auf der Kippe stand, hart auf der Kante.
»Nein«, sagte er warm. »Ich bin doch in diese Stadt gekommen, gegen ihren Willen, weil ich meine Geliebte wollte, meine Liebe – verstehst du das, du Schaf, muß ich dir's alles so kaltblütig erklären, he?«
»Schweig!« brüllte ich ihn an. Etwas Komisches kam mich an. »Der Geist der Kombüse wird dich schrecklich strafen für diese Lästerei.«
Da lächelte er, und ich lächelte auch.
» – nun siehst du«, sagte er. »Wer weiß, wo die Liebe ist, für die ich all das gemacht habe. Wer weiß – sie ist noch nicht gekommen, ist sie nicht weiter weg denn je? Und nun ruft es mich auf einmal dahin, von wo ich geflohen bin – nun habe ich Sehnsucht nach dort, und du bist dran schuld – nur du – «
Sollte ich lächeln, freudig sein, oder böse, traurig?
»Einbrocker, du!« sagte der General. »Du Einbrocker!«
Darin war ganz wirkliche Zerrissenheit, hangende, bangende Unsicherheit.

Die Verabredung indessen lautete auf Anhalter Bahnhof, zehn Uhr achtundvierzig. Manfred sollte die Billetts besorgen. Manfred sollte mich am Zug erwarten, wenn ich vom Nachtdienst kam.
Und er versprach es.

*

»Ihr wollt nun sicher auch ein bißchen allein sein. Und ich bin müde.«
Es ist halb vier Uhr morgens, zwei Stunden nach unserer Ankunft, da Manfred dies sagt, weiter nichts, sich erhebt und, gute Nacht wünschend, in sein Zimmer nach oben geht. Mich ergreift eine geringe Unruhe, wäre Signora Margheritas unbewegtes Antlitz nicht neben mir, sie wäre sicher stärker. Ich schlage den weißen Vorhang zurück und blicke hinauf nach seinem Fenster. Das Licht flammt oben auf, wirft einen kurzen, harten Schein in den dunklen Garten, verharrt einige Minuten, verlischt wieder. Ich habe ihn mit keiner Geste zu halten versucht, es nicht unternommen, mit einem einzigen Wort wenigstens seinen Verdacht, seine Bekümmernis zu verwischen versucht. Signora Margheritas Strenge hat mein schwaches, ganz verdrehtes Herz gefangengenommen, ob ich es will oder nicht, ich muß bei ihr sein. Aber ich weiß auch warum. Ich werde hier so sanft umfangen wie nirgendwo bisher in meinem Leben. Alle meine Schwächen sind in ihren Augen Stärken, meine Unarten Eigenarten, meine Herzenskühle, das Schwanken meiner Seele, sie nimmt das alles für Charakter. Vielleicht ist sie selbst so. Sicher sogar.
Nun sind wir allein. Wir haben nicht gespürt, wie verletzend Manfreds taktvoller Abgang für uns hätte sein müssen. Signora Margherita sitzt mir gegenüber, unsere Hände sind sich wahrhaftig wieder über dem Tisch begegnet.
»Glauben Sie, daß er sich verletzt fühlte?« fragt sie sogar, und das reine Unverständnis ist in ihrem Blick.
»Denn ich bin keine Mutter«, fügt sie langsam hinzu. Wieder zwingt mir ihre Schärfe Bewunderung ab.

»Sie sind keine Mutter«, wiederhole ich. »Ja, das stimmt.«
Und nun vergehen wieder lange halbe Stunden, in denen wenig, fast nichts gesprochen wird. Wir haben gar kein Verlangen, uns einander mit Worten mitzuteilen, so seltsam das ist; es scheint, als wüßten wir alles von einander. Ich betrachte sie, und während ihr Blick auf mir ruht, sehe ich die Geschichte ihres Lebens vor mir. Wirklich, ich weiß nicht, ob ich sie nur erdichtete oder ob sie sie mir erzählte.
– Signora Margherita ist fünfundvierzig Jahre alt. Als sie achtzehn zählte, hatte sie ein schweres Erlebnis. Scham und Furcht, die ihr aus einer anderen Zeit als der heutigen überkommen waren, hielten sie zurück, mit dem Geliebten zu leben, mit dem sie sich wünschte verbunden zu sein. So begleiteten viel Schmerzen die endliche Lösung. Eine wirre, verquälte Zeit überkam sie in der Folge. Es ist Dunkelheit, Verlassenheit um sie, die kein Elternhaus mehr besitzt, nur stattlichen Reichtum. So geschieht es, daß sie in Mailand, in der Zeit ihrer größten Gebrochenheit, irgendeinen heiratet, der noch fast ein Kind ist, arm und verlassen, gleich ihr. Es ist wenig Überlegung darin, noch weniger Liebe, nur die lastende Trauer konnte diesen Schritt bringen.
– Qualvoll ist die Verschiedenheit der Herzen. Sie fühlt sich so fremd an seiner Seite, unsagbar kühl, unsagbar geängstigt. Warum hat sie das getan – sie versteht ihn ja nicht, sie weiß gar nicht, wer er ist, was er will, er ist eigenartig, fast närrisch, schön und jung und ein begabter Mensch, aber so närrisch. Ihr Geld ebnet ihm die Wege, bringt ihm die Erfolge, die er verdient, die sie nie von ihm erwarte. Ist er hochmütig? Nein, er ist spielerisch, unruhigen Geistes, der ihn hierhin treibt und dorthin, er ist kapriziös, auf den Augenblick versessen, rücksichtslos auch, denke ich mir. Aus Italien geht das Leben hinüber in die Schweiz, dann ins Österreichische, schließlich hierher. Häuser werden gekauft, wieder verkauft, ihrer großen Sparsamkeit gelingt es, das Vermögen beisammenzuhalten. Aber was hat sie von diesem Leben? Verdurstet nicht ihr Herz? Im zweiten Jahr ihrer Ehe ist alles Gefühl füreinander schon geschwunden, im Kreise

tausend fremder Menschen bewegt er sich, sie ist unter ihnen, liebenswürdigste Hausfrau, dennoch ein fremder Gast in dieser Welt. Und ein Kind wird geboren, im dritten Jahr.

– Jahre der Schmerzen. Siehst du, es ist ein fremdes Kind, Augen hat es, die nicht die meinen sind, Worte spricht es, die ich nicht kenne, und Dinge wird es einmal tun, die mich schrecken werden. Ich habe es in großen Schmerzen geboren, aber es ist nicht mein Kind, es hat nichts von mir –

Seit zwanzig Jahren zum erstenmal spricht Signora Margherita heute nacht über die Trauer um ihr Leben. Zwanzig Jahre sind so schnell vergangen, zwanzig Jahre in die Kühle des Herzens hinabgeronnen; sie haben ihrem Haar den Silberschein gegeben und ihren Mund mit Trauer umkleidet.

»Ich habe gewartet«, spricht ihre ein wenig verschleierte Stimme. »Ich habe immer gewartet. Vielleicht war es falsch. Aber kann ich meine Erinnerung an zwanzig Jahre auslöschen? In einer kühlen Stunde empfing ich sein Leben, in einem Hotelzimmer zwischen zwei großen Städten, in einer kühlen Stunde gebar ich es, kann ich mir helfen, daß diese Kühle zwischen uns geblieben ist?«

Brennend ist ihre Rede, in leises Schluchzen gekleidet, und greift mich an mit glühenden Händen. Was dachte ich eben einen Augenblick? Holde Phrase – dachte ich, aber das war mein letzter lichter Augenblick in der Verdüsterung und Verkehrung meines Lebens bis heute. Vorbei – nun sage ich, daß ich alles begreife, ich sage es nicht nur, während ich diese Worte spreche, fühle ich auch, daß ich wirklich verstehe.

Dies ist die Stunde, in der ich den abgründigsten Schritt meines Lebens tue. Ich fühle, wie ich altere mit jedem Wort, das ich spreche. Nicht, daß ich älter werde, nein, ich altere nur. Noch ist die Nacht längst nicht beendet, aber ich bin schon so gealtert, daß der Unterschied unserer Jahre, fünfundzwanzig sind es, geschwunden ist. Sie sagt es:

»Ich spüre nicht, daß Sie so viel jünger sind als ich. Oder daß ich so viel älter bin als Sie. Nein – «

So ist nun alles erklärt. Sie faßt wieder nach meiner Hand, ihr Antlitz blüht auf zur Jugend, die Trauer um ihren Mund ist weggehoben von der Freude, der Schmerz aus ihren Augen gewichen, schön ist sie, so schön im Silberhaar.
»Signora Margherita!« sage ich, »ich bin nicht reich und nicht schön, sehen Sie mich an. Ich trage eine Brille, meine Ohren sind ein wenig abstehend, ich habe Schulden, meine Eltern sind mit mir verzankt, ich werde meine Stellung verlieren, ich weiß es genau, und viele schlechte Angewohnheiten habe ich auch, zum Beispiel – «
Nun lacht sie.
»Fürchten Sie meine Tyrannei?« fragt sie.
Ich schüttele den Kopf, muß lächeln.
»Ich fürchte sie nicht. Ich sehne mich nach ihr.«
Wir haben uns erhoben. Wir schlagen die weißen Gardinen vor der Nacht zurück, über der weiten Heide zu unseren Füßen beginnt der Morgen mit leichtem Grau sich zu künden.
»Und der Geist der Kombüse, wird er mich nicht strafen?«
Sie schweigt und sieht mich an.
»Wir haben Manfred ausgestoßen«, sage ich noch, ich weiß nicht, warum.
Schweigen. Ist nun doch alles nicht wahr?
»Ich glaubte, du verstündest mich. Und nun verteidigst du ihn.«
Ich antworte nicht.
»Er ist sein Vater. Er braucht mich nicht. Er darf mich nicht brauchen.«
»Ich will es nie mehr tun!« antworte ich.
Zum letzten, allerletztenmal war ich nun bei Manfred. Jetzt kann ich es auch nicht mehr. Alles wird langsam und schmerzvoll sich von selbst klären, der Geist der Kombüse wird sich grausam rächen.
Aber daß Manfred so lange noch hoffte und so lange noch gläubig war, daß er so lange noch zu mir hielt, das ist das unbegreifliche Wunder seines zerrissenen Herzens.

*

Noch habe ich nichts Verbotenes getan in dieser Nacht, nur Schlechtes, viel Schlechtes.
Ich habe ruhig geschlafen, Morgengrauen war es, als ich mein Lager fand, heller Mittag ist es jetzt, da Manfred an meinem Bett steht, seit Stunden wach, frisch und glänzenden Antlitzes. Das, empfinde ich eben noch im halben Schlaf, ist sein großes Rätsel, daß die Nacht ihm alle Gespenster und Qualen hinwegscheucht, daß er jeden Tag neu und heiter beginnt, endete er noch so trüb und traurig für ihn am vorherigen Abend.
Für ihn gibt es noch den Morgen, an dem er alles vergessen hat, was ihm gestern widerfahren, für ihn gibt es noch Versöhnung und Austilgen und Neubeginnen mit jedem kommenden Tag.
Sonntag ist es. Das Mädchen hat seinen freien Tag, wir besorgen allein das Haus, wir drei. Das heißt, ich bin zu nichts nütze. Margherita und Manfred bereiten die Mahlzeit, decken den Tisch in der Veranda, tragen Porzellan und Gläser auf. Ich sehe nur zu, käme mir lächerlich vor, wollte ich zugreifen. Manfred bereitet in der heißen Pfanne Spiegeleier, er kann das, es ist lustig zu sehen, wie er es macht, nie im Leben brächte ich es fertig.
Signora Margherita hat nur Lächeln für mich, so viel Lächeln, daß Manfred es endlich bemerken muß. Er sitzt uns stumm gegenüber, nur die Signora und ich, wir unterhalten uns, auf eine scherzhafte Weise, mit merkwürdigen Ausdrücken, die uns eben erst eingekommen sind. Manfreds Antlitz verrät Bestürzung, sie sieht es nicht, aber ich bemerke es wohl und fahre fort, mich nicht wie ein Gast, nicht einmal als gern gesehener zu betragen. Das trägt mir viel Zuneigung ein bei der Signora.
Es geschieht nicht nur heute, sondern auch in der Folgezeit, daß wir zuweilen sehr offen miteinander sprechen. So gering ist, muß ich bewundernd bemerken, noch immer Manfreds Arg, so gering sein Abscheu gegen das, was ich im Hause seines Vaters tue, daß er bei Tisch, nach einer Pause des Gesprächs, während er in tiefes Sinnen versunken war, plötzlich sagt: »Du, Oswald, du weißt gar nichts von Franziska, gar nichts?«
Ganz frei und ehrlich fragt er das. Und so schlecht ist mein

Gewissen schon, daß ich fast glaube, er will mir eine Falle stellen. Aber von der Fremdheit Margheritas werde ich überrascht. »Wer ist denn Franziska, Manfred?« fragt sie ruhig, fast freundlich.

Da richtet Manfred sich auf, ein wenig gerötet sind seine Wangen, er legt Messer und Gabel beiseite, und die Rechte um das Glas geklammert, sagt er voller Trotz: »Das Mädchen, das ich liebe, Mama. Weißt du, das Mädchen, um dessentwillen – «

»Ich weiß, Manfred«, wehrt die Mutter ab. Und ich fange das Gespräch auf, fast voll Zorn auf seine Liebe.

»Ja, ich hörte einiges von ihr«, sage ich so lässig, als ich vermag. »Aber, verstehst du, ich weiß nicht, ob es wahr ist, und dann ist es nicht – – «

Hastig, blutrot übergossen, fällt Manfred mir ins Wort. »Hat sie geheiratet? Herrgott, was hast du für eine Art, einem die Dinge so hintenherum beizubringen. Kannst du nicht offen sprechen?«

Er ereifert sich. Ich bin beschämt. Und Signora Margheritas Antlitz wird fahl, aschfahl, sie schickt einen zornigen Blick zu dem Sohn hinüber, er fängt ihn nicht auf, er ist wie toll.

»So rede doch! Himmel noch einmal, du solltest wissen, was mir daran liegt. Ist es eine Art und Weise, Mama – – ?«

»Manfred, ich dulde Diesen Ton nicht, beherrsch dich!« gibt die Signora heftig zurück.

Da bricht es aus Manfred heraus, blitzartig erkennt er die Situation, von der kein Wort bis jetzt gesprochen wurde, ich fühle mich entdeckt, aller Schändlichkeiten bezichtigt, ich kann seinen Blick nicht ertragen. Noch immer die Hand fest um das Glas geklammert, sieht er mich an, sieht die Mutter an und spricht, ein dunkles Grauen in der Stimme: »Ja, wo bin ich denn? Ich glaubte, ich sei im Hause meiner Eltern – «

»Du bist im Hause deiner Mutter, Manfred.«

»Und du nimmst das in Schutz, Mama, du nimmst das in Schutz?«

Dieses Wort ist sehr heftig gesprochen worden. Doch, merkwürdig, ich habe keine Furcht mehr. Schrecklich weit aufgetan ist jetzt die Kluft, aber kaum bangenden Herzens sehe ich hinüber.

Signora Margherita antwortet nicht. Manfred hat sich stumm in rasender Wut über seinen Teller gebeugt, sieht nicht auf, spricht kein Wort. Da sage ich: »Höre, Manfred, ich mag es nicht sagen.«

»Und ich will nichts hören, verstehst du, nichts mehr hören, gar nichts!«

Er packt die Serviette, schleudert sie über den Tisch vor meine Füße, und ist hinaus, schlagende Türen hinter sich. Die Signora sagt nichts. Ich fühle mich bedrückt, dennoch sicherer als vorher. Nach einer Weile sagt sie: »Mit seinem Vater geschah einmal folgende Geschichte. Im Haus in Lugano saßen wir einmal bei Tisch, er, sein Vater und ich. Manfred war damals vielleicht fünf Jahre alt. Er geriet mit seinem Vater in Streit. Vellin fuhr über den Tisch und gab ihm eine Ohrfeige. Ich sah, daß Manfred keine Schuld hatte, und hielt es Vellin vor, worauf er mich wutentbrannt ansah, sein Kind ansah, seinen Teller, ich erinnere mich, Tomatensalat war darauf, samt silbernem Besteck nahm und in den Garten zu seinen Füßen schleuderte. Dann stand er auf, warf die Türen hinter sich zu und war verschwunden.«

Sie schwieg und nahm die Mahlzeit wieder auf. Ich ergriff die Karaffe und füllte die Gläser von neuem. Wie zufällig füllte ich auch das des abwesenden Manfred. Sie bemerkte es und sah mich erstaunt an.

»Das ist nutzlos«, sagte sie lächelnd. »Er kommt nicht zurück zu der Mahlzeit, die er im Zorn verlassen hat. Sein Vater tat das auch nicht. In einer halben Stunde werden wir ihn möglicherweise beim Kaffee sehen, vorher nicht.«

Ich mußte lachen und deutete an, daß alles doch etwas Komisches habe.

»Eine grauenhafte Anlage. Es ist unmöglich, ein solches Maß von Unbeherrschtheit zu ertragen.«

Wieder gab ich ein Nicken zur Antwort, dann gab es Käse und Obst, und wir erhoben uns und traten in den kleinen Salon.

Zehnter Abschnitt

Von nun an mußte ich mich dahin verwandeln, wohin es mich in meiner Verstörtheit der großen Welt gegenüber immer gedrängt hatte.
Aber hatte ich den »Betrieb« nicht immer gehaßt? Ich mußte es mir nur noch einmal laut in die Seele sprechen. Und noch dazu gab Signora Margherita unserer bisherigen Welt in scheinbarer Überlegenheit die Geste der Minderwertigkeit, und die blieb auch haften. Im Grunde verachtete sie alles, was bis jetzt mein Leben gewesen war, was Manfreds Leben war, und nur, daß ich gleich ihr mich unglücklich fühlte, das machte, daß wir uns verstanden.
Signora Margherita liebte meinen Hochmut. Und sie gab ihm Nahrung, indem sie allen meinen verängstigten Narrheiten, allen meinen falschen Empfindungen, allen meinen Unsicherheiten und Schwankungen, der erzwungenen Kühle meines Herzens Vorschub leistete, sich in ihnen wiedererkannte, sie wahr und echt und ehrlich empfand. Und sie duldete es nicht nur, daß ich mich herrschsüchtig gebärdete, sie in den kleinen Dingen unseres kurzen täglichen Zusammenlebens tyrannisierte, mich mokierte über ihre Lebensweise, mich allen Ernstes über die Mahlzeiten beschwerte, am Kaffee etwas auszusetzen hatte, ihre Haartracht unpassend fand und ähnliche Dinge mehr, ja, sie sah in allen diesen Unglaublichkeiten einer anmaßenden zwanzigjährigen Seele Größe, Eigenart und die sogenannte Unerbittlichkeit dem eigenen Ich gegenüber. Sie meinte wirklich, ich könne sie verstehen, ich könne sie aus der Trostlosigkeit ihres Daseins in ein neues, in das wahre Leben führen.
»Jetzt endlich kann ich einmal leben, wie ich es immer habe tun wollen«, sagte sie oft. »Jetzt endlich will ich einmal ich selbst sein.«
Aber was das in Wahrheit bedeuten sollte, worin ihr eigenes Leben bestand, davon sprach sie nicht. Oh, wieviel Phrase war

in unserer »Liebe«, wieviel unserer Gefühle waren nur Gerede, wieviel unserer »Weltanschauung« nichts als Geschwätz! Ich fühlte mich stolz und groß, und ich selbst wäre mir größer und stolzer noch vorgekommen, wenn ich beispielsweise gleich jetzt meine Stellung verloren hätte, Märtyrer des Geistes geworden wäre am Betrieb.

Manfred kam zum Abendessen, saß stumm und schweigsam bei Tisch, sprach keine zwei Worte, entfernte sich wieder und war den ganzen Abend nicht mehr zu sehen. Ich fühlte keine Unruhe mehr, keine Angst, keine Reue. Signora Margheritas ruhender Blick lag auf mir und hielt mich gefesselt. So verging der Sonntag, die Nacht währte lang, abermals bis in den Morgen, es brach der Montag an, und ich sah, daß ich meinen Verpflichtungen nicht nachgekommen war. Montag vormittag hätte ich im »Betrieb« sein müssen, um ein Uhr spätestens. Meine Abwesenheit würde Grund zu Ärgernissen geben. Jetzt war es halb zwei Uhr, wir begaben uns zu Tisch, und ich ließ alles laufen, wie es lief.

Ich war erstaunt, Manfred noch immer hier zu sehen. Tatsächlich, ich hatte geglaubt, oder hatte ich es geträumt, er werde kurzerhand vielleicht abreisen und uns voller Abscheu allein lassen. Aber nein! Er war noch hier, und er würde das Haus seines Vaters nicht eher verlassen, als bis ich es verlassen hatte. Seine Zeit verrann, seine Arbeit in Berlin blieb ungetan, aber er blieb, er hielt aus bis zum letzten Moment auf einem verlorenen Posten.

*

Mit dem Augenblick, da wir das Haus in der Heide verlassen hatten, war Manfred wieder verwandelt. Die Trübe wich von seinem Gesicht; als wir den Speisewagen betraten, um einen Kaffee zu nehmen, war er wieder fröhlich, sprach von seiner Arbeit und den Plänen für die Zukunft. Ich fand es nicht so schwer, ein Gespräch mit ihm zu führen. Sobald wir uns zwischen geistigen Gegenständen bewegten, waren alle Mißstimmungen weggeschoben und warfen keinen Schatten mehr. Kurz

vor Berlin jedoch rief ich den Kellner zum Zahlen und legte einen Zwanzigmarkschein auf den Tisch. Manfred wußte nur zu gut, daß ich keinen Pfennig außer meinem Billett besessen hatte. Sein Antlitz verdüsterte sich. Ich sagte: »Du schuldest mir zwei Mark und zwanzig Pfennige, Manfred!«
Er nickte. »Ja, die schulde ich dir wohl.« Und notierte es in seinem Büchlein, das er immer bei sich trug. »Du mußt ein paar Tage warten, bis ich wieder etwas habe.«
Das war kühl und freundlich gesagt, dennoch sprach er von da ab kein Wort mehr. Wir nahmen ein Auto und fuhren in die Wohnung. In der Kombüse angelangt, fand Manfred einen Stoß Post vor, machte sich über die Lektüre, warf schließlich die Briefe auf den Schreibtisch und ging aus dem Zimmer. Ich wusch mich, nahm den Hut und Mantel wieder und fuhr auf die Redaktion. Das Geld Margheritas brannte mir nicht in der Brieftasche.
Es war kurz nach acht Uhr, als ich in Nr. 34 anlangte. Frisch sprang von seinem Schreibtisch auf und sah mich sprachlos an.
»Ja, du hier?«
»Nachtdienst, wie immer«, antwortete ich selbstverständlich.
»Aber ich mache doch Nachtdienst!«
»Wer hat das gesagt?«
»Flachslander, weißt du das nicht?«
»Flachslander? Ich bin eben von der Bahn gekommen, war über Sonntag weg.«
»Das bricht dir den Hals, Junge, der Chef ist unglaublich wütend.«
»Ich werde diesen Chef anrufen.«
Voller Wut und doch bebenden Herzens nahm ich das Telephon und verlangte die Nummer des Chefs. Niemand meldete sich. Wütend schmiß ich das Telephon hin, starrte Frisch an und rief: »Was heißt das?«
»Was das heißt?« antwortete der achselzuckend. »Du mußt vollkommen hirnverbrannt sein, unter diesen Umständen einfach einen ganzen Tag wegzubleiben. Du weißt doch, daß Holten aufräumt mit stählernem Besen. Es setzt Kündigungen über

Kündigungen, das ist dir wohl ganz unbekannt? Kugler ist geflogen, die Siebert ist geflogen, den halben Laden schmeißt er hinaus.«

»Und Flachslander triumphiert?«

»Quatschkopf!«

Frisch wandte sich ab, ging an die Arbeit. Ich wußte nicht, was ich tun sollte, und ging schließlich wieder. Möller sah mich erstaunt an, als ich so schnell das Gebäude wieder verließ. In meiner Wut aß ich bei Kempinsy für fünf Mark, nahm ein Taxi und fuhr ins Romanische Café. Hier nahm ich einen Kognak, dann noch einen, konnte mich nicht beruhigen. Bekannte kamen an meinen Tisch, aber ich brachte kein Gespräch zustande, und so gingen sie wieder. Ich sah mich nach Felix um, mit ihm hätte ich gern gesprochen. Aber er war nicht da, und schließlich erinnerte ich mich, daß er seit einigen Wochen wieder »verschollen« war. Ich saß noch eine Stunde, stierte in die Zeitung und ging dann schließlich zu Schwanneke hinüber.

Kugler geflogen, die Siebert geflogen. Wo ist Manfred? Ich kann ihn nicht finden. Hast du dich denn so über mich geärgert? Ganz schön, aber ich kann mich natürlich bei dir nicht entschuldigen. Er ist nicht da, im Café nicht, hier nicht. Ich erinnere mich, daß er kreidebleichen Angesichts aus dem Zimmer gegangen war, nachdem er seine Briefe gelesen hatte. Aber ich hatte mich so über ihn geärgert, weil er sich über mich geärgert hatte, daß ich ihn gar nicht zurückrufen mochte.

Herrgott, wo ist Manfred? Irgendeinem Menschen muß ich mitteilen, was bei uns auf der Redaktion los ist. Na, kein Mensch will das wissen? Wen geht das auch schließlich etwas an? Flachslander thront wie ein junger Gott inmitten seiner Anbeter gleich in der ersten Nische rechts. Er sieht mich nicht. Ich habe ihn auch nicht gesehen. Wie ich über ihn hinweggeguckt habe! Ein Dreck ist mir dieser Flachslander, ein Dreck ist er mir. Werde ich mich mit einem solchen Menschen streiten? Mich beschweren? Das könnte Ihnen so passen, Chef – Sie –

Aber wo ist Manfred? Ich kann's nicht aushalten. Ich gehe wieder. Erst zehn Uhr ist es. Kann ich jetzt schon nach Hause gehen? Na, ich versuch's mal, ich muß ihn treffen. Zu Hause ist er nicht. Natürlich, warum bin ich auch um zehn Uhr schon nach Hause gelaufen? Um mir das Geflenne der Siebert anzuhören und die bedauernden und tröstlichen Worte der Majorin? Ja, die Siebert haben sie einfach gekündigt, angeblich überflüssiges Personal, kann nicht beschäftigt werden, muß weg. Nun sitzt sie da, mit ihren zwei großen Zimmern, keine Stellung, kann sie nicht bezahlen. Betrieb, Wirtschaft – ob Manfred und ich die Zimmer gegen die Kombüse tauschen wollen? Überlegen, Moment –

Die Sache interessiert mich. Ich möchte schon gern wieder mein eigenes Zimmer haben. Ich rede mit der Majorin. Die Majorin ist nicht sehr gut auf mich zu sprechen, hat noch Geld von mir zu bekommen, von Manfred auch, aber Manfred kann sie viel besser leiden. Schließlich muß man Manfred fragen. Die Sache mit dem Zimmertausch wird auf morgen verschoben. Ich beschließe, zu warten, bis er heimkommt, und wenn es sechs Uhr morgens wird, ich muß mit Manfred sprechen.

Ich sitze in der Kombüse, allein am gemeinsamen Schreibtisch. Riesig ist da Manfreds vielfältige Arbeit ausgebreitet, als habe er eben noch daran gesessen. Ich lese ein bißchen, was da steht. Das darf ich doch? Indiskretion, diesen Begriff gibt es in der Kombüse nicht. Richtig, das ist nicht die Übersetzung, das ist seine eigene Arbeit. Jeder Satz ein kleines Kunstwerk, wie er mit den Worten umgeht, das hat er heraus. Ich bekomme Lust, auch mal wieder was zu schreiben. Signora Margherita wäre zum Beispiel ein herrlicher Stoff für zwei Spalten unter dem Strich. Ich räume seine Sachen weg, dieser Mensch hat mich ja absolut verdrängt. Aber ich weiß nicht, ob ich es so herum anpacken soll oder so herum, alles kommt mir krumm und schief vor. Es ist ja nicht auszuhalten, dieses Warten auf Manfred. Seine Sachen lege ich wieder auf den Tisch, da fliegt ein Briefchen heraus, Donnerwetter, die Schrift kenne ich, aber Briefe lesen ist verboten in der Kombüse, trotzdem – nur das steht drin:

– Lieber Manfred, liebster Manfred, ich bin in einem schrecklichen Zustand, verzeih mir doch das Warten, verzeih mir alle Quälereien, vergiß doch alles, es kann ja nicht sein, ich kann's Dir nicht erklären. Ich hab' Dich lieb. Deine Franziska –

– ich hab' dich lieb – dieser letzte Satz war durchgestrichen, aber lesbar war er doch.

Ich verstand nichts. Grauen und Gruseln, ein Frieren und Zittern, wie vor einer Katastrophe, überkamen mich. Ich schauderte und legte das Papier weg.

Oh, Manfred quälte sich mit seiner Liebe. Oh, dieser Mensch konnte nicht vergessen. Und Franziska?

Ist Franziska van Burkom eine Hure, oder ist sie die Frau, die man lieben kann?

Was, zum Kuckuck, ist ihr Geheimnis?

Laut brüllen möchte ich diese Frage hinein in die verrauchte Luft der Kombüse. Teuflischer Gedanke, daß dies Mädchen Manfred liebt und doch nicht liebt und doch eigentlich sehr liebt und doch nicht – ich werde diese Franziska mal anrufen, gleich jetzt, sie ist mir ja egal, aber den Manfred so zugrunde zu richten, das gibt es nicht! Tatsächlich, ich bin am Apparat und verlange die Nummer, und da ist auch ihre Stimme. Darauf war ich nicht gefaßt. Ich bin sehr erschrocken. Ganz leise nenne ich meinen Namen, frage, ob sie wüßte, wo Manfred sei.

»Ist etwas passiert?« Ein Ruf des Schreckens!

»Weißt du, du richtest ihn zugrunde, du, Franziska, wenn das so weiter – «

»Hilfe!« kommt es aus dem Apparat.

»Wer spricht da eigentlich?« fragt eine Männerstimme. Aha, das ist der saubere Konstantin, in ihrer Wohnung ist er sogar.

»Tag, Konstantin!«

Donnerwetter, ist er aber erschrocken, meine Stimme zu hören.

»Jawohl, Konstantin, ich weiß ja schon lange, wer, wie sagen Sie?«

»Augenblick mal.« Abgehängt hat er.

Ich fühle ein starkes Frieren am ganzen Körper, so unsicher ist

mir zumute. Erst einmal ein heißes Bad nehmen, die Majorin ärgert sich über den Lärm des rauschenden Wassers, aber ich bade trotzdem. Vielleicht gehe ich nachher noch mal aus. Aber es wird nichts. Ich lege mich zu Bett, schalte das Licht aus, warte. Der Schlaf kommt nicht. Ich möchte wissen, wie spät es ist. Meine Uhr ist auf dem Pfandhaus. Also 'raus aus dem Bett, am Telephon nachgefragt. Zwei Uhr, kommt die Antwort. Manfreds Bett ist leer. Einsam ist die Kombüse, einsam und drohend. Viel später kommt er, wortlos, zündet kein Licht an, kleidet sich aus im Dunkeln, legt sich hin. Eine Weile warte ich.
»Manfred!« sage ich dann.
»Was ist?« kommt es aus der Finsternis.
»N–ichts.«
Eine lange, sehr, sehr lange Zeit vergeht. Wir rühren uns nicht. Dann, einmal dreht er sich um auf seinem Lager, es ist mir, als vernehme ich ein Stöhnen, ein Seufzen. Aber er spricht nicht. Ich spüre beinahe die Hitze, die von seinen rastlosen Gedanken ausgeht, seine Unruhe, seine Trauer, seine ganze wilde Verwirrtheit, sie gehen fast körperlich auf mich über.
»Manfred, was ist?« frage ich.
»Ich halte es nicht aus«, sagte er ganz leise, fast unhörbar. »Du, das halte ich nicht aus.«
Was soll ich antworten? Ich habe gar keine Lust, ihm zu helfen, ihn zu trösten. Ich warte nur, wache. Ich will seine erschöpfte Stimme noch einmal hören. Aber er spricht nicht. Jetzt, glaube ich, schläft er gar. Er legt sich einfach hin und schläft. Ach nein, er schläft nicht. Der Morgen kündet sich zwischen den gelblichen Gardinen der Kombüse. Der Morgen kommt, und alles quält ihn. Ich quäle ihn, mit Absicht, seine Mutter, die Signora Margherita, zu der er wahrhaftig Mama sagt, so lieb hat er sie seit jenem Tag im Januar, seine Mutter quält ihn auch, denn ihn nicht zu verstehen, das ist ja ihr großer Charakter. Und Franziska quält ihn, weiß der Teufel warum. Er kommt nicht vorwärts. Er geht einfach drauf. Aber wir lassen deswegen doch nicht ab, nein, wir lassen nicht ab.

Halbhell ist es im Zimmer, da springt er aus dem Bett, sicher hat er kein Auge zugetan, geht ins Bad. Ich hörte das Rauschen des Wassers. Er trinkt. Die Glocke der Ludwigskirche schlägt sieben Uhr. Er tritt wieder ein. Wie es kam, weiß ich nicht, ich sitze jedenfalls halb aufrecht in meinem Bett. Er gewahrt mich, er fröstelt im leichten Pyjama, tritt heran zu mir, sieht mich lange an. Ich ducke mich nicht.
»Ich möchte wissen, ob du ein Schuft bist?« sage ich. Was das soll, ich weiß es selbst nicht.
»Du glaubst, ich bin ein Schuft?« fragt er, ohne Ton in der Stimme. Ich antworte nichts, verharre nur in meiner Stellung.
»Du bist ein Schwein!« sagt er schnell. Dann wendet er sich ab, setzt sich an den Schreibtisch, schreibt irgend etwas, möglicherweise einen Brief.
»Du verwertest deine angebliche Verzweiflung in literarischer Form?« frage ich, halb schlafend.
»Ich schreibe an meine Mutter.«
Eine lange Pause. Ich vernehme das Geräusch der Füllfeder.
»Was kannst du schon an deine Mutter schreiben«, fahre ich fort, »diese Frau hat nichts von einer Mutter, diese Frau haßt es, wenn man ›Mama‹ zu ihr sagt.«
»Diese Frau – Ausdrücke hast du!« kommt es dumpf.
Mir kommt die Wut.
»Deine Mutter macht sich einen Dreck aus dir«, sage ich.
Jetzt steht er auf. Jetzt tritt er wieder an mein Bett. Jetzt sieht er mich geradeswegs an; er hat die Fäuste nicht geballt, er hat keinen Zorn in seinen Zügen, seine Augen sind trüb.
»Dich brauche ich, damit du mir zeigst, wie ich meine Mutter lieben soll«, sagt er langsam. »Ja, es ist die Wahrheit. Dich brauchte ich. Ein Besserer als du hätte das gar nicht vollbringen können. Warum schinde ich mich? Warum denke ich darüber nach? Es ist alles nutzlos, was ich getan habe – Verzeihung, ich denke laut.«
Er wendet sich ab. Er hat ganz ehrlich gesprochen, das ist das Merkwürdige. Die Stimmung schwankt. Im nämlichen Augen-

blick könnte sie Haß sein, glühender Haß, könnte sie auch Hinneigen sein, Vertrauen und Versöhnen.

»General!« sage ich, »General, komm her!« Er kommt zurück, tritt wieder an mein Bett, setzt sich auf den Rand. Er gibt mir die Hand, ich halte sie. Er fröstelt immer noch stark. »General, du frierst!« sage ich. Er nickt, als sei er am Weinen. Langsam streckt er sich aus, an meiner Seite, ich schlage die Decke um ihn, jetzt wird er nicht mehr frieren.

»General!« sage ich, »deine Mutter liebt dich nicht, quäl dich nicht damit. Franziska liebt dich nicht, auch damit quäl dich nicht. Ich beichte meine Indiskretion, General. Ich habe Franziskas Brief gelesen. Es ist alles Lüge. Sie ist doch die Geliebte von Konstantin Schilling.«

Manfred schweigt. Schwer geht sein Atem an meiner Brust. Jetzt weint er, ich fühle seine Tränen. Er weint wie ein Kind. Franziska ist die Geliebte von Konstantin Schilling, das war der Schlag, den ich ihm in unserer grimmigsten Stunde versetzen wollte. Und doch haben mir Zuneigung und Trauer geboten, in diesem Augenblicke tröstende Worte zu sagen.

»Korporal, du bist kein Schuft, nein?« fragt seine mühsam geklärte Stimme. »Du wirst kein Schuft sein?«

»Wir wollen aus der Kombüse ausziehen«, antworte ich. »Wir haben uns tapfer in ihr gehalten.«

»Weiß Gott.«

»Wir können mit der Siebert tauschen, weißt du. Die Alte wird sie uns billiger geben. Die Siebert hat kein Geld, sie ist rausgeschmissen worden.«

»So, so«, kommt es ein wenig schluchzend. »Und dich schmeißen sie nicht hinaus?«

Dann endlich schläft er. Ich ziehe meinen Arm zurück, auf dem sein Kopf gelegen hat, ganz behutsam ziehe ich ihn zurück, er ist mir müde geworden. Dann schlafe auch ich ein wenig. Es ist nicht lange. Immerfort schlägt die Glocke der Ludwigskirche, so schnell verrinnt die Zeit. Manfred ist bald wieder erwacht. Er erhebt sich, badet, kleidet sich an, nun ist es schon zehn Uhr.

Und er summt etwas, während er ins Zimmer zurückkommt, die Vorhänge vor der hohen Wand zurückschlägt, das Fenster nach dem Garten tief unten öffnet. Halb schlafend, halb wach, fühle ich ein wenig Glückseligkeit. Mit Manfred leben zu können, ist schön, und um die Kombüse ist es doch etwas schade. Das Wasser im Teekocher sprudelt. Der General ist angekleidet. Er rückt das Tischchen an mein Bett, holt sich den Stuhl heran, es duftet nach Wintermorgen, nach Kakao. Die erste Zigarette mischt ihren Duft mit dem Atem der verwichenen Nacht. Manfred summt irgend etwas, eine leichte, sehr fröhliche Melodie.
»Morgensonne, kündest mir des Frühlings Anfang – – «
Ich denke mir, das könnte Wagner sein.

*

So kam es, daß ich zu ungewohnt früher Zeit, bereits gegen elf Uhr, auf der Redaktion erschien. Das Gewitter, das gestern abend heraufgezogen war, hatte ich in der langen Nacht ganz vergessen, es hatte selbst nichts Drohendes mehr an sich, als ich das Gebäude der Zeitung betrat. Im Wartezimmer grüßten mich einige Leute, ich schüttelte ihnen die Hand, erkundigte mich nach ihrem Ergehen, es war mir recht fröhlich zumute. Dann hielt ich den Türgriff von Nr. 34 in der Hand, und jetzt kam plötzlich die Angst wieder. Ich fürchtete mich wie ein Schuljunge, der sein Klassenzimmer zu spät erreicht und nicht weiß, ob er mutig eintreten oder lieber wieder nach Hause gehen soll. Die Tür wurde indessen von innen geöffnet, und Flachslander stand in der Öffnung.
»Herrgott, das ist süß, er traut sich nicht herein«, sagte der Chef. Das Zimmer war verraucht, eine Menge Leute standen und saßen herum, alle lachten über Flachslanders Bemerkung und meine schüchterne Figur.
»Du hast aber ein langes Wochenende gemacht«, grinste der Chef. »Geh, willst du mir schnell was abschreiben? Ich muß fort.«

Wäre mir des Chefs verrücktes Temperament nicht längst bekannt gewesen, ich hätte wieder einmal ratlos dagestanden.
»Für zehn Zigaretten, Chef!« sagte ich und hängte Hut und Mantel an den Haken.
»Hier!« antwortete er, »wird vom Gehalt abgezogen – adieu, Kinder!«
So ging es mit Flachslander. Er war die Unzuverlässigkeit selbst, in äußeren und inneren Dingen, man konnte die Wut über ihn bekommen, daß man alles hinwarf; aber er hatte eine Art, alles wegzuwischen, als sei es nie dagewesen, dagegen konnte man nicht an. Vier Tage später erlebte ich einen neuen Krach mit ihm, der eiserne Besen des Chefredakteurs wurde abermals heraufbeschworen, zehn Tage darauf schenkte er mir einen funkelnagelneuen Anzug und fuhr mich mit Manfred im Grunewald spazieren. Unfähig, ein ernstes Wort zu sprechen, gar ein ernstes Wort zu schreiben, war er doch ein liebenswerter Kerl, ein unheimlicher Kerl. Causeur, Flaneur, Sentimentalist, wie wir es nannten, Sportsmann mit Gefühl – war er Berlin.
Der Umzug in das Palais, wie die beiden Hinterzimmer genannt wurden, war mit Einverständnis der Majorin bewerkstelligt worden. Manfred hatte sogar einen nicht unbeträchtlichen Nachlaß der Miete erreicht, die Majorin liebte ihn eben. Die Siebert bewohnte nun die Kombüse, sie suchte nach einer neuen Stellung, war unglücklich, ohne Geld, Manfred tröstete sie und widmete sich ihr mit echt freundschaftlichen Gefühlen.
»Sie meint, die Arme, an ihr sei tatsächlich eine Dichterin verlorengegangen«, berichtete er scherzend. »Die ganze Frau besteht aus Ressentiment, aus Zorn gegen die oberflächliche Umwelt, aus Trauer über die Verkennung ihrer Person.«
»Dieses Ressentiment ist berechtigt in Berlin«, sagte ich, Pantoffeln anziehend und auf dem Wege nach dem Badezimmer. »Nur nicht bei ihr. Die Leute, die immer auf ihrer Bildung herumpochen, haben meistens keine. Schließlich ist Berlin ja auch die ungebildetste Stadt, die man sich vorstellen kann.«
»Red nicht zu schlecht von ihr«, sagte Manfred, der schon fertig

angezogen war und sich an die Bereitung des Morgengetränks machte. »Sie ist ein armes Huhn.«
Ja, ich wohnte wieder im Palais. Der Atem Ellens war daraus längst vergangen, auch der zweifelhafte Hausgeruch der Siebert hatte sich durch energisches Lüften beseitigen lassen. Was mit Ellen damals gewesen war, hatte Manfred flüchtig erfahren! Er wußte, wie das schwierige Netz der Beziehungen zwischen mir, Ellen, Konstantin Schilling und Franziska lag, er nahm es zur Kenntnis, schwieg sich aus, beharrlich und taktvoll.
Franziska van Burkom – der zweifelhafte Geist, der über diesen zwei Jahren meines Daseins stand, den ich beschwor, den Konstantin beschwor, den Manfred beschwor – ihr Bildnis ward getilgt mit dem Auszug aus der Kombüse. Mit einem Ruck hatte Manfred alles weggeworfen, was ihn an sie gemahnte. Ihre zahlreichen Photographien, die vielen kleinen Reliquien, die wir von ihr besaßen, wanderten alle in das unterste Fach des Schreibtisches, wo es ganz dunkel war. Wegwerfen – nein, das doch nicht. Aber fort, aus dem Licht, nicht mehr sehen. Ich konnte mir nicht helfen, ich mußte eine Bemerkung machen: »Was man nicht wegwirft, das bleibt immer da«, sagte ich. »Wann wirst du endlich konsequent sein mit den Menschen, die dich umgeben?«
Er lachte; es war lautere Fröhlichkeit in seinem Antlitz, als er mit diesem Stück mühsalbeladener Vergangenheit aufräumte.
»Du hast eine ganz perverse Seele. Diese Zwangsvorstellungen sind direkt ulkig. Wenn ich sage, es ist aus, dann ist es aus – tröste dich damit und nimm's als Konsequenz – «
So kam eine etwas lichtere Zeit. Damals nahmen wir sie freilich als die Befreiung selbst aus der Finsternis und glaubten wahrhaftig, alles sei getan. Sein Tatendrang war ungeheuer. Ich bewunderte die Vielfalt der Gegenstände, die er gleichzeitig bewältigte. Er arbeitete an seiner Übersetzung, er schrieb an seiner Erzählung, er verfaßte fast täglich die eine oder andere kleine Skizze, die ich dann Flachslander vorlegte, der sich die besten aussuchte und sie veröffentlichte. Manfred hatte um diese Zeit,

die Mitte des April, gegen zwanzig Zeitungen in allen Teil Deutschlands zur Verfügung, denen er regelmäßig seine Arbeiten schickte und die viel von ihm veröffentlichten. Der Geldbriefträger erschien jetzt weiter öfter in der Wohnung der Majorin, wenn er auch meistens nur kleine Summen abzuliefern hatte, von denen wiederum nur sehr wenige für mich bestimmt waren. Aber auch ich arbeitete. Seit wieviel Monaten nun schon machte ich Nacht für Nacht von zehn bis halb ein Uhr den Dienst in der Feuilletonredaktion? Seit wieviel Monaten, ja seit wieviel Jahren hatte ich nicht mehr richtig geschlafen? Das Licht des anbrechenden Tages war mir nur zu gut bekannt, es traf mich auf dem Heimweg von Schwanneke, aus dem Café, aus irgendwelchen Gesellschaften, in denen der Rest der Nacht verbracht wurde. Und nun füllte sich auch der Tag wieder mit Tätigkeit, denn Manfred packte eine Art blinde Wut, wenn er mich untätig traf. Er warf mich aus dem Bett, er drängte mich zur Tätigkeit, er rechnete mir meine Schulden vor, drang darauf, daß die Verhältnisse sich änderten.
Trotz alledem – das Bild der Signora, in einem dunklen Pelz, vom silbernen Schein des Haares nichts zu sehen, stand auf meinem Schreibtisch nun seit einiger Zeit, stand auch auf Manfreds Schreibtisch. Große Beherrschung wußte Manfred zu üben, er glaubte ja nicht an die Sachlichkeit eines freundschaftlichen Verhältnisses, ich hatte Mühe, es ihm einzureden, auch die Mutter hatte Mühe. Er wußte nichts, sein Verdacht ward nicht genährt, aber sein heller Blick durchschaute alles, wenn sein Mund auch schwieg.
Briefe kamen jeden Morgen aus dem Haus in der Heide. Meistens für mich, gelegentlich auch für Manfred. Er legte keinen so sehr großen Wert darauf, er verlangte nicht, daß seine Mutter ihm schriebe, aber er wollte auch nicht, daß andere von ihr Briefe erhielten.
»Manchmal glaube ich fast, ich sei eifersüchtig«, sagte er. »Aber es geht nicht, es ist unmöglich, daß es wieder Krach gibt, es ist ganz unmöglich.«

Dieses war die Art, in der wir über die Dinge sprachen. Rein war die Luft nicht. Vielerlei hing in ihr herum, mancherlei lastete, wurde dennoch nicht erklärt, weil die Beherrschung es verbot.

»Ich bin nicht eifersüchtig«, sagte Manfred. »Ich sage mir, ich darf es nicht sein. Nur eines, weißt du: wenn du von ihr Zigaretten bekommst, dann teil sie mit mir.«

Oh, ich teilte die Zigaretten mit ihm. Zigaretten sind teuer, und wir rauchten arg viel. Aber das andere, das teilte ich nicht mit ihm, das Geld, das in eingeschriebenen Briefen kam. Ich trieb das Doppelspiel. Ich verheimlichte. Er spürte es. Aber er sagte nichts. Er biß sich auf die Lippe, wenn ich ihm etwas lieh und die Schuld notierte. Er verdiente sein Geld hart, weiß Gott. Und an seinen Augen sah ich, daß er ein Gefühl des Ekels herunterwürgte.

*

Eines Morgens telephonierte es. Die Majorin klopfte, sagte, ich werde verlangt. Ich lag noch im Bett, Manfred ging an den Apparat. Und dann lachte er, lachte schallend laut, die Majorin entsetzte sich, die Siebert kam aus der Kombüse geschossen, Manfred lachte.

»Felix, du bist wieder da!« Er war fassungslos vor Freude. Ich schauderte ein wenig, wie ich seine Worte durch die offenen Türen vernahm. So freut sich nur einer, dachte ich, der lange im Dunkeln, in der Einsamkeit gesessen hat. So jubelt nur einer dem Freund zu, der lange Gefangenschaft hinter sich hat.

Felix kam, Felix war wieder unter uns. Lange war er verschwunden gewesen, hatte sich nicht sehen lassen, wir wußten nicht, wo er wohnte, sicher ging es ihm schlecht, Telephon besaß er nicht – unter solchen Umständen ist ein Mensch, ist der beste Freund in Berlin bald deinen Blicken entschwunden, und du hast ihn richtig und regelrecht vergessen. Wir hatten ihn so ganz nicht vergessen. Manfred, seit heute morgen wieder mit geringen Geldmitteln ausgestattet, die ihm aus Flachslanders Gunst zugeflossen waren, besorgte unheimliche Mengen Eßbares, denn es schien uns ganz selbstverständlich, daß Felix ordentlich hungrig geworden sein mußte in der langen Zeit, in der wir ihn nicht gesehen hatten. Gulasch in Büchsen, Pakete Spaghetti, Kaffee, Zucker, Milch, Brot und Butter – Felix, schmal und listig blinkenden Auges, ein wenig blaß, ging an die Bereitung des Mittagmahles zu seinen Ehren, während ich hingegen unter viel Gelächter der Freunde die Qualen des Aufstehens wieder über mich ergehen ließ.

»Alle Bilder von dem schönen Mädchen sind verschwunden«, klagte Felix und sah sich an den kahlen Wänden um. »So geht es – «

»Ja, die schönen Mädchen haben uns verlassen«, bestätigte Manfred mit überlegener Miene, während er in einer unbenutzten Waschschüssel Messer und Gabel wusch.

Felix nickte. Er hatte ein Handtuch umgebunden, sehr sauber war es nicht, und hantierte mit dem elektrischen Kocher umher. Ab und zu verließ er seinen Topf und warf mir die Schuhe vor die Füße, brachte Hose und Weste angeschleppt, nur, damit es etwas schneller ging.

»Ich weiß nicht, ich würde sterben, wenn ich mich so langsam anziehen sollte«, bemerkte er. Und Manfred pflichtete bei: »Das Phlegma des Herrn Redakteurs ist zum Kotzen.«

Es entspann sich eine lange Verhandlung, woher ich einen sauberen Kragen bekommen sollte. Von meiner Wäsche war natürlich nicht ein Stück zur Stelle, ich konnte mich ja nicht aufraffen, sie von der Wäscherei zu holen, und schließlich auch, wovon bezahlen? Manfred sah, daß er wieder aushelfen mußte.

»Du mit deinem dicken Hals weitest mir meine besten Collars aus«, sagte er brummend. Felix lachte. »Collars, sagt er«, rief er. »Endlich mal einer, der fließend englisch spricht.«

Der Kragen wurde gewährt. Da stürzte Manfred plötzlich aus der Küche hervor – so hieß die Ecke mit dem ausrangierten Waschtisch, auf dem gekocht wurde – und rief: »Felix! Hast du den Pott vorher ausgewaschen?«

Entgeistert starrte ihn der Freund an, ein bißchen erschreckt, ein bißchen verträumt. »Nö!« sagte er schlicht.
»Dann gibt es Gulasch mit Kakao!« entschied Manfred düster. »Malerseele du!«
»Wie kann man nur so kleinlich sein«, sagte Felix und stolzierte in die Küche zurück. »Man sollte doch, meine ich, das Leben von etwas höherer Warte aus betrachten. Übrigens sind wir soweit.«
Ich war noch nicht soweit, aber die beiden Kumpane ließen nicht länger mit sich spaßen. Halb angezogen setzte ich mich an die kleine improvisierte Tafel, Felix trug den Gulaschtopf heran, Manfred brachte Gläser und ein Getränk, das man mit einigem guten Willen für Wein nehmen mochte.
Die Mahlzeit dauerte stundenlang. Drei Uhr nachmittags war es, als wir den letzten Fetzen Gulasch, den letzten Spaghettihalm vertilgt hatten. Alsbald wurde mit der Bereitung von Kaffee begonnen. Dampfend und wohlriechend stand das Getränk vor uns, Manfred zauberte zum Überfluß noch seine beliebten Kuchen hervor, von denen Felix treffend sagte, daß sie hart seien, aber gut. Wir sanken in die drei großen Fauteuils der Majorin und rauchten und erzählten. Langsam sank der Nachmittag. Unbemerkt zog Manfred die Vorhänge vor die Fenster und zündete die kleine Lampe auf seinem Schreibtisch an. Wir spürten gar nicht, daß es dunkel geworden war. Als die Kaffeestunde beendet war, bemerkte Felix, daß es jetzt Zeit zum Fünf-Uhr-Tee sei. Wir rührten uns nicht in den Sesseln, nur Manfred tat die nötigen Gänge in die Küche und zur Wasserleitung. Einen Augenblick war Stille, da hörte ich die Glocken der Ludwigskirche schlagen. Sechs Uhr.
»Wann gehst du eigentlich auf die Redaktion?« fragte Felix ganz versunken.
»Überhaupt nie mehr«, antwortete ich schläfrig. Und das beifällige Gelächter der Kumpane verkrümelte sich in den tiefen Sesseln. Als es dreiviertel auf Sieben war, erhob sich Manfred und sagte, daß man jetzt für das Abendessen sorgen müsse. Fe-

lix wurde detachiert, einzukaufen. Keiner von uns dachte daran, die Sitzung schon aufzuheben. Als Felix weg war, sagte Manfred: »So nett war es lange nicht mehr.«
Ich nickte. Eine schwere blaue Wolke lag in dem Zimmer und umlagerte die kleine Lampe in schrägen, dicken Schichten. Ich spürte, daß ich hart daran war, zu träumen. Mir war fast schläfrig zumute. Manfred blickte klaren Auges in das Halbdunkel hinein und lächelte mir gelegentlich zu.
»Fast wie eine Abschiedsfeier«, sagte er. »Dabei ist's doch ein Wiedersehen.«
Ich sagte nichts, blieb versunken in meine Gedanken. Abschiedsfeier, Wiedersehen, ich hörte die Worte schon, aber ich verstand sie nicht recht. Daß Manfred doch immer bei klarem Verstand war, er konnte nie so ein bißchen einduseln, so ein bißchen gar nichts denken. Komischer Kerl, der Manfred. Übrigens wäre ein Anruf aus dem Haus in der Heide fällig, dachte ich noch ungewiß, wir hatten Freitag heute. Da kam Felix zurück.
Mit demselben Augenblick war wieder eine lustige und witzgeladene Stimmung hergestellt. Diesmal hatte Felix die Tafel zu besorgen, während Manfred kochte und ich, wie stets, gar nichts tat. Teller abtrocknen? Ich weigerte mich glatt.
»Das reine Parasitendasein, das dieser Mensch führt«, sagte der Maler. Und damit wurde unter großem Gelächter, dabei in nicht unernster Weise, eine Diskussion über meine Fehler eröffnet.
»Mädchenschänder, Heiratsschwindler, Schuldenmacher, Leihamtskandidat, gesinnungsloser Literat, Versemacher, Stimmungenverwender und was weiß ich«, sagte Felix. »Du unterschreibst doch?«
»Ich unterschreibe«, sagte ich.
»Gedenkst du eigentlich Nachtdienst zu machen?« wollte Manfred wissen.
»Das steht noch dahin«, sagte ich. Dann wurde das Abendessen aufgetragen.
»Einen Schlips hättest du dir in der Zwischenzeit schon umbinden können«, sagte Manfred.

»In meinem ganzen Leben binde ich keinen Schlips mehr um«, sagte ich. »Ich sch... auf Berlin, auf die Zivilisation, auf die Redaktion, auf die Organisation – «
»Auf die Prostitution«, ergänzte Felix.
»Sauereien sind verboten!« schrie Manfred, ein ganz klein wenig betrunken. »Hier herrscht Sittlichkeit.«
Schließlich war es um halb zehn Uhr geworden. Mühsam krabbelte ich aus meinem Sessel und sah mich um.
»Gehst du jetzt in den Dienst?« erkundigten sich die Kumpane.
»Muß wohl«, sagte ich. »Sieht einer mein Jackett?«
Das Jackett wurde gefunden, mir übergestülpt, auch Hut und Mantel fanden sich. Einer Vogelscheuche ähnlicher als einem Redakteur wurde ich den dunklen Gang entlangbugsiert und schließlich das kalte Treppenhaus hinuntergestoßen. Oben lachten die Freunde, dann schlug die Tür zu. Auf der Straße pfiff ich einem Taxi, fuhr auf die Redaktion, begab mich nach Nr. 34 und sah, daß alles in Ordnung war. Nein, alles war nicht in Ordnung, in meinem Fach lag ein Zettel, Flachslanders Handschrift:
»Ich wollte Dir nur mitteilen, daß Du um vier Uhr nachmittags noch nicht zum Tagesdienst da warst, falls Du diese geringfügige Tatsache übersehen haben solltest. Laß Dich nicht stören, schlaf gut!«
Das war nun wieder echt Chef Flachslander. Ein Witz oder eine Drohung, das sollte einer wissen. Etwas verstört, dabei jetzt überwach von dem unmäßigen Kaffeegenuß, sah ich mich im Zimmer um. Donnerwetter! Was war da vorgegangen? Weiß Gott, der Chef hatte einen neuen Schreibtisch! Sein riesengroßes Biest hatte ihm nicht genügt, er hatte sich einen noch größeren kommen lassen. Der neue füllte jetzt das ganze Zimmer aus. Ich bemerkte, daß mein Tischchen ins Nebenzimmer gewandert war, Frischs Arbeitsecke war auf einen winzigen Raum zusammengedrängt worden, umdrehen konnte man sich in Nr. 34 jetzt überhaupt nicht mehr.
Das Telephon klingelte, ich schickte, wie gewöhnlich, in die

Setzerei, der Dienst begann. Es war nicht viel los. Die Geschichte mit des Chefs neuem Schreibtisch ging mir nicht aus dem Kopf. Der Übersatz kam, ich strich aus und korrigierte und gab das Notizenmaterial für die Morgenausgabe an. Telegramme gekommen für das Feuilleton? Nichts, meldete der Telegraphenraum. Gut, das war mal ein ruhiger Abend. Keine Premiere, Gott sei Dank. Kein wilder Kritiker, kein Goldtschmidt, kein Herzfeld bestürmte einen. Ich ließ Zigarren kommen und Bier und stöberte in den Zeitungen. Dann fing ich an zu schreiben.
»Unser Chef hat einen neuen Schreibtisch«, so hieß meine Skizze. Und es stand darin, daß unser Chef den Größenwahn bekommen habe, alle seine Freunde an die Wand drücke, daß er, gleich seinem Schreibtisch, sich bis ins Unendliche gebläht habe, und daß das kaum gut ausgehen könne. Und es folgten einige bedauernde Worte über die Unglücklichen, die zwischen dem Chef und der Wand eingeklemmt seien.
Das Telephon klingelte. »Nun, wie geht es dir?« Manfred. Felix sprach dazwischen. »Seid ihr denn immer noch da?« – »Wir gehen nicht weg«, rief Felix. »Kommst du bald heim?« fragte Manfred. Ja, ich käme bald heim.
Ich mußte lachen. Ich schob mein Manuskript in Flachslanders Fach, so daß er es morgen früh gleich sehen mußte. Der wird sich freuen! Und wenn er schimpft, mir ist es egal. Ich ging zum Umbruch, es dauerte nicht lange, rief dann wieder in der Wohnung der Majorin an, ja, sie seien noch da, eben sei frischer Kaffee gekocht worden, auch Kognak habe sich noch gefunden, ich werde dringendst erwartet. Ich nahm ein Taxi und fuhr hinaus. Am Romanischen Café vorbei, an Schwanneke vorbei, an den Zeitungshändlern vorbei, an den kleinen Kokotten vorbei, an den Frierenden, am tauben Wurstwaren vorbei, Lietzenburger Ecke Uhland. Vorbei Berlin!
Tiefe Stille empfing mich. Felix saß lang ausgestreckt in seinem Fauteuil, rauchte englische Zigaretten, Manfred, ein wenig zur Lampe gerückt, las ihm vor. Hier gehörst du auch nicht mehr hin – dachte ich, als ich das dunkle, friedliche Bild der beiden

Versunkenen sah. Leise hängte ich Hut und Mantel hinter die Tür, setzte mich behutsam auf meinen alten Platz, Felix schob wortlos Zigaretten hin, Manfred las, Felix lauschte ehrlich hingegeben, ich brauchte zwei Minuten, um die neue Stimmung aufzunehmen, dann lauschte auch ich.

Der unvergeßliche Abend aus dieser ganzen verwickelten, schönen, traurigen, schwierigen Zeit.

Die Stunden verrannen, sanken hinweg, verrauschten eine nach der anderen, neue dämmerten herauf, schwanden hinab in die Nacht, die Zeit verging, es war Friede unter uns.

*

Manfred schlug die Vorhänge vor den Fenstern zurück und löschte das Licht.

Die Kühle des Morgens lastete auf unseren müden Augen, die wir dennoch nicht schließen mochten.

Indem schlug die Glocke von der Ludwigskirche die achte Morgenstunde. Wir sahen uns an.

»Berlin«, sagte Felix aus einem unverständlichen Grunde.

»Berlin ist schön«, sagte Manfred darauf.

Es gab eine rätselhafte Stimmung.

»Ich hab' dem Chef was ausgewischt«, sagte ich schließlich. »Wenn er sich sehr ärgert, fliege ich hinaus.«

Manfred schüttelte den Kopf.

»Möchtest du denn so gern 'rausgeschmissen werden?«

»Ich hasse den Betrieb«, sagte ich. »Diesen Betrieb, in dem zum Beispiel Manfred nie verstanden werden wird. Ich hasse ihn.«

»Dein Haß ist nichts als Schwäche«, entschied Manfred kurz und sah mich mit einem schnellen Blick an. Da ging das Telephon.

»Herr Laengfeldt, Sie werden aus Dresden verlangt«, zwitscherte die Majorin im Türspalt.

Manfred fuhr auf wie unter einem Donnerschlag. Flammenden Auges stand er mir gegenüber. Felix wich in die äußerste Sofaecke zurück.

»Herrgott, das ist aber auch – «, kam es in wilder Wut.

»Beherrsch dich, du Kindskopf!« schrie ich in noch größerem Zorn.
»Ich denke, das ist zu Ende – du? Du lügst also auch, du beschwindelst mich? Du erzählst mir Gefühle vor? Du tadelst meine Eifersucht mit literarischen Floskeln? Du – du bist ja vollkommen unmöglich!«
Kreidebleich stand er vor mir, sank dann erschöpft in seinen Stuhl.
»Was habt ihr denn, ihr beiden?« fragte Felix naiv.
»Sprechen Sie eigentlich?« wollte die Majorin wissen.
»Nein! Wir sprechen nicht!« schrie Manfred.
»Verzeihung, ich werde gleich an den Apparat kommen!« sagte ich bebend vor Angst.
»Du Schuft, du entsetzlicher Schuft!« schrie Manfred aus dem Zimmer. »Wenn du wüßtest, wie unmöglich du bist.«
Ich trat ans Telephon, ich vernahm Signora Margheritas Stimme. Ich berichtete, daß wir eine durchwachte Nacht hinter uns hätten. Ja, wir seien sehr fröhlich. Ob wir am Abend herüberkämen wie immer? Ich dächte ja – einen Augenblick –
An der Wohnungstür wurde Sturm geläutet. Die Majorin öffnete. Der Briefbote brachte einen Eilbrief. Für Herrn Manfred Vellin. Aus Wien. Das hörte ich noch.
»Einen Augenblick, ich will Manfred fragen.«
Ich trat ins Zimmer. Felix stand am offenen Fenster, wandte uns den Rücken zu, Manfred war in das Ledersofa gesunken, direkt unter dem Bild Napoleons III. nach Sedan, saß da stieren Blicks und zerfetzte mit der Systematik eines Geistesabwesenden den Brief, den er eben erhalten hatte. Ich trat an ihn heran.
»Deine Mutter fragt, ob du heute abend mitkommen willst?«
»Ich habe kein Geld«, antwortete er dumpf, weiter nichts.
»Wir werden doch Geld bekommen«, drang ich.
»Hier!« er schob mir den Brief hin. »Der Verlag ist pleite. Und jetzt Vergnügungsreisen?«
Ich überlegte. Ganz übersehen konnte ich die Situation nicht.
»Wir schaffen Auswege. Du kommst? Deine Mutter wartet.«

»Mit dir reise ich überhaupt nicht«, war die Antwort, dann stand er auf und ging ins Nebenzimmer.
Ich sagte nichts mehr. Ich ging ans Telephon zurück.
»Manfred sagt, er könne nicht kommen. Er ist in schlechter Stimmung. Aber ich werde kommen.«
Ich werde kommen.
Felix war allein im Zimmer, als ich zurückkam. Ich sah mich nach dem Brief um, er war nicht da. Felix zuckte die Achseln. Da öffnete sich die Tür. Manfred trat ein, nicht zerschmettert, wie ich ihn erwartet, nicht zerzaust und vernichtet, wie ich geglaubt, nein, frisch, groß, aufrecht, kühl, einen scharfen Zug um den Mund. Er kam auf mich zu, deutete mit einer Handbewegung auf die Sessel, wir ließen uns nieder.
»Ich möchte wissen, ob du dieses Telephongespräch angemeldet hast, oder ob es ohne deine Veranlassung kam.«
Der Ton war herrschend. Mein Stolz, geringer Rest, bäumte sich dagegen auf.
»Habe ich darüber Rechenschaft abzugeben?« fragte ich spitz.
»Ich verlange keine Rechenschaft. Ich verlange überhaupt nichts. Ich bitte dich – «, sagte er kalt.
»Ich habe nichts veranlaßt«, antwortete ich.
»Hat Mama dich zu sprechen verlangt oder mich?«
»Sie hat mich verlangt.«
»Sie will dich sehen?«
»Sie will uns beide sehen.«
»Sie will nur dich sehen.«
Ich schwieg. Er faltete die Hände über den Knien.
»Ekelhaft«, sagte er nur.
Ich stand auf.
»Du fährst also?«
»Ich fahre.«
Ein stummer Augenblick. Felix wandte sich vom Fenster, kam auf uns zu.
»Verzeihung, ich gehe jetzt«, sagte er. »Ich kann es nicht leiden, wenn Leute sich zanken.«

Lässig erhob sich jetzt Manfred aus dem Sessel, zündete sich eine Zigarette an und schob die Hände in die weiten Taschen seines Anzuges. So stand er mit seinen großen schweren Schultern zwischen mir, dem Mißgestalteten, und dem schmalen, schwachen Felix.

»Gezankt?« sagte er langsam, den Blick erst zu Felix gewandt, dann zu mir, voll tiefster Verachtung. »Als ob wir uns gezankt hätten – lächerlich! Wir hassen uns!«

Elfter Abschnitt

Manfred hatte sich in sein Zimmer zurückgezogen, recht vernehmlich den Schlüssel der Verbindungstür umgedreht, so daß es mir unmöglich war, bei ihm einzutreten, und dann vergingen mehrere Stunden. Ich hörte das Klappern der Schreibmaschine nebenan. Er ging nicht aufgeregt in seinem Zimmer auf und ab, er marterte sich nicht mit Fragen und Vorwürfen, er schob alles beiseite wie etwas, dessen Erledigung nicht dringend sei, und setzte sich an die Arbeit. Kühl, unpersönlich, wie etwas Alltägliches erklang das Geräusch der Maschine.

Es war Mittag. Die Uhr der Kirche schlug eins, ich öffnete die Fenster und sah in den besonnten Garten zu meinen Füßen. Da wurde der Schlüssel umgedreht, und Manfred stand, in lässiger Haltung, wie er es gern tat, im Rahmen der Tür.

»Gehst du nicht in den Dienst?« fragte er.

Ich zuckte die Achseln. So leicht wollte ich ihm die Versöhnung nicht machen. Künstlich setzte ich noch ein wenig Mißstimmung um meinen Mund, ein wenig Arger auf die Stirn, aber sie waren alle mitsamt nicht viel wert.

»Reden wir«, sagte er in so bestimmtem Ton, daß es nichts zu erwidern gab. Er setzte sich rittlings auf die Fensterbank und nahm den zerrissenen Brief aus der Tasche.

»Es ist so«, begann er, »mein plötzlicher Ärger ist auf dieses widerwärtige Ereignis zurückzuführen. Ich will nicht sagen, daß ich mich ohne dieses verheißungsvolle Schreiben nicht verletzt gefühlt hätte, immerhin trägt es große Schuld an meinem unwürdigen Temperamentausbruch.«

Es war fast spannend zu beobachten, wie er alles gegeneinander abwog. Hier gab er einen Grund an, dort machte er ein kleines Zugeständnis, alles in allem lag ihm nichts ferner, als sich mir in die Arme zu werfen.

»Dieser dreckige Verlag«, fuhr er mit Spott und Bitterkeit in der Stimme fort, »hat also wirklich Konkurs gemacht.«

»Das ist eine richtige Schweinerei«, sagte ich. »Wieviel hast du eigentlich bis jetzt von den Leuten erhalten?«
»Zweihundertundfünfzig Mark. Die soll ich ihnen am liebsten noch zurückgeben. Sie bieten mir als Gegenwert für die ausgefallenen Gelder das neuerliche Verfügungsrecht für die deutsche Ausgabe an.«
»Ich verstehe das nicht ganz. Du mußt also einen neuen Verlag haben?«
»Ja. – die nächsten Monate meiner Existenz stehen damit auf dem Spiel. Ich habe mit dieser Einnahme gerechnet.«
»Du hast sonst nichts zu erwarten?«
»Wenig – auf der Zeitung liegt noch eine Skizze, Wert etwa hundert Mark, das ist ungefähr alles. Du siehst, daß meine Sorgen nicht unbeträchtlich sind.«
»Ich will dir einen Vorschlag machen«, antwortete ich nach einer Pause des Bedenkens. »Vergiß diesen ganzen Kram für achtundvierzig Stunden. Die Sonne scheint, ich werde etwas Geld besorgen, wir fahren. Am Montag kannst du alles frisch in Angriff nehmen.«
Er schüttelte den Kopf, so bestimmt, als sei es ganz unmöglich, diesen Vorschlag auch nur zu erwägen.
»Wovor fürchtest du dich eigentlich im Haus deiner Mutter?« sagte ich ein wenig spöttisch.
»Ich fürchte mich nicht«, antwortete er. »Wenn ich jemand fürchte, dann mich selbst, denn ich weiß, wie schnell ich Unheil anrichte. Aber mit diesem Fehlschlag in der Tasche kann ich schon gar nicht heimfahren.«
Ich lächelte.
»Heimfahren – siehst du, nun nennst du es wenigstens heimfahren. Es ist doch so etwas wie eine Heimat, zugegeben?«
Er nickte. »Es geht nicht«, sagte er. »Ich stehe immer zwischen euch. Ich verderbe alles durch mein bloßes Dabeisein. Ich bin nicht auf dich eifersüchtig. Wer weiß, warum ich mir plötzlich wünschte, meine Mutter ganz verstehen zu können. Es ist alles Unsinn. Eure Welt ist eine andere als die meine und die des Menschen, mit dem – «

Er hielt inne, krampfhaft bemüht, das Ende des Satzes zu verschlucken.
»Was sage ich?« fuhr er fort. »Ich bin ja allein! Sei froh, daß du es nicht bist. Aber laß mich. Der Gedanke ist mir unerträglich, daß ich in dem Augenblick Zuneigung für Mama empfunden haben soll, als du sie für dich entdecktest. Ich will nicht in deinen Spuren gehen.«
»Welche Gewaltkur, General!« rief ich.
»Keine Gewaltkur, mein Bester! Ich gönne dir alles Glück, das du empfängst, aber ich kann's nicht mit ansehen. Es schmerzt mich. Nicht, daß es mir fragwürdig erscheint, daß ich glaube, du täuschst dich in ihr – nein, ich kann es nur nicht sehen, du und sie.«
Diese letzten Worte sprach er mit schwer zurückgehaltener Erregung. Ich fühlte, daß etwas wie Zorn in mir hochstieg.
»General!« rief ich aufgeregt. »Es ist nichts zwischen ihr und mir!«
»Beteure es doch nicht so!« antwortete er leise, lächelnd. »Ich glaub' dir's ja. Was wäre denn, wenn ich dir nicht glaubte? Du bist doch ein Ehrenmann, wie?«
»Ich bin ein Ehrenmann!« sagte ich, und blickte ihn an. In seinen hellen Augen standen zwei kleine, glasklare Tränen. Sie rührten sich nicht vom Fleck, rannen nicht herunter, sie standen da, glasklar und unbeweglich. Das hatte etwas Ergreifendes.

*

An Manfred dachte ich jetzt nicht mehr. Auch an den Dienst nicht, an die Redaktion, die ich wieder versäumt hatte, nicht an des Chefs Zorn über meinen schlechten Scherz, nicht an die Konsequenzen dieses ganzen Tuns. Auch bei Signora Margherita waren meine Gedanken nicht. Ich war ganz leer, vollkommen leer. Diese Gespräche mit Manfred schöpften mich immer vollkommen aus. Ich hatte nichts mehr zu sagen, nichts mehr zu denken. Er hatte das letzte Wort, die letzte Geste, er ging mit all

seinem Unglück einfach davon und ließ mich zurück, wie ich war.
Müdigkeit. Plötzlich aufkommende, unfaßliche Müdigkeit.
Die ganze Nacht nicht geschlafen, nur Aufregung, nur Gespräche. Mein Körper fiel zusammen, mit einem Schlag. Ich konnte mich nicht mehr aufrechthalten. Ich suchte etwas zu essen, fand nichts, fiel zwischen zwei Schritten einfach auf die Chaiselongue.
Vier Uhr, als ich erwachte. Die Müdigkeit war nicht geringer geworden, eher schwerer. Ich raffte mich auf. Geld – war mein Gedanke. Kassenschluß ist um fünf Uhr. Hungrig und elend schleppte ich mich auf die Straße. Der Omnibus kam, ich stieg mechanisch auf, stieg mechanisch vor dem Zeitungsgebäude wieder ab. An der Kasse holte ich mein Geld für die Tätigkeit der vergangenen Woche. Ich erstaunte, daß es soviel war, fast zweihundert Mark. Ich ging nicht nach oben in die Redaktion. Ich steckte das Geld in die Tasche, fand mich wieder auf der Straße. Taxi zu Kempinsky, aß etwas, es gab nicht viel zu dieser Stunde. Dann rief ich vom Restaurant aus Frisch in seiner Wohnung an.
»Hallo, Frisch! Ich möchte die Wochenrate auf das Konto geben.«
»Fehlen noch hundert Mark.«
»Was – ? Nur noch – – «
»Biste froh, was – – war aber höchste Zeit.«
»Höchste Zeit, wieso – – ?«
»Ich fürchte, du machst es nicht mehr lange. Flachslander sagt – – «
» – es ist mir vollkommen egal, was der sagt. Die Fünftausend sind voll?«
»Sind voll – machste Nachtdienst?«
»Jawohl – kannst du mich halb elf ablösen, ich möchte weg?«
»Gemacht – Wiedersehen!«
» – dieu, Frisch!«
Die Fünftausend sind voll. Unmenschliches Werk, das ich vollbracht habe. Kein ganzes Jahr hat es gedauert. Und habe ich

etwa gearbeitet? Ich hätte das Doppelte tun müssen und können. Da sieht man, was ein Fleißiger, Hingegebener, Gläubiger des Betriebs, einer wie Manfred, gewinnen könnte. Mir ist alles aus den Händen geflossen, alles weg, und jetzt ist es aus.
Ich sage Frau Margherita, es sei aus. Sie nimmt mich zu sich. Wir leben zusammen in dem kleinen Haus in der Heide. Oder wir machen eine Reise zusammen, in den Süden, nach Italien. Signora, du bist reich, reich genug für mich und dich, und ich habe fünftausend Mark.
Fünftausend Mark bringe ich in diese ulkige Ehe noch mit. Ich schleppe sie, sie sind schwer, aber ich bringe sie. Wenigstens etwas, Rechtfertigung vor Manfred.
Ach, Träumerei – wem gehört denn das Geld?
Ehrenmann – ? hat Manfred gesagt. Jawohl, Ehrenmann. Ich muß Konstantin fragen. Behalten ist Diebstahl. In meinem Leben habe ich noch nicht gestohlen. Das noch nicht. Vom Café aus Konstantin anrufen, diesen widerlichen Kerl, aber ich muß ihn anrufen.
Sechs Uhr ist es vorbei an der Gedächtniskirche.
Wahrhaftig, ich wollte Konstantin anrufen, ich hatte die feste Absicht, es zu tun. Aber kaum bin ich durch die Schwingtür hindurch, da zerrt mich jemand am Ärmel.
»Halt! Mit dir habe ich zu reden!«
Das ist Felix. Im abgeschabten Mäntelchen, den verbeulten Hut tief in der Stirn, steht er vor mir, ein verkniffenes, ein böses Lächeln, will mir scheinen, um den Mund. Er sieht mich durchdringend an. Ich spüre, daß er keinen Scherz machen will. Wortlos zieht er mich an einen Tisch, bestellt zwei Kaffees, zieht Zigaretten aus der Tasche mit einer so entschlossenen Bewegung, als gelte es, mich auf der Stelle umzubringen.
»Also, was ist das mit Manfred?« fragt er, ohne Einleitung, geradeswegs.
»Was soll das, Felix, was fällt dir denn ein?«
»Du markierst den Ahnungslosen, Verehrtester. Laß das doch. Man muß auch mal ernst sprechen.«

Ich kann ihm kein böses Wort geben, obwohl ich mich gar nicht so recht schuldig fühle, bin ich unfähig, ihm diese Rede zu verweisen.
»Ich hatte mit Manfred bereits ein ausführliches Gespräch heute vormittag. Zwischen uns ist alles klar.«
Felix lacht. Mir ist nicht ganz verständlich, woher plötzlich dieses Lachen kommt, das sich ziemlich fröhlich anhört.
»Klar? Das glaubst du wohl selbst nicht. Ich möchte dir nur sagen, ich habe ihn vor einer halben Stunde getroffen.«
»Wo ist er?« entfuhr es mir.
»Ich habe ihn getroffen, er hatte sein Manuskript in der Hand, er kam, ich glaube, von einem Verleger, die Niedergeschlagenheit selbst. Er hat mir hier im Café eine unglaubliche Menge Zeug zusammengeredet, daß er Schluß machen will, daß er alles stehen und liegen lassen will, daß er nicht wisse, was er machen soll, er habe keinen Pfennig in der Tasche, alle seine Chancen seien ruiniert, du habest ihn völlig zermürbt, er könne nicht mehr mit dir zusammen sein – kurz, er war fertig, so fertig, wie nur ein Mensch sein kann – «
»Ach, diese Übertreibungen!« sagte ich. »Das kann ich gerade leiden, dieses himmelhoch jauchzend und zu Tode betrübt, das ist ja – «
Felix faßte mich heftig am Arm und sah mich an. Ich erhob mich. »Diese Tragischtuerei hätte ich von dir nicht erwartet, Felix«, fuhr ich fort. »Was soll denn das? Wozu diese Töne?«
Felix sah vor sich auf die Marmorplatte. Nach einigen Sekunden zog er einen Bleistift aus der Tasche und begann auf der Fläche zu zeichnen. Unentschieden setzte ich mich wieder neben ihn und wartete, was kommen würde.
»Hat er gesagt, daß er von Berlin weggehen will?« fragte ich schließlich.
Felix nickte.
»Ja – aber er kann es nicht. Er hat Angst vor dir. Er hat Angst vor seiner Mutter. Und auch vor – «
»Immer wieder diese Franziska!« rief ich.

Felix überhörte meinen Zwischenruf. »Er hat Angst, sich zu demütigen. Er hat soviel Stolz. Er geht einen Weg nicht zurück. Aber jetzt muß er es doch. Er sieht es ein. Kann man es ihm nicht leichter machen?«
»Ich habe ihm hundertmal gesagt, daß seine Mutter ihn erwartet, um alles mit ihm zu besprechen, aber er weigert sich ja.«
»Er weiß, warum. Er hat mir gesagt, daß es für ihn keine entsetzlichere Vorstellung geben könne, als daß zwischen dir und seiner Mutter irgend etwas sei. Das hat er wörtlich so gesagt, und ich glaube es ihm aufs Wort. Er liebt dich nicht, hat er gesagt, er liebt auch seine Mutter nicht, aber er haßt euch, wenn er euch zusammensieht, vielleicht, weil er euch beide doch liebt.«
»Das ist mir zu hoch«, sagte ich. »Wo ist er?«
»Ich weiß es nicht«, antwortete Felix. »Aber vielleicht werden wir ihn noch finden.«
»Ich fahre direkt vom Dienst zur Bahn«, sagte ich.
»Aha – na ja, dann ist ja nicht viel Hoffnung.«
Ich stand auf, legte das Geld für den Kaffee auf das Tablett. »Hoffnung?« sagte ich bestimmt. »Hier sind dreißig Mark, Felix, zu treuesten Händen. Du hast die Pflicht, ihn zu finden und noch heute nacht zu seiner Mutter zu bringen. Ich erwarte euch beide unbedingt.«
»Ja«, sagte Felix und steckte das Geld mit einer diebischen Geste ein.
»Wenn ein Körnchen Wahrheit in deinen Phrasen von vorhin war, dann tu, was ich dir gesagt habe.«
»Gemacht. Aber verrückt bist du auch.«

*

Diese Zeitungsredaktion, dieser Schreibtisch mit den Telephonen, dieser ganze Apparat zu meiner Verfügung, sie waren einmal der große Vorsprung, den ich mir einbildete, vor Manfred zu haben. An der Spitze des ersehnten Betriebes zu stehen, das mußte ihn besiegen. Und jetzt – war es überhaupt eine Waffe

gewesen, so hatte ich sie nicht gegen ihn, sondern gegen mich selbst gekehrt.
Ungezähltes Glied in der Reihe der hingelebten Nächte zwischen Papier und Blei und Setzerei rollt auch diese ab, eine der letzten, dessen möchte ich nun fast sicher sein. Sonnabend ist es, es geht etwas heftiger zu als sonst. Gegen elf muß ich Herzfelds Telephonanruf erwarten – doch nein, das macht schon Frisch. Diese Sorge bin ich los. Weiter ist es nichts. Ich habe Ruhe, ich sehe mich um, und da finde ich auch etwas in meinem Fach. Ein paar Bogen Beschriebenes, die mir bekannt vorkommen.
– Unser Chef hat einen neuen Schreibtisch – da liegt es. Jemand hat darin herumkorrigiert. Es ist des Chefs Handschrift. Lustig, er hat seine Anmerkungen gemacht. Sehr witzig ist das, es macht Spaß, das zu lesen. Übelgenommen hat er es jedenfalls nicht, sonst hätte er wohl nicht die Bemerkungen hineingeschrieben. Doch auf der letzten Seite, da steht etwas.
» – das hast Du ganz nett gemacht, Du Blödian. Trotzdem muß ich Dich bitten, wenigstens am Montag pünktlich um elf Uhr zu einer Besprechung hier zu sein.«
Das ist der Herausschmiß. Er hat sich geärgert. Trotzdem, er duzt mich noch, ganz so schlimm kann es nicht sein. Wer kann das wissen. Montag soll ich herausgeschmissen werden. Da muß ich schon hin, da hilft nichts, da muß ich schon dabei sein.
Das Telephon geht. Es ist Felix. Er berichtet, daß er bis jetzt, neun Uhr, Manfred nicht habe auffinden können.
»Es hilft nichts, such ihn, bis du ihn findest!«
Es wäre eine unglaubliche Idee von Manfred, einfach zu verschwinden, weg zu sein, unauffindbar für Tage, Wochen. Mir kommen bei diesem Gedanken ganz seltsame Ideenverbindungen, so, daß er nach Amerika gefahren sein könne, daß er zehn Jahre verschollen sein werde, daß er anonym irgendwo lebt, nur, um sich nicht demütigen zu lassen.
Aber das ist alles Unsinn. Manfred läßt einmal ergriffene Zügel nicht aus der Hand. Er setzt durch, was er durchsetzen will. Er

verläßt Berlin nicht, weil sein Verlag verkracht. Er gibt seinen aus eigenem Willen gewählten Beruf nicht auf, weil er seine Arbeiten im Augenblick nicht unterbringen kann. Er läßt die Beziehungen nicht fallen, die er einmal besitzt. Solche Dinge tut Manfred nicht.

Ich sitze und warte. Halb elf. Frisch ist noch nicht da. Er wollte mich doch ablösen. Das Telephon klingelt. Noch nicht gefunden, sagt Felix. Es gibt kurz nach zwölf noch einen Zug, sage ich ihm, bis dahin muß er ihn haben.

Fünfundzwanzig Minuten vor elf. In zwanzig Minuten geht mein Zug. Ich kann nicht mehr arbeiten. Ich kann keinen dieser Abzüge mehr durchsehen, ich kann nicht mehr telephonieren, nicht möglich, in diesem Wust von Staub und Papier zu atmen. Ich gehe hinunter in die Kantine, trinke ein Mineralwasser, rauche noch eine Zigarre, Abschiedszigarre in diesem Hause, in fünfzehn Minuten geht mein Zug. Frisch ist noch nicht da – doch, da kommt er, klein, strahlend, die Ruhe selbst.

»Das war mein letzter Nachtdienst, Frisch, glaube ich!« sage ich.

»Das glaube ich auch.«

Einen Augenblick sehen wir uns an.

»Geschichten machst du!« sagt er endlich. »Eine solche Chance zu versauen!«

»Laß mich. Nicht predigen, Frisch. Leb wohl und hab Dank!«

»Adieu, Oswald!«

Adieu, mein Bester. Mit dem Taxi erreiche ich den Bahnhof. Der Zug ist noch da. Ich sehe mich um. Manfred ist nicht zu entdecken, auch Felix nicht. Ich steige aber nicht eher ein, als bis die beiden da sind. Schreckliche Nervosität – ich knipse mit dem Daumen an meinem Zigarettenende herum, ich gehe ein paar Schritt auf dem Bahnsteig entlang: alles, was um mich herum geschieht, macht mich rasend. Diese ewigen Zuschauer, Zeitungen in der Hand, Zeitungen im Hirn, nichts als Zeitungen und Zigarettenrauch – bin ich nicht einer von ihnen? Gott, was diese Stadt aus mir gemacht hat. Eine Karikatur, einen Hanswurst, einen Blödian.

Ist das wirklich so? Mir tun die Augen weh vom vielen Schauen nach der Sperre. Was wißt denn ihr, was das heißt: abreisen! Der Zug fährt nicht. Das Gesicht eines Mädchens schaut aus dem Abteilfenster. Lacht sie nicht über mich. Kein Mensch lacht über mich. Dieses Gesicht ist Dreistigkeit und Verwunderung zugleich. Wer das feststellt, ist der Schriftsteller in mir. Hätte ich so ein Mädchen zu beschreiben: Dreistigkeit und Verwunderung wären gute Ausdrücke. Dessen bin ich sicher. Dieser Zug steht sich förmlich fest im Geleise. Zehn Minuten Verspätung hat er schon. Kuriose Idee, daß die Reichsbahndirektion wartet, bis der Schriftsteller Manfred Vellin auf dem Anhalter Bahnhof eingetroffen ist.

Ah – Platz nehmen, bitte.

Mein Herz marschiert nicht mehr seinen gewohnten Gang. Da drinnen in mir stockt etwas, macht nicht mehr mit. Ein Kind weint. Gehören Kinder auf einen nächtlichen Bahnhof? Jetzt hat der Schaffner die Tür zugeschlagen. Fenster runter, nach der Sperre gestarrt. Die Mutter von diesem Kind fährt sicher nach Chemnitz. Nie im Leben möchte ich nach Chemnitz fahren. Nein, nie im Leben – –

Durch die Sperre kommt keiner mehr. Der Zug fährt ja schon. Berlin ist ja schon ganz weit hinten. Ziemlich weit weg schon. Zwei, drei Gänge durch den Zug bleiben erfolglos. Ich finde niemand. Ich weiß, was das bedeutet. Unheilvoll, bange ist der Gedanke, heute, zum erstenmal allein im Haus in der Heide anzulangen, ohne Manfred das Haus seines Vaters zu betreten. Einen Augenblick fühle ich Vermessenheit, jener beschämende Ekel steigt in mir hoch, der Manfred elend gemacht hat.

Aber vorbei – mit solchen Sentimentalitäten soll mir noch einmal einer kommen. Die Nacht öffnet sich ja. Signora Margherita erwartet ja mich, nicht ihren Sohn.

Mich?

In dem blinden Spiegel der Toilette sehe ich mich abgebildet. Das Haar ist feucht, verschwitzt, schlecht geordnet. Darauf gab ich doch immer so viel. Ohren abstehend. Die Nase kurz und

aufgestülpt, ohne Linie; der Mund schmal und verkniffen, die Zähne schlecht, wenn ich lache, sieht es grotesk aus. Ich weiß, ich weiß, das braucht mir kein Spiegel mehr zu beweisen. Und meine Augen sitzen in den schwarzen Kreisen der Hornbrille, eingesperrt, gefangen.
Gefangen? Jetzt schlage ich aber die Tür des Toilettenraumes mit einem Krach zu. Jetzt ist es aber genug mit den minderen Gefühlen. Ich bin nicht gefangen. Ich bin geliebt. Doch das ist dasselbe.
Va bene – Manfred wird meine Stellung bekommen, wenn er geschickt ist; oder gar der blöde Heßling. So von weitem betrachtet kommt mir Manfred ebenso blöde vor wie dieser blasse Philosoph mit dem Leidensgesicht. Von weitem.
Va bene – was denke ich? Franziska brauchte diesen Ausdruck zuweilen, um zu sagen, daß alles gut und schön sei. Es war niemals irgend etwas gut und schön. Es war alles verfilzt und verstrickt, ein Gestrüpp von Gefühlen und Ungefühlen, ein Schlinggewächs, darin sich Wollen und Können gegenseitig erstickten, ein Abfallhaufen, nichts, gar nichts – alles weg, alle diese Bilder sind weg. Nicht einmal an Franziskas Gesicht kann ich mich mehr richtig erinnern.
Mir fällt kein einziger Fluch ein, den ich in der Welt dahinten zurücklassen könnte, keine einzige Verwünschung. Und keinen einzigen kleinen Glückwunsch kann ich in meinem Herzen entdecken für meine Reise in dies andere Land, keine noch so kleine Gratulation für mich selbst.
Na schön denn, Finsternis. Hinein in die Finsternis. Das knattert aber, das klirrt.
Und Konstantin anrufen wegen der Fünftausend. Das habe ich allerdings glatt vergessen.
Allerdings aus Versehen mit Absicht.
Na –

*

Alles in dieser Nacht ist tödlichste Übermüdung, letzte Erschöpfung, Ausgeleertsein bis auf den geringsten Rest, Schmerzen in allen Gliedern – dennoch Spannung, Wachsamkeit, vor Nervosität fast Hellsichtigkeit, ganz klarer ungetrübter Blick, klar wie noch nie.
Alles kommt auf einmal in zwei, drei Nächten.
Das Schlagen der Gartentür, meine Schritte im knirschenden Kies wurden gehört. Die weißen Vorhänge schieben sich auseinander, ein Lichtstreif fällt durch den Garten. Mit schweren großen Flügeln stehen Juniperus und Blaufichte auf dem Rasen umher. Wer hat sie, in Gottes Namen, so hingesetzt in diese Reihenfolge?
Schwer ist das Atmen in dieser Nacht.
Die weißen Vorhänge fallen zusammen. Licht flammt auf über der Tür.
Einen Augenblick warten, einen Moment innehalten, bitte. Dann werden mir die Türen dieses Hauses geöffnet.
»Signora!«
»Oswald!«
– – –
Ich darf ja nicht ausruhen nach meinen unendlichen durchwachten Nächten. Ich sinke hin über die breite Couch, die Hände vor den Augen, es flimmert.
»Oswald – was hast du?«
Ich richte mich auf, sehe vor mich hin, einen Augenblick, krank, tot, ohne Leib und ohne Geist, starre auf meine Schuhe, die im Lampenlicht aufglänzen.
»Oswald!«
Signora Margheritas strenges Angesicht ist aufgelöst zu Milde und Angst. Jetzt halte ich ihre Hände in den meinen, streiche über sie hin, ohne zu wissen, was ich eigentlich tue, streiche nur so hin und denke gar nichts.
»Fühlst du dich besser?« fragt sie.
Ja, ich fühle mich besser. Ich habe gar nichts gemerkt, daß mir nicht gut war.

Ich lächle. Wirklich, es gelingt mir ein Lächeln, das von ganz tiefem Herzen kommt.
Ich bin ruhig. Signora Margheritas Antlitz ist im Schein der kleinen Lampe halb erleuchtet, ich sehe ihr geradeswegs in die Augen, sie sitzt mir schräg gegenüber auf der Kante der Couch, wie ein braves Schulkind sitzt sie da, gespannt, was kommen wird, sogar die Hände über den Knien gefaltet, wie es Manfred immer tut.
»Meine Signora«, sage ich in das Halbdunkel hinein.
»Mein Oswald«, antwortet sie und senkt das Gesicht. Beide rühren wir uns nicht. Unsere kargen Zärtlichkeiten liegen da irgendwo zwischen uns im Raum, haben uns gar nicht erreicht, und doch waren wir einander nie näher als in diesem Augenblick.
»Meine liebe Signora Margherita«, fange ich an. »Der Chef Flachslander hat mir einen Zettel geschickt und mich für Montag zu einer Konferenz bestellt. Es ist der vierte oder fünfte Zettel dieser Art, den ich erhalte, die vielen Spitzen und Warnungen nicht gezählt. Am Montag ist es aus, es ist der letzte Zettel gewesen.«
Signora Margherita schweigt. Aber es ist kein Schweigen der Verlegenheit. Sie dreht nicht etwa ihren Diamanten am Finger hin und her, nein – sie schaut zu Boden, auf den Teppich, als müsse sie in der Dunkelheit da unbedingt eine verlorene Stecknadel finden. Und dann scharrt sie ein klein wenig mit dem Fuß über die Stelle und blickt mich wieder an, ganz klar.
»Ruhmlosigkeit – wirf mir nicht Ruhmlosigkeit vor, Signora, gerade, weil ich diesen Vorwurf vor allen anderen verdient hätte.«
»Nein«, antwortet sie, weiter nichts.
»Ich werde am Montag – «, fahre ich fort, »am Montag werde ich alles in allem fünftausend Mark besitzen, von denen ich nicht weiß, ob sie mir gehören. Ich lieh sie von Konstantin Schilling für ein Mädchen, dessen Eltern nach der Schweiz geschickt werden mußten, für ein Mädchen, das ich einmal heiraten wollte.

Konstantin Schilling war betrunken, als ich ihm das Geld zurückgeben wollte, er wies es zurück, ich könne es behalten.«
»Ja – «
»Weiter nichts. Sonst nicht einen Pfennig. So komme ich zu dir. Verzeih mir mein Pathos, verzeih den Ernst in meiner Stimme. Er ist nicht gespielt. Ich habe zwei Nächte durchwacht mit meinen Freunden und meinen Sorgen. Ich muß mich zusammennehmen und an etwas stützen, um alles klar sagen zu können.«
»Du brauchst nichts zu sagen – Oswald.« Und nach einer Weile: »Komm – setz dich zu mir.«
Ich gehorche, fast traurig, daß ich nicht alles sagen durfte. Aber sie nimmt meine Rechte wieder zwischen ihre Hände und sagt: »Gib das Geld an diesen Mann zurück, unter allen Umständen, gleich am Montag. Du brauchst es nicht. Ich will nicht, daß du es brauchst. Wenn du Berlin nun verlassen willst nach all diesen Jahren, dann verlaß es.«
Schweigen.
»Du sollst keine Pflichten mir gegenüber fühlen, gar und gar keine. Aber wenn du sonst keinen Ort auf dieser Welt hast, wohin du lieber gehen möchtest, dann komm hierher. Oder komm überall dorthin, wo ich sein werde.«
»Ja, Signora.«
»Dann ist nichts mehr zu sprechen, Oswald, es ist auch recht spät.«
Dann ist nichts mehr zu sprechen?
»Doch, eines noch ist zu sagen, Signora – Manfred – «
»Nicht, Oswald – nicht – «
»Oh, Manfred hat – «
Ihre Hand verschließt mir den Mund ganz fest. Ich fühle den Diamanten an meinen Zähnen.
»Manfred ist – ich werde das aussprechen, verstehst du?«
Aber die Hand preßt mir noch immer die Lippen zusammen.
»Laß mich los!«
Das läßt die Hand los. Sie sieht mich an, sprachlos vor Staunen.

»Du rücksichtsloses Kind – was ist nun also?«
Und lächelt, als sei alles ein Scherz gewesen.
»Manfred ist, glaube ich, am Ende«, sage ich. »Ich mußte das sagen. Er hat seinen Verlag verloren, er kann unmöglich noch einen Pfennig besitzen. Er ist entsetzt über mich und dich. Außerdem ist er verschwunden, seit gestern mittag. Felix sollte ihn hierher bringen, er hat ihn nicht gefunden. Es ist – «
Ich spreche nicht zu Ende. Die Signora erhebt sich, tritt von mir weg ans Fenster, schlägt die Vorhänge zurück und sieht lange regungslos hinaus in die Finsternis. Dann sagt sie: »Ja, das mußtest du mir wohl sagen, Oswald.«
Und nach einer Weile des Schweigens: »Manfred!«
Ich zittere bei diesem Wort. Eine Stimme sprach es, die ich nicht kenne. Jetzt dreht sie sich um, steht hart vor mir: »Ihr beiden«, sagt sie, »ob es das letztemal ist, daß er verzweifelt?«
»Ich glaube es.«
»Ich will ihn sehen.«
»Soll ich telefonieren?«
»Nein – wir fahren hin, du und ich – morgen – «
– – –
Ganz schüchternes Grau liegt über dem Wald. Dichte Nebel lagern im Garten, hüllen die Bäume ein, dampfend liegt der Rasen.
Ein paar Stunden Ruhe vor der Fahrt.
»Kommst du?«
»Gleich!«
Einen Augenblick lang noch allein sein. Gute Nacht, Signora. Ich komme gleich hinauf. Auf morgen, nein, auf heute. Die Nacht ist ja verstrichen.
Sie geht. Ich erhebe mich. Meine Knie zittern. Ich überlege, wie viele Nächte ich nicht geschlafen habe, was alles sich in diesem Zeitraum ereignet hat. Eine Uhr schlägt, es ist vier Uhr morgens. Ich habe keine Kraft mehr, ich spüre es ganz genau. Eine schwere Übelkeit dringt mir vom Magen herauf. Meine Augen sind ganz verschleiert. Dennoch tue ich zwei Schritte ins Ne-

benzimmer, da, auf dem Fenstersims liegt das Reichskursbuch, ich hab's zwischen den Händen, noch zwei Schritte unter das Licht – so, das habe ich geschafft, ich sitze wieder.
Hinten, Anhang, Fahrpläne der Deutschen Lufthansa.
Das Flugzeug, von Prag kommend, steigt um sieben Uhr zwanzig auf.
Sieben Uhr zwanzig. Vier Uhr. Dreieinhalb Stunden Zeit.
Mehr nicht. Einen Kognak, ich weiß, wo er steht, ich finde auch ein Glas. Ist nicht etwas zu essen da – ein paar Biskuits in der blauen Glasschale, mehr nicht.
Ich bin ganz irre. Ich kann doch nicht schon um sieben Uhr zwanzig nach Berlin fliegen, wie? Das ist doch Unsinn.
Halt – ich bin klar. Ich werde gleich zu Bett gehen, nur noch zwei Minuten.
Da vernehme ich meine eigene Stimme diese Worte aussprechen, zucke zusammen, erhebe mich wie unter einem Zwang, rücke in einem Bilderglas meine Krawatte wieder zurecht und bin wieder Mensch.
Mensch und Verbrecher.
Daß Manfred gedemütigt werden wird bis ins letzte und allerletzte, das ist klar. Sie will sich seiner annehmen: das heißt nicht, so tun als sei niemals etwas gewesen zwischen ihnen, sondern lediglich, ihn auf ihren Weg hinüberziehen, ganz das Andenken seines Vaters aus ihm löschen.
Alles andere als mütterlich ist dieser Zug. Nur die Demütigungen, die er von allen Seiten erlitt, will sie ausnutzen, sonst ist ihr an nichts gelegen. Und ich – ich Lump – ich verspreche, mit ihr nach Berlin zu fahren, meine Hand herzuleihen, meinen Haß gegen ihn nun zum wirklichen Werkzeug zu machen. Jetzt muß er ja gestehen, daß sein Leben ein kindischer Unfug ist.
Sieben Uhr zwanzig.
Dabei bleibt es.

– – –

Unklare Momente, ganz verwirrte und ganz trostlose, ihr seid die hellsten und sündenfreiesten.

Da spürt man, daß man immer herumhängt zwischen den Dingen und weder unter den Füßen etwas hat, worauf man steht, noch in den Händen etwas, das nicht zerbricht, noch auf den Lippen ein Wort, das keine Halbheit ist, keine Lüge.
Zustände zwischen den unzähligen kleinen Missetaten, die alle zusammengerechnet das Leben zu einer Abfallgrube machen – zersinken allmählich, schwinden und zerbröckeln.
Langsam, Herzchen, langsam, langsam. Es wird schon werden.

*

Ich lösche die Lichter in allen Zimmern.
Grau kommt der Morgen durch die weißen Vorhänge, ich schlage sie zurück, jetzt ist es ganz hell.
Ich schließe alle Türen.
Langsam gehe ich die breite Treppe hinauf. Keine einzige Stufe knarrt unter meinem Schritt. Oben halte ich einen Augenblick inne, klammere mich an das Geländer. Vorbei – auch hier die Lichter löschen. Einen Schritt, zwei Schritte in die Dunkelheit, noch einen und noch einen. Langsam drücke ich den Griff herab. Er gibt keinen Laut von sich. Ein helles weitgeöffnetes Fenster sieht mir entgegen. Auf der Heide brodeln die morgendlichen Nebel. Noch eine halbe Stunde, und die Sonne wird aufgegangen sein.
Ich trete heran an den Fuß des Bettes. Ein niedriges Lager, riesig breit, keine Hand hoch vom Fußboden. Ich sehe hinab in die Kissen. Als stünde ich ganz unermeßlich weit hoch oben, so ist mir. Allmählich beuge ich mich hinüber.
Ich lausche. Ihr Atem geht gleichmäßig. Aber ich glaube nicht, daß sie schläft.
Noch ein klein wenig weiter beuge ich mich. Dann sage ich flüsternd, kaum hörbar: »Sieben Uhr zwanzig – «
Etwas regt sich. Ich unterscheide nicht genau, was es ist.
»Geht das Flugzeug nach Berlin.«
Schweigen.
Nebelschwaden dringen ein ins Zimmer, sitzen dick und schwer

auf dem Fensterbrett, sinken dann herab zu meinen Füßen, umhüllen mich und das Bett, feuchte Morgenluft des frühen Sommers.
»Komm – «, sagt eine Stimme.
Noch eine halbe Stunde, und die Sonne wird aufgegangen sein.

*

Alter.
Unsagbar, wie du zwischen die Stunden trittst, die die fliehende Nacht vom eilenden Tage trennen. Stunden, die langsam sind wie Tage, Minuten, die ewig währen wie nicht verrinnende Jahre. Der Mensch erhebt sich vom Lager, er fühlt sein Herz und seine Glieder, er schlägt die Decke zurück, die Kühle des Morgens umfängt seinen Körper, und ein Duft von gelebtem Leben aus den Kissen, die er teilte. Er ist älter geworden in dieser Nacht. Zwei Stunden haben genügt, um alles von ihm zu nehmen, was um ihn war. Versuch und Mißlingen, Täuschung und Irrtum, leichtes Herz und verwirrte Gedanken.
Zweiundzwanzig Jahre zählt er jetzt und hat viel gelebt.
Und Ruhe ist in seinen Gliedern, keine Furcht mehr vor Scheu und Häßlichkeit, kein Grauen mehr vorm weißen Haar – da er der Gefährtin die Hand reicht und sie zum Fenster führt.
Wann haben zwei Menschen in die aufbrechende Sonne geschaut ohne Bewegung in ihren Herzen?
Der freudig Gealterte empfindet sie nicht. Er hat ein Händedrücken höchstens zu vergeben, und ein ungebrochenes Dankeswort, daß diese Stunde zwischen gestern und morgen die Qualen des Jungseins von ihm genommen hat.

*

Es ist ein seltsamer Morgen.
Schon kurz vor sieben Uhr ist die Sonne sehr stark und läßt einen Sommertag ahnen. Die Fenster der Veranda stehen offen, ein leichter Luftzug strömt herein, die hellen Vorhänge flattern. Das Mädchen geht schläfrig durch das Haus, deckt den Tisch

in der Veranda für ein kleines Frühstück, spricht kein Wort, brummt nur ein wenig. Signora Margherita packt einige notwendige Dinge in einen kleinen schwarzen Lacklederkoffer; und dann, während sie die Tassen füllt, nehme ich das Telephon und rufe ein Auto aus der Stadt. Sie lächelt.
»Unsere erste Reise«, sage ich.
Und sie nickt.
Es ist Zeit. Dem Mädchen werden einige Anweisungen gegeben, wir stehen auf, nehmen die Mäntel um, das Auto wartet vor der Gartenpforte. In zwanzig Minuten steigt die Maschine auf.
Das Flugzeug ist leer. Außer uns sind nur noch zwei Herren da, übernächtige Gestalten, die sich im Flüsterton miteinander unterhalten. Sieben Uhr zwanzig, unter unseren Füßen rollt es, ich fasse nach der Hand der Signora, die mir aus einem weiten seidenen Cape entgegenkommt.
»Viertel vor neun sind wir drüben«, sage ich.
Unter uns schiebt sich das Land herum, ein heller Fleck, ein dunkler Fleck, Wolken sind nicht da, kein Nebel, der Himmel ist tiefblau. Ich schaue zehn Minuten lang aus dem geöffneten Fenster, dann beschwert sich einer der Übernächtigten, es sei zu kühl, ich ziehe die Scheibe herauf und beobachte durch das winzige Guckloch den Piloten.
Dann schaue ich Signora Margherita an. Sie hat eine graue Filzkappe über dem Haar, einen blau und schwarz gestreiften Seidenschal gegen den Zug. Ihr Gesicht ist gleichmäßig, ab und zu sieht sie zu mir herüber, ein Lächeln ist in ihren Augen, das Lächeln eines Kindes, das sein erstes großes Abenteuer erlebt.
Ich drehe mich um, hinter mir sitzen die Übernächtigten und haben es längst aufgegeben, sich zu unterhalten, angeschnallt in ihre Sessel, sind sie fest eingeschlafen. Ein Stoß rüttelt sie gleichzeitig auf. Ich sehe hinunter. Erdboden. Ich hatte es gar nicht gemerkt, daß wir heruntergingen. Die Räder rollen. Die Übernächtigten setzen ihre Hüte auf und greifen nach ihren Aktentaschen. Der Apparat steht.

»Wir müssen aussteigen«, sage ich. »Tempelhof.«
»Schon?« fragt sie, wieder dieses kindliche Lächeln in den Augen.
Für einige Sekunden fühlte ich mich unsicher wie ein kleiner Junge. Das war ich – ich, der so große Entscheidungen auf sich nahm, beschloß, seine Karriere hinzuwerfen, beschloß, mit einer Frau in der Abgeschiedenheit zu leben, beschloß, seinen einzigen und besten Freund auf einen Weg hinüberzuzwingen, den er nur im Augenblick seiner tiefsten Demütigung von selbst beschreiten würde, der seine Eltern täuschte und ihnen Gram und Sorgen machte, so viel, daß sie bis an ihr Lebensende damit versorgt sein würden – das war ich?
Es war ja lächerlich.
Aber schließlich und letzten Endes würde alles, wie immer bisher in meinem Leben, nicht von mir, meinem Willen, sondern von den anderen Menschen und meiner Willenlosigkeit bestimmt werden.
Signora Margherita sprach nichts. Sie war in die Wagenecke gelehnt und sah nicht einmal hinaus. Die Handschuhe hatte sie abgestreift und vor sich in den Schoß gelegt. Was dachte sie nur? Wie würde sie denn alles das anfangen? Verspürte sie denn gar keine Unruhe? Der Wagen bog um die Ecke der Tauentzienstraße, leer und verlassen stand die Straße, da richtete sie sich ein wenig auf, sah mich an, gleichmütig und gefaßt, und sagte, die Hand ausstreckend: »Laß uns an einem Café halten, ich will etwas trinken.«
War es ein Zufall, daß wir vor dem Romanischen Café hielten? Die Terrasse lag fast leer im hellen warmen Sonnenschein, nur einige Unentwegte saßen verloren in den langen Reihen der weißen Stühle und Tische.
Wir saßen vorn, dicht an der Straße, jeder einen Kaffee und etwas trockenes Gebäck vor sich.
»Glaubst du, daß es richtig ist?« fragte sie. »Daß es das einzig Richtige ist?«
Ich schwieg.

»Warum sagst du nichts, Oswald?« sprach sie weiter, fast geängstigt. »Ich muß mich auf dich doch verlassen können. Kann ich mich denn auf mich selbst verlassen? Kenne ich ihn denn? Weiß ich denn, wie er ist? Habe ich ihn denn jemals verstanden?«
Sie hielt inne. Und dann nach einer Pause: »Gott – manchmal wünschte ich, sein Vater lebte noch, es wäre uns allen dreien leichter.«
Seltsam, daß sie dies sagte. Wann jemals hatte sie so etwas auch nur gedacht? Sie sah wieder auf die Straße hinunter, heftete ihre Blicke an die Vorübergehenden, folgte ihnen, bis sie an der Ecke verschwanden, und kehrte wieder zurück. Dann plötzlich:
»Ich will dieses Haus nicht mehr haben.«
Ich nickte.
»Ich will wieder in den Süden.«
Schweigen.
»Ich will ganz allein sein mit dir«, schloß sie. »Ich will nicht, daß noch irgend jemand an mir hängen soll. Ich weiß es jetzt ganz genau – komm!«
Wir gingen das kurze Stück zu Fuß. Die Straßen waren mit einem Male belebt, ganz Berlin schien auf den Beinen zu sein, Scharen von Automobilen fluteten den Kurfürstendamm hinauf und hinunter, bunte, sonntägliche Menschen mit Kindern an der Hand und Hunden an der Leine drängten sich auf den Trottoiren und vor den Schaufenstern der eleganten Geschäfte. Die Signora war unruhig. Sie nahm meinen Arm, und nach einigen Schritten sagte sie: »Wirst du bald von hier wegkönnen?
»Ja – sofort«, hörte ich mich antworten.
Wir erreichten das Haus. Sie betrachtete alles mit den neugierigen Augen eines Kindes, das zum erstenmal die große Welt sieht. Sie schaute sich im weiten Treppenhaus um, betrachtete die Türschilder und ließ ihre Hand auf dem Geländer entlang gleiten. Sie sah gespannt um sich, beobachtete mich, wie ich die Hausschlüssel aus der Tasche kramte, warf einen Blick auf die Armbanduhr, sah auf die Tür.
»Halb zehn«, sagte sie mit einiger Verwirrung in der Stimme.

Mit Absicht zögerte ich das Aufschließen der Türe hinaus. Wie werden wir Manfred antreffen, wird er überhaupt da sein, wäre es nicht besser gewesen, vorher zu telephonieren?
»Geht die Tür nicht auf?« fragte sie entschlossen, fast streng.
»Von innen steckt ein Schlüssel«, antwortete ich.
Die reine Lüge. Aber ich läutete lieber. Vielleicht öffnete Manfred selbst, dann war die Situation entschieden einfacher. Aber die Majorin kam, verschlafen, in ein abenteuerliches Nachtgewand gekleidet.
»Guten Morgen!«
Wie sie hörte, wer die Dame sei, setzte sie ein helles Strahlen auf, drückte der Signora mehrmals heftig die Hand, vergaß darüber ganz ihre unmögliche Aufmachung, nahm uns die Mäntel ab und bedeutete dazwischen, daß man leise sein möge, Frau Doktor Siebert sei eben erst nach Hause gekommen und schlafe, und auch der junge Herr –
Leiser Unwille war um die Lippen der Signora.
»Ist er zu Hause?« fragte sie.
Die Majorin nickte, etwas eingeschüchtert, und entschwand mit einem unverständlichen Wort, das wie »stören« oder »Störung« klang, in ihr Kabinett.
Leise öffnete ich die Tür zum Palais und ließ die Signora eintreten. Sie sah sich ein wenig schüchtern um, ich fühlte, daß ein leises Zittern ihren Körper durchlief, und hieß sie sich setzen. Dann öffnete ich die Fensterflügel nach dem Garten, ein warmer Sommermorgen kam von unten herauf, ein leichter Wind.
»Dies ist mein Zimmer«, sagte ich flüsternd. »Und – – «
Ich wies zu der Tür, die zu Manfreds Raum führte. Sie nickte und schwieg. Ich merkte, daß sie lauschte. Nein, aus dem Nebenzimmer kam kein Geräusch. Auf dem Gang klingelte das Telephon, sonst nichts. Sie erhob sich und schritt gegen die Türe. Als sie den Griff schon in der Hand hatte, wandte sie sich noch einmal um und blickte mich fragend an.
Ich nickte und trat zu ihr. Ich mußte jetzt ganz nahe bei ihr sein.

– wenn er jetzt gar nicht da wäre – dachte ich. Wenn er – ich spürte, daß ich die Hände zu Fäusten geballt hatte, hatte ich denn etwas in den Händen? Ich mochte sie nicht öffnen. Wenn ich in jeder Faust einen Revolver hielte, wie wäre denn das – ? – kaum verwunderlich wäre es mir gewesen. Etwas Mörderisches hatte diese Sache, etwas entsetzlich Tödliches – ich weiß nicht, wie ich auf den Gedanken mit den Revolvern kam. Aber er war da.

Und dann – sich vorzustellen, daß ein unschuldiger Mensch schläft, ahnungslos, verzweifelt traurig, verlassen, den Morgen im Schlaf ersäuft, und hinter der Tür stehen zwei, Revolver in den Fäusten, und folgen gespannt seinen Atemzügen –

Ein kaum vernehmliches Knacken störte mich auf. Signora Margherita hatte den Griff herabgedrückt, und geräuschlos öffnete sich die Tür.

Welch beispiellose Verwandlung hatte sich in Manfreds Zimmer vollzogen! Alle Schubladen des Schreibtisches waren aufgerissen, alle Schranktüren und Kommodenfächer standen offen, der Fußboden war mit Stößen von Zeitungen bedeckt, alle Bilder waren von den Wänden gerissen, Kleider, Wäsche, Bücher, Zeitungen, Krawatten, Strümpfe, Manuskripte, leere Blätter Papieres, Blumen, Schuhe lagen in wilder Unordnung durcheinander, waren in aufgerissene Koffer gestupst, hingen und lagen auf Stühlen und Tischen umher, eine Flasche Eau de Cologne war ausgeflossen und verbreitete einen betäubenden Geruch. Hier hatte einer in wilder Hast abreisen wollen.

Und dann war er inmitten seiner Hast und keiner Eile und seiner großen Angst steckengeblieben, wer weiß, was ihn befallen hatte, alles war liegengeblieben, gelähmt und erstarrt in Unordnung –

Und er – er lag auf seinem Bett, halb entkleidet, eine Decke flüchtig umgeworfen, inmitten dieses Chaos, mit verwildertem Haar, zu Tode ermüdet und erschöpft, schlief – Spuren von heftigen und langen, heißen Tränen auf den Kissen.

Und auf dem Nachttisch stand, an die Bettlampe gelehnt, ein

Bild, dem Schlafenden zugewandt, die Photographie Franziskas aus »Schloß Wetterstein«, hoch aufgerichtet, mit weit geöffneten Blicken. Und die kleine Bettlampe brannte, ein spärliches gelbes Licht im hellen Vormittag.

Eine Diele krachte unter meinem Fuß. Ich erschrak, der steinerne Blick der Signora traf mich wieder, hart und verschlossen. Da regte sich Manfred, sein Kopf fuhr herum, der große, braune Knabenkopf, seine Augen öffneten sich, weiteten sich, er sah und sah, und sein Mund öffnete sich nicht, zu sprechen. Dann plötzlich, als sei namenloser Schreck und noch namenlosere Freude mit einemmal über ihn gekommen, stürzte er auf, seine Arme streckten sich weit aus, und es kam nichts als ein jauchzender Ruf: »M–a–m–a!!«

Ein einziger Jubel, eine einzige Befreiung, eine einzige Erlösung. Ich sah Signora Margherita einen Augenblick wanken, einen Schritt tun in grenzenloser Unentschlossenheit, und endlich sich hinstürzen über das Bett.

»Mama – meine Mama – – !« hörte ich ihn sprechen, und Tränen waren in seiner Stimme.

Da schlug ich die Hände vors Gesicht und stürzte zur Tür.

Jetzt war alles zu Ende.

Zwölfter Abschnitt

Nichts war zu Ende. Alles begann.
Wieviel Stunden hatte ich geschlafen, als die Tür zu Manfreds Zimmer sich öffnete und ich, halb erwacht auf meinem Lager, sie beide stehen sah, einmütig und friedfertig, Mutter und Sohn. Sie kamen heran, Manfred lächelte, Margherita lächelte, und mit einigen Scherzworten halfen sie mir auf. Es war halb dunkel schon im Zimmer, früher Abend bereits, ich sah sie wie braune Schatten sich im Zimmer bewegen. Dann brachte die Majorin Tee und Brötchen und Butter und Gelee, alles wurde von Margheritas sorgender Hand auf dem runden Tisch geordnet, das Licht der großen dunklen Stehlampe über der Chaiselongue flammte auf.
Es verging eine lange Zeit, in der nichts gesprochen wurde. Meine schwere Müdigkeit aus zwei Nächten war vergangen, ich war klar und frisch, und so waren auch die beiden.
Manfred aß Geleebrötchen. Er kaute mit vollen Backen, sprach kein Wort, lächelte nur über die schweigsame Versammlung hin und schob dann die Tasse zur Mutter, damit sie sie ihm von neuem fülle.
»Nein, mit Sahne, bitte!« sagte er, und das war das erste Wort, das gesprochen wurde.
»Wenn ich nun wieder nach England gehe, will ich auch diese alte Gewohnheit wieder aufnehmen.«
Es war nichts Rätselhaftes in seinen Worten. Ich begriff: es war alles in Ordnung.
»Und wann wird nun gereist?« fuhr er fort. »Wann und wohin?«
Signora Margherita sandte einen fragenden Blick zu mir hinüber.
»Bald«, sagte ich. »Morgen, übermorgen.«
»Und der Chef Flachslander?« fragte er lachend.
»Ich fürchte mich nicht vor ihm!« antwortete ich.
Jetzt endlich war das Gespräch im Gang. Signora Margherita

schaute friedvollen Blicks über uns, die wir die Geleebrötchen mit Zigaretten vertauscht hatten und vor uns hinsahen.
»So, und nun wollen wir an eure Sünden denken«, sagte sie endlich, die Hände vor sich auf den Tisch gelegt, halb zu uns herübergebeugt.
»Oswald – willst du die Frau Majorin um eure Rechnung bitten?«
Ich ging. Die Majorin traf ich in ihrem Kabinett an, auf ihrem wackligen Bett sitzend, in eine Schale Kaffee vertieft und in den Roman einer illustrierten Zeitung.
»Gnädige Frau«, sagte ich, an den Türrahmen gelehnt, »nun wollen wir uns adieu sagen. Haben Sie unsere Schulden zusammengerechnet?«
»Ach, Herr Laengfeldt!« sagte sie nur, von ihrer Lektüre aufsehend, »wie schade – Sie wollen weg – und auch Herr Manfred?«
»Ja«, antwortete ich.
»Und was wird Herr Manfred jetzt tun?«
»Er wird wieder nach Cambridge gehen und sein Studium zu Ende führen«, antwortete ich.
Sie stand auf, mit einem unerwarteten Seufzer.
»Ja – dann Ihre Rechnung.«
Ich trat an ihren Schreibtisch und sah ihr zu, wie sie aus hundert und aberhundert Zettelchen und Wischen Zahlen heraussuchte und sie mit ihrer verschrobenen Schrift auf einen Bogen Briefpapiers notierte.
Auch Signora Margherita und Manfred saßen, als ich zurückkam, am runden Tisch über einen Haufen Zettel gebeugt.
»Und sonst nichts?« fragte die Signora. »Das ist alles? Ich glaubte, ich würde meinen Sohn halbtot vor Schulden finden – und diese hundertvierzig Mark sind alles, wirklich alles?«
Manfreds Antlitz strahlte.
»Es ist alles!«
»Sei doch ehrlich, Manfred«, sagte sie fast mahnend.
»Es ist wirklich alles, Mama«, sagte er.
Manfred steckte den Scheck zu sich. Inzwischen hatte ich meine Bücher herbeigeholt, und die Signora vertiefte sich in die

Aufstellungen und Zahlenkolonnen, das Werk vieler einsamer, vertrödelter Nächte.
»Bitte, rechne das allein aus – ich kann da nicht mit«, sagte sie.
»Siebenhundertfünfundsechzig«, sagte ich, etwas beklemmt.
»Daß du noch einmal jemanden finden würdest, der deine Schulden bezahlt, hättest du wohl auch nicht geglaubt«, hörte ich Manfred sagen. Seine Stimme schreckte mich auf. Was war das? Klang wieder der alte Haß, die alte Eifersucht auf? War nicht alles in Frieden geregelt? Woher kam der spitze, anzügliche Ton. Die Signora sandte einen strengen Blick zu Manfred hinüber, der mit einer Geste seine Worte zu verwischen suchte.
»Ich will mein Tohuwabohu in Ordnung bringen«, sagte er.
Auch ich erhielt einen Scheck von der Signora, lautend auf die Deutsche Bank, und einen dritten erhielt die Majorin, die ihn unter heftigen Dankesbezeigungen zu sich steckte.
So war alles, schien es, in Ruhe und Frieden zu Ende gebracht.
Die Signora sah mich mit einem ruhigen Blick an.
»Er ist ein seltsamer Bursche«, sagte sie. »Aber daß er mein Sohn ist, das werde ich doch nie glauben können – – «
Wie sie das sagte: ein seltsamer Bursche. Daß sie auf ein solches Wort kam, daß sie diesen leichten, verspielten Ton fand, mit dem sie es sagte – das überraschte mich von neuem.
Jetzt wurden im Nebenzimmer mit lautem Krachen Kofferdeckel zugeschlagen, Türen von Schränken und Kommoden knallten, als sei da ein Mensch, der sich sagt: heute wird abgereist, heute schlage ich alles und alles kaputt!
Da wurde die Tür aufgerissen, und er stand vor uns.
»Und damit – was soll damit geschehen?« fragte er und hielt uns die Photographie hin.
»Ich würde sie vernichten«, sagte ich, ohne zu überlegen.
Augenblicks verwandelte sich sein freudiges, übermütiges Antlitz, Röte stieg auf, um seinen Mund begann es zu zucken, ich fürchtete einen heftigen Ausbruch, da faßte er sich, dämmte sichtbar seinen Zorn in Gleichgültigkeit ein, drehte sich auf einem Absatz um und verschwand wortlos wieder in seinem Zimmer.

Signora Margherita sah mich an, mit nachdenklichen Blicken.
»Was das nur sein mag zwischen diesen beiden?« sagte sie schüchtern.
Ich antwortete nicht gleich.
»Liebe – – «, sagte ich dann, ohne das Wort zu bedenken.
Aber ihr Lächeln war verständnislos und tröstend wie am ersten Tag.

*

Signora Margherita hielt die Hände gefaltet im Schoß.
Der Sessel war ganz dicht an das niedrige Fenster gerückt, dessen Flügel weit offenstanden. Unverwandten Blickes sah sie in den dunklen Garten. Sie dachte nichts in diesen Augenblicken, dessen bin ich mir sicher. Oder höchstens dies: ich habe alles getan, was zu tun war. Ich habe, was ich für gut und richtig hielt, zuwege gebracht; ich habe meiner Pflicht genügt. Ich bin jetzt für mich und will keinen Anteil mehr nehmen an Menschen, die mir fremd sind.
Manfred trat ein, dicht hinter den Stuhl seiner Mutter. Eine lange Zeit verharrte er so, ohne Regung, nur seine Hände waren unruhig, er wußte nicht, was mit ihnen beginnen. Vielleicht wollte er sie über ihr Haar streichen lassen, vielleicht aber wollte er auch nach ihren Händen fassen und sie einen Augenblick in den seinen halten, eine kleine, ganz kleine Liebkosung verschenken –
Die Signora wandte sich um und traf seinen verirrten Blick. Einen Augenblick lang sah sie ihn an, schweigend, ohne sich zu rühren, dann griff sie schnell nach seiner Hand, die auf der Stuhllehne ruhte, um sie sofort, fast erschreckt, wieder fahren zu lassen. Und Manfreds große, braune Hände versteckten sich rasch in den Taschen seines Anzuges. Sie erhob sich.
»Wir wollen ausgehen!« sagte sie fröhlich. »Was schlagt ihr vor?«

*

Schwanneke war voll, dennoch fanden wir einen Tisch, zweite Nische rechts.

Viele Leute kamen an uns vorbei und begrüßten mich, nicht ohne einen fragenden Blick auf unsere Begleiterin zu werfen. Signora Margherita indessen war vergnügt wie ein Kind. Sie lachte und scherzte mit Manfred auf eine entzückende, dennoch ganz unpersönliche Art, aus der niemand hätte entnehmen können, daß sie Mutter und Sohn seien. Manfreds Antlitz litt ein wenig darunter, ich spürte es genau; aber er brachte wieder, wie schon so oft, diese fast unglaubliche Überwindungskraft auf, seine Wünsche und Empfindungen so weit zurückzustellen, daß ein anderer ihr Vorhandensein keinen Augenblick vermuten konnte. Zwischen diesen fröhlichen Scherzen, aus denen jetzt unser Gespräch bestand, zwischen diesen Anekdoten aus der Redaktion und auch aus dem Hause Friedland, den Erzählungen aus der Kindheit und den gemeinsamen Schuljahren, die die Signora mit einer mir völlig unbekannten Vollkommenheit im Plaudern dirigierte, hatte die Unruhe kaum mehr Möglichkeit, sichtbarlich hervorzubrechen.
Es mußte wohl so sein, daß die Signora wirklich glaubte, alles sei vollkommen in Ordnung. Vermutlich hätte sie jeden Zweifel als mutwillige Störung des kunstvoll hergestellten Friedens betrachtet und nicht ernst genommen. Und ich – ich durfte es mir leicht machen, da ich an ihrer Seite saß.
Nur er – wenn er das Weinglas hob und es an die Lippen setzte, sandte zuweilen einen ganz unmißverständlichen Blick zu mir herüber; dann wußte ich: ich bin ihm noch immer nicht gleichgültig geworden, ja, er läßt mich vertrauensvoll wissen, daß der kunstvolle Frieden noch immer plötzlich vor die Hunde gehen könne, wenn nämlich – –
Aber Signora Margherita wußte ja, wie keine andere Frau, alles sofort auszulöschen, was ihr an unbequemen Regungen plötzlich widerfuhr.
So ging unser Gespräch.
»Und weißt du noch«, rief Manfred mit glühenden Wangen, »wie wir aus der Augsburger Straße ausgezogen sind?«
»Freilich, General!« antwortete ich. »Auch erinnere ich mich ge-

nau daran, wie der gefräßige Felix alle unsere Käsebrote verschlang.«

»Weiß Gott, Korporal – du mußt es der Signora erzählen!«

Die Signora lächelte.

»Und mein erster Artikel bei Flachslander!« rief er aufgeregt. »Heute beim Packen habe ich gezählt: hundertsiebzehn kleine Feuilletons habe ich in dieser ganzen langen Zeit geschrieben.«

Ich nickte.

»Ich glaube, bei mir ist es nicht die Hälfte in der doppelten Zeit.«

Da griff er schnell über den Tisch nach meiner Hand und sagte: »Tröste dich – Korporal!«

Er tröstete mich! Gab es denn einen Besseren, einen Tapferen, einen Klügeren als den General?

»General!« sagte ich, das Glas ergreifend. »Ich danke dir für alles. Ich werde die Hände nicht in den Schoß legen, die Füllfeder nicht austrocknen lassen. Übers Jahr werde ich von mir hören lassen.«

»Es lebe der Korporal!« sagte Manfred voller Bewegtheit in der Stimme. »Signora, du mußt auch auf das Glück des Korporals trinken!«

Die Signora führte das Glas zu den Lippen und sah in die Runde. Ich glaube, dies war der erste und einzige Augenblick ihres Lebens, in dem sie eine ganz gleiche Liebe für mich und ihren Sohn empfand.

Da trat eine plötzliche, ganz unerwartete Stille ein; alle Gespräche schienen wie auf Befehl verstummt zu sein.

»Ein Engel geht durchs Zimmer!« sagte die Signora rätselhaft.

Ich lächelte, und auch Manfred lächelte.

»Friede auf Erden!« sagte er mit einem verlegenen Zucken der Lippen.

Da zerriß in der Nebennische eine heftige Männerstimme plötzlich die Stille.

»Ich habe es satt!«

Nur diese Worte. Aber sie genügten. Manfred fuhr hoch, das Antlitz von einer Sekunde zur nächsten mit fiebernder Röte be-

deckt. Die zitternden Hände hatte er auf den Tisch gestützt. Er lauschte, angespannt, der Schweiß brach ihm aus. Beschämt sah ich zu Signora Margherita hinüber. Aber ihr Lächeln war unwissend, erfroren in Ahnungslosigkeit.
Und ich? Ich wußte, daß alles zu Ende war. Jetzt gab es kein Halten mehr.
»Also?« fuhr Konstantin herrschend fort.
Keine Antwort.
»Du wirst mir doch nichts vormachen wollen.«
Ganz leises, kaum vernehmliches Schluchzen.
»Aber jetzt fang nicht an zu weinen, das ist doch – – «
– – –
»Komm, sei vernünftig – – «
Das Schluchzen brach ab. Eine Stimme erklang, in mühsam erkämpfter Klarheit, halb noch von Tränen erstickt: »Deine sentimentalen Brutalitäten – verschone mich – – «
»Aber das ist doch lächerlich!« fuhr Konstantin fort. »Ich will ja doch nur endlich Bescheid wissen, es ist doch keine Art und Weise – ich meine, was ist denn nun eigentlich mit dir – – ?«
Es hatte etwas Lächerliches, den blöden Konstantin so reden zu hören. Lachen klang nun auf, glockenhelles, zerbrechliches Lachen zwischen neuen, mühsam zurückgehaltenen Tränen: »Phantastisch!« rief sie. »Eine solche Geschmacklosigkeit!«
»Also bitte!«
Jetzt ein durchdringender Ruf, alle mußten ihn gehört haben: »Hör auf – es ist aus!«
Und dann ganz leise bittend, überhöflich: »Ich möchte nach Hause.«
Stühlerücken, Klingen von Gläsern.
»Warte – ich telefoniere dem Wagen.«
Entgeistert sah die Signora auf Manfred. Schwer nur bändigte er seine Unruhe; er sah uns nicht mehr an, er stand auf und verließ die Nische.
Wie angewachsen stand im selben Augenblick Konstantin vor uns, in Frack und Lack, ein zynisches Lächeln um den Mund.

»Ah!« sagte ich nur. Und zur Signora gewandt: »Verzeih, einen Augenblick.«
Wir traten in den Gang, der nach der Küche führte.
»Was machen Sie für Szenen, Konstantin?«
»Ach, wissen Sie, man wird ja ganz verrückt dabei!«
»Was denn eigentlich?«
»Na, Sie wissen doch, damals – ich kann mir jetzt schon denken – «
»Na und?«
»Das arme Luder wird sich was geholt haben und Angst haben.«
»Sie sind ja wahnsinnig, Konstantin!« brüllte ich.
»Wetten?« sagte er.
»Mit Ihnen wette ich überhaupt nicht. Übrigens, Ihre Fünftausend sind voll, können Sie sich abholen – – «
»Lassen Sie mich in Frieden – ich muß telephonieren!«
»Dann leben Sie wohl, Konstantin!«
Er entschwand in das Büro, um seinen Wagen herbeizurufen.
Ich trat wieder in die Nische, vor Signora Margherita. Sie sah mich mit großen Augen an.
»Das war er, Konstantin Schilling«, sagte ich.
Aber sie legte den Zeigefinger vor die Lippen und sah starr auf die halbhohe Wand, die unseren Tisch von dem nebenan trennte.
Eine Stimme sprach ganz schnell, flüsternd, aufgeregt: »Tu etwas, schnell, damit er nicht wieder – «
»Ich kann nichts tun, Franziska!«
»Manfred, ich flehe dich an, er ist so wütend!«
»Franziska, ich kann da gar nichts tun.«
Schweigen, plötzliches Verstummen.
»Gib mir wenigstens deine Telephonnummer.«
»Das ist zu gar nichts gut, Franziska.«
»Wenn ich sie brauchen sollte!«
»Du brauchst sie nicht.«
»Weißt du das so genau?«
Er antwortete nicht.

»Oh, glaub mir's doch, es ist nichts – – «
»Ich glaube dir's ja, Franziska, aber – – «
»Ich liebe ihn nicht, ich habe ihn nie – – «
Schweigen.
Und dann, wieder nahe bei den Tränen, ganz aufgelöst und warm, so unendlich warm und vertraut Franziskas Stimme: »Manfred!«
Ich konnte Manfred nicht sehen, die Wand verbarg ihn mir. Aber ich sah ihn dennoch ganz deutlich vor mir in diesem Augenblick, sah sein dunkles Gesicht zu ihr hinabgebeugt, sah ein wenig glitzernde Feuchtigkeit in seinen Augen und sah, wie seine Lippen schwer dies eine Wort bewältigten: »Franziska!«
Eine Tür klappte hinten im Gang, genau vernehmlich kamen Schritte.
»Schnell – er kommt zurück – ich muß weg.«
Atemloses Schweigen einen Augenblick.
»Bismarck 199 – Tag und Nacht!«
Da stand er wieder vor uns, mit dem Rücken zum Gang. Im gleichen Augenblick kam Konstantin zurück, ein höfliches, erfrorenes Lächeln auf den Lippen, verbeugte sich leicht, ohne daß Manfred ihn sah.
Zwei Minuten später schlug die Schwingtür, Konstantin und Franziska waren hinaus. Manfred saß uns jetzt stumm gegenüber, sprach kein Wort, war völlig ruhig, jedoch von großer Entschlossenheit, rauchte gelassen eine Zigarette, blies Rauchringe und schaute den blauen Kringeln nach, bis sie in Schwaden zergingen. Dann bestellte er einen schwarzen Kaffee.
»Du erlaubst doch?« sagte er zur Signora.
Sie lächelte, aber er sah es nicht. Jetzt war er gänzlich geistesabwesend, und das war unerträglicher als alle Spannungen. Er trank seinen Kaffee, langsam, Schluck für Schluck, schob schnell die Tasse weg und sagte: »Ich möchte gehen.«
Wir zahlten und erhoben uns. Aus einer Ecke winkte mir Frisch zu, anscheinend wollte er mir etwas mitteilen, aber ich grüßte nur flüchtig. Die Turmuhr der Gedächtniskirche schlug die zweite Stunde in der Nacht.

Die Sterne standen vollzählig versammelt über Berlin. Der Mond schlug einen bleichen Haken über dem Romanischen Café.
Es war eine betörende Nacht.
Irgendwo stand Manfred gegen eine Hauswand gelehnt und sah in den Himmel. Jetzt war er vollkommen allein.
Signora Margheritas Arm jedoch lag fest und unabänderlich in dem meinen.
Langsam wandten wir uns zum Gehen. Lautlose Automobile begleiteten unseren kurzen Weg durch die Nacht.
Es war die Zukunft, an die wir dachten – und nicht der zwiespältige und ungelöste Augenblick. Zehn Schritte und dann zwanzig und endlich dreißig gar trennten uns von Manfred.

*

Die Nummer Bismarck 199 wurde in der Tat morgens gegen einhalb vier Uhr verlangt.
»Telephon für Herrn Manfred – !«
Ich wandte mich im Bett um. Im Zimmer lag ein leichtes Grau, die Nacht war im Verrinnen. Und im silbrigen Morgenschein, im hellen Fenster stand Manfred, angekleidet, das Antlitz zum Garten gewandt.
Die kleine Lampe auf meinem Schreibtisch brannte, ein trübgelbes Licht, das im heraufkommenden Morgen zu nichts mehr nütze war.
»Telephon – Herr Manfred!« rief die entgeisterte Majorin noch einmal weit hinten aus dem Gang.
Da wandte er sich schnell vom Fenster und schritt durch das Zimmer. Im Vorbeigehen löschte er die Lampe auf dem Tisch.
»Ich komme ja«, sagte er ruhig. Als habe er eine ganze Nacht am geöffneten Fenster auf diesen Ruf gewartet, der bestimmt kommen mußte, so ging er hinaus.
Langsam erhob ich mich, schlüpfte in meine Pantoffeln und trat in das Vorderzimmer. Die Tür zum Gang stand offen, alle Fenster waren geöffnet, der Morgenwind kam von allen Seiten zu uns herein. Margherita hatte sich halb aufgerichtet im Bett,

sie hatte die Lampe zu ihrer Seite entzündet und sah mich fragend an.
»Was ist das? Wie spät ist es denn?« fragte sie trübe.
Ich legte die Finger auf die Lippen und wies nach dem Gang.
»Hallo – hier ist Manfred Vellin!« hörten wir sprechen.
Dann eine Pause. Der andere sprach. Wir hörten nichts. Das Geräusch einer Tür, die Majorin zog sich in ihr Kabinett zurück. Kein Laut. Der andere sprach noch immer.
»Ja«, sagte Manfred.
»Ich komme.«
Noch einmal ruft der andere etwas dazwischen. Es muß Heftigkeit und große Aufregung gewesen sein. Wir hörten es an seiner Antwort: »Sei ruhig – ich komme.«
Knacks – der Hörer liegt wieder in der Gabel. Das Licht auf dem Gang wird ausgedreht. Eine Tür wird geschlossen. Er steht im Zimmer, umflossen von der Dämmerung, groß, mit vor sich gefalteten Händen, sieht uns in unserer Ecke, und ein Lächeln aus fast kindlicher Verwunderung geht über seine gespannten Züge.
»Was macht ihr denn? Geht doch zu Bett.«
Dann geht er schnell ins Hinterzimmer, tritt kurz darauf wieder heraus, den Hut auf dem Kopf, nickt uns zu und ist aus dem Zimmer.
Die Signora ruft: »Manfred – was ist denn um Gottes willen?«
Aber er hört es nicht mehr. Er ist schon auf der Treppe.

*

Das geschah also gegen einhalb vier Uhr morgens, am sechsten Juni.
Mit jeder Viertelstunde stärker kam der Tag.
Ich legte einen Bademantel um und setzte mich an den Rand des Bettes der Signora.
Ihre Hand war kühl, ich hielt sie eine ganze Zeit zwischen den meinen, aber sie erwärmte sich nicht.

»Nie im Leben – «, sagte ich.
»Was?«
»Nie im Leben geht der zurück. Nicht nach Cambridge. Nicht ins Paradies. Nie im Leben einen Schritt zurück.«
Ich wunderte mich über mich selbst und meine Worte.
Sie sah mich an.
»Aber warum denn?« fragte sie ungläubig.
Halb sieben Uhr.
Sie richtete sich auf, sah mich an mit glänzendem Blick: »Wir wollen heute abend fahren. Während du auf der Redaktion bist, werde ich das übrige ordnen.«
Ich nickte. Von Manfred kein Wort. Wer weiß, wohin er jetzt im Morgen eilte. Auf welchen Wegen sein Leben sich jetzt auch immer bewegen mochte, war die Erinnerung daran jetzt nicht ausgelöscht?
Ich ging ins hintere Zimmer. Eigentlich hätte ich auch ruhig weiterschlafen können, sagte ich mir es ist ja eigentlich gar nichts geschehen. Wer hat uns bloß geheißen, drei Stunden in der Morgenkühle wach zu sitzen und nicht einmal miteinander zu sprechen?
Vorerst einmal waschen, ankleiden, das Haar im Spiegel ordnen, rasieren. Es war ganz hell. Ich brauchte kein Licht.
Wie es auf Manfreds Schreibtisch doch wieder aussah!
Alle Fächer aufgerissen, Papiere hervorgezogen, Papiere wieder hineingestopft – Aufbruchstimmung. Ewiger Aufbruch.
Ich verweilte einen Augenblick bei diesem Anblick.
Hat das denn einen Zweck, dem sogenannten Glück in alle Ewigkeit hinterherzulaufen – hat das denn einen Sinn, die ewige Ratlosigkeit, der ewige Durst, diese ewigen Wünsche und ewigen Hoffnungen?
Ein Telephonanruf wirft dein ganzes Leben um, das Wort einer Frau ruft dich auf eine neue Straße, auf die wievielte?
Allerdings, ich verstehe nicht recht, wie du es machst, General, und was du dir davon ersehnst. Wird das Gewonnene des Gewinnens wert sein? Meine Wünsche sind ja andere. Und nichts

scheint mir so ersehnenswert, daß ich außer Atem darüber geraten könnte.

*

Am Frühstückstisch, gegen neun Uhr, sah ich Signora Margheritas strenges, kühles Antlitz wieder, und da waren mir alle meine Sentimentalitäten vergangen.
Bei ihr waren alle Gefühle für Manfred wieder in restlose Ablehnung umgeschlagen. Sie fragte mit keinem Wort, was der nächtliche Telephonanruf zu bedeuten hatte. Er existierte für sie überhaupt nicht. Statt dessen sprach sie von der Abreise, sprach und erzählte in ungetrübter, freudiger Erregtheit, machte Pläne für dieses und das kommende Jahr, baute Tag um Tag ihres und meines Lebens vor uns auf – aber Manfred war nicht darin.
Ich nahm ein Taxi, um ins Zeitungsviertel zu gelangen. An tausend Dinge dachte ich während der Fahrt, nur nicht daran, was ich während der nächsten Viertelstunde würde zu sprechen haben. Erst als ich die blausilberne Mütze des baumlangen Portiers erblickte, kam mir mit einem Augenblick das Bewußtsein: es ist der letzte Tag in diesem Haus.
Möller grüßte mit freundlicher Miene wie immer und drückte auf den elektrischen Knopf, der mir die Tür zur Redaktion öffnete. Ich tat keinen Blick auf die, die da draußen warteten, auf die versteinerten Gestalten, die seit Jahr und Tag auf diesen braunen Stühlen saßen, ich ging geradeswegs hinein und schlug die Tür mit einem vernehmlichen Knall zu.
Auf dem Gang war eine große Aufregung. Die Tür der Lokalredaktion stand sperrangelweit offen, es wurde mit lauter Stimme telephoniert, Schreibmaschinen rasselten, die Boten sausten hin und her, und die Kollegen standen in Gruppen zusammen und redeten heftig aufeinander ein.
Kluge pflanzte sich breit vor mir auf, lachte und schlug mir die Hand auf die Schulter: »Na, Mensch, so etwas haben wir lange nicht mehr gehabt.«

»Lassen Sie mich doch bitte in Frieden, Kluge.« Ich sah ihn an, nahm dann seine Hand weg und ging meiner Wege.
Ein kleiner Reporter kam den Gang heraufgestürmt, in Hut und Mantel, glühend vor Aufregung.
»Was Neues?«
»Nischt – absolut nischt!« rief er. »Kann einer mein Taxi zahlen – es war bis jetzt nichts aus ihr herauszukriegen!«
»Kratzt er ab – oder was?«
»Ach, Blödsinn«, brüllte der Reporter. »Ganz unwichtige Verletzung, Schulter zertrümmert – von Lebensgefahr keine Rede!«
»Schade«, brummte Kluge und wandte sich zum Gehen. »Welche Schulter ist es denn?«
»Rechte, glaube ich – kann auch die linke sein«, rief der Kleine aufgeregt. »Was weiß ich – zahlt denn kein Mensch mein Taxi – sind doch Geschäftsunkosten.«
»Spesenrechnung einreichen«, sagte jemand trocken.
Sie gingen allesamt in ihr Zimmer, die Spannung war behoben. Ich fühlte einen starken Ekel. Die Tür der Lokalredaktion wurde zugeschlagen. Ich war allein im Gang. Es war eine schlechte Luft hier drinnen. Und draußen der hellste Sommertag. Ich fuhr mir mit dem Taschentuch über das Gesicht, rückte meine Krawatte zurecht und betrat Zimmer Nr. 34.
Der Raum war leer. Dicke verstaubte Luft. Ich sah mich um. Die Arbeit hatte noch nicht begonnen. Die Schreibtische waren unberührt, die Post lag uneröffnet auf den Tischen verteilt, die Schreibmaschinen hatten noch ihre grauen Gummihauben auf. Ich trat ans Fenster, um es zu öffnen. Die warme Sommersonne drang herein. Ich lehnte mich hinaus. Unten, ganz tief unten lag die Straße, rasten die Taxis, trödelten die Straßenbahnen einher. Ein Mensch mit einem blauen Kittel stand auf der anderen Straßenseite und brüllte sich die Lunge aus: »Die zweite Morgenausgabe! Der sensationelle – – «
Das übrige verschluckte der Lärm der Straße.
Sommer – Wärme – Süden – dachte ich. Nur diese Worte, weiter nichts. Tag des Aufbruchs – ich reise.

Die Tür zum Nebenzimmer wurde geöffnet, ich wandte mich um.
Heßling!
Der kleine Heßling gab mir die Hand, und um seinen Mund spielte ein Zug, der ein Gemisch war aus Scheu und Verachtung.
»Das hätten wir auch nicht gedacht«, sagte er. »Damals, als Sie noch Politik machten, seligen Angedenkens.«
Ich verstand nicht, was er meinte.
»Nehmen Sie eine Zigarette, Heßling«, antwortete ich. »Was meinten Sie eigentlich?«
Heßling nahm die Zigarette, zündete sie an und warf sich dann in Flachslanders knirschenden Korbsessel.
»Kommen Sie denn vom Mond? Ich bin hier als ihr Nachfolger.«
»Sehr erfreut«, sagte ich so ironisch als möglich. Weiter wußte ich nichts zu entgegnen. »Seit wann sind Sie hier?«
»Letzten Freitag von Paris abberufen, gestern abend hier eingetroffen. Viel Arbeit scheint hier ja nicht zu sein, die Herren frühstücken wohl noch?«
Ich antwortete nicht. Heßlings Aufgeblasenheit versetzte mich sofort wieder in den alten Ärger.
»Na – und Sie«, fuhr er fort. »Sie schmeißen hier einfach so alles hin – was machen Sie denn nun, kam Ihnen wohl selbst unerwartet, was?«
»Nicht im geringsten – ich werde für einige Zeit auf Reisen gehen.«
»Wenn Sie sich's leisten können.« Er blies den Rauch seiner Zigarette in einem langen Strahl ins Zimmer, drehte sich dann halb um und griff einen Fahnenabzug von Flachslanders Tisch. »Hier – haben Sie das schon gesehen – ganz saubere Geschichte.«
Ich wehrte ab.
»Mensch, Heßling – lassen Sie mich doch auf den letzten Tag mit dem Wurstblatt in Frieden.«
Ich wollte eben das Blatt zurückgeben, da trat Flachslander ein. Ich vergaß das Papier und behielt es in der Hand.

»Tag, Laengfeldt«, sagte der Chef. »Strahlendes Wetter bringst du uns zum Abschied.«

»Ja, Chef«, sagte ich recht kühl. »Ich habe Ihren Zettel verstanden. Ich danke Ihnen für den diskreten Wink. Er entsprach meinen Wünschen. Ich kam, mich zu verabschieden und meine Sachen zu holen.«

»Nur nicht gleich wieder pikiert, Laengfeldt«, antwortete der Chef. »Du hast dir keine Lorbeeren erworben. Aber laß gut sein.«

In meiner Verlegenheit knüllte ich das Papier in meiner Hand zusammen.

»Nein, Chef«, antwortete ich, »ich bin gar nicht pikiert. Aber ich muß heute abend schon weg. Schließlich – – «

Da stutzte der Chef und sah entgeistert auf meine Hände.

»Sind das etwa meine Fahnen, die du da zusammenknüllst – hergeben!«

»Verzeihung«, antwortete ich und glättete das Papier. Dabei fiel mein Blick auf die fette Überschrift am Kopf des Bogens. Ich fühlte, wie mir der Atem stockte. Mein Herz fing plötzlich wie wahnsinnig an zu rennen.

»Einen Augenblick, bitte«, war alles, was ich sagen konnte, dann begannen die Zeilen schon in unablässiger Folge vor mir abzurollen.

Schüsse in der Nacht.

Rätselhafter Mordversuch. – Der Schriftsteller Konstantin Schilling lebensgefährlich verletzt.

Die Bewohner des Hauses Cicerostraße 84 im Berliner Westen wurden heute morgen gegen einhalb vier Uhr durch eine Anzahl schnell hintereinander abgegebener Revolverschüsse aus dem Schlaf geweckt. Die Schüsse kamen aus der im vierten Stock gelegenen und von der Schauspielerin Franziska van Burkom bewohnten Atelierwohnung. Das von den Hausbewohnern sofort benachrichtigte Überfallkommando am Olivaer Platz traf kurz darauf an der Unglücksstätte ein und stellte, soweit wir erfahren konnten, einen recht rätselhaften Tatbestand fest. In der Wohnung der Schauspielerin befanden sich zu der frühen

Morgenstunde außer Fräulein van Burkom selbst noch der bekannte Schriftsteller Konstantin Schilling und der jugendliche Journalist Manfred Vellin, wohnhaft in der Lietzenburgerstraße 39 B. Schilling, der blutüberströmt auf dem Teppich lag, befand sich beim Eintreffen der Polizei in bewußtlosem Zustand. Anscheinend hat ihn von den mehreren abgegebenen Schüssen nur einer getroffen, dieser jedoch verletzte ihn auf lebensgefährliche Weise. Es hat den Anschein, als sei der Schuß aus allerdichtester Nähe auf Schilling abgegeben worden. Die übrigen Schüsse gingen teils in den Fußboden, teils in das Bett. Da zur Stunde über die Ursache und den Verlauf der rätselhaften Schießerei noch völliges Dunkel gebreitet liegt, wurden die beiden Anwesenden, die Schauspielerin Franziska van Burkom und der junge Vellin, bis zur Klärung des Tatbestandes in Haft genommen. Der schwerverletzte Schriftsteller Schilling wurde in das Westendkrankenhaus überführt, wo er erst kurz nach seiner Einlieferung das Bewußtsein wiedererlangte, bis zur Stunde jedoch noch nicht vernehmungsfähig war.
Zu der sensationellen Mordaffäre in der Cicerostraße erfahren wir soeben noch die folgenden Einzelheiten: Die Eigentümerin der Wohnung Cicerostraße 84 hat soeben ein Teilgeständnis abgelegt, in dem sie angibt, daß sie die alleinige Täterin sei. Sie habe Schilling nicht töten wollen, sondern vielmehr aus Notwehr gehandelt. Worin der Grund für die angegebene Notwehr besteht, weigert sie sich indessen anzugeben. Sie behauptet, daß der Journalist und Schriftsteller Vellin, der seit vielen Jahren mit ihr befreundet sei, mit der Tat nichts zu tun habe, sondern erst nach erfolgter Tat in der Angst von ihr telephonisch herbeigerufen worden sei. Die Kriminalpolizei erblickt in diesen entlastenden Angaben zur Stunde jedoch noch nicht genug Beweismaterial, das zu einer Haftentlassung Vellins führen könnte. Die Täterin macht einen außerordentlich ruhigen und entschlossenen Eindruck. Wie wir soeben noch erfahren, hat sich nach eingehender ärztlicher Untersuchung ergeben, daß der Zustand des verletzten Schriftstellers Schilling in keiner Weise als lebens-

gefährlich anzusehen ist. Der Schuß hat ihm die rechte Schulter zertrümmert und den rechten Lungenflügel gestreift. Er befindet sich in gutem Zustand und wird voraussichtlich noch im Laufe des Vormittags vernommen werden können. Näheres unter letzte Nachrichten.

Ich legte die Fahnen aus der Hand und sah vor mich hin. Vor meinen Augen begann alles zu tanzen, ich fühlte, daß ich einem Schwindelanfall nahe war, und stützte mich an des Chefs Schreibtisch. Heßling sprang mir bei und hielt mich am Arm.

Flachslander sah mich entsetzt an, soviel konnte ich erkennen.

»Laengfeldt!« schrie er. »Was hast du denn – wie siehst du denn aus?«

Ich griff mit der Hand nach dem Gesicht.

»Sie sehen bleich aus wie ein Handtuch«, sagte Heßling.

»Eine Zigarette, Chef«, sagte ich und sank in den Stuhl.

Flachslander holte Zigaretten aus seinem Mantel, Heßling stürzte mit einem Glas Wasser herein. Mir wurde etwas besser. Ich konnte wieder überlegen.

»Flachslander!« rief ich. »Franziska hat Konstantin erschossen, Manfred ist verhaftet – um Gottes willen – und ihr sagt mir kein Wort – ihr sitzt hier herum und sagt kein Wort?«

Der Chef sah mich fassungslos an, rührte sich indessen nicht vom Fleck.

»Flachslander – Sie müssen sofort mit mir nach Moabit fahren – haben Sie Ihren Wagen da – ich weiß ganz genau, daß Manfred um die Zeit zu Hause war – ich habe den Telephonanruf gehört – ich habe ihn weggehen sehen – ich muß ihn sofort freibekommen – sie müssen ihn freilassen – er hat nichts damit zu tun!«

Flachslander stand auf und setzte seinen Hut auf.

»Los also«, sagte er.

»Manfred muß sofort freigelassen werden – seine Mutter ist in Berlin!« rief ich noch.

»So komm doch«, sagte der Chef entschlossen und zog mich mit sich fort.

Als wir unten vor dem Haus waren und in Flachslanders Wagen stiegen, war die ganze Redaktion um uns versammelt und sprach auf mich ein. Ich verstand nichts und konnte nichts antworten. »Laengfeldt hat seinen großen Tag«, war das einzige, was ich hörte.
Ich möchte schwören, daß es Rohns Stimme war.

*

Punkt halb zwölf Uhr, nach genau einstündiger Verhandlung, wurde Manfred Vellin von der Kriminalpolizei wegen mangelnder Verdachtsgründe auf freien Fuß gesetzt.
Als er aus dem Zimmer des Untersuchungsrichters heraustrat, Flachslander und mich an seiner Seite, hielt er einen Augenblick an, als müsse er Atem schöpfen. Er seufzte ein wenig, aber dieser Seufzer klang nicht wie eine Klage, eher wie ein großer, fester Entschluß, den er soeben gefaßt hatte. Er sah den langen Gang des Untersuchungsgefängnisses entlang, hob den Kopf ein wenig und winkte uns dann mit einer leichten Bewegung der Hand zum Gehen.
In die strahlende Sommersonne schob sich Flachslanders blauer Wagen lautlos hinaus, die weiten Gittertore von Moabit öffneten sich uns zur Ausfahrt, und dann lag die Straße wieder unter uns, das alte Pflaster, Berlin.
»Es war gut von euch, daß ihr gekommen seid«, sagte er zu mir, während wir der inneren Stadt wieder entgegenfuhren. Mehr nicht. Und obwohl er mir nicht mit überschwenglichen Worten dankte, hatte ich doch das Gefühl, noch einmal, vor meinem Abgang, eine gute Tat getan zu haben, vielleicht meine erste überhaupt.
»Wir reisen heute nacht, Manfred«, sagte ich nach einer Weile. »Vorausgesetzt, daß ich keine Schwierigkeiten auf der Redaktion mehr habe. Mein Nachfolger ist schon eingetroffen. Und du?«
Er hörte nicht. Er lag zurückgelehnt in den Wagen und sah geradeaus.

»Sie muß doch freigesprochen werden«, sagte er leise. »Es ist undenkbar, daß sie nicht freigesprochen wird – sie hat ein Geständnis abgelegt.«

»Ein Teilgeständnis nur«, warf ich ein, um ihn zum Reden zu bringen.

»Ach, na ja!« rief er bitter lachend. »Es wird ja alles herauskommen! Es wird herauskommen, wie alles gewesen ist. Wie sie alle diese Frau gequält haben. Wie jeder sich gebrüstet hat, sie zu verstehen, und wie keiner – keiner – !«

»Ist es denn immer noch dieses Geheimnis von damals?« fragte ich zögernd.

»Nenne es, wie du willst – es ist kein Ruhmesblatt für die Männer Berlins.«

»Übertreib nicht, Manfred – so wichtig –«

Er verstummte und sah wieder vor sich hin.

»Ich wollte dich nicht kränken, Manfred.«

»Du kannst mich nicht kränken«, antwortete er verbissen. »Aber laß die Plattheiten aus dem Spiel. Frauenverachtung ist ganz gut. Aber du verletzt die Grenze. Laß nur, dir wird genügend Aufklärung aus dem kommen, was die Zeitungen über den Fall zu melden haben. Was darunter ist – – – «

»Was ist das für eine Mystifikation?«

Er antwortete nicht. Wir waren vor dem Portal des Zeitungsgebäudes angelangt. Flachslander sprang vom Sitz und half uns heraus. Ich ergriff die Gelegenheit, um ihm im Beisein von Manfred meinen Dank für seine bereitwillige Hilfe auszusprechen. Manfred gab ihm die Hand und verbeugte sich kurz, fast zu kühl schien es mir. Aber gerade diese Kühle schien ihren Eindruck auf Flachslander nicht zu verfehlen. Sein Blick ruhte voller Achtung einen Augenblick auf Manfreds verschlossenem Antlitz, dann sagte er nur: »Keine Ursache, Herr Vellin. Kommen Sie gelegentlich herauf zu mir, und wenn Sie wieder was Gutes haben, bringen Sie es mit. Ich werde mich freuen!«

Und zu mir: »Sie kommen wohl noch herauf, Laengfeldt, wie?«

Ich nickte, und er verschwand im Portal.

Manfred streckte mir die Rechte hin, halb abgewandten Angesichts, kaum daß der Chef unseren Augen entschwunden war. »Adieu dann, Korporal«, sagte er, wie beiläufig und als beschäftigten ihn längst wieder die anderen Dinge.
»Ja – du hast es wohl eilig«, antwortete ich bedrückt, noch immer seine Hand in der meinen haltend. »Ich verstehe schon – diese Sache hat viel Staub aufgewirbelt. Wann fährst du nun?«
Er sah mich an, als hätten meine Worte ihn plötzlich aufgeschreckt.
»Fahren? – Ach so! Nein, ich fahre nicht. Es tut mir leid, daß ich es Mama versprach, aber ich muß bleiben. Und ich möchte bleiben. Ich bin nämlich mit diesem Berlin noch nicht ganz fertig, verstehst du?«
»Warum der Spott und die Ironie?«
»Spott?« antwortete er jetzt lächelnd. »Verzeihung, Korporal, ich muß ja fast lachen. Verstehst du denn nicht – daß ich – daß ich – in Berlin bleiben muß – solange – daß ich überhaupt immer bleiben muß?«
Ich nickte und zog langsam meine Hand aus der seinen.
»Werden wir dich noch sehen? Brauchst du Geld? Kann ich dir helfen?«
Er wehrte ab.
»Laß nur – ich bin auf den Abend drüben. Ich brauch' kein Geld. Ich könnte von Flachslander ja welches bekommen. Und nicht nur von ihm. Ich habe andere Sorgen – leb wohl – bis nachher.«
Er erhob die Hand, grüßend, und ging davon. Ich ging die wenigen Stufen zum Portal des Zeitungsgebäudes in großer Bedrücktheit hinauf. Auf jedem Absatz hätte ich umkehren mögen.

*

Der Abschied von Flachslander war herzlich und ehrlich, nicht von Spott getrübt. Er hatte sich bereits bei Holten und der Verlagsleitung für mich verwendet, meinem sofortigen Ausscheiden standen keine Hindernisse mehr im Wege. Ich gab ihm die Hand.

»Adieu, Chef«, sagte ich, »und schreiben Sie doch bitte dem Obersten Laengfeldt, daß ich aus den Diensten der Zeitung ausgeschieden bin. Ich werde ihn nicht mehr sehen.«

Der Chef verstand sicher nichts von dem, was ich ihm sagte, aber er versprach, alles zu erledigen. Ich spürte deutlich, daß der »große Augenblick« ein wenig auf ihm lastete, sicher mehr als auf mir.

»Und Frisch?« sagte er. »Wollen Sie sich nicht von Frisch verabschieden? Er geht zum Austausch ins Pariser Büro.«

Ach Frisch – da kam er herbei, ein wenig müden, leidvollen Angesichts, aber treu und hilfsbereit wie immer, und drückte mir die Hand.

»Wiedersehen, Frisch«, sagte ich. »Freut mich, daß du nach Paris kommst. Freut mich überhaupt, daß du vorwärts kommst. Du hältst eben durch, das ist es. Viel Glück, lieber Frisch.«

Ich spürte, wie bereits der leise Ekel vor der Rührseligkeit des Abschiednehmens wieder in mir emporstieg; es war mir eine Erleichterung, daß der Kamerad es kurz machte.

»Viel Glück, Oswald«, sagte er, und seine treuen Augen glänzten ein wenig verschwommen auf hinter den dunklen Brillenrändern. »Mach's gut.«

Dann schloß sich die Tür von Nr. 34 hinter mir. Weit und öde lag der Gang vor mir. Alle Türen waren geschlossen. Die Mittagshitze lag schwer in dem hohen, dunklen Raum. Die elektrischen Birnen gaben ein trübes, gelbes Licht. Ein Botenjunge kam vorbei und grüßte mich wie in alter Zeit.

»Guten Tag, Herr Laengfeldt!«

»Guten Tag, Schäfer!«

Vorbei – noch zwei Schritte, ich war an Holtens Zimmer angelangt, der Türe mit der grünen Gardine. Einen Augenblick zögerte ich, ich mochte nicht hineingehen. Ruhmlos – dieses Wort tauchte noch einmal vor mir auf. Dann entschloß ich mich und klopfte. Es antwortete niemand. Ich drückte auf die Klinke.

Aber die Tür war verschlossen. Ich schaute auf meine Armbanduhr, sie zeigte halb ein Uhr.
Zum erstenmal während dieser ganzen langen Dauer der Auflösung meiner alten Existenz hatte ich in diesem Augenblick das Gefühl von großer Schuld. Chefredakteur Holten war für mich nicht mehr zu sprechen. In Wahrheit war er natürlich nur zu Tisch gegangen. Halb drei Uhr würde er wieder da sein. Aber das machte ja keinen Unterschied. Als ich mich von ihm verabschieden wollte, war er nicht da. Einen Augenblick lang verzagte ich doch, fühlte mich schuldig und schlecht und hätte alles rückgängig machen mögen, wenn es noch möglich gewesen wäre.
Langsam ließ ich den Türgriff los und ging den Gang hinunter bis zu der schweren Eisentür, an der das Pappschild mit der Aufschrift »Setzerei« hing. Hatte ich da jemandem Lebewohl zu sagen? Nein – sicher nicht. Es war nichts als Gedankenlosigkeit, die mich vor diese Tür führte. Ich wandte mich um. Nie wieder eine Setzerei betreten – das ist doch eine seltsame Vorstellung. Wenn hundert und aberhundert Zeilen hier zu Blei und Druck geworden sind, die du geschrieben hast, in denen deine Meinung stand, deine Zuneigung und deine Abneigung und zuweilen auch dein Herz und deine Liebe, wie damals in den ersten Tagen – wenn hundert und aberhundert Zeilen Kühle und Leidenschaft dort zu Blei geworden sind – dann, laß mich nicht weich werden, Gott der Zeitungen, dann ist es schwer, sich fühllosen Herzens von dieser Stätte zu verabschieden.
Langsam ging ich den verödeten Gang wieder hinauf. Das dumpfe Nagen der Schreibmaschinen kam hinter den verschlossenen Türen hervor. Eine Klingel schrillt irgendwo, jemand spricht ins Telephon. Durch die Glastür sehe ich Möller in der »Anmeldung« stehen; friedlich wie immer liest er die Zeitung. Auch Möller muß wissen, was los ist. Er muß orientiert sein, genau so gut wie der Chefredakteur Holten. Zum Beispiel über den sensationellen Fall des Fräulein van Burkom.
Ich öffne die Tür, trete hinaus in die Anmeldung.
Noch habe ich die Tür in der Hand, die außen keine Klinke hat.

»Mahlzeit, Herr Laengfeldt«, grüßt Möller.
Da plötzlich schrecke ich auf, zucke zusammen –
Wer ruft?
Erst ganz hinten, einzeln, schrill kommt eine Stimme, dann weiter vorn, dann hier und dann dort, in allen Ecken und Winkeln des Hauses, aus allen Zimmern und Kammern bricht es hervor, aus allen Stockwerken – Rasen und Toben –
Eine – fünfzig – hundertfünfzig Klingeln.
»U–m–b–r–u–c–h – !!«
Einen Augenblick stehe ich und lausche.
Dann aber – ehe das große Laufen beginnt, ehe die Türen schlagen und die Rufe laut werden, ehe die Papiere ergriffen, die Bleistifte gezogen, alles, alles zusammengerafft wird für den einen großen Moment, ehe das große Rennen beginnt – lasse ich den Griff los, und mit einem kurzen Plumpsen fällt die Tür ins Schloß, die außen keine Klinke hat.
»Mahlzeit, Herr Möller.«

*

Er kam gegen acht Uhr.
Er war eilig, rauchte hastig, kramte in seinen Papieren, pfiff und sang, telephonierte und hatte ein glückliches Gesicht.
»Franziska sitzt im Gefängnis«, sagte er zu seiner Mutter, als sie das hintere Zimmer betrat.
Das klang nicht anders als: – »ich habe meinen Kragenknopf verloren.«
»Oswald hat mir alles erzählt«, sagte die Signora sanft. »Weiß man den Grund?«
Er ging darauf gar nicht ein: »Aus Cambridge wird jetzt nichts, liebste Signora«, erzählte er fröhlich weiter, während er die Suche unter seinen Papieren fortsetzte. »Ich muß die Franziska freibekommen. Alle sagen, daß sie keine Schuld habe, daß Konstantin der Schuldige sei. Ich muß die Franziska freikriegen.«
»Wieso ist Konstantin der Schuldige?«
Wieder wich er aus.

»Kennst du einen gewissen Doktor Beer, Korporal?« rief er zu mir ins andere Zimmer herüber.
»Ja, flüchtig«, antwortete ich und erhob mich, um hinüberzugehen. »Was hast du denn mit dem zu tun?«
»Er will die verkrachte Übersetzung übernehmen. Ich habe eben mit ihm drei Stunden verhandelt.«
»Na, und?«
»Ich habe die Bedingung gemacht, daß er meine Erzählung auch bringt. Er will sich's überlegen.«
»Du bist verrückt, General«, sagte ich.
Da schnellte Manfred plötzlich empor und stand mir Auge in Auge gegenüber. Sein Mund preßte sich zu einem harten Wort heftig zusammen: »Wir wollten doch sehen, wer es eher zu etwas bringt«, sagte er. »Na, ich habe es noch nicht aufgegeben, ich bin noch auf dem Weg.«
Dann plötzlich lächelte er wieder, als er sah, daß ich nicht antwortete, setzte sich rittlings auf die Kante seines Schreibtisches und entzündete eine neue Zigarette: »In Berlin kann man aushalten oder ausreißen. Nur eines nicht: untätig sein. Da habe ich mich eben für das Aushalten entschlossen, nimm mir's übel, wenn du kannst.«
Er sprang herab und begann im Zimmer umherzulaufen.
»Ich habe das Gefühl, wir machen uns gegenseitig nervös«, begann die Signora taktvoll.
»Adieu dann, Manfred«, fuhr sie fort, »sagen wir uns also adieu.«
»Adieu, Mama«, antwortete er und küßte sie gar.
Da stand ich recht blöd daneben.
»Leb wohl, General«, sagte ich. »Und melde mir den siegreichen Fall der Stadt Berlin.«
»Leb wohl.«
Er wandte sich um und sandte uns noch einmal seinen Gruß, wie er es immer tat: mit halb erhobener Hand ein kurzes Winken.

*

Signora Margherita und ich verließen Berlin vom Anhalter Bahnhof mit dem Schlafwagenzug neunzehn Uhr zwanzig Stuttgart – Zürich – Mailand – Rom.

NACHWORT

Peter de Mendelssohn – damals noch ohne »de« – war gerade mal zweiundzwanzig Jahre alt, als sein erster und dazu noch ziemlich umfangreicher Roman 1930 bei Reclam in der Reihe »Junge Deutsche« erschien.[1] »Fertig mit Berlin?« – man beachte das Fragezeichen – kam im Herbst auf den Markt und scheint ein Erfolg gewesen zu sein. Siegfried Kracauer, der den Roman im Literaturblatt der »Frankfurter Zeitung« besprach, tat das anhand eines Exemplars der dritten Auflage.[2] Jede Auflage der Reihe – genauere Zahlen lassen sich nicht mehr ermitteln – zählte zwischen 2300 und 4500 Stück. Für den Erfolg spricht auch die Tatsache, dass Reclam bereits 1931 den zweiten Roman von Mendelssohn herausbrachte. »Paris über mir« hatte denselben Umfang von 373 eng bedruckten Seiten, und auch er wurde wieder von Siegfried Kracauer rezensiert.[3] Sein dritter Roman »Schmerzliches Arkadien« erschien 1932, nun aber in einem anderen Verlag; denn Reclam hatte die Reihe »Junge Deutsche« 1931 mit nur noch zwei Titeln eingestellt.[4] Gestartet war sie mit neun Titeln 1927.

Wer galt in jenen Jahren, und vor allem: warum, als junger deutscher Schriftsteller? Zu den wirklich jungen zählen neben Mendelssohn (1908–1982), Erich Ebermayer (1909–1970), Klaus Mann (1906–1949) noch zwei, drei weitere, heute völlig Vergessene. Andere, wie Ernst Penzoldt (1892–1955) oder Manfred Hausmann (1898–1986), die in der Reclam-Reihe auftauchen, waren zwar auch noch vergleichsweise »jung«, gehörten aber nach den Maßstäben, die gerade Ende der zwanziger Jahre entwickelt wurden, doch schon einer anderen Generation an. Der Soziologe Karl Mannheim hatte 1928 das Wort nämlich zu einem Begriff gemacht und damit eine verbreitete Wahrnehmung stabilisiert. »Generation« konstituiert sich nicht allein durch die Abfolge eventuell auch den Gegensatz von Jahrgängen, von Vätern und Söhnen, sondern durch spezifische Erfahrungen und Reaktionsweisen. Mannheims Konzeption ist einerseits eine Auseinandersetzung mit zyklischen Geschichtstheorien und mit vielen Versuchen, den sozialen Wandel ebenso wie die Abfolge von Kunststilen und den jeweils herrschenden »Zeitgeist« zu erklären; andererseits griff er mit seinen formalsoziologischen Übungen in eine Debatte über die Jugend ein, wie sie so vor den zwanziger Jahren nicht hätte stattfinden können. Anders als im historischen Rückblick auf die Generation der sogenannten Befreiungskriege oder kleinere politische und künstlerische Avantgarden des 19. Jahrhunderts, war Jugend nach dem 1. Weltkrieg ein Massenphänomen geworden, auf das eine vornehmlich pädagogisch orientierte Wissenschaft von der Jugend antwortete.[6] Die Gründe für die plötzliche Sichtbarwerdung der Jugend waren vielfältig; die wichtigsten sind im Weltkrieg, der Niederlage des Wilhelminischen Reichs und der Revolution samt den sozialen und politischen Verwerfungen zu suchen, die das Schicksal der kurzen Weimarer Republik – zumindest in der Retrospektive sieht es so aus – dann ja auch bestimmt haben. Sprach man damals schon von der »vaterlosen Gesellschaft«, nachdem alte Autoritäten und alte Ideale desavouiert waren und sich nur noch defensiv oder reaktionär verteidigen ließen, so hatte die Jugend, mehr als in ruhigen

Zeiten, neben dem Willen zur Gegenwart auch die Unbefangenheit auf ihrer Seite.[7] Mannheims Unterscheidung einer allgemeinen »Generationslagerung« von einem möglichen »Generationszusammenhang« und parallelen, womöglich polaren »Generationseinheiten« lässt sich inhaltlich nur mit dem Blick auf die Jugend der Weimarer Republik füllen. Es war eine Zeit, in der Jugend, darin unserer Gegenwart durchaus vergleichbar, mehr war, als eine Sache des Geburtsdatums.

Die Jugendbewegung der Vorkriegszeit verwandelte sich in der Weimarer Republik in Sozialarbeit und zaghafte Schulreformen. Der Ödipuskomplex, vom Expressionismus als mörderische Konstellation von Vater und Sohn oder als Befreiung von einer verlogenen Sexualmoral inszeniert, verlor bei der bürgerlich-liberalen Jugend an Attraktion; bei der proletarischen, von der Arbeiterbewegung bestimmten, die in der Republik sich klarer artikulieren konnte, hatten solche Motive ohnehin keine große Rolle gespielt.

Heute, zu Zeiten eines reichen und geordneten Gemeinwesens, scheint die Jugendgeneration dazu verdammt, sich mit ephemeren, ja, bloß snobistischen Differenzierungen auf dem Gebiet des Konsums bemerkbar zu machen. Vom allgemeinen Wohlwollen und vom Verständnis der letzten Generation der Achtundsechziger erschlagen, sehen sie sich mit einer Welt konfrontiert, die man damals noch nicht erahnen konnte. Mit der Vorsilbe »post« hat man sich von alten Erklärungsmustern verabschiedet. Neue zeichnen sich noch nicht ab, trotz zunehmenden Handlungsdrucks in einer kleiner gewordenen Welt. Die Repressionskritik der 68er hat sich genauso erschöpft wie die friedliche Umverteilungspolitik in sozialpolitischer Hinsicht oder der Glaube an die Revolution durch die »Verdammten dieser Erde« in der Dritten Welt.

In der Reihe »Junge Deutsche« erschien gleichzeitig mit Mendelssohns erstem Roman auch ein Essay im Stil eines Manifests, das Parallelen und Unterschiede zu der Situation gegenwärtiger junger Deutscher zu beschreiben gestattet. Unter dem Titel »Jugend bekennt – So sind wir!« resümierte ein nicht weiter bekannt gewordener Frank Matzke (1903–1952) das, was seine neusachliche Generation zu den Weltanschauungsfragen zu sagen hatte, an denen sich damals noch jeder abzuarbeiten hatte, der Anspruch auf Charakter erheben wollte. Weder das Wort Weltanschauung noch das Wort Charakter hatten damals den Beigeschmack von autodidaktischem Spießertum, den sie nach 1945 bekamen.

Matzke hatte es mit dieser Arbeit an sich selbst schon weit gebracht; denn sein Buch von knapp dreihundert Seiten ist eine förmliche Enzyklopädie junger Positionen. Kein Thema zwischen Religion, Kunst, Liebe, Sport und Technik, aber auch Kultur, Fortschritt, Wohnung und Landschaft ist ausgelassen. Das Schlagwort dieser Generation, für die der Autor sprechen will, Sachlichkeit, verträgt sich für den heutigen Geschmack schwer mit dem Pathos des Bekenntnisses. Für Literaten hat es eben kein Bauhaus gegeben und das macht die Texte auch anderer Autoren dieser jungen Generation trotz ihrer inhaltlichen Modernität und sympathischen Gesinnung oft ungenießbar. Mit einem durchschnittlich geschulten Kunstgeschmack kommt man ihnen nicht bei. Man muss sich zurückversetzen in die hoffnungsvollen Jahre der Weimarer Republik, wo zum Beispiel neue Beziehungen zwischen den Geschlechtern wie den Nationen noch mit einem Pneuma verteidigt werden mussten, weil die Gegenwelt ja noch vorhanden war. Kracauer und Rudolf Arnheim, letzterer selbst der jungen Generation zugehörig, monierten an Matzke, nicht das Pathos sondern das Fehlen einer politischen Standortbestimmung.[8] Sie begriffen, dass die Generationsdebatte Sache der gebildeten, liberal erzogenen bürgerlichen Jugend war und verdächtigten sie schon deshalb der Schaumschlägerei, für die sie 1930 keine Geduld mehr hatten. Die Geschichte hat ihnen damals erst einmal Recht gegeben.

Eine um siebzig Jahre versetzte Parallelaktion fand 1999 im Berliner Hotel »Adlon« statt. Auch »Tristesse Royale«, hervorgegangen aus Gesprächen befreundeter junger Autoren, kann als selbstverliebte Selbstdarstellung einer Minorität kritisiert werden, die die eigentlichen Probleme ihrer Zeit verpasst. Sie inszenieren heute nicht das Pathos einer Neuen Sachlichkeit, sondern einen albernen Snobismus im Dienst von Seiner Majestät, dem Ich. Sie wissen das selbst, lassen sich aber auf Diskussionen nicht ein, schon gar nicht mit den diskussionslustigen Eltern. Wo ist der Platz für die Literatur in den alten und neuen Generationsmanövern? Der Autor, das Individuum, ja das bürgerliche Subjekt sind lebendig wie eh und je. Pop hat daran nichts geändert, vielfachen Selbsterklärungen der Popkultur zum Trotz.

Dass Kunst fabrikmäßig produziert und Originale auch in Serie gehen können (Warhol) und außerdem jeder ein Künstler sein kann (Beuys), ist eben doch nur von Künstlern mit ausgeprägtem sozialen Instinkten zu beweisen. Ist sozialer Erfolg unmittelbarer Bestandteil eines modernen Kunstwerks, so bietet das Buch sich auch schüchternen Neulingen aus vielen Gründen als Medium an. Das Handwerkszeug ist billig, das Rohprodukt kann per Post in Umlauf gebracht, notfalls selbst gedruckt und verkauft oder verschenkt werden. Man kann sicher sein, dass jedes Buch, auch das ökonomisch erfolglose und literarkritisch durchgefallene irgendwo gesammelt und bibliographiert wird. Ein kleiner Platz in der Ewigkeit ist dem Autor sicher, solange es Bibliotheken gibt. Und da jeder weiß, wie viele später berühmte Autoren bei Lebzeiten verkannt wurden, bleibt auch noch die Hoffnung auf die Nachwelt. Entscheidend für den anhaltenden Erfolg des Buches auch bei jungen Leuten, denen so viele neue Medien zur Verfügung stehen, ist aber sein Charakter als ein Fetisch, mit dem man sich selbst und anderen seine Existenz beweist. Immer noch ist eine literarische Veröffentlichung, am besten ein Roman, das Eintrittsbillet in die weite Welt der Publizistik und des Kulturmanagements. Honoriert werden, vermutlich völlig zu Recht, der Mut, die Disziplin samt dem leisen Größenwahn, den ein junger Autor aufbringen muss, um einen Roman zu schreiben. Noch mehr hängen lebenslang der Phantasie nach; manche, fast am Ende einer sonst erfolgreichen Laufbahn, werden erst im Rentenalter zu Autoren, Dichtern, Schriftstellern.

So sympathisch einerseits der Dichterehrgeiz von Jung und Alt anmutet, so enttäuschend sind oft die Resultate, wenn man ästhetische, handwerkliche Maßstäbe herkömmlicher Art anlegt. Ob Benjamin von Stuckrad-Barre ein guter, auch noch in fünf Jahren interessanter Schriftsteller sein wird (wenn das ein Maßstab ist, der gilt), oder ob er dann Kulturchef eines Fernsehsenders geworden ist, kann man nicht wissen. Müssen wir seine zahlreichen und erfolgreichen Bücher unter der Überschrift »Jugendliteratur« nach deren eigenen Kriterien abhandeln oder werden wir später alles zwischen »Soloalbum« und »Transkript« als »Jugendwerk«, als Vorläufer, als Versuch interpretieren – auf dem Weg zum Büchnerpreis? Bei Peter de Mendelssohn hat die Zeit einige Fragen beantwortet, wenn auch nicht die nach der Jugendliteratur als einem Genre, das in den zwanziger Jahren der Weimarer Republik zuerst beobachtet werden konnte und heute neu gestartet wird.
Mendelssohn hat zwar zwischen 1930 und 1945 neun Texte oder Bücher veröffentlicht, die man zur schönen Literatur rechnen muss; ein Dichter, ein ambitionierter Schriftsteller war er dennoch nicht.[10] Es verhielt sich bloß so, dass die Belletristik einem gebildeten, aufgeklärten Jungintellektuellen die einzige Chance bot, seine Überzeugungen mit seinem Ehrgeiz zu versöhnen. An Mendelssohn wie auch an seinem Freund Klaus Mann fällt auf, dass sie, durchaus der heutigen Generation von Jugendautoren vergleichbar, keinerlei Energie in ein wissenschaftliches Studium oder in einen bürgerlichen Beruf investierten – anders als die Achtundsechziger, die heute das Gegenbild der neuen Generation liefern. Damals war der Marsch durch die Institutionen, den man als Lehrer, Richter, Sozialarbeiter oder Psychotherapeut und Kommunalpolitiker antreten konnte, eine gute Option. 1930 und 2000 offensichtlich nicht (mehr).
Ein bisschen überlebt haben von den literarischen Werken de Mendelssohns die mehr oder minder stark autobiographisch getönten. In einem Almanach erschien 1930 die Erzählung »Krieg und Liebe der Kinder«, die später das Kernstück des Jugend- und Internatsromans »Schmerzliches Arkadien« bilden sollte. Er erschien 1932 in Berlin und wurde 1935 ins Französische übersetzt. 1948 brachte ihn ein deutscher Verlag wieder heraus.
Als Julien Duvivier die Rechte zur Verfilmung von Alain-Fourniers Jugendroman »Le Grand Meaulnes« (Der große Kamerad) nicht bekommen konnte, stieß er auf »La douloureuse arcadie« und verfilmte, mit Horst Buchholz und Marianne Hold in den Hauptrollen 1955 seine Version von Mendelssohns Roman unter dem Titel »Marianne de ma jeunesse«. Nach dem Krieg noch einmal aufgelegt wurde auch ein kaum verhallter Lebensroman, den Mendelssohn in englischer Sprache geschrieben hatte. »All that matters«, das »Zweite Leben«, Hilde Spiel, der zweiten Ehefrau gewidmet, erschien ganz genauso wie »Schmerzliches Arkadien« im Wolfgang Krüger Verlag in Hamburg.
Der vierte Roman des nunmehr sechsundzwanzigjährigen Emigranten erschien in Frankreich und in der Schweiz. Er handelte von den Sorgen einer adligen Familie, die ihre Töchter standesgemäß verheiraten muss – ein Buch, das so-

ziale Fragen, aber nicht die drängenden und gefährlichen politischen Fragen der Gegenwart von 1932/33 erörterte. Auf dieses Buch folgte ein in altertümelndem Deutsch verfasster Roman über den Minnesänger Oswald von Wolkenstein. Mendelssohn veröffentlichte ihn unter dem Pseudonym »Leuchtenberg«. Das Buch war ein Riesenerfolg. Sein Autor heiratete zum zweiten Mal und wanderte mit Hilde Spiel nach England aus. Als britischer Staatsbürger und Presseoffizier kam er wie viele andere Emigranten – auch sein Freund Klaus Mann – nach Deutschland zurück.[11] In Berlin sorgte er für das Erscheinen von »Telegraf« und »Tagesspiegel«. Heute ist er Interessierten als Erforscher des Berliner Zeitungswesens und der Thomas Mannschen Lebenswelt bekannt. In dessen Tagebüchern taucht der junge Mendelssohn schon auf. Und natürlich in denen von Klaus Mann, dem Altersgenossen und Freund.

Was weiß man sonst von Mendelssohn? Der Vater war Goldschmied und in der lebensreformerischen Kolonie von Hellerau bei Dresden engagiert. Die Eltern lassen sich scheiden. Die Mutter, eine Gerda von Cube, schüchtert Hilde Spiel, die Mendelssohn in zweiter Ehe heiratet, noch gehörig ein. Man kann es bei Hilde Spiel, aber auch im vorliegenden Roman nachlesen, dass Mendelssohn an ordentliche Verhältnisse, zumal in Beziehungen glaubte. Das war wohl ein Votum gegen die Eltern. Spiel kam aus ordentlichen Verhältnissen und war Experimenten nicht abgeneigt. Mendelssohn dagegen hatte wichtige Jahre im Internat verbracht. Die berühmte Odenwaldschule, die in »Schmerzliches Arkadien« durchschimmert, hat er nur als Besucher kennen gelernt, weil sein jüngerer Bruder Felix dort lebte. Selbst war er in einem Schulpensionat in Strausberg – gar nicht weit von Berlin. Das erklärt vielleicht auch die Vertrautheit mit dem Berliner Zeitungswesen, in das der Protagonist von »Fertig mit Berlin?« eintaucht, nachdem er das Abitur gemacht hat.

Was macht nun aber seinen ersten Roman, den Roman eines Nichtschriftstellers, eines Nichtdichters, eines engagierten, klugen und weitsichtigen Intellektuellen, heute so interessant? Zum einen klärt einen das Buch über die Lage der avancierten Jugend auf. Kracauer hat in seiner Kritik des Romans die soziale Ortlosigkeit des Autors moniert. Er selbst setzte Hoffnungen auf die Sowjetunion. Mendelssohn hatte einen modernen, liberalen Hintergrund und war deshalb, nicht anders als Klaus Mann, gefeit gegen die ideologischen Versuchungen von Links. Er suchte, nach dem Ende des Wilhelminismus und den Konventionen der Religion und seiner Klasse, eben nicht nach einem neuen Glauben. Der Leser wird es bemerken, dass diese bewunderungswürdige Indifferenz den Autor nicht davor schützte, hochtrabend und hohl zu werden. Aber vergessen wir nicht, dass Mendelssohn erst zweiundzwanzig Jahre alt war!

»Fertig mit Berlin?« ist in politischer, jugendpsychologischer, ästhetischer, überhaupt in jeder Hinsicht ein interessantes Dokument das über die Hoffnungen, Phantasien und Grenzen der ersten erwachsenen Nachkriegsgeneration Auskunft gibt. Berlin war nicht nur Hauptstadt, wie heute wieder, sondern auch größte deutsche Stadt mit einem Hauch von Metropole. Verglichen mit

Paris, dem Mendelssohn in seinem zweiten Roman, teilweise mit denselben Protagonisten bestückt, seine Liebe zu Füßen legt, ist Berlin Deutschland immer Pflicht. Parallelen zur Wahl der Erst- bis Drittwohnsitze heutiger Autoren im Mendelssohnschen Alter bieten sich hier an, ebenso wie die nasskalte Liebe zu Deutschland im Allgemeinen, die offenbar kein Phänomen der Ära nach dem Holocaust ist.

Wer in »Fertig mit Berlin?« neben Fehlern und Brüchen trotz gehobener, pathetischer Sprache Kitsch und Mängel des Plots entdeckt, hat unbedingt Recht. Wie wurden damals Romane geschrieben und dann produziert? Genauso wie sein Freund Klaus Mann war Mendelssohn nicht nur fleißig, sondern schreibmanisch. Einerseits hielt man noch an der bürgerlichen Ästhetik (passende Geschichte, anständige Gesinnung und gepflegtes Deutsch) und dem Geniekult fest; andererseits haute man raus, so viel man hatte und so schnell es ging – und das nicht bloß aus Gründen des Gelderwerbs, sondern der Ungeduld. Popkulturelle Parallelen wären im Detail noch zu untersuchen. Fest steht außerdem, dass damals junge Autoren weder mit Stipendien, Preisen und anderen Würdigungen verwöhnt und von Lektoren auch nicht beraten, geschweige denn gegroomt wurden, wie es heute meist der Fall ist. Das hat den Nachteil, dass Ewigkeitswerte zugunsten aktueller Gewinne vernachlässigt wurden. Die Methode hat den Vorzug, das dichterische Schaffen der Jugend im Rohzustand – nicht mit Natur zu verwechseln – der Beobachtung auszusetzen. Was an Kunst fehlt, wird durch das Interessante ersetzt. Und schließlich: Warum soll die Ausdifferenzierung der Altersgruppen neben den bekannten Konsequenzen nicht auch Folgen für die Literatur und ihre Begleiterin, die Literaturkritik haben? Mit einer Handvoll anderer war Peter de Mendelssohn Vertreter eines neuen Genres, das heute wieder in den Vordergrund gerückt ist, auch wenn es immer noch keinen Namen bekommen hat.

Katharina Rutschky

ANMERKUNGEN

1 Fakten und Hintergründe beleuchtet Roland Stark: »Junge Deutsche« – eine Reihe des Reclam Verlages. In: Börsenblatt für den Deutschen Buchhandel Nr. 69 vom 29. 8. 2000.

2 Siegfried Kracauer: Unfertig in Berlin. In: Frankfurter Zeitung, Literaturblatt vom 13. 9. 1931.

3 Ders.: Roman in Paris. In: Frankfurter Zeitung, Literaturblatt vom 10. 4. 1932. Nachdruck der Rezensionen in: Schriften. Hrsg. von Inka Mülder Bach, Bd. 5.2 und 5.3, Frankfurt am Main 1990.

4 Universitas-Verlag, Berlin 1932. Neue durchgesehene Auflage im Wolfgang Krüger Verlag, Hamburg 1948 u. ö.

5 Karl Mannheim: Das Problem der Generationen. In: Kölner Vierteljahreshefte für Soziologie 7, 1928. Wieder abgedruckt in: Karl Mannheim:

Wissenssoziologie. Eingeleitet und hrsg. von Kurt H. Wolff, Berlin und Neuwied 1964.

6 vgl. Peter Dudek: Jugend als Objekt der Wissenschaften. Geschichte der Jugendforschung in Deutschland und Österreich 1890–1933. Opladen 1990.

7 Vgl. Paul Federn: Zur Psychologie der Revolution. Die vaterlose Gesellschaft. In: Der Aufstieg. Neue Zeit- und Streitschriften Nr. 12/13. Wien 1919.

8 Siegfried Kracauer: Neue Jugend? In: Neue Rundschau 42, 1931. Wieder abgedruckt in: Schriften. A. a. O., Bd. 5.3. – Rudolf Arheim: Die Gefühle der Jugend. In: Weltbühne 27, 1931.

9 Joachim Bessing, Christian Kracht, Eckhart Nickel, Alexander von Schönburg, Benjamin von Stuckrad-Barre: Tristesse Royale. Berlin 1999.

10 Zur Biographie Peter de Mendelssohns und über seine Bücher bis 1945: Hilde Spiel: Der Erzähler Peter de Mendelssohn. Erschienen als Nachwort zu Peter de Mendelssohn: Die Kathedrale. Ein Sommernachtsmahr. Hamburg 1983.

11 Über das Leben des Paares Mendelssohn-Spiel in der englischen Emigration und nach Kriegsende als Angehörige der britischen Besatzungsmacht in Berlin: Hilde Spiel: Die hellen und die finsteren Zeiten. Erinnerungen 1911–1946. München 1989; und dies.: Welche Welt ist meine Welt? Erinnerungen 1946–1989. München 1990.

Gottfried Bermann Fischer

Wanderer durch ein Jahrhundert

Band 12176

Leben und Schicksal des Verlegers Gottfried Bermann Fischer sind in jeder Hinsicht exemplarisch; sein Blick zurück umspannt fast hundert Jahre deutscher Geschichte. Abgeklärt und leidenschaftlich zugleich erzählt er in Geschichten, Anekdoten und Reflexionen von der geborgenen Kindheit in einer bürgerlichen, jüdischen Familie, von den Schrecken in den Schützengräben des Ersten Weltkriegs, von nationalistischen und antisemitischen Exzessen in der Zeit der Weimarer Republik, als er, der Schwiegersohn S. Fischers, in den berühmten Verlag eintrat, von Exil, Flucht und wiederholtem Neubeginn, vom Festhalten an den moralischen und literarischen Idealen einer zäh verteidigten Humanität.
Ein abenteuerliches, reiches Leben mit Büchern und Autoren wird noch einmal beschworen.

Fischer Taschenbuch Verlag

fi 995 / 5

Gottfried Bermann Fischer

Bedroht – Bewahrt

Der Weg eines Verlegers

Band 1169

»Ich habe in diesem Buch versucht, die Erfahrungen meines Lebens, so gut wie ich es kann, der Wahrheit gemäß darzustellen. Mein Leben stand unter gefährlicher Bedrohung, aus der zu entkommen mir immer wieder gelang. Ein guter Stern schien über mir zu walten und leitete mich durch Gefahr und Verfolgung zu Glück und Erfolg. Begegnungen und Freundschaften mit vielen großen Autoren, von Franz Werfel, Thomas Mann, Thornton Wilder, Sigmund Freud, Stefan Zweig, Boris Pasternak bis zu den Jüngsten von heute, erhöhen mein Leben. Dies alles aufzuschreiben und somit vielen zugänglich zu machen, schien mir nicht ohne Wert, um damit am Beispiel meines eigenen Schicksals Geschehnisse einer vergangenen Epoche vor der Vergessenheit zu bewahren.
Dieses Buch ist aber auch die Geschichte des S. Fischer Verlages von meinem Eintritt im Jahre 1925 an, durch die erregenden zwanziger Jahre bis zur Machtergreifung, durch Verfolgung und Emigration hindurch bis zur Rückkehr des Verlages und zu seinem Wiederaufbau nach dem Zweiten Weltkrieg.«

Fischer Taschenbuch Verlag

fi 851 / 8

Ricarda Bethke

Die anders rote Fahne

Roman

284 Seiten. Gebunden

Ricarda Bethkes autobiographischer Roman über ihr Aufwachsen in der thüringischen Provinz der 40er und 50er Jahre und ihr Leben im Berlin der 60er stellt nicht die großen politisch-historischen Ereignisse dieser Zeit in den Mittelpunkt, sondern die ganz persönlichen Glücksmomente und Unglücksfälle eines Lebens. Entstanden ist ein Buch der detaillierten, poetisch verzauberten Erinnerung: Eine Familien- und Generationengeschichte, in der sich die Tochter der ganz anderen Lebensentwürfe von Mutter und Großmutter versichern muß, um ihren eigenen Weg finden zu können.

S. Fischer

fi 1-006715 / 1